W0182585

©2023 Heartcraft Verlag
Landwiese 21, 35085 Ebsdorfergrund
1. Auflage
Covergestaltung: Heartcraft
Text: Bella Ann Marion
Buchsatz: Falkenfeder Design

ISBN: 978-3-98595-920-4
Bestellung und Vertrieb: Nova MD GmbH, Vachendorf
Druck: PRINT GROUP Sp. z o.o. , Polen
Das Werk, einschließlich seiner Teile, ist urheberrechtlich geschützt. Jede Verwertung ist ohne Zustimmung des Verlages und des Autors unzulässig. Dies gilt insbesondere für die elektronische oder sonstige Vervielfältigung, Übersetzung, Verbreitung und öffentliche Zugänglichmachung.

Bibliografische Information der Deutschen Nationalbibliothek:
Die Deutsche Nationalbibliothek verzeichnet diese Publikation in der Deutschen Nationalbibliografie; detaillierte bibliografische Daten sind im Internet über http://dnb.d-nb.de abrufbar.

Bella Ann Marion

THE *truth* ABOUT US

Für alle, die sich noch finden.
Für alle, die sich ändern möchten.
Weil wir alle ein Leben lang auf der Suche nach uns selbst sind
und es nie zu spät ist, einen anderen Weg einzuschlagen.

Vorwort

Bevor dich Sarah und Alan auf ihre kleine gemeinsame Reise mitnehmen, möchte ich dich darauf aufmerksam machen, dass neben Lebensfreude und Selbstliebe auch mögliche belastende Themen in ihrer Geschichte vorkommen.

Um dir das bestmögliche Leseerlebnis zu ermöglichen, findest du auf der letzten Seite eine Triggerwarnung.

Playlist

Always Been You – Jessie Murph
For Tonight – Giveon
Easy On Me – Adele
If this is the last time – LANY
Monster – Shawn Mendes; Justin B.
Kiss And Make Up – Dua Lipa; BLACKPINK
Still Learning – Halsey
Pretty Girl – Maggie Lindesmann
Be Somebody – Thousand Foot Krutch
Play Me Like A Violin – Stephen
Here With Me – Marshmello, CHRVRCHES
Dangerous Night – Thirty Seconds To Mars
Rescue Me – Thirty Seconds To Mars
MIDDLE OF THE NIGHT – Elley Duhé
Love Me More – Sam Smith
Half A Man – Dean Lewis
Loved You Once – Clara Mae
While You're At It – Jessie Murph

Erster Teil

Was, wenn wir alle mehr sind
als das, was wir in uns sehen?

1

Sarah

August, Semesterbeginn.

Ich war ein schlechter Mensch.

Nein, das diente nicht als bemitleidenswerte Übertreibung weil ich in ein Kind reingerannt und dessen Eis aus der Hand gefallen war oder weil ich jemandem den Sitzplatz in der Vorlesung vor der Nase weggeschnappt hatte.

Meine Sünden umfassten weitaus mehr.

Um die Liste abzukürzen: Ich hatte alle Menschen, die mir wichtig waren, auf die eine oder andere Art vergrault und unaufwiegbaren Schaden angerichtet. Ich sammelte böse Blicke von denen, die mir früher am nächsten standen und begegnete ihnen mit einem selbstsicheren, unbekümmerten Lächeln.

Diese Selbstschutz-Masche klappte seit Jahren.

Seit der Highschool, um genau zu sein.

Ganze vier Jahre akzeptierte ich die verstohlenen, verurteilenden Blicke, die man mir zuwarf, und schritt hocherhobenen Hauptes weiter.

Nur eine Person machte mir einen Strich durch meine erfolgreiche Rechnung, weil es mir unmöglich erschien, seine unverhohlene Abneigung mir gegenüber auszublenden.

Alan Avery Baker.

Der beste Freund meiner kleinen Schwester, an deren Hintern er täglich klebte, und leider der geborene Tight End der Ohio Buckeyes, wodurch er jeden Tag vor mir im Stadion unseres erfolgreichen College-Footballteams rumrannte. Etwas, das ich gezwungenermaßen wieder bemerkte, während ich ihn beim Training beobachtete.

Jede Position im American Football passte zu einem gewissen Typ Mensch.

Quarterbacks besaßen eine Anführer-Mentalität. Eine natürliche Ausstrahlung, die ihnen den Respekt des Teams verschaffte. Dazu eine ordentliche Portion Weitblick und Gelassenheit. Die brauchte man auch, wenn bei jedem Spielzug zig Männer auf einen zustürzten, um einem den Ball aus der Hand zu reißen.

Spieler der Offensive Line hatten einen ausgeprägten Beschützerinstinkt. Sie stellten sich jeglichen Gegenspielern in den Weg, damit dem Quarterback kein Haar gekrümmt wurde. Selbst wenn dabei ihre eigenen Knochen brachen.

Hätte Alan ein paar Kilo mehr auf den Rippen, wäre er der perfekte O-Liner.

Seine Position, der Tight End, glich einer Wundertüte. Eine zusätzliche Karte im Spiel der Offense.

Er fing den Ball, um Yards und Touchdowns zu laufen wie Runningbacks, stellte sich allerdings auch den Defensive-Spielern in den Weg und tackelte sie, um das Laufspiel seiner Teamkollegen zu verlängern. All das, ohne einen Funken Licht des Rampenlichts gewährt zu kriegen, das man Runningbacks und Quarterbacks regelrecht hinterherschmiss.

Tight Ends waren meiner Meinung nach die Schatten der Offense-Spieler. Unbeachtete, für selbstverständlich genommene Menschen, die sich fürs Team aufopferten und als einzigen Dank Prellungen, Brüche und blaue Flecke kassierten.

Alan tat einfach das, was man von ihm verlangte.

Verflucht, mich erschrak, wie sehr dieser Satz sein Wesen zusammenfasste. Doch was ich hasste, war, dass alle ihn damit durchkommen ließen, sich wie ein verkorkster Robin Hood zu verhalten.

»Kommst du?« Brittanys Stimme riss mich aus den Gedanken und ich wandte den Blick von dem blonden Riesen ab, der seine Bahnen auf dem Spielfeld des Stadions lief.

Sie lächelte mich an und strich ihre krausen Haare zurück in einen Dutt. Ihre braunen Augen wanderten neugierig an mir vorbei zum Spielfeld. »Du solltest aufhören, ihn anzustarren.«

Ich verkniff mir ein Seufzen und strich meinen rot-weiß-karierten Rock der Cheerleader-Uniform glatt.

»Man sollte seinen Ex nicht anglotzen, wenn er vergeben ist«, predigte sie.

Mein Blick ruckte hoch und ignorierte das verräterische Hämmern meines Herzens. »Was?« *Na klar, Sarah, kling panisch. Ist total unauffällig.*

Am liebsten hätte ich über mich selbst die Augen verdreht, verkniff es mir jedoch in letzter Sekunde.

Sie zuckte mit den Schultern. »Kaum ist Taylor hier, starrst du aufs Spielfeld.«

Ach, Taylor.

Jetzt rollte ich tatsächlich mit den Augen. »Das mit uns ist vorbei.« Und das aus gutem Grund. »Damit habe ich Frieden geschlossen.«

Sie nickte und schulterte ihre Sporttasche, die an ihren Füßen lehnte. »Das hoffe ich doch. Immerhin ist er mit deiner Schwester zusammen.«

Ich lächelte. Dieses Mal aus vollem Herzen.

Unauffällig suchte ich das Feld nach Maeves silbernem Haarschopf ab. Sie stand beim Headcoach der Buckeyes, Colin Thees, und redete mit ihm. Bestimmt über Spielzüge oder so was. Den Teil des Footballs verstand ich kaum. Genauso wenig wie ihre Leidenschaft, sich in den Dreck zu schmeißen und zig blaue Flecke davonzutragen.

Solange es sie glücklich macht.

Fast so glücklich wie Taylor, dessen Blick uneingeschränkt auf ihr verweilte, sollte sie in seiner Nähe sein. So wie jetzt. Wie immer versteckte er seine dunklen Locken unter seiner Basecap, die er falsch herum trug, und beobachtete Maeve von seinem Platz an der Seitenlinie aus mit einem Lächeln. Ein unbeschwertes Lächeln. Etwas, das ich ihm nie entlockt hatte.

Nein, ich habe es ihm weggenommen.

Dank mir hatten die beides es echt schwer.

Schuldbewusst befeuchtete ich meine Lippen. Meine Wangen brannten und ich wusste sofort, wieso. Wie von selbst streifte mein Blick über das Feld und grüne Augen bohrte sich in mich.

Ich spürte immer, wenn Alan mich ansah.

Ein verdammter Fluch, der mir vor Jahren auferlegt worden war und dessen Erlösung mir nicht vergönnt schien.

Über die zig Meter des Stadions konnte ich ihre Farbe nicht erkennen, doch ich bildete mir ein, dass sich das Grün in Alans Augen verdunkelte. Der Anblick erinnerte mich immer an einen düsteren, verwucherten Wald, der mit seinen Ästen alles verschlang, was sich in seine Nähe traute.

Er verengte die Augen zu Schlitzen. *Lass sie in Ruhe.*

Dieselbe stumme Warnung, die ich seit Jahren von ihm bekam, sollte ich auch nur in Maeves Richtung atmen.

Wie immer hob ich ihm voller Trotz mein Kinn entgegen und funkelte ihn angriffslustig an. *Zwing mich doch dazu.*

Na los, sei ihr braves, kleines Wachhündchen.

Versteck dich hinter deinem Hass auf mich.

Denn weiß Gott, das hatte ich verdient. Auch wenn sich meine Schwester und ich letztes Weihnachten ausgesprochen hatten und seitdem sogar hin und wieder im Campuscafé einen Kaffee tranken.

Ich war jahrelang unausstehlich zu ihr gewesen, dem nettesten Menschen dieses verfluchten Planeten.

Wie gesagt, ich war ein schlechter Mensch.

Eine unverbesserliche Zicke, deren Herz verloren gegangen war. Die Figur in Büchern und Filmen, die von allen gehasst und über deren Tränen schadenfroh gelacht wurde.

Aber verdammt, ich bemühte mich um Besserung.

Um Vergebung.

Alan hob zynisch einen Mundwinkel und ließ überdeutlich den Blick über mich wandern. Ich hörte sein Schnauben beinahe. Kopfschüttelnd traf sein Blick wieder meinen. Die Härte in ihm presste mein Herz zu einer kleinen Kugel zusammen. *Du bist ein schrecklicher Mensch.*

Ja, das wusste ich.

Meinem Image der kaltherzigen Sarah Yang entsprechend, grinste ich ihn unbekümmert an und wandte ihm den Rücken zu. Achtete darauf, dass meine schwarzen Haare schwungvoll über meine Schulter fielen.

Verdammt, ich wusste, dass ich schrecklich war.

Und ich hasste mich dafür, dass er der Grund war, diese Seite an mir zu verabscheuen.

Genauso wie die Tatsache, Brittany nur anzusehen, weil ich die Verachtung in Alans Augen nicht mehr aushielt, doch solange er dem Mythos der Zicke Sarah Yang glaubte, war das okay.

Jedenfalls erstmal.

Vergebung erarbeitete man sich wie einen Sieg beim Marathonlauf: mit Unmengen an Ausdauer, investierter Zeit und Durchhaltevermögen.

Ich hoffte einfach, irgendwann würde er mich nicht mehr in der Luft zerreißen.

Vier Jahre waren lang genug, oder?

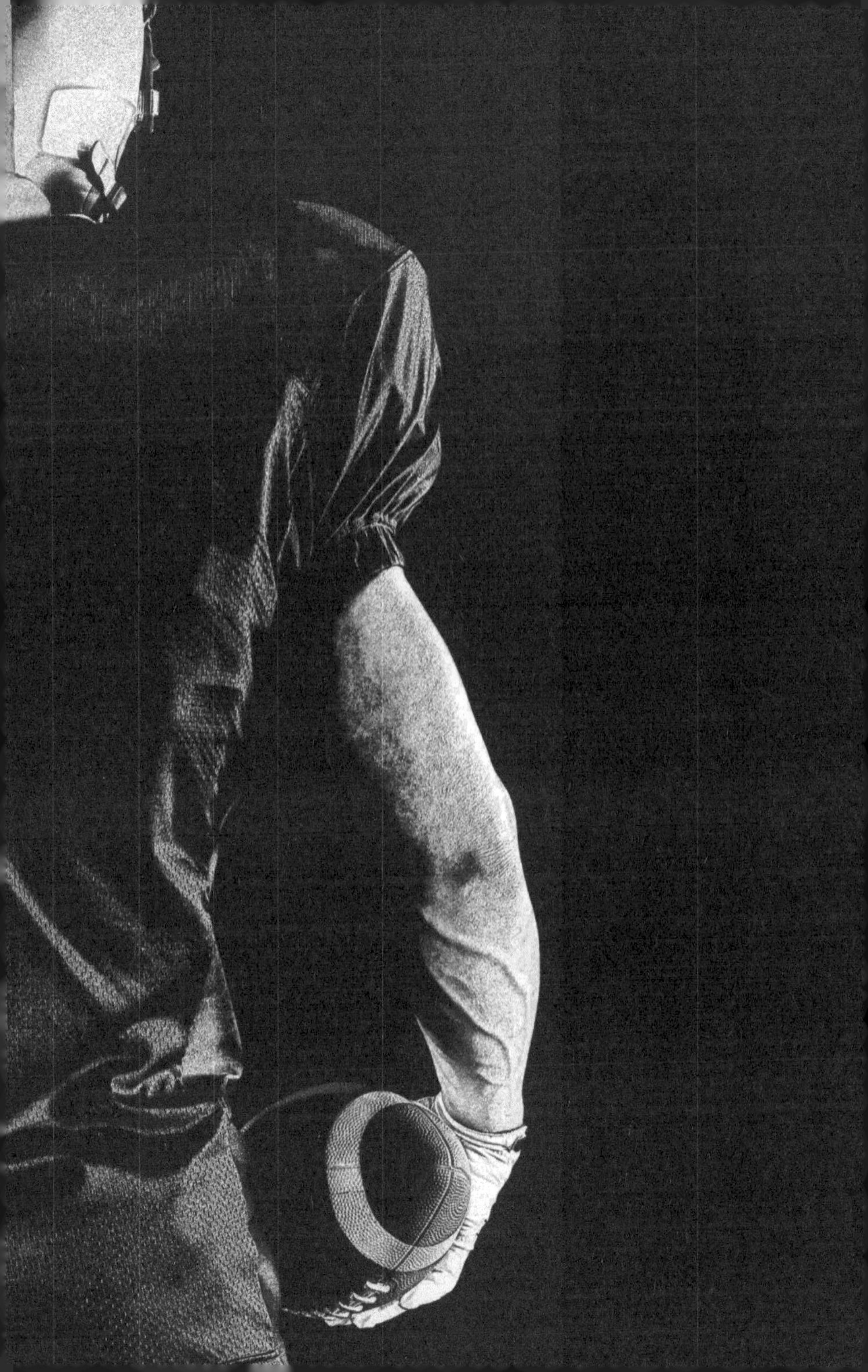

2

Alan

»Wo warst du das ganze Training mit deinen Gedanken?« Tyrese, mein nervig liebenswerter Freund mit den kurzen, krausen Haaren und seinem strahlenden Fernsehwerbung-Lächeln, fiel neben meinem Spind auf die Sitzbank und schaute neugierig zu mir auf. Auch Maeve lehnte, bereits umgezogen, rechts an meinem Abteil und beäugte mich. So, wie meine beste Freundin mit viel zu viel Energie und silbernen Haaren es immer tat.

Noch immer verstand ich nicht, wieso Maeve noch hier war. Sich seelenruhig in der Umkleide unseres Teams aufhielt, obwohl diese Typen sie wie Dreck behandelt hatten. Verflucht, es ging nicht in meinen Schädel, wie sie überhaupt noch in unserem Team spielen konnte.

An ihrer Stelle hätte ich diesen Mistkerlen bereits einen Handkuss gegeben und mich verpisst.

Ja klar, als hättest du den Mumm dazu.

Ich verdrehte über meine spöttische innere Stimme die Augen.

Man darf ja noch träumen.

»Was meint ihr?« Doof stellen klappte bei den beiden nicht, man konnte es dennoch versuchen.

Mit einem verschlagenen Funkeln in den Augen grinste Maeve, auch Eve genannt. »Rede, Baker. Du weißt, ich lasse dich sowieso nicht in Ruhe, bis du es tust.«

»Darf ich nicht einfach schlechte Laune haben?« Ich nickte zu Tyrese. »Kann ja nicht jeder so ein radioaktiver Strahlemann sein wie unser Ty.«

»Hey.« Empört trat er gegen mein Schienbein und ich knallte ihm als Gegenleistung meine Handkante auf den Kopf.

Maeve lachte. »Herrgott, wie schafft ihr es, eure Wohnung nicht in feindliche Staatsgebiete zu erklären und euch mit Bratpfannen zu bewerfen?«

Der Vergleich zwang mir ein Schmunzeln ab und Tyrese rieb sich lachend die schmerzende Stelle. Amüsiert blickte er zu Maeve. »Ich habe genug Liebe für unsere Beziehung in mir, um seine Abneigung aufzuwiegen«, triezte er mich weiter.

Okay, einfach ignorieren.

Ohne sie weiter zu beachten, band ich meine kinnlangen Haare zu einem Dutt. Duschen würde ich, wie immer, zu Hause in Tyrese' und meiner WG. Ich stopfte die Schutzausrüstung in mein Abteil. Die meisten waren bereits auf dem Weg zurück ins Wohnheim oder zum Verbindungshaus des Teams, Delta Gamma.

Kein Wunder, immerhin war es nach acht Uhr abends und wir alle waren seit sieben Uhr auf den Beinen. Seit neun in unseren Vorlesungen.

Ich will nur noch ins Bett.

»Komm schon, Kumpel.« Tyrese schlug einen versöhnlichen Tonfall an und neigte interessiert den Kopf. »Wer hat dir ans Bein gepisst?«

Sarah.

Wie. Immer. Sarah.

Mittlerweile reichte ein Blick von ihr, um meine Nerven gefährlich straff zu ziehen. Vor allem, wenn sie Maeve ansah.

Aber das würde nie über meine Lippen rutschen. Schon gar nicht in Maeves Nähe, die sich sofort wieder Sorgen machen oder die Schuld bei sich suchen würde. Kein Schimmer, wieso, doch diese Mutter Teresa sah selbst in einem Teufel wie Sarah Yang Gutes.

Dabei wussten wir beide, ihre Seele hatte einen tiefschwarzen Kern, der alles in ihr verpestete. Und alle in ihrer Nähe.

Stopp, das sind die Nerven nicht wert, Mann.

»Lasst uns abhauen. Ich will ins Bett.« Wie zur Untermalung übermannte mich ein Gähnen. Ich versteckte es hinter meinem Handgelenk und blinzelte die Müdigkeitstränen beiseite.

»Okay.« Mit erhobenen Händen sprang Tyrese von der Bank und schob mich an den Schultern Richtung Tür. Grinsend schaute er zu Maeve, die uns begleitete. »Bringen wir unseren großen Jungen ins Bett.«

Ich verdrehte die Augen, wohl wissend, was er versuchte. Tyrese' Lieblingsbeschäftigung war es, unter anderem, so lange auf meinen Nerven rumzutanzen, bis sie rissen und ich ihm die Meinung geigte. Aus irgendeinem mir unerklärlichen Grund waren wir trotzdem beste Freunde.

Auf dem Parkplatz, der an den Hinterausgang des Stadions grenzte, lehnte Taylor an seinem Wagen. Kaum sah er uns, legte er sein Buch beiseite und grinste. Maeve rannte bereits in seine Arme und entlockte ihm ein Lachen, ehe die Tür hinter uns ins Schloss fiel.

»Hey, Sunshine.« Er beugte sich zu ihr hinab und hauchte ihr einen Kuss auf die Nasenspitze, weswegen sie kicherte.

Ihre hellgrünen Augen strahlten voller Glück und ich bildete mir kurz ein, es auch zu fühlen. »Hey.«

»Würde ich euch nicht so mögen, fände ich euren süßen Pärchenkram ekelig«, kommentierte Tyrese, ehe er Taylor in eine Umarmung zog. Ich tat es ihm gleich.

Dabei scannten mich Taylors Augen mit einer Wachsamkeit und Ruhe, die ihn zu einem der besten Quarterbacks des Landes gemacht hatten – bis er vor einem Jahr aufgehört hatte, um sich auf sein Medizinstudium zu konzentrieren.

Alles okay?, stand in seinem Blick.

Seine stumme Frage lockerte meine Schultern und ich nickte kaum merklich.

Das entsprach zwar nicht der Wahrheit, aber meine Güte, sie sollten sich entspannen. Meine Probleme waren nichts im Gegensatz zu seiner Trauma-Verarbeitung, Maeves Kampf gegen Sexismus oder Tyrese' Problemen mit rassistisch motivierten Kommentaren dank seiner Hautfarbe.

Von uns allen besaß ich die trivialsten Probleme.

Probleme, die ich ausschließlich mir selbst zu verdanken hatte. Was die Sache noch schwerer aussprechbar machte.

Taylor erwiderte mein Nicken ebenso subtil. Er wandte sich schmunzelnd zu Tyrese und drückte Maeve enger an sich. »Guck weg, wenn du nicht erträgst, wie ich sie mit meiner Liebe überschütte.«

Maeve lachte an seiner Brust, stellte sich auf die Zehenspitzen und hauchte ihm einen Kuss auf die Nase. Diese Nasenküsse waren irgendwie ihr Ding.

Ehrlich, wären die beiden nicht wie Familie für mich, müsste ich die Augen rollen.

Glückliche Pärchen hatten einfach diese Wirkung auf Singles.

Ich klopfte Tyrese auf die Schulter und nickte zu dem Weg, der in Richtung Männerwohnheim führte. »Lass uns gehen. Ich bin saumüde.«

Und morgen um sechs beginnt derselbe Horror wieder.

Gekonnt ignorierte ich den Gedanken und konzentrierte mich auf meine Freunde.

»Sollen wir euch mitnehmen?« Maeve lächelte uns mit einem Leuchten in den Augen an, als hätte sie keinen Tag voller Vorlesungen, Training und Strategiebesprechungen hinter sich. Keine Ahnung, woher sie all diese Energie nahm.

»Nein, lasst mal, wir gehen.« Tyrese winkte mit einer Handbewegung ab und ich nickte zustimmend.

»Fahrt vorsichtig.« Die Worte verließen mich einfach. Meine Kehle schnürte sich zu, kaum, dass sie mir über die Zunge glitten. Auch mein Herz wollte panisch hämmern.

Maeves Hand umschloss meinen Unterarm und erstickte damit den Sturm in mir, ehe er gänzlich aufkam. »Wir sehen uns morgen zum Joggen?«

Mein müdes Seufzen verkneifend, umarmte ich sie zum Abschied. »Na klar.« Als könnte ich ihr irgendetwas abschlagen.

»Gut, um sechs Uhr am Steg?«

Natürlich. Weil diese Verrückte nichts Besseres zu tun hatte, als jeden Morgen zu gottlosen Stunden zu joggen. Könnte es nicht wenigstens zu einer humanen Zeit sein?

»Wie jeden Morgen.«

In der WG angekommen, schmiss Tyrese gähnend seine Sporttasche in unseren Wohnbereich, der direkt an den kleinen Flur grenzte, in den wir kaum zu zweit passten.

Er ging einfach weiter. Murrend kickte ich ihm die Tasche hinterher. »Nimm die gefälligst mit.« Ohne ihn anzusehen, streifte ich meine Sneaker ab und stellte sie an ihren Platz im Schuhregal.

Tyrese seufzte. »Kann das nicht bis morgen warten?«

»Mach es einfach. Bitte«, schob ich mit versöhnlichem Unterton hinterher.

Er murrte etwas Unverständliches vor sich hin, doch ich hörte den Stoff seiner Tasche rascheln, als er sie aufhob. »Dein Ordnungszwang ist echt schlimm. Gute Nacht, Mann.« Freundschaftlich klopfte er mir auf die Schulter.

»Nacht, Ty.« Alle anderen Worte schluckte ich. Wie immer. Was Ordnung betraf waren wir pure Gegensätze. Wobei ich durch meine strikte Tagesroutine und den strengen Putzplan, den ich zu Studienbeginn für uns beide erstellt hatte, sowieso anders gestrickt war als die meisten. »Danke, dass du es mitmachst.«

Er lachte entfernt. Müsste ich raten, stände er schon in seiner Zimmertür links um die Ecke. »Als würde es jemand anderes mit dir aushalten, Mann.« Der Schalk in seiner Stimme verriet seinen Scherz.

Mein Mundwinkel zuckte.

Mit meiner eigenen Sporttasche über der Schulter schlurfte ich in mein Zimmer. Ohne das Licht einzuschalten stellte ich den Footballkram neben meinem Schreibtisch rechts von mir an der Tür ab und ging die vier Schritte zum Bett. Die Fotos, die an der Wand an meiner Bettseite hingen, leuchteten mir dank des fahlen Mondlichts entgegen.

Mit ächzenden Muskeln und einer Müdigkeit, die mir Tränen in die Augen trieb, schmiss ich mich rücklings auf meine Matratze.

Murrend rieb ich mir über die geschlossenen Augen.

Wieder ein Tag hinter mir. Wieder derselbe Ablauf. Wieder ein Training durchgestanden.

Ich hatte den Tag überstanden.

Etwas, das ich jeden Abend still und heimlich feierte.

Blind griff ich nach meiner Bettdecke und zog sie über mich. Duschen würde ich morgen vor den Vorlesungen.

Nach meiner einstündigen Joggingtour mit Maeve.

Allein der Gedanke ließ mich die Nase rümpfen.

Nur noch ein paar Monate. Bald hatte ich das College und damit auch die Football-Katastrophe hinter mir. Sobald ich meinen Abschluss in der Hand hielt, konnte ich dieser Sportart endlich einen Abschiedskuss geben.

Und meine Ruhe vor Sarah haben.

Der Gedanke schlich sich von selbst ein. Augenrollend warf ich meine Decke über den Kopf. Natürlich hatte ich auch in meinen letzten wachen Minuten keine Ruhe vor ihr.

Als ob es in den vergangenen vier Jahren anders gewesen wäre.

Seit fast einem halben Jahrzehnt verfolgte mich Sarah Yang.

Doch was mich noch mehr als ihre selbstverliebte Art und die Schäden, die sie verursachte, nervte, war die Tatsache, sie nicht hassen zu können.

Egal, wie viel Mühe ich mir dabei gab.

Denn jede Nacht war das Letzte, was ich sah, ihr triumphierendes Lächeln, weil sie immer noch einen Platz in meinem Herzen hatte. Einen kleinen schwarzen Fleck, der sich wie Gift durch meine Adern fraß und mich langsam zugrunde richtete.

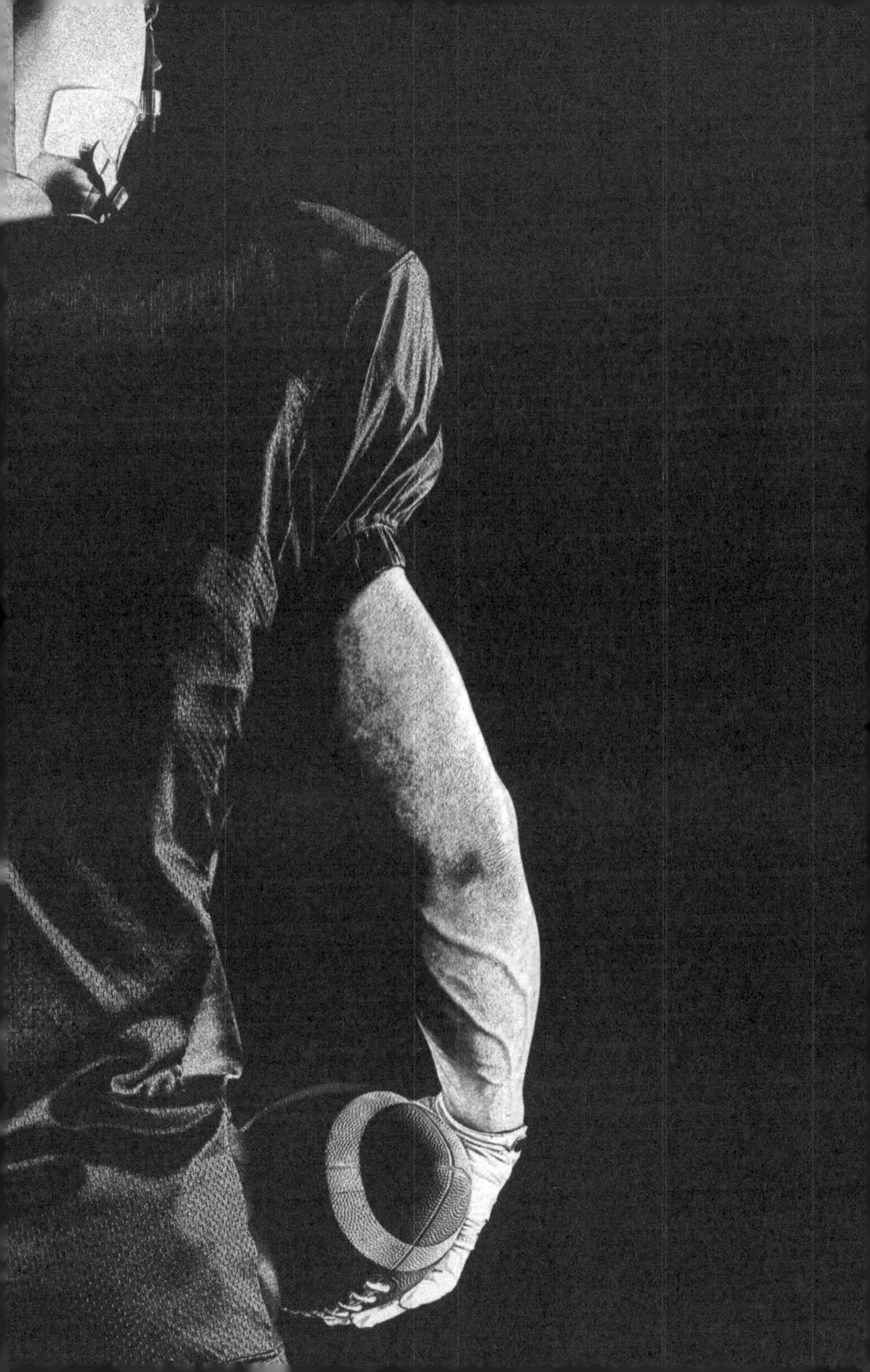

3

Alan

Vor vier Jahren. Texas.

Die Sommerhitze brannte sich in meine Haut. Selbst oberkörperfrei glaubte ich bei lebendigem Leibe gegrillt zu werden. Die texanische Hitze hatte es in sich.

»Beweg deinen Arsch, Baker«, grölte der Coach über das Spielfeld und ich stöhnte genervt.

»Welcher Mistkerl kommt auf die Idee, bei vierzig Grad Lauftraining zu machen?« Schnaubend schüttelte ich meine Hände aus und lief weiter meine Runde am Seitenrand des Spielfeldes entlang.

»Zittern deine Hände?« Maeve tauchte neben mir auf. Im Gegensatz zu uns anderen schien die Hitze ihr nichts auszumachen. Sie trug sogar die volle Schutzmontur. Unter dem Ding musste sie kochen.

Ich behielt den Blick auf der Strecke, die unsere Trainer mit kleinen gelben Hütchen markiert hatten. »Nein, tun sie nicht.«

Denn, verdammt, sie bebten förmlich.

Genauso wie meine Sicht verschwamm und jeder Atemzug schwerer wurde. Aber hey, nur noch eine Stunde und ich könnte mich in meinen Jeep setzen und mir zur Belohnung des Tages ein kühles Bier gönnen.

Irgendwie brachte ich das Training hinter mich und schaffte es, die Teammitglieder von Maeve fernzuhalten. Keine Ahnung, was diese Neandertaler hatten, sich daran aufzugeilen, Maeve wegen ihrem Platz im Team fertigzumachen.

»Gehst du nicht duschen?« Sarah lehnte an der Wand gegenüber unserer Tür zur Umkleide, durch die ich gerade mit Maeve trat. Die anderen waren längst über alle Berge, also herrschte eine angenehme Stille im Flur

unseres kleinen Stadions.

Ich mühte mir ein Lächeln ab. Fahrig strich ich meine Haare zurück. Noch ein paar Wochen und ich könnte sie endlich zusammenbinden. »Mach ich zu Hause.«

Maeve schüttelte den Kopf. »Ich versteh dich manchmal echt nicht, Alan, selbst ich geh bei dem Wetter hier duschen.«

Ja, ich weiß.

Deswegen stehe ich auch noch länger in dieser stinkenden Umkleide und halte vor den Duschräumen Wache.

Sarahs strahlend grüne Augen taxierten mein Gesicht. Ich hasste es, wenn sie mich mit diesem wachsamen Blick besah. Als hätte sie es sich zur Aufgabe gemacht, meine Geheimnisse zu erkunden. Sie wandte sich Maeve zu und bohrte ihr den Finger gegen die Stirn. »Du solltest anfangen, bei uns Cheerleadern zu duschen und nicht in der Männerumkleide. Dann kann Alan früher nach Hause.«

»Na los, ich fahr euch«, wechselte ich das Thema und nickte in Richtung Ausgang, an den der Parkplatz unserer Highschool grenzte.

»Ich passe heute, muss noch in die Bibliothek. Lernen und so«, druckste Maeve herum, während ihre Wangen ein tiefer Rotton zierte. Ohne unsere Antworten abzuwarten, winkte sie und rannte davon.

Sarahs Kichern flutete den Flur und echote von den Wänden. Wie jedes Mal stellte der Klang meine Nackenhärchen auf. »Was war das denn?«, fragte sie.

Ich zuckte mit der Schulter und schmunzelte, während ich Maeve hinterhersah. »Keine Ahnung.«

»Glaubst du, sie ist endlich verknallt?« Mit den Händen auf dem Rücken trat sie zu mir und sah aus ihren großen Augen zu mir herauf. Wie immer betonte die Geste ihre Oberweite, die seit einem Jahr scheinbar nicht aufhören konnte zu wachsen und ihr jede Menge Aufmerksamkeit von unseren Mitschülern bescherte. Etwas, das mich mehr störte, als ich zugab.

Darauf konzentriert, ja keinen Blick auf ihren Ausschnitt zu erhaschen, sah ich in ihre Augen. »Keine Ahnung.«

»Ich glaube, es ist Kyle. Beim Training haben sie die ganze Zeit Blicke ausgetauscht. Voll süß.«

»Ich bezweifle es.« Meine Sporttasche geschultert, folgte ich ihr. Kyle war definitiv auf Sarah scharf, nicht auf Maeve. Wenn wir zusammen durch die Schulflure gingen, zog er sie regelrecht mit seinen Blicken aus.

Sie drehte sich zu mir, lief rückwärts weiter und grinste mich breit an. »Aww, sag mir nicht, du bist eifersüchtig, Avery.«

Avery.

Wieso auch immer, sprach Sarah mich mit meinem Zweitnamen an. Wobei er dank ihrem neckenden Unterton mehr nach einem Spitznamen klang.

Ich achtete darauf, ihr beim Gehen nicht auf die Füße zu treten. »Wieso sollte ich?«

Sie stieß mit dem Rücken gegen die Tür des Ausgangs, doch anstatt sie aufzustoßen, blieb sie stehen.

Perplex weitete ich meine Augen und schlug mit der Hand gegen die Glasscheibe über ihrem Kopf, damit ich nicht in sie reinrannte. »Verflucht, Sarah …«

»Du magst Eve.« Aufmerksam beobachtete sie mich und es fühlte sich an, als wollte sie bis in meine Seele vordringen.

Ich schluckte schwer gegen die Wüste in meinem Mund an. »Sie ist meine beste Freundin. So wie du.« Die Yang-Schwestern hatten sich im Laufe der letzten Jahre in mein Herz geschlichen. Wobei mir Maeve, aka Eve, eher wie eine kleine Schwester vorkam.

Sie hob locker eine Schulter. »Beste Freunde verlieben sich dauernd ineinander.«

Ich seufzte. »Worauf willst du hinaus, Buttercup?«

Wie immer blähte sie beim Klang des Spitznamens beleidigt die Wangen auf. Nur kurz, doch ich bemerkte es. Jedes Mal.

»Hörst du jemals auf, mich so zu nennen?« Ein Funken Hoffnung lag in ihrer Stimme.

Etwas, das mein Grinsen nur noch vergrößerte. »Nope.«

Sie verdrehte die Augen, doch ich konzentrierte mich nur auf die zarte Röte, die ihre Wangen zierte. »Ich bin kein Powerpuff Girl. Und vor allem wäre ich nicht Buttercup. Wir haben überhaupt nichts gemeinsam. Also ist das ein saublöder Spitzname.«

»Wenn du das sagst, Buttercup.«

Herausfordernd reckte sie mir das Kinn entgegen. »Wieso nennst du mich überhaupt so?«

»Verrate ich nicht.« Der Grund war viel zu lächerlich, um ihn je laut auszusprechen. »Also, Buttercup …«, ich betonte ihren Spitznamen extra, »… worauf willst du mit diesem Beste-Freunde-Liebes-Ding hinaus?«

»Auf gar nichts.« Mit dem Hacken stieß sie die Tür auf und trat in die Affenhitze des Sommers. Dabei hielt sie meinen Blick fest und ich glaubte, für eine Sekunde auch meinen Herzschlag. »Es wäre einfach schade, wenn wir uns deinetwegen streiten würden. Das ist alles.«

Blinzelnd starrte ich ihr hinterher. »Was?«

Ihr schwarzes Haar schimmerte im Sonnenlicht, als sie über die Schulter zu mir schielte. Mit einem kecken Lächeln senkte sie die Augenlider. »Du hast mich schon verstanden. Und jetzt komm.«

Meine Zähne bohrten sich in meine Unterlippe, um mein dämliches Grinsen unter Kontrolle zu bringen, und ich ignorierte das Zittern meiner Finger.

Ich wollte sie berühren.

Verdammt, ich wollte Sarah berühren.

Nein, ganz miese Idee.

Kopfschüttelnd folgte ich ihr auf den Parkplatz, holte meinen Autoschlüssel heraus und entriegelte den Jeep.

Sie schwang sich auf den Beifahrersitz und verfrachtete ihre Beine auf das Armaturenbrett. So wie immer.

Mit hämmerndem Herzen stieg ich auf den Fahrersitz und startete den Motor. Zitronenduft mischte sich unter den von Motoröl und Bierflaschen, die leer im Fußraum der Rücksitze lagen.

»Ist alles okay bei dir?« Die Sorge in ihren Worten ließ mich mein Lenkrad fester fassen. Ich biss mir auf die Zunge und ignorierte den Drang, nach hinten zu greifen und das neue Sixpack aufzureißen.

»Klar, wieso nicht?« Ich fädelte den Wagen auf die Hauptstraße ein. »Bei mir läuft alles super.« Jedenfalls redete ich mir das seit Wochen ein.

»Alan …«

»Sarah, bitte. Können wir das Thema lassen und kannst du mir ein Bier geben?« Mit einem Lächeln nickte ich auf den Rücksitz, wo eine Kühlbox stand.

Trotzig schob sie die Unterlippe vor, griff aber hinter mich. »Wie kommst du überhaupt an den Kram? Wir sind erst siebzehn.«

Sie reichte mir eine Dose. Kühle Wassertropfen rannen meine Finger hinab und ich fühlte mich direkt lebendiger. Gekonnt öffnete ich die Dose mit einer Hand und nahm einen Schluck. »Du weißt, wie es hier läuft. Niemand schlägt uns Footballern einen Wunsch ab. Sie schmeißen uns das Zeug förmlich vor die Nase.«

Augenverdrehend nahm sie sich selbst eine Dose und schaute aus dem Fenster.

Da war es. Ihr strafendes Schweigen.

Doch damit kam ich gerade klar. Das Letzte, das ich wollte, war, sie mit meinen Problemen zu überschütten. Dafür hatte sie genug Stress mit ihren Eltern.

Nach einem Radiolied seufzte sie besiegt. Im Augenwinkel bemerkte ich, wie sie zu mir linste.

»Versprich mir, dass du zu mir kommst, wenn du Hilfe brauchst. «Ihre Hand landete auf meinem Oberschenkel. Die Berührung stoppte meinen Herzschlag und zog meinen Bauch zusammen. Beinahe hätte ich vor Schreck eine Vollbremsung hingelegt. Ihre Rehaugen fingen meinen Blick ein. »Du weißt, ich bin immer für dich da.«

»Ich weiß«, murmelte ich und senkte die Lider. »Danke.«

»Immer gerne.« Ihre Hand verschwand und ein Teil von mir vermisste ihre Wärme sofort. Selbst bei dieser brütenden Hitze, dank der einem der Schweiß den Nacken hinabrann.

Sie krallte sich in den Stoff des Sitzes und beobachtete die Marktstraße, durch die wir fuhren. »Wie wäre es, wenn wir einen kleinen Zwischenstopp einlegen? Ich will noch nicht nach Hause.«

»Klar, kein Ding.« Ich auch nicht.

»Lass uns zum See fahren. Das Wetter schreit nach einem Bad.« Freudestrahlend klatschte sie in die Hände und ich drehte an der nächsten Kreuzung in Richtung stadtauswärts. Im Gegensatz zu unseren Elternhäusern, die im südlichen Conroe standen, war unser Lieblingsort eine halbstündige Autofahrt nach Nordwesten entfernt.

Sie schloss ihr Handy an meiner Musikanlage an und drehte ein Lied von Ed Sheeran auf, ihrem Lieblingsmusiker, und sang den Text mit.

»Danke«, flüsterte sie zwischen einem Liedwechsel.

Ich zwang mich dazu, weiter auf die Landstraße zu sehen, an dessen Straßenrand das Gras austrocknete. »Immer doch.«

Sie wusste, ich konnte ihr nichts abschlagen.

Nicht, wenn sie mich anlächelte.

Außerdem hatte ich nichts dagegen, zusammen mit ihr ein paar weitere Stunden der Realität zu entfliehen.

4

Sarah

Jetzige Zeit. Columbus; Ohio.
Nächster Morgen.

Verständnislos schüttelte ich den Kopf und schlürfte an meinem Café Latte. »Du bist wahnsinnig.«

Maeve schmunzelte und band ihre Haare zu einem Zopf. Dass dabei fast alle Blicke der Gäste des Campuscafés auf ihr lagen, bemerkte sie offenbar nicht. Natürlich nicht. Was Bewunderung anging, war sie so blind wie ein Maulwurf. »Wieso bin ich verrückt?«

Mein Mundwinkel zuckte und ich stellte die Kaffeetasse zurück auf den kleinen Tisch, an dem wir saßen. »Es ist acht Uhr morgens und du warst schon joggen.« Ich war froh genug darüber, meine Haare geglättet und mein Make-up hinbekommen zu haben.

Sie nahm kichernd einen Schluck von ihrem Iced Coffee. »Du klingst wie Alan.« Meine Brust zog sich beim Klang seines Namens zusammen. »Er hat die ganze Zeit ausgesehen, als hätte ich ihn gequält. Dabei macht er als Tight End sowieso mehr Cardiotraining als ich Kickerin.«

»Vermutlich, weil er in ein paar Stunden sowieso wieder laufen muss«, sprach ich meine Gedanken aus und kämmte meine Haare mit den Fingern. Eine blöde Angewohnheit, wenn ich nervös wurde. »Du solltest ihm etwas Ruhe gönnen. Geh doch mit Taylor joggen.«

Maeve neigte nachdenklich den Kopf zur Seite und presste ihre Lippen aufeinander. Etwas, das sie von ihrem Freund übernommen hatte. »Wieso sagst du Alan nicht einfach, dass du ihn magst?«

Ich verschluckte mich an meinem Latte und hustete.

Wow, warte!

Wo kam das denn plötzlich her?

Panisch richtete ich mich auf und drückte meine Hand gegen die Brust. Als der Hustenreiz endlich aufhörte, lief mir eine Träne über die Wange. Rasch wischte ich sie weg und sah Maeve fassungslos an.

Verdammt, was, wenn …?

Unauffällig schaute ich mich in dem überladenen kleinen Café um. Die Stühle der Gäste stießen gegeneinander, so nah saßen wir beisammen.

Mit zu Schlitzen verengten Augen beugte ich mich über unseren Tisch. »Könntest du das bitte nicht einfach rausposaunen?« Nur weil sie vergaß, dass jeder am Campus ihren Namen kannte, galt das nicht für mich.

Sollte jemand hören, dass ich Gefühle für jemanden hatte, wüssten es zum Abend alle Studierenden der Ohio State. Bei allen anderen wäre es mir egal. Doch es ging immerhin um Alan.

Er war der Letzte, der wissen musste, dass ich ihn in Wahrheit mochte.

Allein bei dem Gedanken sah ich sein höhnisches Schmunzeln und die Genugtuung in seinen Augen. Er hätte Gefallen daran, mir eine Abfuhr zu geben. Für ihn wäre das vermutlich so etwas wie ausgleichende Gerechtigkeit.

Maeve verzog entschuldigend den Mund. »Sorry.« Mit einem nachdenklichen Schimmern in den Augen strich sie mir eine Haarsträhne hinter die Ohren. »Aber mal ehrlich, Sarah. Entschuldige dich einfach bei ihm. So wie bei mir. Er wird dir schon verzeihen. Ich meine, das ist vier Jahre her.«

Ein Schnauben entwich mir. »Du kennst ihn. Sogar besser als ich. Selbst wenn ich mich entschuldige, würde er mir nie verzeihen.«

Das hatte er am Tag unseres Highschoolabschlusses überdeutlich gemacht.

»Und wenn du ihn überzeugst, ein besserer Mensch geworden zu sein?«, überlegte Maeve laut.

Ich schüttelte amüsiert den Kopf. »Da müsste ich schon die Kirche reformieren oder etwas gegen Republikaner tun.«

»Versuchen wir es mit etwas Einfacherem.«

»Klar, weil das bei einem Sturkopf wie Alan ausreichen würde …«, murrte ich geknickt, ehe ich die Schultern straffte und eine Hand auf ihre legte. Ihr perplexes Blinzeln ignorierend, lächelte ich sie an. »Trotzdem danke. Ehrlich.«

Damit meinte ich nicht nur ihre Bemühungen, mir mit Alan zu helfen. Nein, vor allem sprach ich davon, dass sie mir eine zweite Chance gab. Dass sie letztes Weihnachten meine Entschuldigung angenommen hatte, obwohl ihr jedes Recht der Welt zustand, mich zum Teufel zu jagen.

Aber, na ja, das widerspräche Maeve Yangs Naturell. Und so sehr mir das Sorgen bereitete, freute ich mich darüber, weil es mir eine Chance gab, meine kleine Schwester zurückzubekommen.

»Wie wäre es, wenn wir uns eine Bucket List überlegen?«, brainstormte sie ungeachtet meiner Worte weiter. Argh, sie war genauso ein Sturkopf wie Alan. Kein Wunder, dass sie beste Freunde waren.

Ergeben seufzte ich. »Okay, schieß los.«

Ihre Augen strahlten vor Freude und sie kramte einen Block aus ihrem abgeranzten Rucksack. Den Bleistift angelte sie aus ihrer Jackentasche. Wer zum Teufel rannte mit einem Bleistift in der Jacke rum?

»Na, wie eine dieser Wunschlisten für den perfekten Sommer oder was man vor Collegebeginn noch erleben will«, erklärte sie und kritzelte eine Überschrift auf ein leeres Papier.

Neugierig beobachtete ich sie dabei.

Sarah 2.0
Wie ich so nett werde, dass mir alle Blumen schenken!

Ich lachte laut auf. »Ehrlich? Wie kommst du immer auf so einen Kram? Und sind es nicht immer die Netten, die benutzt werden, und die Gemeinen, die Geschenke kriegen?«

»Nur in klischeehaften, unrealistischen Romantikfilmen. In der Realität kriegen die Netten zwar Arschtritte von Mistkerlen, aber sie werden auch dafür belohnt, das auszuhalten.« Sie legte ihre Stirn in Falten und tippte sich mit dem Ende des Stifts gegen die Lippen. »Vielleicht nicht mit Blumen, doch wer Gutes tut, dem wird Gutes getan, oder wie der Spruch geht.«

»Du meinst Karma? Daran glaubst du?«

Sie nickte mit einer Überzeugung, die auf mich abfärben wollte. Mit einem vorsichtigen Lächeln schielte sie zu mir. »Ich glaube an Karma und eine ordentliche Portion Ehrgeiz gepaart mit Durchhaltevermögen und Glück und du besitzt alles davon. Also sollte es ein Klacks werden, dein Ziel zu erreichen.«

Mein Blick brannte sich in das weiße Stück Papier, unter dessen Überschrift Maeve die Zahlen eins bis zehn geschrieben und sie einzeln umkreist hatte.

Eine Bucket List zum *Nettwerden*?

Ich nagte an meiner Unterlippe. »Glaubst du wirklich, das klappt?«

Unschlüssig hob sie eine Schulter. »Keine Ahnung. Ich denke allerdings, dass Alan dir eher glaubt, wenn er Beweise sieht. Wenn er merkt, dass du dich von Herzen anstrengst.«

Das klang logisch.

»Und jetzt?«, hakte ich nach und umfasste den Bleistift. Die Kanten des Holzes bohrten sich gefühlt wie kleine Rasierklingen in meine Haut.

Maeve schlürfte an ihrem Getränk. »Jetzt überlegen wir uns die einzelnen Punkte.«

5

Sarah

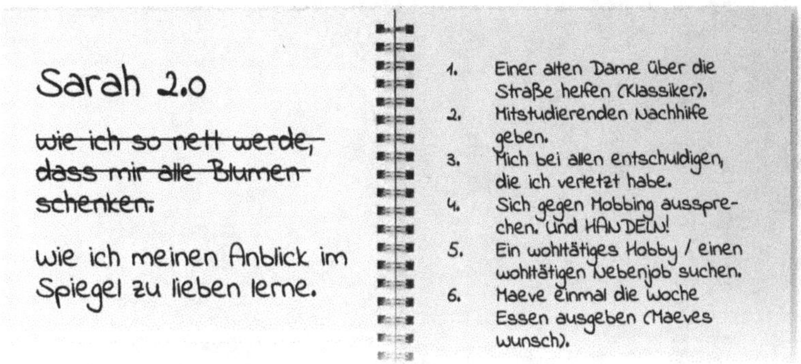

Diese Punkte sammelte ich mit Maeve im Café.

Es dauerte fast eine Stunde, führte zu einigen Diskussionen und Lachern und wir kamen beinahe zu spät zu unseren Vorlesungen, doch es hatte sich gelohnt.

Und als ich abends vom Cheerleading-Training kam, setzte ich mich auf mein Bett, kramte die Liste aus meiner Handtasche und ergänzte die fehlenden vier Punkte.

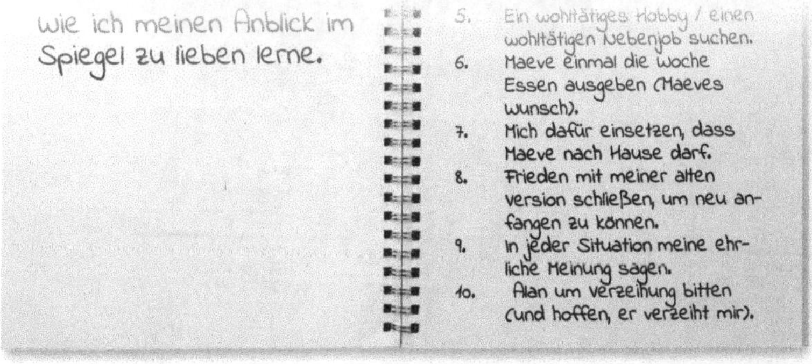

6

Sarah

Eine Woche später. Donnerstag.

Es war eines, sich Ziele zu setzen, aber ein anderes, die Ziele in Angriff zu nehmen.

Auch wenn es als unsympathisch galt: Ich gehörte zu den Menschen, denen das aktive Handeln schwerfiel. Im Gegensatz zu Maeve hatte ich kein Hobby und keine Leidenschaft, die mich an meine Grenzen brachte. Okay, ich designte gerne meine eigenen Outfits und postete sie hin und wieder auf meinem Social-Media-Account. Aber ich war nicht wie sie nachts wach und lernte.

Ich gehörte leider zu der Sorte Mensch, die groß träumte und sich ein Jahr später erneut versprach, diesen Traum in die Tat umzusetzen.

Und weil ich eine solche Person war, fiel es meinen Eltern so leicht, mir ihren Willen aufzubürden. Im Gegensatz zu Maeve fehlte mir ein triftiger Grund, ihren Anforderungen und Lebensvorstellungen von mir zu widersprechen.

Ich studierte an ihrem Wunschcollege, der Ohio State University in Columbus. Weil Mom es sich so wünschte, betrieb ich Cheerleading und ließ mich durch die Lüfte wirbeln. Dad zuliebe studierte ich Finanzmanagement im Hauptfach und im Nebenfach Immobilienmarketing, damit ich in seine Firma einsteigen konnte.

Keine Ahnung, wann es passiert war, aber irgendwann hatte ich mich den Wünschen meiner Eltern gefügt, während meine kleine Schwester für ihr eigenes Leben einstand und deswegen sogar von Familienfesten verbannt worden war.

Es kostete mich also keinen zweiten Gedanken, einen Teil meiner Bucket List Maeve zu vermachen. Ich wusste, wie sehr sie darunter litt, von unseren Eltern ignoriert und verstoßen zu werden. Und ich hasste mich immer mehr dafür, jahrelang stillschweigend zugesehen und sie alleingelassen zu haben.

Damit war jetzt Schluss.

»Sarah.« Dads warnendes Grollen drang durch das Handy in mein Ohr und ich seufzte in mich hinein. »Das Thema ist vorbei.«

»Aber …«

»Kein aber«, unterbrach er mich barsch und ich starrte genervt zu der leer geräumten Seite des Raumes, wo Maeve bis vor einigen Monaten gewohnt hatte. Jetzt bezog sie mit Taylor eine Wohnung nahe dem Campus. Der zusätzliche Platz verdeutlichte mir umso mehr, dass ich alleine lebte.

Auch wenn wir damals kaum miteinander geredet hatten, war ihre Anwesenheit immer schön gewesen. Wir waren nun mal Schwestern. Seit sie zwei Jahre nach mir geboren wurde, hatte ich sie immer um mich gehabt – und jetzt war ich allein.

»Woher kommt deine Sturheit plötzlich?« Dads vorwurfsvolle Stimme riss mich aus den Gedanken. »Maeve hat selbst zu verschulden, an deinem Geburtstag nicht bei uns zu sein. Es war ihre Entscheidung, weiterhin in diesem Team zu bleiben.«

Weil es sie glücklich macht, dachte ich.

Verflucht, irgendwann traute ich mich, Dad die Meinung zu geigen, anstatt die Lippen aufeinanderzupressen und den Kopf einzuziehen. »Es ist mein Geburtstag …«

»Den wir hier in meinem Haus feiern. Sie bleibt in Ohio, verstanden?«

Ich zog die Augen zu Schlitzen zusammen. »Ja.«

Nur ein Rückschlag.

Keine Niederlage.

»Okay, also kommst du nächstes Wochenende nach Hause«, fasste Dad zusammen, wovor ich am liebsten weglaufen würde.

»Können wir das nicht auf Thanksgiving verschieben? Ich bin zweiundzwanzig, Dad, ich möchte den Geburtstag mit meinen Freunden …«

»Freundschaften sind vergänglich. So wie alles im Leben. Nur die Familie hält ein Leben lang.«

Klar, deswegen ist Maeve für dich auch gestorben …

Mit einem müden Seufzen fuhr ich durch meine Haare und ließ mich rücklings auf die Matratze fallen, auf der ich saß.

»Du kommst an deinem Geburtstag nach Hause. Ach ja, lade den Baker-Jungen ein. Sein Vater und ich müssen bei der Feier über einen Geschäftsabschluss reden.«

Na klar, an meinem Geburtstag Geschäfte machen.

Ich rümpfte die Nase. Wieso fühlte es sich so an, als benutzte er mich dafür, ein gutes Licht auf sich zu werfen?

Moment, warte ...

»Baker?« Mit aufgerissenen Augen schoss ich in die Höhe. Mein Herz hämmerte panisch in der Brust und ich biss mir auf die Unterlippe. »Wie in *Baker Industries*?«

»Genau die.« Ich hörte förmlich, wie er stolz sein Kinn in die Höhe reckte. Baker Industries war eine schnell wachsende Firma, die in unserer kleinen Heimatstadt Conroe ein kleines Vermögen an Grundstücken besaß.

Und ganz nebenbei Alans Eltern gehörte.

Was bedeutete, dass ich ihn zu meinem Geburtstag einladen und zurück nach Texas schleifen sollte. Jemanden, der unsere Heimat fast mehr verabscheute als ich.

Das schaffe ich niemals.

Verdammt, wie soll ich es danach noch hinkriegen, dass er mir verzeiht?

»Enttäusch mich nicht, Sarah. Wir haben nur noch dich.« Die Trauer in seiner Stimme zog meine Brust zusammen, doch die Bedeutung seiner Worte brodelte wie Lava in meinem Magen.

»Maeve ist immer noch ...«

»Tschüss, Schätzchen. Wir hören die Tage voneinander.« Er legte auf. Ohne mich zu Wort kommen zu lassen.

Sprachlos starrte ich auf mein Handy, das den beendeten Anruf anzeigte.

Er hatte mich einfach abgewürgt!

Wie konnte er sich nicht einmal meine Meinung dazu anhören? Hatte er überhaupt gefragt, wie es mir ging? Nein, ich erinnerte mich nicht daran. Oder hatte er eine andere Frage gestellt, die nicht mit dem Verlauf meines Studiums oder den Plänen für meinen Geburtstag zu tun hatte?

Fast kam es mir vor, als wäre es seine Firmenveranstaltung.

Seufzend legte ich mein Handy beiseite und besah meine bunten Socken.

»Vielleicht hat Maeve es genau richtig gemacht«, murmelte ich vor mich hin. In Momenten wie diesen wünschte ich mir, genauso viel Mut wie sie zu haben. Sie hätte Dad nie erlaubt, so mit ihr umzuspringen und sie täte einen Teufel, in das Flugzeug nach Texas zu steigen, um ihren Geburtstag mit Geschäftsessen und gespielter Familienharmonie zu verbringen.

»Irgendwann, Sarah«, beruhigte ich mich leise und rang mir ein Lächeln ab. »Irgendwann hast du denselben Mut.«

Bis dahin musste ich mit Alan reden und ihn in die Pläne unserer Väter einweihen.

Murrend vergrub ich das Gesicht in meinem Kopfkissen. Das konnte nur in einem totalen Desaster enden.

7

Sarah

Der nächste Tag. Freitag.

Okay, das reicht für heute.« Ich klatschte grinsend in die Hände und betrachtete das Team. »Das war echt super, Leute. Wenn wir so weitermachen, haben wir die neue Choreo in einer Woche drauf.«

Gejubel und erleichtertes Aufseufzen ging durch die Truppe, ehe wir unseren Abschiedskreis auflösten und alle zu ihren Taschen gingen, die wir während dem Training auf der Seitenlinie der Auswärtsmannschaft unterstellten.

»Eine gute Ansprache.« Zyntia, unsere Coachin, klopfte mir auf die Schulter und grinste. Nur ihre Augen leuchteten vor Freude, denn dank der vielen Botox-Behandlungen hoben sich ihre Lippen kaum.

Ich nickte ihr dankbar zu und streckte den Rücken durch. »Danke.«

Ihr Blick glitt zur anderen Seite des Stadions, wo die Footballmannschaft trainierte. »Kaum zu glauben, dass sie deine Schwester ist. Ihr fehlt jegliche Grazie.«

Ich presste die Lippen aufeinander und folgte ihrem Blick. Maeve absolvierte gerade Liegestütze. »Maeve ist …«

»Etwas Besonderes, ja, ich weiß«, würgte sie mich ab und tätschelte meine Wange. »Immerhin haben deine Eltern mit dir eine richtige Tochter. Sie sind sicherlich stolz auf dich.«

Verkrampft erwiderte ich ihr Lächeln. »Ja, ich denke schon.« Solange ich nach ihren Regeln spielte.

»Na ja, ich lass dich jetzt dich umziehen gehen. Wir sehen uns morgen, Darling.«

Nur aus Höflichkeit hob ich die Hand zum Abschied.

»Kommst du?« Brittany warf mir einen neugierigen Blick von der Tribüne aus zu, an der unsere Sachen lagen. Ich schaute zu ihr und bemerkte, wie sie auf ihrem Handy eine Nachricht tippte. »Oder willst du hier Wurzeln schlagen?«

»Geh schon mal vor. Ich muss noch etwas erledigen.« Auch wenn ich keinen Bock dazu hatte.

Mit einem Schulterzucken schlenderte sie zu dem Tunnel, in dem es zu unseren Umkleiden ging. »Wie du willst. Bis dann.«

Seufzend schlurfte ich zu der Sitzbank in der ersten Reihe der Tribüne und ließ mich auf das abgenutzte Holz fallen. Ich nagte an meiner Unterlippe, während ich das Footballteam dabei beobachtete, wie es seine Abschlussrunde um den Platz lief.

Ich musste mit Alan reden.

Doch wie sollte ich das Gespräch anfangen? *Hey, du hasst mich, ich weiß, aber wir feiern nächstes Wochenende meinen Geburtstag zusammen in Texas. Ja, genau. Ach ja, mit unseren Eltern. Einverstanden? Nein? Cool, schönen Tag noch.*

Seufzend besah ich meine nackten Knie und fuhr nervös über den breiten rot-weißen Längsstreifenrock unserer Uniform.

Das Gespräch würde in einer Katastrophe enden. Allein, ihn zum Stehenbleiben und Zuhören zu bewegen käme einem Wunder gleich.

Ich wünschte, Maeve würde mit nach Conroe kommen.

Bei dem Gedanken suchte ich das Feld nach ihr ab und lächelte. Sie alberte mit Alan und Tyrese herum und tanzte zur Musik, die zur Motivation immer während des Trainings aus den Stadionlautsprechern schallte, nachdem sie ihre Runde beendeten.

»Kaum zu glauben, dass ihr Schwestern seid.«

Zyntias Worte ließen mich meine Fingernägel in die Kante der Sitzbank krallen. Ich sollte Maeve verteidigen, doch meine Lippen fühlten sich wie zusammengeschweißt an.

So viel zu Punkt vier und neun (Anti-Mobbing und Ehrlichkeit) meiner Bucket List.

Es ist wirklich schwer, aus alten Verhaltensmustern auszubrechen.

Mir war von Anfang an klar, dass mir diese Bucket List einiges abverlangen würde, allerdings dachte ich, es wäre … na ja, einfacher.

Übung macht den Meister, Sarah.

Einfach weiter versuchen und nicht aufgeben.

Ein schrilles Geräusch riss mich aus den Gedanken. Ich kniff ein Auge zusammen und zog den Kopf ein. Ich hasste Coach Thees Pfeife. Der Klang bescherte mir seit Jahren eine ekelige Gänsehaut.

»Schluss für heute. Macht, dass ihr nach Hause kommt.« Grinsend klatschte Coach Thees in die Hände. »Und esst mir ja genug. Ihr wisst, Kohlenhydrate sind unsere Freunde, keine Feinde.«

Das widersprach so ziemlich allem, was Zyntia unserem Cheerleading-Team predigte.

Mit hämmerndem Herzen stand ich auf, schulterte meine Tasche und überquerte den Kunstrasen.

Das Training war vorbei. Was bedeutete, meine Showeinlage stand bevor.

Du schaffst das, Sarah. Einfach atmen und hoffen, er reißt dir nicht den Kopf ab.

Ich zwang mich, zu lächeln, als ich die Sitzbank ansteuerte, die Alan, Tyrese und Maeve belagerten.

»Sarah!« Maeve entdeckte mich als Erste und sie kam mir mit einem strahlenden Lächeln entgegen. »Was machst du denn noch hier? Seid ihr nicht längst fertig?«

»Ja, aber …« Ich blieb stehen und schielte über ihre Schulter. Tyrese hatte die Stirn in Falten gelegt und musterte mich misstrauisch. Alan verschränkte die Arme vor der Brust. Sein fester, breiter Stand und die verengten Augen schrien mir entgegen, wie unwillkommen ich hier war. Auf seiner Stadionseite. In seinem Revier und seiner Welt.

Ich atmete tief ein. »Ich muss kurz mit Alan reden.« Hoffentlich hörte niemand das Zittern meiner Stimme.

»Mit mir?« Alans Mundwinkel zuckte amüsiert und seine dunkelgrünen Augen schienen mich in ihre Tiefe zu ziehen.

Ich imitierte seine Haltung, wobei mir meine Tasche von der Schulter rutschte und gegen mein Knie stieß. »Ja. Glaub mir, ich würde es nicht tun, wenn ich es nicht müsste.«

Er nahm einen Schluck aus seiner überdimensionalen Wasserflasche. »Vergiss es.«

»Alan.« Maeve warf ihm einen bittenden Blick zu.

Seine Schultern fielen mit einem genervten Schnalzen ein. »Na gut.«

In letzter Sekunde verhinderte ich, die Lippen aufeinanderzupressen und den Blick von ihnen abzuwenden. Ich hasste es, dass ein Wort von

Maeve reichte, um ihn umzustimmen.

Nein, was ich hasste, war, wie sehr es schmerzte, die Intimität zwischen ihnen zu sehen.

»Na dann …« Tyrese' Blick zuckte von mir zu Alan, ehe er ihm auf die Schulter klopfte. »Wir sehen uns in der Umkleide.«

»Bin gleich da«, erwiderte er mit einem Desinteresse, das mich meine Hände zu Fäusten ballen ließ. Er hielt meinem Blick stand. »Wird nicht lange dauern.«

Maeve umarmte mich zum Abschied. Ihr Atem streifte mein Ohr. »Brust raus und Kopf hoch. Du kriegst das hin. Was auch immer es ist.«

In der Hoffnung, so das panische Hämmern meines Herzens zu beruhigen, blickte ich über das Spielfeld. Ein paar Helfer des Footballteams sammelten die Ausrüstung und Übungsgeräte ein, doch sie waren außer Hörweite.

»Was willst du?« Der Missmut in Alans Stimme legte sich wie ein Strick um meinen Hals. Ich zupfte am Riemen meiner Tasche, der in meine Ellenbeuge schnitt, und drehte mich zu ihm.

Er hatte keinen Muskel gerührt. Jetzt, wo wir allein waren, kam ich nicht umhin, ihn zu mustern.

Dank des schweißtreibenden Trainings hatten sich einige Haarsträhnen aus seinem Dutt gelöst und klebten ihm in der Stirn und an seiner Wange. Sein kantiges Gesicht wurde dadurch betont, dass er die Zähne aufeinanderpresste. Feine Bartstoppeln warfen einen Schatten auf sein Kinn.

Doch was meinen Magen bittersüß zusammenzog, waren seine leicht geschlossenen Augen und wie sich das Sonnenlicht in ihrem Grün spiegelte.

Ja, Sarah, himmele ihn an. Das wird sicher helfen.

Ausnahmsweise gab ich der höhnischen Stimme in meinem Kopf recht.

Ich räusperte mich. »Etwas, das dir nicht gefallen wird«, beantwortete ich seine Frage verspätet und hoffte inständig, er machte mich in ein paar Minuten nicht einen Kopf kürzer.

Alans Mundwinkel zuckte. »Da bin ich mir sicher.«

»Ich will dich zu meinem Geburtstag nächsten Samstag einladen.« Wow, kaum zu glauben, wie leicht mir diese Worte mit einem Mal von der Zunge rutschten. Es fühlte sich an, als hätte mein Mut Anlauf genommen und mich über die Klippe geschubst.

Alan gab ein gurgelndes Geräusch von sich, kaum, dass ich ausgesprochen hatte. Es klang, als hätte er in die Flasche gelacht und sich dabei verschluckt. Hustend setzte er die Flasche wieder ab. Seine Brust bebte immer noch, als er mit dem Handrücken über seinen Mund wischte. »Das ist ein Witz, oder?«

»Nein.« *Leider nicht.*

»Du lädst mich also zu deinem Geburtstag ein.« Er setzte sich auf die Bank und stützte die Ellenbogen auf den Knien ab. Mit einer Hand rieb er über seine Kinnlinie. »Dir ist hoffentlich klar, dass ich dankend ablehne.«

Ich hielt seinem Blick stand, obwohl mein Herz dank seiner Geste mit jeder Sekunde schneller schlug und meine Lippen zu kribbeln begannen. Kein Schimmer, was ich schrecklicher fand: dass eine simple Bewegung von ihm meinen ganzen Körper durcheinanderbringen konnte oder die Tatsache, dass ich selbst nach all den Jahren noch von dem Fünkchen Gefühl für ihn beherrscht wurde.

»Unsere Väter stehen wohl vor einem Vertragsabschluss«, eröffnete ich den Grund, wieso ich ihn unbedingt überreden musste, mit nach Texas zu kommen.

Er wusste, unsere Väter akzeptierten kein *Nein.*

Seine Schultern verspannten sich unter dem engen Stoff seiner Uniform. »Klar, wieso sollten sich die zwei größten Arschlöcher der Stadt nicht zusammentun?« Sein Zeigefinger massierte eine Stelle knapp unterhalb des Ohres und ich hörte das Kratzen seiner Bartstoppeln. »Nein.«

Ich riss erschrocken die Augen auf. »*Nein*?«

»Ja, *nein.*« Ohne mich anzusehen, erhob er sich und sammelte seine Sachen zusammen. »Ich habe eine Abmachung mit meinem alten Herrn. Thanksgiving, Weihnachten und Moms Geburtstag«, erzählte er mit einer Ruhe in der Stimme, die nicht zu seinen fahrigen Bewegungen passte. »Das sind die einzigen Tage im Jahr, die ich zurück nach Texas fliege.«

»Aber mein Dad …«

»Das ist dein Problem. Damit das klar ist, mir ist egal, ob du deswegen Stress kriegst.« Mit seiner geschulterten Tasche ging er Richtung Umkleide und hob zum Abschied die Hand. »Schönes Gespräch, danke.«

Ist das sein Ernst?

»Warte!« Ich holte ihn ein und hielt ihn am Oberarm fest. Sein Bizeps wurde unter meiner Berührung hart wie Stein, während die Wärme seiner Haut auf meinen Fingerspitzen kribbelte. »Alan, bitte …«

»Ist Eve eingeladen?« Ohne jegliche Emotionen schaute er zu mir herab. Er kannte die Antwort. Selbst Maeve kannte sie, auch wenn ich noch nicht den Mut gefunden hatte, ihr Dads Entscheidung mitzuteilen.

Schuldbewusst wandte ich den Blick zur Seite und ließ ihn los. »Ich habe es versucht, okay?«

Er schnaubte. »Na klar.«

»Ja, Alan Avery Baker«, presste ich gereizt über die Lippen, denn langsam verließ mich meine Geduld. »Auch wenn du es mir nicht glaubst, habe ich versucht, dafür zu sorgen, dass Maeve mit darf. Himmelherrgott, ich habe sogar versucht, die ganze Sache abzublasen, doch du kennst meinen Dad. Die Feier findet statt und er will dort mit deinem Vater Geschäfte machen …«

»Also spielen wir was? Heile Welt?« Er schüttelte den Kopf. »Vergiss es …«

»Willst du echt Stress mit deinem Vater riskieren, indem du *Nein* sagst?«, unterbrach ich ihn und hasste es, diese Karte auszuspielen, denn ich wusste, sein Vater war sein wunder Punkt.

Seine Fingerknöchel traten weiß hervor, so fest krallte er sich in den Träger seiner Tasche. Sein Blick verdunkelte sich. »Und Eve meint, du versuchst, ein besserer Mensch zu werden. Eine schöne Lüge, von der du sie da überzeugt hast.«

Nicht drauf eingehen.

Einfach aushalten, Sarah.

Natürlich bin ich die Böse. Darauf war ich vorbereitet.

»Wann geht der Flug?« Er knurrte die Worte beinahe.

»Freitagabend. Achtzehn Uhr. In Houston holen uns meine Eltern ab. Gegen Mitternacht sind wir in Conroe«, ratterte ich die Fakten herunter, die Dad mir gemailt hatte.

»Okay, wir sehen uns am Flughafen.« Mit diesen Worten ließ er mich stehen und ging Richtung Umkleide.

Ein Teil von mir wollte ihm hinterherlaufen. Ihn davon überzeugen, dass ich diese Idee genauso blöd fand und es mir leid tat, ihm einen Besuch bei seinen Eltern aufzuzwingen. Nicht, dass er mir glauben würde.

Also blieb ich stehen und sah ihm bloß hinterher.

»Und Sarah?« Er hielt im Eingang des Tunnels inne.

Irritiert blinzelte ich. »Ja?«

»Sprich mich nicht mit vollem Namen an. Das ist gruselig.« Damit verschwand er endgültig im Inneren des Stadions und ließ mich in der Spätsommersonne stehen.

Wider Willen schmunzelte ich wegen seiner Worte. Sie erinnerten an eine leichtere Zeit. Eine, in der die Welt zwar bereits gebrannt hatte, die Flammen aber nie bis zu uns durchgedrungen waren.

»Dann bring mich nicht zur Weißglut.«

Seinen ganzen Namen zu sagen war ein Tick von mir, der sich in der Highschool festgesetzt hatte. Wieso auch immer, jedes Mal, wenn wir stritten oder er mir den letzten Nerv raubte, rutschte sein voller Name über meine Lippen. Selbst jetzt konnte ich nichts dagegen machen. Es passierte einfach.

Nein, das stimmte nicht ganz.

Es hatte eine Situation gegeben, einen kleinen Moment, in dem ich seinen Namen aus einem anderen Grund gesagt hatte. Einen Wimpernschlag in unserer gemeinsamen Geschichte, die den ersten Stein zu dem Desaster angestoßen hatte, in dem wir jetzt feststeckten.

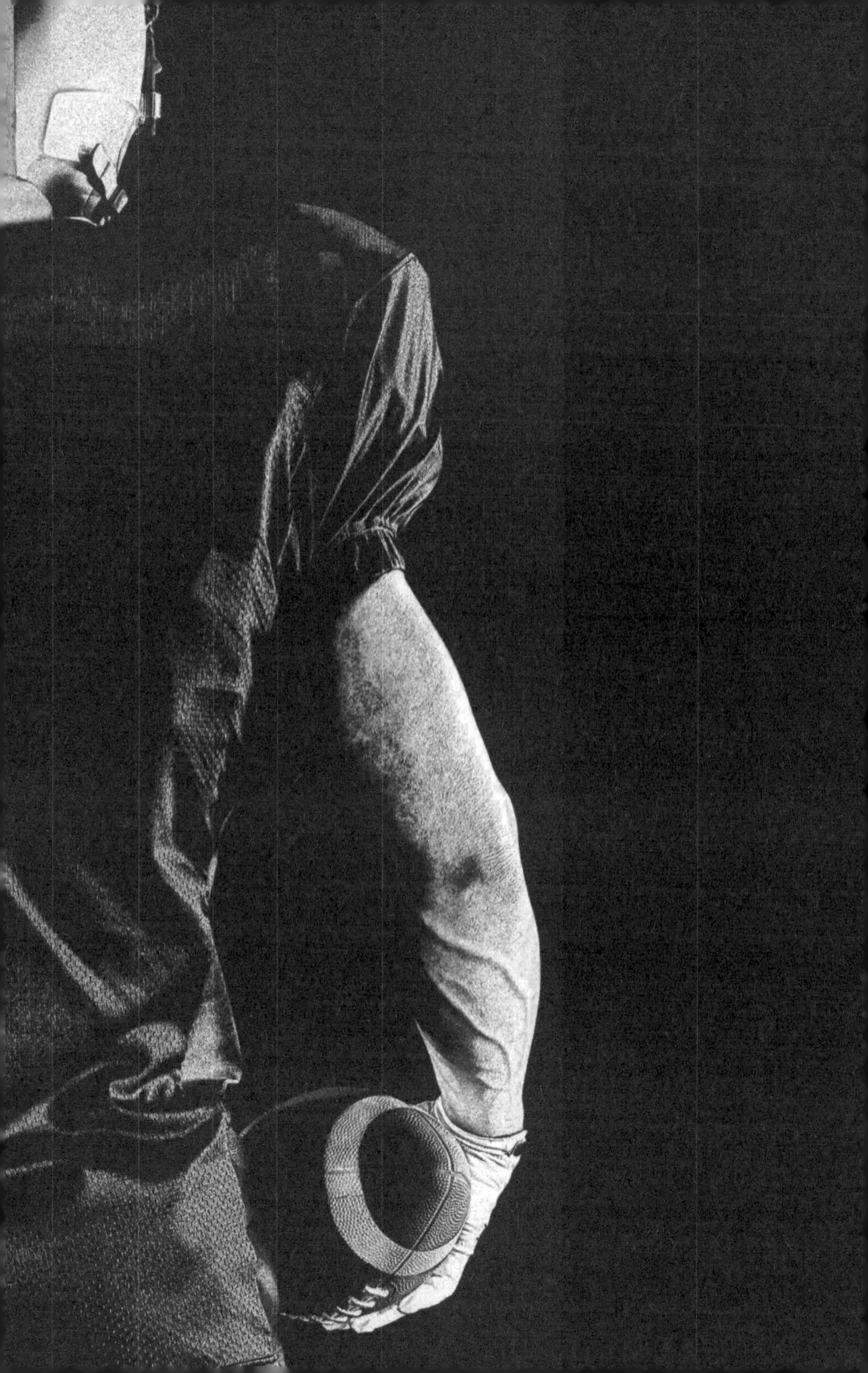

8

Alan

Ich fasse es nicht, dass sie diese Karte ausgespielt hat!

Schnaubend donnerte ich meine Sporttasche in den Flur, schlüpfte aus meinen Schuhen und stampfte zur Küche. Ich brauchte etwas zu trinken. Meine Kehle kratzte, so staubtrocken war sie.

Fahrig kramte ich ein Glas aus dem Hängeschrank über unserer Spüle und füllte es mit Leitungswasser.

»Es ist immer wieder faszinierend, wie sehr du wegen Sarah aus der Haut fährst.« Die Schadenfreude in Tyrese' Stimme ließ mich warnend die Augen zusammenkneifen.

Ich hob das Glas an die Lippen und warf den Kopf in den Nacken, um es zu exen. Die Kälte, die meinen Hals hinabrann, dämpfte kaum das Pochen in meiner Schläfe. »Haha, sehr witzig, ich lach mich tot.«

»Bitte nicht. Ohne deinen Anteil an der Miete bin ich aufgeschmissen«, erwiderte er im Plauderton.

Mein Mundwinkel zuckte und ich schmiss unseren Topfschwamm nach ihm. »Du kannst mich mal, Ty.«

Lachend wich er aus. Mit einem schiefen Grinsen schlenderte er zu mir und setzte sich an unsere kleine Essecke, die aus zwei Barhockern und einem Tisch bestand. Ohne den Blick von mir zu nehmen, legte er seinen Schlüsselbund in die Schale in der Mitte des Tisches. »Verrätst du mir, was sie von dir wollte?«

Ich rümpfte die Nase und füllte mein Glas wieder auf, exte es erneut. Mit einem tiefen Ausatmen donnerte ich es auf die Arbeitsfläche neben der Spüle, während ich die Wassertropfen beobachtete, die verloren aus unserem undichten Wasserhahn tropften.

»Sie hat mir eröffnet, dass ich nächstes Wochenende mit ihr nach Hause fliegen darf, um ihren Geburtstag zu feiern.« Ich ballte die Hände zu Fäusten. Mit einer Kraft, dass die Venen an meinen Armen hervorstachen.

Tyrese brach in Gelächter aus. Ein dumpfer Knall verriet, dass er sogar vor Lachen auf den Tisch haute. Als ich mich zu ihm drehte, schüttelte er den Kopf. »Sehr witzig und jetzt die Wahrheit.«

»Das war sie.«

»Ernsthaft?«

Ich nickte. *Ernsthaft.*

»Wieso? Nicht mal Eve fliegt nach Hause.«

Machtlos zuckte ich die Schultern und massierte meine Schläfe. Dieser Mist lag noch eine Woche in der Zukunft und doch bereitete er mir schon Kopfschmerzen. Kaum vorstellbar, wie das kommende Wochenende meiner Gesundheit schaden würde.

»Ihr alter Herr besteht wohl darauf, weil er Geschäfte mit meinem macht«, erklärte ich. Das hätte ich kommen sehen müssen. Immerhin kaufte mein Vater seit Jahren Land in Conroe auf, um es zu Wucherpreisen zu verhökern. Natürlich brauchte er dafür Unterstützung von einem Immobilienmakler wie Stan Yang.

»Ach du Scheiße.« Tyrese verzog mitfühlend den Mund. »So viel zu einem entspannten, spielfreien Wochenende.«

O ja.

Dabei hätte ich genau das dringend gebraucht.

»Musst du ihr ein Geschenk besorgen? Was schenkt man jemandem wie ihr? Schmuck? Eine Freikarte in die Hölle? Ein Hexenbuch, damit sie ihren Kumpel Satan herauf…«

»Jaja, schon kapiert«, unterbrach ich ihn murrend. Ich wusste, wieso er Sarah nicht ausstehen konnte. Sie hatte genug schlechte Taten gesammelt, um auf ewig Hausverbot im Himmel zu kassieren, doch ein Teil von mir würde sich nie daran gewöhnen, wie schlecht Tyrese von ihr sprach. »Nein, sie bekommt kein Geschenk von mir.«

»Gut.« Er verschränkte die Hände im Nacken und lehnte sich auf dem Stuhl zurück. »Ich kann immer noch nicht glauben, dass Maeve wieder mehr mit ihr macht. Ich habe sie letztens zusammen im Campuscafé gesehen. Lachend.« Das Letzte sprach er mit einer Überraschung aus, als entspränge diese Information einer Märchensage.

»Mal schauen, wie es in Texas wird.« In der Hoffnung, damit endlich das Thema von Sarah wegzulenken, fuhr ich mir mit den Händen übers Gesicht. »Ich habe null Bock auf meinen alten Herrn.«

»Glaube ich dir.« Er massierte sein Schultergelenk. »Ein Blick auf deinen Rücken reicht, um ihn zu hassen.«

Instinktiv zog ich die Schulterblätter zusammen und befeuchtete meine Lippen.

Tyrese zog zischend die Luft ein. »Scheiße, Mann, sorry. Das war total unsensibel.«

»Schon okay.« Es war kein Geheimnis. Jedenfalls nicht zwischen uns. Wir liefen grundsätzlich oberkörperfrei rum, außer wir erwarteten Besuch. Also wusste er seit Jahren, warum mein Rücken so aussah, wie er eben aussah. Na ja, jedenfalls einen Teil davon. Niemand hier kannte die volle Wahrheit. »Ich bin nur froh, die Scheiße selbst nicht sehen zu müssen.« Mit dem täglichen Anblick käme ich nicht zurecht.

»Und du kannst nicht einfach nach der Geburtstagsfeier zurückfliegen?«

Ich zuckte mit den Schultern. »Vielleicht, vielleicht auch nicht. Kommt drauf an, wie lange sie heile Welt spielen wollen. Wenn ich Glück habe, kann ich mich dort wegschleichen und abhauen.« Nur über meine Leiche würde ich mehr Zeit als notwendig in Conroe verbringen.

»O Mann.« Er warf mir ein aufmunterndes Lächeln zu. »Du kannst jederzeit anrufen, wenn du Zeit zum Durchatmen brauchst. Das weißt du, oder?«

Seine Worte hoben wie von selbst meine Mundwinkel und lockerten die Schlinge um meinen Hals, die mich seit dem Gespräch mit Sarah begleitete. »Danke, Ty. Ehrlich.«

Und obwohl ich wusste, dass es nicht so wäre, hoffte ich mit aller Kraft, nicht auf sein Angebot zurückkommen zu müssen.

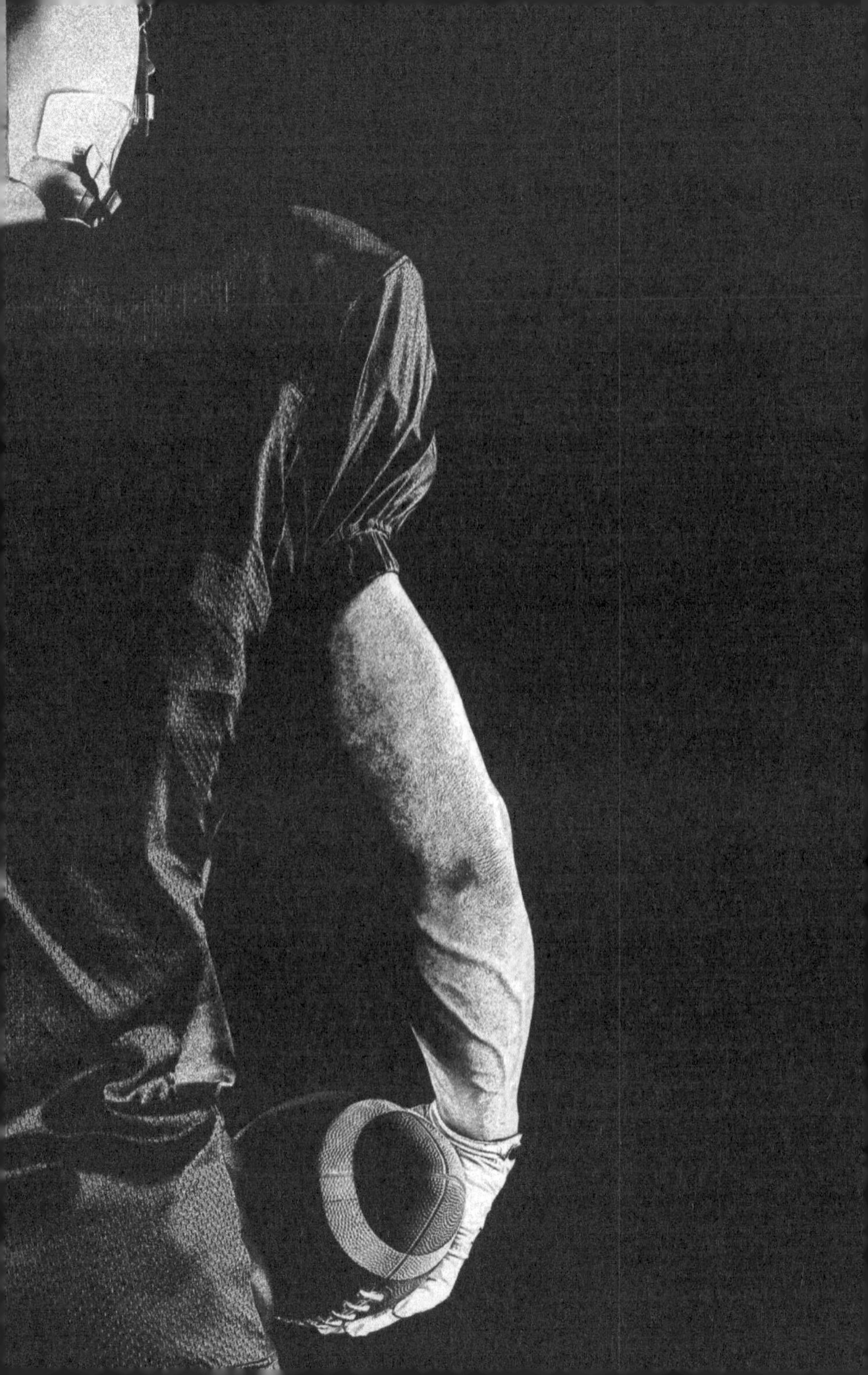

9

Alan

Eine Woche später. Freitagabend.

Nur zwei Tage.

Keine achtundvierzig Stunden später würde ich zurück im Flieger nach Columbus sitzen. Zu meinem jetzigen Leben. Weit weg von Conroe. Die paar Stunden würde ich durchstehen.

Ich musste es einfach.

Mit dem Gedanken schloss ich die Augen und konzentrierte mich auf die leise Jazzmusik, die die Stille in Stan Yangs Mercedes übertönte.

Sarahs Vater saß am Steuer und unterhielt sich mit seiner Frau Giselle, die im Spiegel des Beifahrersitzes ihre Hochsteckfrisur überprüfte. Was mich unweigerlich zu Sarah auf die Rückbank verdammte.

Wie hätte es auch sonst sein sollen?

Innerlich verdrehte ich die Augen über den schlechten Humor des Universums und stützte den Ellenbogen auf die Innenseite der Tür. Ich lehnte die Schläfe an meine Faust und angelte mein Handy aus der Tasche meiner Jeans.

Eine neue SMS von Maeve.

Heil in der Hölle angekommen?

Leider.
Dein Dad fährt jetzt einen Mercedes.

Eine fette, glänzende Limousine, ne? :D

Eine fette, glänzende Limousine, ne? :D

So glänzend, dass er sich selbst drin bewundern kann.

Etwas anderes erwarte ich nicht von ihm.
Wie schlägt sich Sarah?

Natürlich sorgt sie sich um Sarah.

Nur Maeve zuliebe schielte ich nach links. Sarah hatte ihre schwarzen Haare zu einem lockeren Dutt hochgebunden und steckte in einer ebenso schwarzen Leggins und einem bauchfreien Strickoberteil, das ihre Oberweite betonte.

Sie knabberte an ihrer Unterlippe und strich sich durch die Haare. Ein Tick von ihr, wenn sie nervös wurde. Genau wie ihr unruhiges Streichen und Nachfahren ihres Nagellacks. Wobei sie das wohl selbst nicht mal annähernd so sehr bemerkte wie ich.

Wieso zur Hölle bemerke ich das noch?

Es sollte mir egal sein.

Verärgert über mich selbst schüttelte ich den Kopf und wandte den Blick zurück aufs Handy.

Keine Ahnung, gut?

Ich kann nicht glauben, dass meine Eltern sie zum Geburtstag nach Hause zitieren, um irgendein Geschäft unter Dach und Fach zu kriegen ...

Du kennst unsere Väter.
Sie sind sich für nichts zu schade.

Sei nett zu ihr, okay? <3

Mal schauen.

ALAN!!!!!!

Amüsiert sperrte ich mein Handy und schob es zurück in meine Jeans.

»Du scheinst gute Laune zu haben, Alan.« Im Rückspiegel lächelte mich Stan an. Wüsste ich nicht, wie er in Wirklichkeit war, könnten mich das Leuchten in seinen grünen Augen und die kleinen Lachfältchen um sie herum davon überzeugen, er wäre ein netter Mensch. »Hast du endlich deine Herzdame gefunden?«

Giselle schlug ihm gegen die Schulter. »Stan, so etwas fragt man doch nicht einfach.«

Na klar, deswegen beäugst du mich ja auch nicht selbst neugierig.

Ich verschränkte die Arme vor der Brust und lächelte sie gezwungenermaßen an. Mein Vater würde mir den Arsch aufreißen, wenn ich den Yangs gegenüber unhöflich werden würde. »Nein, keine Herzensdame.« Oder ein Herzensmann.

»Ach, wie schade.« Giselle schaute an der Kopflehne ihres Sitzes vorbei zu mir. Mütterlich tätschelte sie mein Knie. »Du solltest dich ranhalten. Sonst sind alle Guten bald weg.«

»Mom.« In Sarahs Augen lag ein leises Flehen. »Hör bitte mit deinen Predigten auf.«

»Das sind keine Predigten, junge Dame, sondern meine Erfahrungen.« Sie drehte den Kopf zurück und besah die Landstraße, die uns direkt nach Conroe brachte. »Du solltest auch bald sesshaft werden. Deine besten Jahre neigen sich dem Ende zu. Immerhin wirst du morgen schon vierundzwanzig. Das ist in Frauenjahren vierzig.«

Gebt mir den Gnadenstoß, bitte.

Sarah presste die Lippen zusammen und krallte sich in den Saum ihres Pullovers. Doch sie schwieg. Alles andere hätte mich auch überrascht. Ihren Eltern gegenüber hatte sie noch nie den Mund aufgekriegt.

Mit einem gekünstelten Lächeln schaute ich nach vorne. »Keine Sorge, Mrs. Yang. Mein Liebesleben gefällt mir genau so, wie es ist.«

Stan lachte und schielte zu seiner Frau. »Genau, Giselle. Lass den Jungen sein Leben genießen, bevor er sich bindet. In dem Alter muss man sich die Hörner abstoßen.«

Oder aneinanderreiben.

Ich versteckte mein Schmunzeln hinter der Hand und beobachtete die Felder, Pferdeherden und Rinderweiden, die an uns vorbeizogen. Wüssten sie von meinen letzten Partnern, würden sie mich direkt aus dem Wagen schmeißen.

Wobei das keine schlechte Option war.

»Momentan tun es mir die Damen nicht so an«, schlüpften mir die Worte mit einer Ruhe und Gelassenheit über die Zunge, was dazu führte, dass sich Sarahs Blick in mich brannte.

Im Augenwinkel erwiderte ich ihn. Unglaube weitete ihre Lider. *Bist du dir sicher?*

Ich quittierte ihre stumme Frage mit einem gelangweilten Schulterzucken. Ich schämte mich nicht für meine Sexualität, und die Meinung von Menschen wie den Yangs interessierte mich keine Sekunde. Selbst im Team war meine Bisexualität ein offenes Geheimnis und akzeptiert. Meine Sexualität öffnete mir Türen, die anderen verwehrt blieb.

Für mich war es ein Geschenk.

Es war schade, dass andere Menschen das nicht verstanden. Ganz vorne mit dabei die Conroe-Bevölkerung, die unser Zeitalter gerne für das des achtzehnten Jahrhunderts hielt.

Giselle räusperte sich unbehaglich. »Dann ist dir die Richtige noch nicht über den Weg gelaufen. Wenn du das richtige Mädchen triffst …«

»Mom, hör auf«, bat Sarah mit einem Lächeln, doch das Grün ihrer Augen verlor an Licht. Sie krallte sich in ihren Sitz. »Bei allem Respekt, das ist allein Alans Sache.«

Ich zog überrascht die Augenbrauen in die Höhe. Nahm sie mich gerade in Schutz?

»Natürlich, natürlich.« Sie lachte nervös. »Ich vergesse immer wieder, wie offen eure Generation ist. Für euch Kids gibt's keine Grenzen.«

Es kostete mich alle Kraft, mir ein Augenrollen zu verkneifen.

Auch Sarah presste die Lippen aufeinander.

Stille breitete sich im Wagen aus und ich machte innerlich drei Kreuze, als wir am Ortsschild von Conroe vorbeifuhren.

Nur noch ein paar Minuten, dann kam ich aus diesem Wagen heraus. Zwar musste ich dann in mein Elternhaus, aber ich wäre wenigstens von Sarah weg. Solange ich mich in meinem Jugendzimmer verschanzte und auf der Feier morgen eine gute Miene zum bösen Spiel zog, war alles gut.

Genau, ich setze mich einfach an meinen Laptop und erledige die Wochenaufgaben meiner Kurse. Oder ich arbeite in Fürsorge- und Verwaltungsrecht vor.

Irgendwie würde ich die nächsten Tage schon überstehen.

Ich musste einfach die Vergangenheit ausblenden und alles andere auch, was im Schatten dieser idyllischen Kleinstadt schlummerte.

10

Sarah

Einen Tag später. Samstag.

Conroe, Texas, war eine Kleinstadt zwei Stunden von Houston entfernt. Hier gab es Rinderbauern, es wimmelte von Farmen und auf der Straße kamen einem Reiter und Reiterinnen auf ihren ungesattelten Pferden entgegen, die zur Begrüßung an ihren Cowboyhüten zogen. Überall roch es nach Gras, Tieren und dem unverwechselbaren Geruch von Heu und Mist.

Ich liebte es.

Das Dorf, die Ruhe hier und wie sich jeder kannte und auf der Straße begrüßte. Ich war vernarrt darin, Pferde mit ihren Fohlen aus meinem Jugendzimmer auf der Wiese herumtollen zu sehen und von ihrem Wiehern geweckt zu werden.

Womit ich mich allerdings nie anfreunden würde, war die Falschheit der Menschen dieses Ortes. Wie sie sich an einem Tag mit Apple Pie beschmissen und am nächsten lachend durch die Shoppingmeile schlenderten. Die Tatsache, nie zu wissen, ob jemand ehrliches Interesse an dir besaß oder nur auf die nächste Klatschmöglichkeit wartete.

Seufzend strich ich mein Kleid glatt. Mit dem lockeren Baumwollstoff und dem taillierten A-Linien-Schnitt schrie es Dorfflair heraus. Meine Cowboyboots und der Strohhut, mit dem ich mich vor der brütenden Spätsommerhitze schützte, unterstrichen ihn lediglich.

Ich rückte mein Handy auf dem Stativ zurecht und nahm die Fernbedienung aus der Halterung. Mit einem prüfenden Blick begutachtete ich ein letztes Mal die Kulisse.

Ich hatte mich auf eine benachbarte Weide geschlichen und stand in der Nähe von Stormy und Thinker – die zwei liebsten Alpaka von

Conroe. Die beiden Damen kannte ich, seit ich denken konnte. Sie lebten bei unseren Nachbarn. Ein liebes, bodenständiges Paar, das sich mit ihrer Alpakafarm über Wasser hielt.

Mittlerweile hielten sich Stormy und Thinker immer etwas abseits von ihrer Herde und grasten gemächlich vor sich hin. Mit ihrem schönen weißen Fell wären sie die perfekte Ergänzung zum leicht vertrockneten Gras um uns und dem wolkenlosen, blauen Himmel.

Perfekte Kulisse für perfekte Fotos.

Mit dem Gedanken ging ich in Pose. Ich zog den Hut ein bisschen in mein Gesicht, so, dass er meinen kecken Blick abrundete und drehte mich, damit mein Kleid mitschwang. Versteckt drückte ich einige Male auf die kleine Fernbedienung in meiner Hand, die meine Handykamera auslöste.

Danach folgten noch einige andere Posen. Nur für den Fall, dass meine bisherige Fotoidee nach hinten losging.

Als mir der Schweiß den Nacken hinabfloss, beendete ich die Fotosession.

Lächelnd ging ich zu meiner Handtasche, die zusammen mit meinem Handy samt Stativ am Zaun stand, und angelte zwei Grasbüschel heraus. Mom und Dad würden sie nicht vermissen. Mit den Köstlichkeiten bewaffnet, ging ich langsam zu Stormy und Thinker. Ihre Ohren zuckten mir neugierig entgegen, während sie die Köpfe hoben.

»Hier. Als kleiner Dank für eure Mithilfe.« Und, weil sie noch da waren. Nachdem damals zum Highschoolende alles den Bach runtergegangen war, hatte ich mich fast jede Nacht zu ihnen in den Stall geschlichen und bei ihnen ausgeheult. Seit ich in Columbus wohnte, begleitete mich die Angst, sie stumm und leise an den Lauf der Zeit zu verlieren. Immerhin waren sie nicht mehr die Jüngsten.

Stormy stupste mit dem Kopf gegen meine Schulter und vertrieb meine düsteren Gedanken. Mit einem dankbaren Lächeln grub ich die Hände in ihr flauschiges Fell und kraulte sie. »Du merkst immer, wenn etwas nicht stimmt, hm?«

Das Klingeln meines Handys ließ mich meine Stirn runzeln.

Wer sollte mich anrufen? Vor allem nicht um acht Uhr morgens an einem Samstag. Der einzige Mensch, der mich anrufen könnte, wäre … oh, bitte nicht.

Seufzend zwang ich mich, mein Handy aus dem Stativ zu nehmen.

Ich schloss die Augen, während ich den Anruf entgegennahm. »Hey, Mom, was gibt's?«

»Okay, wow, jetzt lege ich vielleicht wieder auf«, ertönte die amüsierte Stimme von Maeve und ich hob direkt meine Mundwinkel.

»Eve, hi.«

Im Hintergrund ihrer Stimme raschelte es.

Ich runzelte die Stirn. »Bist du unterwegs? Um die Uhrzeit?«

Ja klar, Sarah, wir ignorieren einfach, selbst auf einer Weide zu stehen. Fertig gestylt für ein Fotoshooting.

»Na klar, meine morgendliche Joggingtour«, verkündete sie mit einer Freude, die ich im Bezug auf frühmorgendliches Rennen nie verstehen würde. »Wobei es Taylors Verdienst ist, dass wir erst jetzt losgekommen sind.«

»Sei froh, dass ich überhaupt mitkomme«, ertönte Taylors Murren im Hintergrund und ich hörte ihn schnauben. »Kein Schimmer, wie Alan das jeden Tag aushält.«

Weil er Maeve nichts abschlagen kann.

Ganz einfach.

In dem Punkt war er hoffnungsloser als Taylor, der bis über beide Ohren in sie verliebt und bestimmt auch bereit dazu war, ihr beide Lungenflügel plus eine Gehirnhälfte zu spenden, sollte sie sie je benötigen.

»Weswegen ich eigentlich anrufe ... ich wollte dir einen schönen Geburtstag wünschen.«

Meine Brust zog sich zusammen dank der Wärme, die ihre Worte verursachten. »Danke, ehrlich.« Es bedeutete mir viel, dass sie heute an mich dachte.

»Oh, glaub mir, das ist keine Nettigkeit von mir. Bei dem Tag, der dir bevorsteht, brauchst du einen morgendlichen Schwestern-Geburtstagsgruß.«

Ich schloss meine Augen und fuhr durch meine offenen Haare. Ja, das stimmt.

»Wenn du zurück bist feiern wir nach, okay?«

Ihr Angebot ließ mich perplex blinzeln. »Ach ja?«, hakte ich nach. Ich musste mich verhört haben ...

»So was von.« Vor meinem inneren Auge nickte sie zur Bestätigung. »Du verdienst eine richtige Geburtstagsfeier und nicht dieses komische Geschäftsding, das unsere Eltern dir heute antun.

Und Alan? Wie geht's ihm eigentlich?«, wechselte sie mit einem Mal das Thema.

Ich lehnte mich mit dem Rücken gegen den Holzzaun, der die Weide umgab. Wie von selbst wanderte mein Blick in Richtung der kleinen Waldlichtung, die am Ende unserer Straße begann.

Das letzte Haus, eine aus Holzstämmen gebaute Waldhütte, hatte ich nie von innen gesehen. Obwohl Alan und ich gute Freunde gewesen waren, hatte er mich nie zu sich eingeladen.

Vielleicht war das ein Zeichen gewesen.

Eines, das uns weniger miteinander verband, als ich mir hatte eingestehen wollen.

»Sarah?«, riss mich Maeves Stimme aus den Gedanken und ich zuckte zusammen. »Hörst du mich noch? Ist die Verbindung abgebrochen?«

»Alles gut.« Ich wandte den Blick von der Waldhütte ab. Lieber besah ich meine Cowboyboots. »Und wenn jemand von uns weiß, wie es ihm geht, dann du«, erinnerte ich sie und gab mein Bestes, nicht zerknirscht zu klingen.

»Hmm, okay. Na ja, die Pause ist vorbei. Die letzten sechs Kilometer rufen nach uns.«

»Sechs?« Das Entsetzen in Taylors Stimme ließ mich kichern.

»Okay, bye, Sarah. Ich muss vor meinem wütenden Freund wegrennen. Wir sehen uns.«

Ich nagte an meiner Unterlippe, während ich mein Handy in meine Handtasche legte, und rieb über die schmerzende Stelle meiner Brust. Genau zwischen meinen Brüsten. Über meinem Herzen. Die Stelle, die seit Jahren bittersüß stach und mir Tränen in die Augen trieb, sobald mir Maeves Glück entgegenschlug.

Ein Teil von mir freute sich unendlich für sie.

Der andere … ja, der weinte und schrie innerlich und wollte Dinge durch die Gegend werfen, weil sie etwas erlebte, das mir verwehrt blieb.

Freiheit.

Sie war immer der Freigeist von uns gewesen, der ihre eigenen Grenzen steckte und diese sogar erfolgreich überschritt.

Und ich?

Mein Handy vibrierte. Missmutig zog ich es heraus und starrte auf die Pop-up-Nachricht meiner Mutter.

Komm nach Hause. Wir müssen dein Kleid aussuchen und den Garten herrichten.
Außerdem ist hier jemand, der dich sehen will.

Ich runzelte die Stirn.

Jemand, der mich sehen will?

Etwa …?

Gott, nein, Sarah. Nicht Alan.

Wann würde ich endlich aufhören, mit der ständigen Hoffnung zu leben, er könnte plötzlich vor mir stehen und mich auf dieselbe herzliche Art wie früher anlächeln?

Mit einem Seufzen tippte ich eine Antwort.

Bin gleich da.

Ja, ich war die Gehorsame. Die vorzeigbare Tochter, die die Wünsche und Ansichten ihrer Eltern akzeptierte. Ich war die, die auf Wunsch ihrer Mutter Kapitänin der Cheerleader-Mannschaft wurde und die den Traum ihres Vater lebte, indem sie Finanzmanagement studierte.

Ich war alles, nur nicht ich selbst.

Pah, ich wusste ja nicht einmal, wie Ich wäre.

11

Sarah

Mit großen Augen starrte ich den Mann vor mir an. In eine schwarze Anzughose und ein dunkelblaues Hemd gekleidet, stand er mir gegenüber im Foyer unseres Hauses und musterte mich.

Sein Blick glitt an mir herab, bis seine Augen meine fesselten. »Hallo, Sarah.«

Ich schluckte die aufgekommene Wüste in meinem Mund herunter. »Kyle, was tust du hier?«

»Ich habe ihn eingeladen.« Meine Mom legte ihm mit einem Lächeln die Hand auf den Rücken und blickte von mir zu ihm und zurück. Fast, als würde sie ihn ermutigen wollen, mit mir zu reden.

Er lachte leise und voller Nervosität und strich sein Sakko glatt. »Wie du weißt, kann deine Mutter sehr überzeugend sein.« Seine Lippen verzogen sich zu einem vorsichtigen Lächeln.

»Ah, okay.« Mehr brachte ich nicht hervor. Alle richtigen, guten Wörter hatte der Schock aus meinem Gehirn geschmissen.

Kyle war hier.

Der Kyle, den ich seit Jahren nicht gesehen hatte.

Seit unserem Studienbeginn.

Derselbe Kyle, wegen dem ich die Beziehung zu Maeve und Alan in den Sand gesetzt hatte.

Der hochgewachsene, schüchterne Footballspieler verkörperte alles, was ich hinter mir lassen wollte und jetzt … jetzt stand er vor mir. In meinem Elternhaus. An meinem Geburtstag. Als Gast. Weil meine Mutter ihn eingeladen hatte.

Ich räusperte mich und zwang mir ein Lächeln ab. »Mom, hast du einen Moment?« Irgendwie schaffte ich es, zur Küchentür zu deuten, anstatt sie hineinzuzerren.

»Natürlich, mein Schatz.« Sie lächelte Kyle an, der wie ein begossener Pudel dastand, und nickte zu der Tür zu unserem Garten, in dem der Catering-Service bereits mein Geburtstagsbuffet aufbaute. »Geh ruhig und erhol dich von deinem Flug. Du musst müde sein.«

»Danke, Mrs. Yang.« Erleichterung lockerte seine Schultern, doch sein angespannter Gesichtsausdruck blieb, als er zu mir schielte. »Wir sehen uns später?« Es klang mehr nach einer Frage als nach einer Feststellung.

Ja, das würden wir wohl.

Hier konnte ich ihm schlecht aus dem Weg gehen.

Verdammt, Mom!

»Natürlich.« Damit ging ich Richtung Küche und das Klackern ihrer Absätze auf dem Boden verriet, meine Mutter folgte mir.

An der Kücheninsel angekommen, die mittig im Raum stand, drehte ich mich ruckartig zu ihr um. »Wieso hast du ihn eingeladen?«

»Herrgott, Sarah.« Sie schüttelte den Kopf, als wäre sie enttäuscht von mir und legte eine Hand an ihre Brust. »Das ist keine Art, deine Gäste zu begrüßen.«

Er ist nicht mein Gast.

»Weiß Dad, dass du meinen Ex-Freund eingeladen hast?« Das wusste er nicht. Dem konnte er nicht zugestimmt haben. Nicht, wenn er Maeve verbot, hierherzukommen.

Ich meine, nie im Leben besaß ein Ex-Freund mehr Rechte als die eigene Tochter, oder?

»Natürlich weiß dein Dad Bescheid.« Bestürzt runzelte sie die Stirn. »Es war sogar seine Idee. Wir dachten, du freust dich darüber.«

»Wieso sollte ich mich freuen?« Dieses Mal platzten meine Gedanken zum Glück über meine Lippen. Ich stemmte die Hände in die Hüfte. »Er ist mein Ex-Freund, Mom.«

»Das muss er nicht bleiben.« Mit einem Lächeln trat sie zu mir und nahm meine Hände zwischen ihre. »Sarah, Schätzchen, ihr wart so ein schönes Paar. Vielleicht könnt ihr euch ja wieder zusammenraufen.«

Meine Brust zog sich zusammen und ich trat einen Schritt zurück, löste die Hände aus ihren. »Ich habe euch lieb, Mom, das weißt du, aber mein Liebesleben ist genau das. Meins.«

»Natürlich, natürlich.« Sie nickte einige Male und behielt ihr Lächeln.

Wenn etwas unerschütterlich war, dann die Freude meiner Mutter. »Wir dachten uns einfach, vielleicht brauchst du einen kleinen Schubs.«

Einen Schubs?

Sie nestelte an der Perlenkette um ihren Hals. »Was ich gestern im Auto gesagt habe, meinte ich ernst.« Wieder überwand sie die Distanz zwischen uns. Zärtlich umschloss sie mit den Händen meine Wangen und ihre Augen waren getrübt vor Sorge. »Du bist bald nicht mehr die Jüngste, mein Schatz. Wenn du einen guten Mann heiraten möchtest, dann musst du langsam einen kennenlernen.«

Nicht mehr die Jüngste.

Mit vierundzwanzig.

War ich wirklich so ungewöhnlich, weil ich Single war?

Ich seufzte in mich hinein.

Ja, das war ich. Jedenfalls hier in Conroe.

»Ich will dir keinen Druck machen. Aber wenn du nicht bald deinen Traumprinzen findest, kannst du vielleicht keine Kinder kriegen und das wäre doch schrecklich, oder?«

Bucket List, Punkt Neun: Immer ehrlich sein.

Ausgerechnet jetzt dachte ich an den kleinen Papierzettel auf meinem Schreibtisch in Columbus und das Versprechen, das ich mir selbst gegeben hatte.

Mein Herz hämmerte heftig und ich räusperte mich. »Und wenn ich es nicht schrecklich fände?«, fragte ich vorsichtig.

Wenn ich vielleicht keine Kinder wollte?

Oder einen Ehemann?

Wäre es ein Weltuntergang, wenn ich die nächsten zehn Jahre in der Welt herumkommen und fremde Länder bereisen wollte?

Doch ich wusste es besser, als diese Fragen auszusprechen.

Wie erwartet, schnappte Mom nach Atem. Wachsam musterte sie mich. »Wieso solltest du das schrecklich finden? Du hast schon als kleines Mädchen von deiner Hochzeit geschwärmt.«

Das hatte ich. Nur waren diese Zeiten vorbei.

»Na ja, jedenfalls suchen wir dir jetzt ein Kleid raus und vergiss, dass du mir beim Vorbereiten helfen musst. Mach dir einfach eine schöne Zeit mit Kyle.«

Noch nie wollte ich so sehr den Boden wischen oder Grandmas Besteckkasten aufsuchen, um Silbermesser zu polieren.

Doch Mom schob mich bereits ins Foyer zur Treppe, die ins obere Geschoss und somit zu unseren Schlafzimmern führte.

»Ich habe dir ein paar Möglichkeiten gekauft. Deine Größe scheint noch dieselbe zu sein«, überlegte sie laut, während die Holzstufen bedächtig unter unseren Schritten knarzten.

Stille legte sich über uns.

Oh, wartete sie auf eine Antwort?

Ich verkniff es mir, die Augen zu verdrehen. Natürlich tat sie das.

»Ja, Mom.« Immer noch dieselbe Größe.

Fröhlich nickte sie. »Gut, das ist gut. Sarah, Schätzchen, du musst aufpassen, das weißt du, oder? Deine Figur zu halten ist so wichtig als Cheerleaderin. Vor allem als Kapitänin. Du giltst als Vorbild für die anderen Mädchen. Und deine Oberweite ist sowieso etwas zu viel für die Uniformen, das weißt du ja selbst, na ja …«

Ich blendete ihre Worte gekonnt aus. Das hatte ich vor Jahren gelernt. Genau genommen an dem Tag, als sie mir mit sechzehn einen Donut aus der Hand geschlagen hatte, weil sich mein Bauch beim Sitzen aufrollte.

Meine Güte, sie hatte damals einen halben Nervenzusammenbruch gekriegt und mich auf Diät gesetzt.

Und ich, die naive, Liebe suchende Tochter, hatte ihr natürlich geglaubt.

Mein Blick glitt an mir herab. Zu meinen Brüsten, die mir die Sicht auf meinen Bauch verwehrten. Ich wusste, dass meine Oberweite die Symmetrie meines Körpers zerstörte. Sie passte weder zu meiner zarten Größe, den schlanken Armen und Beinen oder zu meiner schmalen Hüfte. Alles, wofür sie gut war, waren Rückenschmerzen, einen mies verteilten Körperschwerpunkt und um oberflächliche Blicke von Männern auf mich zu ziehen.

»Oh, Schätzchen, schau doch nicht so.« Mom strich mir eine Haarsträhne hinters Ohr, als wir vor ihrem begehbaren Kleiderschrank ankamen. »In den Kleidern wirst du trotzdem wunderschön aussehen. Ich verspreche es.« Ihr Blick zuckte kurz an mir herab, ehe sie mich anlächelte. »Versprich mir einfach, dass du wieder anfängst, auf dich zu achten, okay?«

Mein Magen verkrampfte und ich wich ihrem Blick aus. Hatte ich ehrlich so sehr zugenommen? Dabei hatte mir niemand etwas gesagt. Die Mädels im Team hätten es mir doch bestimmt … Nein. Es musste sein, wie Mom es immer gepredigt hatte.

Die Wahrheit hörte man nie direkt. Sie wurde einem durch das Getuschel der Leute wie ein Windzug entgegengetragen und man selbst wusste sie als Letzte.

»Versprochen, Mom.« Die Worte fühlten sich schwer auf meiner Zunge an. Genau wie meine Beine, als mich Mom in ihren eigenen Palast zog.

»Gut, Schätzchen, das freut mich.« Sie tätschelte liebevoll meine Wange. »Und jetzt lass uns ein Kleid aussuchen. Du wirst umwerfend aussehen.«

Vielleicht.

Doch egal, welches Kleid ich anzog, alles, was ich sah, war die Wölbung meines Bauches und wie unförmig sich der Stoff um meine Brüste legte.

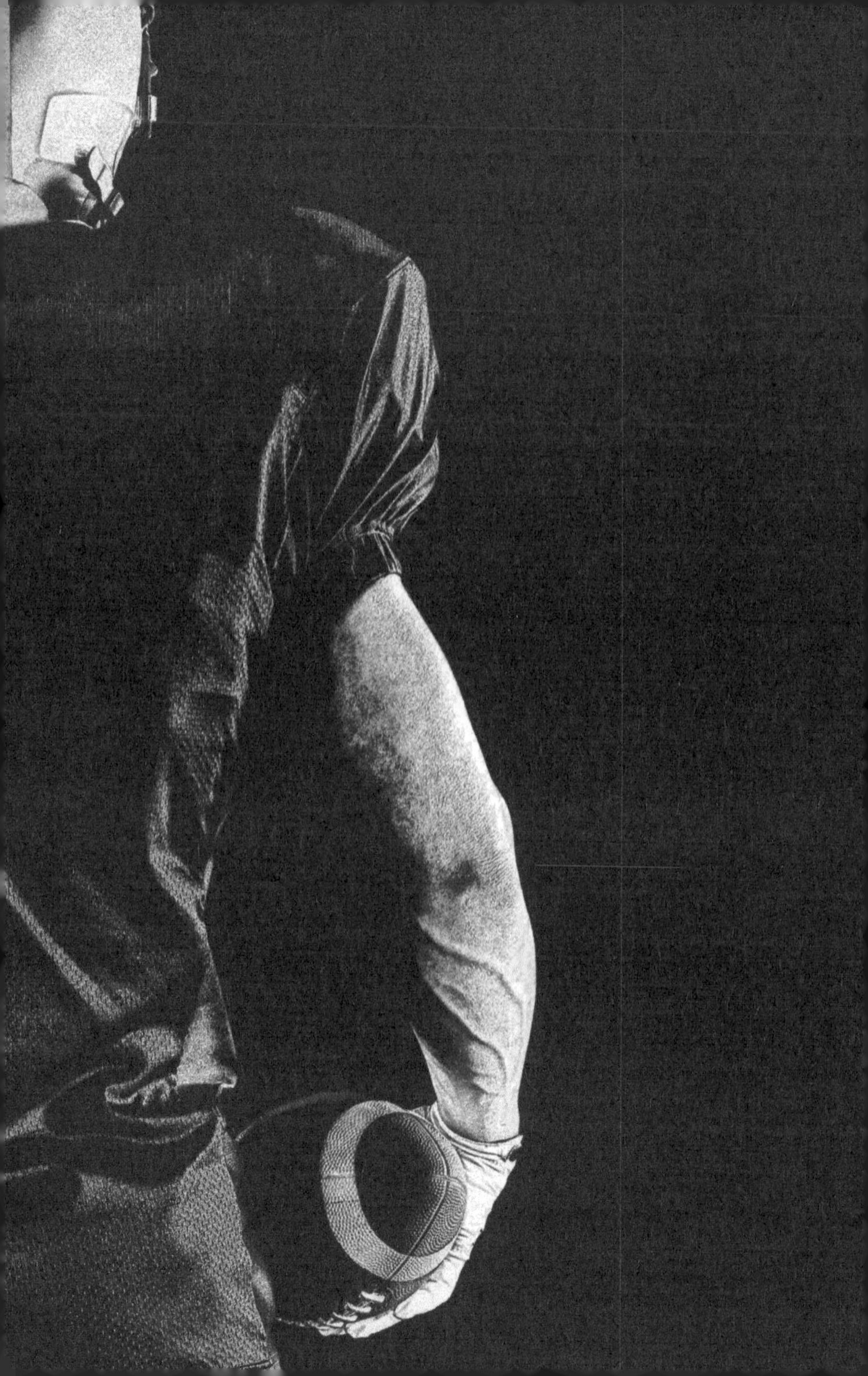

12

Alan

Noch am Leben?« In Tyrese' Stimme schwang Sorge mit. Ich klemmte mir das Handy zwischen Ohr und Schulter und starrte in den Spiegel vor mir, während ich meine Krawatte band.

»Grade so«, antwortete ich. Keine Ahnung, wie viel Wahrheit in dem Scherz lag, ich wollte auch nicht darüber nachdenken. Sonst würde ich aus dem Fenster unseres Bads springen und hoffen, heil in einem Busch unseres Gartens zu landen. Und trampen. Ja, ich war kurz davor, nach Columbus zu trampen.

»Was steht bei dir an?« Ablenkung. Genau das brauchte ich.

»Ein entspannter Samstag. Ich bin grade aufgestanden und wollte mal schauen, ob ich einen neuen Mitbewohner suchen muss, weil meiner in irgendeinem Provinzgefängnis festsitzt.« Sein nüchterner Tonfall brachte mich zum Schmunzeln.

»Pass auf. Noch mehr Abgeklärtheit in der Stimme und du klingst wie T und ich.«

»Oh, verdammt.« Gespielt erschrocken überschlug seine Stimme und ich sah ihn vor meinem inneren Auge die Lider aufreißen. »Ich brauch ein paar Tage Grumpy-Detox. Vielleicht stürme ich heute mit Eve die Clubs.«

Ich lachte in mich hinein. »Da wäre sie bestimmt dabei.« Dieses kleine Energiebündel konnte doch kaum still sitzen.

»Wir trinken einen für dich mit«, versprach er und ich spannte dabei meine Schultern. »Weißt du, so als entfernte emotionale Unterstützung.«

»Wie nett. Gib's zu, du willst einfach mehr trinken.« Gekonnt ignorierte ich die Trockenheit meiner Zunge.

»Erwischt.« Im Hintergrund hörte ich, wie er seinen Shaker schüttelte. »Ich denke trotzdem stärkend an dich und bereite morgen, als der gute Mitbewohner und Freund, der ich bin, ein schönes Schaumbad für dich vor.«

Wider Willen lachte ich und schüttelte den Kopf. Mit einem letzten prüfenden Blick auf meine Krawatte wandte ich den Blick von dem Badezimmerspiegel ab und schaute aus dem Fenster. Dabei nahm ich mein Handy in die Hand und hielt es ans Ohr. »Du bist ein Schwachkopf.« Und verdammt, gäbe es von seiner Seite aus nur einen kleinen Funken Interesse an unserem Geschlecht, hätte ich längst mein Glück versucht. Obwohl wir wie Tag und Nacht waren und er mir den letzten Nerv rauben konnte, schaffte es Tyrese immer, mich aufzumuntern. So wie jetzt.

»Also …«, der Ernst in seiner Stimme ließ sie um eine Oktave sinken, »… wie schlägst du dich?«

»Mein alter Herr ist nicht zu Hause.« Ich zuckte die Schultern, obwohl er es nicht sehen konnte, und starrte in den Wald, der an unser Grundstück grenzte. »Also hatten Mom und ich das Haus für uns. Es ist recht chillig.« Abgesehen von den Erinnerungen, die aus jeder Ecke dieses dunklen Hauses krochen. »Der Mist beginnt in einer halben Stunde. Ich treffe ihn bei den Yangs.«

»Sarah und dein Vater auf einem Haufen.« Er seufzte mit einer Müdigkeit, die ich selbst fühlen sollte, doch ich tat es nicht. Weil sich jegliche Emotion in der Sekunde tief in mir verkrochen hatte, seitdem wir das Ortsschild von Conroe passiert hatten.

Das war ein Schutzmechanismus. Etwas, über das ich mir schmerzlich bewusst war, es allerdings nicht ändern konnte … oder wollte, keine Ahnung. Es war mir auch egal. In den nächsten Stunden auf Autopilot rumzurennen, war eine willkommene Alternative zu, na ja, dem anderen, was in mir schlummerte.

»Tu mir bitte den Gefallen und zerlege unsere WG nicht«, wechselte ich das Thema. »Morgen habe ich nicht die Nerven für Unordnung.«

»Ich gebe mein Bestes. Wir wollen ja nicht, dass deine Sicherungen durchbrennen und du mich rausschmeißt.«

Mein Mundwinkel zuckte wieder. »Ja, das wäre schade. Ich habe immerhin drei Jahre in deine Erziehung investiert.«

Bei seinem Schnauben lachte ich in mich hinein. »Du kannst mich mal.« Stünde ich vor ihm, würde er mir den Mittelfinger zeigen. »Ruf an, wenn dir die Bude auf den Kopf fällt.«

Ich senkte den Blick und genoss die Wärme in der Brust, die seine Worte heraufbeschwor. »Mach ich. Bis dann.«

Nachdem ich aufgelegt hatte, schob ich mein Handy in die Hosentasche meiner Anzughose.

Ja, eine Anzughose.

Weil es nichts Besseres gab, als im texanischen Spätsommer einen Anzug für eine Gartenparty zu tragen. Ich verkniff mir ein Augenrollen, denn ich war mir sicher, ließe ich es zu, würden meine Augen irgendwo stecken bleiben.

Ich schaute auf meine Armbanduhr. Irgendein teures Modell, das in der Sonne schimmerte und dessen Gewicht mich zu Boden ziehen wollte. Wenn es nach mir ginge, würde ich mir das Ding gar nicht erst umbinden. Hier ging es um alle, nur nicht um mich.

Oder Sarah.

Den Gedanken schob ich direkt beiseite. Schlimm genug, dass ich sie heute Morgen auf der Weide der Griffans entdeckt und es mich mehr Selbstbeherrschung gekostet hatte, sie zu ignorieren, als mein Stolz sich eingestehen wollte.

Die Erinnerung, die wie ein leises Beben in mir aufstieg, erstickte mich beinahe.

»O mein Gott, sie ist so süß.« Das Grün in Sarahs Augen leuchtete wie ein Neonstrahler, als sie das Plüschmonster auf ihrem Schoß anstarrte. Sie vergrub die Nase in dem weißen Flausch. »Und sie ist sooo weich.« Verträumt zog sie das Wort in die Länge.

Ich biss mir auf die Unterlippe, um mein Grinsen unter Kontrolle zu bekommen, und lehnte mich zurück. Das trockene Gras der Weide stach in meine Handflächen, doch es juckte mich nicht. Es war schwer, sich auf etwas Negatives zu konzentrieren, wenn Sarah ein Babyalpaka auf dem Schoß hatte und es mit ihrer Liebe überschüttete.

Die kleine Dame, Snowflake, rieb ihren Kopf an Sarahs Schulter. Sie gab ein verträumtes Quietschen von sich.

Ich lachte in mich hinein. »Stürzt dein System gleich ab?«

»Wie denn auch nicht? Ich meine, sieh sie dir an.« Sie umfasste Snowflakes Gesicht und drehte es vorsichtig zu mir. Doch alles, was ich sah, war ihr Megawattlächeln und wie das Sonnenlicht in ihren schwarzen Locken schimmerte. »Wie kann man sich nicht in dieses Gesicht verlieben?«

Ja, ich wusste es auch nicht.

Und es brachte mich langsam in Schwierigkeiten.

In der Hoffnung, so verschwände das Kribbeln auf ihnen, presste ich meine Lippen aufeinander und griff nach der Bierdose, die neben mir auf der Picknickdecke stand. Eigentlich sollte ich deswegen Angst haben. Als Minderjähriger durfte ich keinen Alkohol trinken. Schon gar nicht seelenruhig in der Öffentlichkeit, doch wer würde mir, einem ihrer Starspieler, in diesem Ort etwas verbieten? Eher boten sie mir als Zeichen ihrer Anerkennung das nächste Bier an.

»Und wie zahm sie ist. Ich meine, sie sitzt auf meinem Schoß.« Letzteres flüsterte sie, während sie Snowflakes Ohren zuhielt. Beinahe, als hätte sie Angst, das kleine Fohlen würde wegrennen, sobald es diesen Fakt hörte. »Himmelherrgott, ich glaube, ich adoptiere sie. Glaubst du, die Griffans erlauben mir, sie mitzunehmen?«

Jetzt brach mein Lachen doch aus mir heraus und ich öffnete gekonnt mit einer Hand die Bierdose. Ohne den Blick von Sarah zu lösen, nahm ich einen Schluck und genoss, wie das kalte Gebräu meinen Hals hinabrann. »Ich glaube nicht, Buttercup.«

»Nenn mich nicht so.«

»Wieso? Du magst den Spitznamen.« Ich grinste sie verschlagen an. Sie konnte mir so viele Todesblicke zuwerfen, wie sie wollte. Ich bemerkte trotzdem die zarte Röte ihrer Wangen, sobald ich sie beim Spitznamen nannte, und solange es sie erröten ließ, täte ich einen Teufel, damit aufzuhören.

Sie strafte mich mit ihrer kalten Schulter, blickte lieber zu Snowflake herab und kraulte sie. »Seit du Football spielst, ist dein Ego echt ins Unermessliche gewachsen.« Verstohlen zuckte ihr Blick zu mir. »Bist du dir sicher, dass alles okay ist? Du hast beim Spiel gestern einiges abgekriegt.«

Eine angeknackste Rippe und einen bunt gefärbten Oberkörper, um genau zu sein.

Allein hier mit ihr auf der Weide der Griffans zu sitzen, stach wie Tausende Messer in meiner Seite, meinem Brustkorb, einfach überall. Doch das musste sie nicht wissen.

»Ja, alles gut.« Ich lächelte sie an und wie erhofft entspannten sich ihre Gesichtszüge.

»Ich verstehe wirklich nicht, wieso du diesen Sport machst. Ganz zu schweigen, wieso Eve das machen will, aber du … etwas so Brutales passt nicht zu dir.«

»Und was würde zu mir passen?« Neugierig hob ich die Augenbrauen. Ich wollte Einsicht in ihre Gedanken. Wissen, wie sie mich sah. Ob sie etwas in mir erkannte, dass mir verwehrt blieb. Ein Teil von mir schlug mir deswegen

auf den Hinterkopf und ließ mich einen weiteren Schluck Bier runterkippen.

Sie lächelte. »Klettern.«

»Was?« Ungläubig lachte ich und schüttelte den Kopf. »Wie kommst du denn auf Klettern?«

»Keine Ahnung, ich sehe dich eher Berge hochklettern als mit irgendwelchen Leuten zusammenkrachen, bis dein Gehirn Matsch ist.«

»Höre ich da etwa Sorge?«, triezte ich sie und ignorierte, wie sehr mir die Vorstellung gefiel.

Sie schnalzte und schaute Snowflake hinterher, die mittlerweile über die Weide tollte. Mit einem herausfordernden Funkeln in den Augen reckte sie mir das Kinn entgegen. »Du bist mein bester Freund. Natürlich mache ich mir Sorgen. Na und?« Blitzschnell angelte sie sich das Bier aus meiner Hand und exte den letzten Rest.

Ein Tropfen rann ihre volle Unterlippe hinab.

Sie fing ihn mit der Zungenspitze auf und der Anblick ließ meinen Atem stocken. Verdammt, er schoss mein Blut mit einer solchen Wucht in die falsche Richtung, dass mir kurz schwindelig wurde.

»Oder willst du, dass ich mir aus einem anderen Grund Sorgen um dich mache?« Etwas Samtiges schwang in ihrer Stimme mit, während sie sich aufrichtete und zu mir beugte. Die Arme so auf der Picknickdecke abgestützt, dass sie ihre Oberweite hochpushten.

Angespannt zwang ich mich, ihrem Blick standzuhalten und ja nicht an ihr herabzusehen. Gleichzeitig verfluchte ich meine lockeren Shorts. Ein falscher Gedanke und sie würde sehen, welche Wirkung sie auf mich hatte.

»Keine Ahnung, was du meinst.« Hoffentlich klang ich nur in meinen Ohren atemlos.

Verdammt, sie stellte gefährliche Dinge mit meinem Herzen an. Oder meiner Lendengegend. Und ich war siebzehn, verdammt. Ich hatte keine Ahnung, wie ich meine Lendengegend unter Kontrolle behielt. Oder was ich insgesamt in so einer Situation machen sollte.

Im Gegensatz zu ihr, anscheinend.

»Ach komm, Avery …« Sie lächelte mich auf eine Weise an, die meinen Puls im Ohr widerhallen ließ. »… du sahst grade aus, als wolltest du mich küssen.«

Himmel …

Ich schloss die Augen und befeuchtete nervös meine Lippen. Wieso musste sie so direkt sein? Wo nahm sie das verdammte Selbstbewusstsein her, das einfach auszusprechen?

»Wenn du möchtest, können wir, also, na ja, uns küssen.« Sie räusperte sich und ich glaubte, mein Herz würde stehen bleiben.

»Sarah …«

»Da ist nichts dabei. Es ist nur ein Kuss.« Sie kicherte und ich hörte die Nervosität, die darin mitschwang. »Wäre ja nicht mein erster. Oder deiner, also …«

»Freunde küsst man nicht einfach so.« Ich rieb mir über das Gesicht und atmete schwer aus. Sie könnte ich niemals einfach so küssen. Verdammt, allein zu wissen, dass es Typen gab, die aus Spaß oder Langeweile ihre Münder auf sie gelegt hatten …

Ich biss die Zähne aufeinander und öffnete die Augen.

Unsicherheit schimmerte in ihrem Blick und in meiner Brust zog es bittersüß, dank dem Rotschimmer ihrer Wangen.

Nein, wenn ich sie jemals küssen sollte, und verdammt, das würde ich irgendwann, dann aus den richtigen Gründen.

Mir egal, dass ich bis dahin tausend Tode in ihrer Nähe sterben würde. Ich wollte mehr.

Ich wollte mehr als einen flüchtigen Moment mit ihr.

Ich wollte alles mit ihr.

Etwas verdammt Peinliches. Immerhin waren wir siebzehn. In einem Monat hätten wir unseren Highschoolabschluss in der Tasche und am Ende des Sommers würden wir aufs College gehen. Vielleicht auf unterschiedliche. Auf welche, die uns mehrere Tausende Meilen voneinander trennten.

Wir waren kurz davor, ins Leben zu starten. Endlich von zu Hause rauszukommen und uns auszuleben. Es wäre dämlich, sich jetzt etwas Festes zu wünschen. Vor allem, wenn es mit einer der besten Freundinnen war.

Das Collegeleben bestand daraus, sich selbst zu finden. Sich auszuleben, Fehler zu begehen und zu lernen, mit ihnen umzugehen. Eine ordentliche Portion Drama und ein paar flüchtige Bekanntschaften zu sammeln. Scheiße, für mich bedeutete das College, mich endlich ausleben zu können. Zu schauen, ob ich Männer tatsächlich so sehr mochte wie Frauen.

Ich sollte mir nichts Festes mit Sarah wünschen.

Nicht jetzt. Vielleicht in ein paar Jahren.

»Ich werde dich nicht küssen, Buttercup.« Auch wenn ich es wollte. Seit Wochen konnte ich an nichts anderes in ihrer Nähe denken, aber es war das falsche Timing. »Tut mir leid.«

Ich hoffte, sie würde mir verzeihen.

Ich verbannte die unnütze Erinnerung mit einem Kopfschütteln aus meinen Gedanken und las endlich die Uhrzeit von meiner Armbanduhr ab.

14:20 Uhr.

In zehn Minuten musste ich bei den Yangs aufschlagen.

Bis dahin musste ich die Vergangenheit wieder in das Grab schicken, in das sie gehörte. Mitsamt all der Momente, die meine gelassene Fassade einreißen wollten.

Es ist Jahre her, Mann.

Du bist längst darüber hinweg.

Es ist dieser Ort, der dich anders denken lässt.

Mitten in der Kulisse der Erinnerungen fiel es nun mal schwer, diese nur als das zu sehen, was sie waren. Etwas Vergangenes, das auf ewig hinter einem lag.

Ich schob meine Hände in die Taschen meiner Anzughose und zwang mich, aus dem Bad zu treten.

Stille umgab mich.

Etwas, an das ich mich nie gewöhnen würde. Nicht hier in diesem Haus, dessen großzügig geschnittene Räume mir immer viel zu eng vorkamen. Hier fühlte sich Stille wie die Ruhe vor dem Sturm an. Eine Übergangsphase zwischen Katastrophen. Wie der Ozean, der sich zurückzog, ehe die Tsunamiwelle über einen einkrachte und das Wasser so laut um einen rauschte, dass man glaubte, den Verstand zu verlieren.

Da halfen auch die zig Bilderrahmen an den Wänden nicht, in denen frühere Versionen von mir und meinen Eltern um die Wette grinsten. Oder die vielen Blumenkästen und die liebevollen Dekorationen. Für alle anderen sah dieses Haus wie eine Seite eines Möbelmagazins aus.

Perfekt. Harmonisch. Familiär. Warm.

Nur ich wusste, dass es nichts als eine Fassade war.

Eine Kulisse, um Kunden anzulocken und ihnen den Gedanken »*Das will ich auch*« einzupflanzen, damit sie mit meinem alten Herrn zusammenarbeiteten.

Ich zog die Schulterblätter zusammen und ging die Wendeltreppe herunter, die nicht zum Ambiente des rustikalen Holzhauses passte. Mom liebte sie. Und wenn es einen Funken Menschlichkeit in meinem alten Herrn gab, dann gehörte er ihr.

Er hatte ihr noch nie einen Wunsch abgeschlagen.

Also stand eine moderne Marmortreppe in unserem Holzhaus und man glaubte, sich durch einen Dschungel kämpfen zu müssen bei all den Pflanzen, die sie vom Garten ins Haus schleppte.

»Alan.« Meine Mom stand am Ende der Treppe und schlug die Hand vor ihren Mund. Ihre braunen Augen erinnerten mich wie immer an warme Brownies und hoben meine Mundwinkel. Kaum war ich in Reichweite, umfasste sie meine Wangen und besah mich von oben bis unten. »Du siehst hinreißend aus, Liebling.«

Ich umschloss eine ihrer Hände und neigte den Kopf, hauchte einen Kuss in ihre Handfläche. »Und du wie eine Königin, Mom.«

Lachend haute sie mir gegen die Schulter. »Ach, hör auf, du Charmeur.« Mit einem Lächeln strich sie über den Stoff ihres fließenden Sommerkleides. Der ausladende Rock mit verschiedenen Blumenmustern stand ihr ausgezeichnet. Soweit ich das als ihr Sohn, der sie abgöttisch liebte, objektiv beurteilen konnte.

Sie strich ihren blonden Pony zurecht, der ihr linkes Auge fast vollständig verbarg.

Wie jedes Mal schlug mir der Anblick wie die Schulter eines Defense Ends in den Magen und mein Mund trocknete aus.

Ich räusperte mich und hielt ihr den Arm hin. »Bereit?«

Ihr Lächeln knickte ein. Mit einem tiefen Einatmen streckte sie die Brust raus und hakte sich nickend bei mir ein. »Immer. Lass uns Sarah einen schönen Geburtstag wünschen. Es ist so schön, dass du auch hier bist, mein Sohn.«

Mein Sohn.

Ich biss die Zähne aufeinander, damit mein Lächeln standhielt. *Komm schon, Mann, daran bist du gewöhnt. Nimm es hin. Wenigstens einmal in deinem jämmerlichen Leben.*

Ach, wie hatte ich meine innere Schweinestimme vermisst – nicht. Aber ich müsste in den nächsten Stunden mit ihr leben. Mit ihr und Conroe und all meinen Sünden.

Ich würde meine Mom zum Lächeln bringen, ihr nicht von der Seite weichen und für meinen alten Herrn den guten Sohn mimen.

Ohne nachzudenken.

Ich würde funktionieren.

Und zurück in Columbus würde ich meine Wunden lecken.

Eine nach der anderen. Bis ich wieder so etwas wie Okay war und meinen Anblick im Spiegel ertrug.

13

Sarah

Wie erwartet verwandelte sich meine Geburtstagsparty in die Firmenfeier meines Vaters. Überall in unserem Garten versammelten sich Anzugträger und Damen in schicken Abendkleidern, obwohl es erst Nachmittag war. Sie unterhielten sich über Grundstückspreise, die momentane Marktlage für Immobilien und in welchen Bezirken in den nächsten Jahrzehnten weitere gehobene Viertel entstehen würden, weil sie alle Baker Industries vertrauten. Alans Vater, Adam Baker, versprach ihnen seit Jahren Reichtum, neue Arbeitsplätze und eine Infrastruktur, die unseren kleinen Ort in das neue Touristenziel verwandeln würde. Kein Wunder, dass alle ein Stück vom Kuchen abhaben wollten. Niemand in diesem Ort kämpfte mit Armut, doch sie konnten auch nicht reich genug werden. Nach oben blieb immer ausreichend Platz.

Alles, was daran erinnerte, dass ich heute vor vierundzwanzig Jahren auf die Welt gekommen war, war der pompöse Tisch, der mitten im Garten vor Moms Sonnenblumenbeet stand. Auf ihm türmten sich Geschenke. Von Einkaufstaschen mit Markennamen, in denen Parfüms auf mich warteten, bis hin zu Geschenken, deren goldenes Einpackpapier im Sonnenlicht schien.

Ach ja, und die Gäste begrüßten mich und wünschten mir einen schönen Geburtstag.

Das war alles.

Ach halt, nein. Es gab einen Kuchen. Eine dreistöckige Sahnetorte, von der mir meine Mutter verboten hatte, sie auch nur anzusehen.

Immerhin hatte ich nur mit Bauch einziehen in das einzige Kleid gepasst, das meine Oberweite aushielt, ohne dass ich Gefahr lief, meine Brustwarzen vor allen zu entblößen.

Hey, dann aß ich meinen Geburtstagskuchen eben nicht.

So sehr, wie sich die Nähte von dem Cocktailkleid in meine Seiten bohrten, bekäme ich eh nichts anderes als Wasser herunter.

»Du siehst wunderschön aus.« Kyle reichte mir ein Champagnerglas und ich nahm es ihm mit einem höflichen Nicken ab. Ich wollte ihn nicht hier haben, aber noch weniger wollte ich eine Szene machen, während die Würdenträger des Ortes um uns herumtänzelten.

»Danke«, erwiderte ich also.

Er schob die Hände in seine Hosentaschen und stellte sich neben mich in den Schatten der großen Eiche, die am Rande unseres Gartens stand.

Früher, in der guten Zeit, waren Maeve und ich immer an den Ästen hochgeklettert. Wir hatten Dad sogar angefleht, uns ein Baumhaus zu bauen, damit wir darin lesen und spielen konnten. Doch er hatte es nie getan.

Baumhäuser sind etwas für Jungs.

Sucht euch Jungs als Freunde, dann könnt ihr in ihr Baumhaus.

»Sehen deine Geburtstage immer so aus?« Er bemühte sich um einen lockeren Tonfall, doch ich bemerkte seinen mitfühlenden Blick im Augenwinkel.

Ich legte das Glas an meine Lippen und beobachtete aus sicherer Entfernung, wie Alan am Büffettisch entlangging und zwei Teller belud.

Er war seit einer Stunde hier.

Zusammen mit Mary, seiner Mom, war er angekommen, hatte mir mit einem Lächeln gratuliert, das er wohl nur ihr zuliebe aufgesetzt hatte, und saß seitdem mit ihr auf der Hollywoodschaukel am anderen Ende des Gartens. Umrahmt von Hecken schaute man von dort direkt auf Moms selbst angelegtes Blumenmeer. Es leuchtete in allen erdenklichen Farben.

Eine Gärtnerin wie Mary hatte sich natürlich sofort darin verliebt.

Sie sah wie eine Elfe aus in ihrem lockeren und farbenfrohen Kleid. Und ihr Sohn raubte einem den Atem.

Die dunkle Anzughose saß perfekt und betonte seine muskulösen Oberschenkel und seinen Hintern. Ich hielt wenig von dem Sport, aber verdammt, Footballspieler besaßen Hintern, als hätten sie die Götter höchstpersönlich gemeißelt.

Ganz zu schweigen von seinem Oberkörper.

Ich seufzte in mich hinein und nippte an dem Champagner, um die Trockenheit aus meinem Mund zu verscheuchen.

Alan war kein Anzugträger. Er passte mehr in karierte Flanellhemden und ausgeblichene Jeans, doch das weiße Hemd, das er trug …

O Himmel, ich konnte mich kaum davon abhalten, ihn anzusehen, dank dieses Hemdes.

Es umschmeichelte seine breiten, trainierten Schultern und sein ebenso breites Kreuz. Es lag wie eine verdammte, zweite Haut an. Selbst seine Brustmuskeln betonte es. Ganz zu schweigen von seinem Bizeps.

Zusammen mit dem Dreitagebart, seinem kantigen Kinn, dem ordentlich gebundenen Dutt und den dunklen grünen Augen schien er … unwirklich?

Ja. Genau das.

Wie die perfekte Mischung aus Chris Hemsworth und Businessman.

Ich verstand vollkommen, wieso die Blicke aller Gäste an ihm klebten. Schmachtend. Schüchtern. Einigen Frauen standen förmlich Herzchen in den Augen und bestimmt wurden sie von ihrem Uterus angeschrien, ihn in ihre Höhle zu verschleppen.

Okay, das klang jetzt verstörend zweideutig …

Ich schüttelte den Kopf und zwang mich, Kyle anzusehen.

Mit seinem zurückgegelten braunen Haar und den ozeanblauen Augen war er selbst ein Hingucker.

Alan besaß jedoch eine raue Attraktivität.

Ein Diamant, der nicht mal geschliffen werden musste, um von allen bewundert zu werden. Er bezauberte einen mit seiner Natürlichkeit.

Okay, Fangirl, krieg dich wieder ein.

Ist ja peinlich.

Vor allem, nachdem ich schon in der Highschool eine eindeutige Abfuhr von ihm erhalten hatte. Für ihn war ich nie mehr als eine Freundin. Und selbst das hatte ich gegen die Wand gefahren.

Wow, wie schnell die Realität ein hämmerndes Herz in den Griff und ruhiggestellt bekam.

»So ungefähr«, antwortete ich viel zu spät auf Kyles Frage. Ich rang mir ein Lächeln ab und zuckte locker mit den Schultern. »Das hier ist allerdings ein neues Level.«

Er pfiff anerkennend durch die Zähne. »Wie nett.«

Der Sarkasmus in seiner Stimme brachte mich zum Kichern und ich schaute in mein Glas. »Es ist nicht so schlimm, wie es klingt.«

Im Augenwinkel bemerkte ich, wie er sich mit der Schulter gegen die raue Rinde der Eiche lehnte. »Das hoffe ich doch«, erwiderte er. »Sag mal … ach, vergiss es. Es wundert mich nur, dass er hier ist.« Ich musste mich nicht umdrehen, um zu wissen, zu wem Kyle nickte. »Vielleicht sollte ich gehen, bevor er mir die Fresse poliert.«

»Das wird er nicht.« Auch wenn ich mir vorstellen konnte, dass Alan seit seiner Ankunft hier mit dem Gedanken spielte. Immerhin reichte sein Beschützerinstinkt Maeve gegenüber über die Erdatmosphäre hinaus und Kyle hatte ihr ziemlich übel mitgespielt.

Genau wie ich.

Aber Alans Mutter Mary war auch hier. Selbst wenn ihm seine Wut einen Herzinfarkt bescheren würde, täte er einen Teufel, in ihrer Anwesenheit die Fassung zu verlieren.

»Wieso bist du überhaupt hier?«, wechselte ich das Thema zu einer Frage, die mir seit Stunden im Kopf herumschwirrte.

Kyles Lächeln wurde etwas breiter. »Vielleicht wollte ich dich wiedersehen.«

Wie bitte?

Er wollte mich wiedersehen?

O nein, nein, nein.

Eine ganz blöde Idee.

Ich öffnete den Mund, doch hinter Kyle entdeckte ich Mom. Mit einem zufriedenen Lächeln nickte sie und deutete auf ihn.

Die Worte blieben in meinem Hals stecken. Sie sah zufrieden aus. Lebendiger. Besser als vorhin in ihrem Kleiderschrank, als sie die ganze Zeit die Stirn in Falten gelegt und vor sich hin geseufzt hatte.

Es freute sie, mich mit Kyle zu sehen.

Es sind nur ein paar Stunden, Sarah. Spiel einfach mit und bring es hinter dich. Was soll schon passieren? Es ist nur eine Unterhaltung. Und morgen kannst du ihm schreiben, dass er sich alles mit dir aus dem Kopf schlagen kann.

»Vielleicht?« Ich hob mit einem gespielten Schmunzeln eine Augenbraue und nippte an meinem Glas. Ich brauchte Alkohol. Ohne eine kleine Angetrunkenheit würde ich diese Feier nicht überstehen.

Sein Blick zuckte zu meinen Lippen. »Okay, streich das vielleicht.« Er neigte den Kopf und schaute mir unverwandt in die Augen. »Du musst zugeben, das mit uns war schön.«

Es gab nie ein uns.

Fast hätte ich es ihm entgegengeschrien.

Ich machte eine gute Miene zum bösen Spiel und zündete damit die Bucket List und all meine guten Vorsätze an.

»Es gab gute Momente, ja.« Irgendwann bestimmt. Ich erinnerte mich nur nicht daran.

»Ich habe gehört, du warst verlobt?« Wieso konnte er nicht einfach weggehen? Oder einfach die Klappe halten?

Ich zwang mich, zu nicken. »Ja. Ich habe ihn verlassen.«

Zum denkbar schlechtesten Moment.

Taylor und ich hatten nie zusammengepasst und leider war mir das in seiner schlimmsten Lebensphase klar geworden. Meine Trennung hatte ihn mehr aus der Bahn geworfen, als ich gedacht hatte und dann war ich blöde Kuh auch noch unausstehlich zu Maeve gewesen, weil ich eifersüchtig darauf war, dass sie nicht nur Alan, sondern dann auch noch Taylor in ihrem Leben hatte, während ich, ja, allein war. Gott sei Dank lag das alles hinter Maeve und mir.

»Er ist jetzt glücklich vergeben.« Dieses Mal war mein Lächeln echt.

»Oh. Das muss hart für dich sein.«

»Nein, kein bisschen. Ehrlich.« Maeve und Taylor waren füreinander geschaffen. Das wusste ich dank der Art, wie sie einander ansahen. Als vervollständigten sie einander.

Kyles Blick bekam etwas Suchendes. »Okay, also kein gebrochenes Herz, das noch heilen muss?«

»Sarah, Schätzchen, kommst du bitte kurz?« Mom winkte mich vom Terrasseneingang zu sich.

Innerlich ein Stoßgebet gen Himmel schickend, verabschiedete ich mich von Kyle und versuchte, mit meinen Pumps einigermaßen elegant über den Rasen zu Mom zu treten.

»Was gibt's?«, fragte ich bei ihr angekommen.

Sie lehnte sich zu meinem Ohr. »Ich freue mich so, dass du dich mit Kyle verstehst, doch bitte rede auch mit deinen anderen Gästen. Sei nicht unhöflich, Schätzchen.«

Meine Gäste.

Nicht eine Person in diesem Garten war mein Gast.

Meine Brust zog sich zusammen und protestierte über jeden Millimeter, den ich meine Mundwinkel hob. »Okay. Entschuldige.«

»Macht ja nichts, Spatz. Na los, lass uns zu den Matthews gehen. Wusstest du, dass ihr Sohn in Harvard Steuerrecht studiert?«

Nur noch ein paar Stunden. Dann würde ich zurück im Flieger nach Columbus sitzen und könnte mich in meinem Wohnheimzimmer ausheulen. Bis dahin musste ich durchhalten.

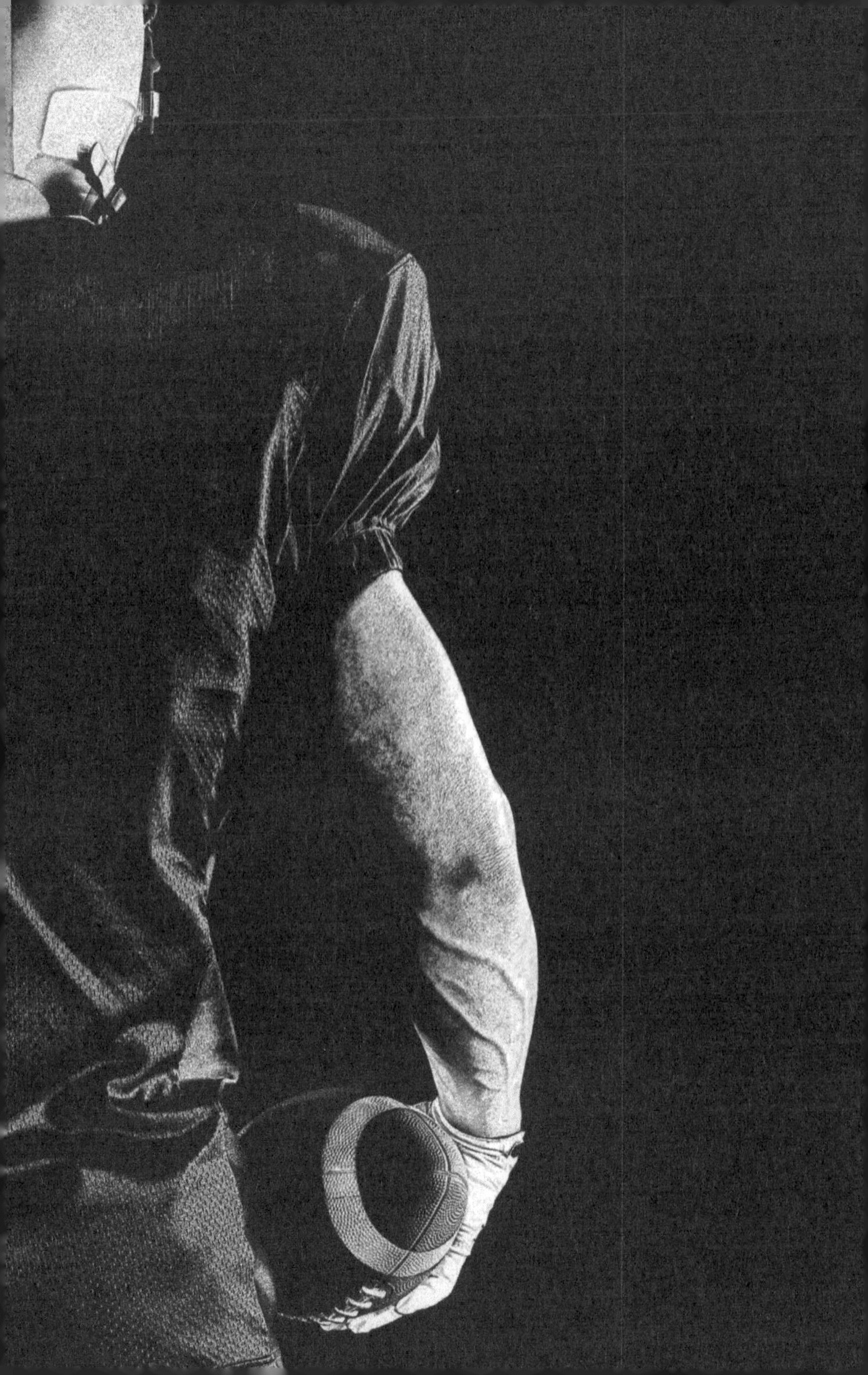

14

Alan

Du musst nicht bei deiner alten Mutter sitzen, Liebling.« Mom angelte sich eine Erdbeere von dem Teller, den ich uns zusammengestellt hatte, und schaukelte uns mit den Füßen leicht auf der Hollywoodschaukel an. Im Augenwinkel lächelte sie mich an. »Ich komme schon allein zurecht, bis dein Dad auftaucht.« Sie zwinkerte mich verschmitzt an.

Meine Mundwinkel hoben sich minimal.

Ich nahm mir eine Weintraube und lehnte mich im Sitz der Schaukel zurück. Dabei ignorierte ich gekonnt, dass ich einige Zentimeter zu groß für dieses Ding war und mich ordentlich verbiegen musste, um mir nicht den Kopf zu stoßen. »Quatsch, ich bleibe.«

Ich bin viel zu selten bei dir.

Ein weiterer Spiegelstrich auf der Liste meiner Lebensfehler.

Sie stieß mit ihrer Schulter gegen meine. »Na los, ich weiß doch, dass du dich mit Sarah unterhalten willst.«

Ich verkniff mir mein Auflachen. Lieber schüttelte ich den Kopf. »Nein, Mom. Ich bin genau da, wo ich sein will.«

Jedenfalls ein wenig.

Wenn ich schon auf dieser übertriebenen, gekünstelten Party festhing, dann bitte mit ihr. Abseits all des Wahnsinns und auf einer Hollywoodschaukel mit zwei Tellern voller Snacks und dem Ausblick auf zig verschiedene Blumen.

»Du kannst eine alte Frau nicht täuschen, mein Junge. Schon gar nicht deine Mutter.« Sie betrachtete das Beet vor uns. »Außerdem sieht sie hinreißend aus in ihrem Kleid.«

Nicht so gut wie in dem Kleid, dass sie heute Morgen anhatte.

Sofort tauchte das Bild von dem weißen Sommerkleid mit lächerlich dünnen Trägern vor meinem inneren Auge auf.

Manchmal hasste ich mein fotografisches Gedächtnis. Es verweigerte mir, zu vergessen.

Dieses figurbetonte beige Cocktailkleid, das Sarah bis zur Mitte der Oberschenkel reichte, war ein Witz im Gegensatz zu diesem feenartigen Sommerkleid heute Morgen.

»Gib's zu, Liebling, sie sieht hübsch aus«, bohrte Mom weiter.

»Sie interessiert mich nicht, okay?« Es war die reine Wahrheit. Jedenfalls größtenteils.

»Ich sehe doch, wie du immer zu ihr schielst. Vor allem, wenn sie sich mit den Jungs hier unterhält.«

Okay, jetzt rollte ich doch mit den Augen.

Wie sollte ich auch nicht?

»Das ist lächerlich.«

Sie grinste von einem Ohr zum anderen. Wenn sie so aussah, erinnerte sie mehr an ein kleines verschlagenes Mädchen, das plante, die Welt anzuzünden, als an eine Frau Ende Vierzig. »Wenn du meinst.« Sie glaubte mir kein Wort.

Ich verschränkte die Arme vor der Brust. Es weiter abzustreiten würde in ihren Ohren nur noch verdächtiger klingen.

»Also?« Sie schmiss sich einen kleinen Käsewürfel in den Mund. »Wer ist der Junge, mit dem sie sich unterhalten hat?«

Wieso war meine Mutter Maeve so ähnlich?

Nein, bessere Frage: Wieso hatte ich mir eine genauso hartnäckige, aufgekratzte Person als beste Freundin ausgesucht, wie ich sie als Mutter schon hatte?

Es war gruselig, wie sehr sie sich ähnelten.

»Kyle.« Kaum zu glauben, dass dieser Mistkerl hier herumrannte. Es war zum Kotzen. Wenigstens hatte es etwas Gutes, dass Maeve nicht hier war.

»Kyle«, wiederholte Mom und rümpfte die Nase. »Nein, ich mag ihn nicht.«

Ein ehrliches Lachen brach aus mir heraus und ich sah zu ihr. »Müsstest du als Erwachsene und Mutter nicht diplomatischer sein?«

Sie zuckte die Schultern. »Ich bin keine Politikerin. Was will ich mit Diplomatie?« Jetzt schmiss sie sich eine Traube in ihren Mund. Ich wusste, es war die richtige Entscheidung gewesen, von allem Etwas mitzubringen.

Kopfschüttelnd betrachtete ich sie. »Ich verstehe echt nicht, wieso du noch mit Dad zusammen bist. Du verdienst jemand Besseren«, sprach ich einen Gedanken aus, den ich bereits seit Jahren mit mir herumschleppte.

Ihre Schultern fielen hinab. »Liebling«, ermahnte sie mich, das Thema fallen zu lassen. »Du kennst ihn nicht wie ich.« Zärtlichkeit, eine aufrichtige Liebe, flutete ihre Stimme und zeigte jeder Person in Hörreichweite, wem ihr Herz gehörte. »Er ist voller Liebe und Güte. Was damals passiert ist, hat ihn einfach verändert. Uns alle.«

Ich krallte die Fingernägel in meinen Bizeps. Ja, das hat es.

Es hatte unser Leben durcheinandergeschleudert und nur noch Trümmer hinterlassen. Uns gerade kurz genug über Wasser gehalten, damit wir Luft bekamen, aber immer noch Wassertropfen in unseren Mund schwappen ließ, die uns zu ertränken drohten.

Es hatte uns das Herz meines alten Herrn, das Selbstbewusstsein meiner Mom und meinen verdammten Verstand gekostet.

Es hatte einfach alles gekostet.

Sie legte ihre Hand auf meine Wange und das Braun ihrer Augen wärmte die kalte Leere in meiner Brust. »Er liebt dich, mein Schatz. Genau wie ich. Du bist unser ganzer Stolz.«

Ich blinzelte die Nässe aus meinen Augen und hob halbherzig einen Mundwinkel. »Mann, Mom, das kannst du doch nicht einfach so raushauen.«

Sie knuffte mir in die Wange. »Siehst du, Liebling? Du bist ein wundervoller Sohn.« Etwas Neckisches funkelte in ihren Augen auf. »Und deswegen erklärst du mir jetzt, wieso wir Kyle hassen.«

Kopfschüttelnd setzte ich mich auf und nahm die Teller von meinem Schoß. Vorsichtig stellte ich sie auf den frisch gemähten Rasen, dessen Duft in der Luft hing, und stützte die Ellenbogen auf meine Knie. »Er ist einfach eine falsche Schlange, das ist alles.«

»Und dann lässt du ihn mit Sarah reden?«

»Ich lasse alle machen, was sie wollen.«

»Du weißt, wie ich es meine.«

Ich ahnte es. »Nein, wie denn?«

Sie neigte den Kopf, als sortierte sie die Worte. »Du bist ein Tight End, mein Liebling«, erklärte sie, was ich besser als sie wusste, und zuckte mit den Schultern. »Du stellst dich vor deine Leute, damit sie sicher ins Ziel kommen.«

»Dass du mal mit Sportmetaphern um dich schmeißen würdest«, scherzte ich und sie schlug mir spielerisch gegen die Schulter.

»Irgendwas muss ich ja machen, wenn ich sonst den ganzen Tag zu Hause hocke.«

Meine Kehle trocknete bei ihren Worten aus und Galle stieg meinen Hals hinauf. Schwer schluckte ich dagegen an. Auch das Zittern meiner Hände ignorierte ich, indem ich sie ineinander verschränkte.

»Sarah gehört nicht mehr zu meinen Leuten.« Kaum zu glauben, dass ich lieber über sie sprach, als auf das Thema einzugehen, das Mom angeschnitten hatte. »Wir sind seit Jahren nicht mehr befreundet, das weißt du.«

Sie gab einen zustimmenden Ton von sich. »Was nicht bedeutet, dass ich das toll finde. Ihr habt euch so super verstanden.«

Ich zuckte die Schultern und widerstand dem Drang, zur Seite zu schielen und die Gästemenge nach ihr abzuscannen. »So ist das Leben. Einige Menschen verliert man auf dem Weg nun mal. Dafür kommen neue dazu.«

Menschen wie Tyrese und Taylor.

Meine Brüder im Geiste, die ich nicht mehr missen wollte. Es ging immer noch nicht in mein Gehirn, dass ich in einem Jahr nicht mehr mit Tyrese zusammenwohnen würde.

Der Abschluss fühlte sich viel zu nah an. Wie ein Stressfaktor, der unaufhörlich näher kam und die Routine, die ich mir seit Jahren mühsam aufbaute, in kleine Stücke zerschlug. Eine Routine, die ich brauchte, um durch den Tag zu kommen. Selbst wenn es bedeutete, mich stundenlang in den Rasen zu schmeißen und Footballs zu fangen oder Menschen zu tackeln.

»Hier seid ihr.« Dads ruhige Stimme ließ mich unweigerlich die Schulterblätter zusammenziehen.

Er tauchte vor uns auf und lächelte. Ein Lächeln, das einzig meiner Mom galt. Mit gesenkten Augenlidern und voller Wärme strich er ihr eine ihrer blonden Locken hinters Ohr und spielte mit ihrem Blumenohrring. »Wie immer ziehst du deine Linie durch«, kommentierte er, ohne den Blick von seiner Berührung zu lösen.

Jetzt in diesem Moment, wenn ich ihn so sah, glaubte ich, all die Wahrheiten über ihn in einem Albtraum gesehen zu haben. Als wären sie etwas Unreales. Niemand so Kaltherziges sollte jemanden so voller Liebe anschauen können. Es war das reinste Paradoxon.

»Du kennst mich.« Sie lächelte zu ihm auf. »Ich mache keine halben Sachen.«

»Das stimmt.« Er gab ihr einen kurzen innigen Kuss. Einen, bei dem man als Kind sofort wegsah, weil es ekelig war, die eigenen Eltern so verliebt zu sehen.

Seine Augen zuckten zu mir und sein Grün verschmolz mit meinem. »Lässt du uns kurz allein?«, fragte er an Mom gewandt. »Ich möchte unseren Sohn auch angemessen begrüßen.«

»Natürlich. Ich wollte mir sowieso etwas zu trinken holen. Oder Giselle fragen, ob sie meine Hilfe braucht.« Sie hauchte zuerst mir, dann meinem Vater einen Kuss auf die Wange. Sie tippte ihm auf die Lippen und sah ihn ernst an. »Wehe, du reißt dich nicht zusammen, Adam.«

Ich sah Mom hinterher und versuchte, das heftige Pochen meines Herzens unter Kontrolle zu kriegen.

»Du hast dich nicht gemeldet, als du angekommen bist.« Der Härte in seiner Stimme nach missfiel meinem Vater diese Tatsache.

»Dir auch *Hallo*«, erwiderte ich mit einer Ruhe, die im völligen Kontrast zu dem Chaos in mir stand. »Ist auch schön, dich zu sehen, alter Herr.«

»Nenn mich nicht so.« Seine Hand landete schwer auf meiner Schulter. »Und steh auf. Es ist nicht gut, dass du dich hier hinten verkriechst, anstatt dich zu unterhalten.«

»Tut mir leid, dass ich deiner Frau Gesellschaft leiste, weil du wegen irgendeinem Termin zwei Stunden zu spät kommst«, entgegnete ich mit einer Langeweile in der Stimme, die mich selbst erschreckte.

Kein Wunder also, dass Röte ins Gesicht meines alten Herrn stieg und er mich losließ, als hätte er sich verbrannt. Sein Blick glitt zu der Terrasse, auf der das Büffett stand und wo Mom gerade über den Schokoladenbrunnen herfiel. Für einen Moment glaubte ich, dass seine Gesichtszüge weich wurden. Dann räusperte er sich und richtete seine Krawatte.

»Hast du dich schon mit Stan Yang unterhalten? Nein, oder?« Früher hätte er enttäuscht geklungen, vielleicht auch etwas besorgt, jetzt blieb nur Resignation. Weil wir dieses Spiel der heilen Familie seit Jahren abzogen, obwohl wir beide wussten, dass wir versuchten, einen toten Körper wiederzubeleben.

Er griff in die Innenseite seines Jacketts und zog eine kleine Schachtel heraus. »Hier.«

Mit gerunzelter Stirn nahm ich sie entgegen. »Was ist das?«

»Dein Geburtstagsgeschenk für Sarah Yang«, erklärte er, als wäre es das Natürlichste der Welt.

Ich rümpfte die Nase und drückte es gegen seine Brust. »Nein, danke.« Von mir bekam Sarah kein Geschenk. Nicht, nachdem sie mich hierher geschleift hatte. Nicht nach den vergangen Jahren.

Und, verdammt, selbst wenn ich über all das hinwegsehen würde, schenkte ich ihr garantiert nichts, das mein Vater ausgesucht hatte.

Sie verdiente etwas Besseres.

Frustriert biss ich die Zähne aufeinander und ging zu Stan Yang, der sich an einem der Stehtische mit Kyle unterhielt.

Kyle.

Die Personifikation des Grundes, wieso ich mir irgendwelche netten Gedankenkommentare zu Sarah verkneifen sollte.

»Du bist gereizt«, stellte mein Vater leise und ruhig fest, während er neben mir ging. Dabei strahlte er eine Lässigkeit aus, die wohl an erfolgreichen Geschäftsmännern festklebte, sobald sie ihren ersten großen Deal abgeschlossen hatten.

»Ja.« Ich strich mein Hemd zurecht, weil meine Hände eine Beschäftigung brauchten. »Du hast unsere Abmachung gebrochen, um mich auf so eine lächerliche Feier zu zerren.«

»Das ist alles?« Prüfend musterte er mein Gesicht.

Ich wusste, was er suchte. »Ja, das ist alles«, presste ich angestrengt über die Lippen.

»Deine Mutter vermisst dich.« Er streute Salz in eine offene Wunde. Das wusste er. Und trotzdem sagte es dieser Mistkerl mit einer Ruhe, für die ich ihn schlagen wollte. »Sie hat darauf bestanden, dich heute hier zu haben.«

»Gut zu wissen, dass wir uns einig sind, dass uns beiden drei Treffen im Jahr ausreichen.« Ich klopfte ihm auf den Rücken, ehe ich mir ein Lächeln abrang und vor Stan Yang zum Stehen kam.

»Stan Yang.« Dad warf ihm sein charmantestes Lächeln zu und schüttelte seine Hand.

Auch Stans Augen leuchteten freudig auf. »Adam Baker, der Mann der Stunde, und Alan. Schön zu sehen, dass du dich endlich unter die Menge mischst.«

Sorry, dass mir meine Mom wichtiger ist als euer Scheiß.

Ich verkniff mir meinen Kommentar und erwiderte seinen Handschlag. »Die Feier ist wirklich schön. Ich wollte Sie erstmal alle in Ruhe begrüßen lassen, bevor ich mich zu Ihnen geselle.«

Gott, ich brauchte einen Drink.

Wenn ich diese Scharade länger als fünf Minuten aushalten musste, brauchte ich etwas Starkes. Mein Mund trocknete in dem gierigen Verlangen nach einem ordentlich Schluck Whiskey aus.

Ein Kellner ging mit einem Tablett voll Champagner an uns vorbei und Stan wank ihn zu uns. Lächelnd blickte er in die Runde. »Möchte noch jemand?« Er hob ein Glas vom Tablett und nahm einen Schluck.

Die prickelnde, goldene Flüssigkeit in den zarten Gläsern war alles, was ich sah.

Ich schmeckte sie förmlich auf der Zunge.

Eisern biss ich mir auf die Zunge und schüttelte den Kopf. »Nein, danke.«

»Wirklich nicht? Magst du keinen Champagner? Ich kann dir auch ein Bier holen«, bot Stan an und ich sah die Sorge in seinem Gesicht. Die Vorstellung, ein schlechter Gastgeber für den Sohn seines wichtigen Geschäftspartners zu sein.

Die Hand meines Vaters landete auf meiner Schulter und riss mich aus meinen Gedanken. Sein Blick lag auf Stan. »Der Jetlag ist schon ohne Alkohol schlimm genug. Alan möchte übermorgen in den Vorlesungen fit sein, nicht wahr?« Im Augenwinkel suchte er meinen Blick.

Das tut er nicht für dich.

Das macht er zur Schadensbegrenzung.

Auch wenn ich all das wusste, atmete ein Teil von mir dankbar auf und nickte. »Außerdem habe ich striktes Alkoholverbot vom College aus. Wegen meinem Stipendium.«

Kyle lachte neben mir. »Ach, komm. Als ob sich da irgendjemand dran hält. Es ist das College. Am Wochenende trinken alle ihre Gehirnzellen weg.«

»Darum musst du dir ja zum Glück keine Sorgen mehr machen«, flüsterte ich und kassierte sofort einen strafenden Blick meines Vaters. Doch der Sohn in mir glaubte, kurz ein amüsiertes Funkeln in seinen Augen aufblitzen gesehen zu haben.

Tja, so funktionierte Wunschdenken. Wir bilden uns Dinge ein, um dann von der Realität enttäuscht zu werden.

»Wie bitte?« Stan warf mir einen neugierigen Blick zu.

»Nichts. Sie machen also Geschäfte mit meinem alten Herrn, ja?«

Jetzt knallte seine Hand auf meinen Hinterkopf. »Wie oft noch? Nenn mich nicht so.«

Stan lachte wiederum heiter. »Das hoffe ich doch. Eine Kooperation mit Baker Industries wäre für beide Parteien sehr zufriedenstellend.«

Das konnte ich mir vorstellen. Mein Vater, der Land aufkaufte und in hübsche Häuser verwandelte, und Stan Yang, der die Hütten für Wucherpreise verhökern würde.

Ein Match *made in hell.*

Aber hey, mein Vater hatte mir früh beigebracht, dass der Erfolg der Reichen auf dem Leid der Armen aufbaute. Etwas, das seit Jahrhunderten praktiziert wurde, obwohl die Superreichen versprachen, ihren Reichtum mit denen zu teilen, die kaum über die Runden kamen.

Mein Blick glitt über die Gäste. Über ihre maßgeschneiderten Anzüge von namhaften Designern und Kleider, die nach hochwertigen Materialien schrien. Gäste, die Diamantschmuck und überteuerte Armbanduhren trugen.

Ich würde mehr an die Menschlichkeit der Superreichen glauben, wenn ich nicht wüsste, dass die Hälfte dieser Leute ihre Steuern hinterzog oder ein massiges Konto in der Schweiz versteckte.

Ich hasste Conroe für so vieles.

Vor allem seine Bevölkerung.

Mit dem Gedanken beugte ich mich zu meinem Vater, der längst in ein Gespräch mit Stan versunken war. »Ich geh was trinken.«

Sofort versteifte seine Schulter an meiner.

»Wasser«, spezifizierte ich gezwungen ruhig.

Er nickte. »Okay.« Sein Mund öffnete sich, als wollte er etwas hinzufügen, doch er schloss ihn wieder und wandte sich Stan zu – und ich flüchtete ins Innere des Hauses.

15

Sarah

Was tust du hier?« Mom hielt erschrocken im Türrahmen der Küche inne.

Irritiert zog ich die Augenbrauen zusammen. »Ich trinke etwas.« Wie zur Bestätigung hielt ich mein Glas mit Apfelsaft hoch.

»So viel? Das Glas ist ja fast voll.« Sie kam eilig zu mir und nahm es mir aus der Hand. »Schätzchen, denk doch bitte an dein Kleid.«

»Was hat mein Durst denn mit dem Kleid zu tun?« Manchmal verstand ich sie einfach nicht. Vor allem an Tagen wie diesen, an denen sie sowieso ohne Ende von der Veranstaltung und den vielen Gästen in unserem Haus gestresst war.

»Schatz, denk doch bitte mal nach. Dein Kleid ist eng. Du solltest den Bauch leer behalten. Sonst denken die Leute noch, du seist dick. Oder schlimmer noch, schwanger.«

Wow. Danke.

»Es sind fast dreißig Grad, Mom.« Sie konnte nicht im Ernst von mir erwarten, den ganzen Tag in der Texassonne zu stehen, ohne genügend zu trinken.

»Okay, weißt du was, Schatz?« Sie löste sich von mir und ging zum Kühlschrank, um zwei große Behälter mit Limonade herauszuholen. »Mach, was du möchtest.«

Ohne mich eines weiteren Blickes zu würdigen, ging sie aus der Küche. Zurück auf die Terrasse.

Seufzend schüttete ich mein Glas in der Spüle aus, ohne hinzusehen. Mir war der Durst vergangen.

Mit zugeschnürter Kehle schlich ich mich in unser Gästebad und schloss hinter mir ab. Ich brauchte einen Moment für mich. Ein bisschen Zeit zum Durchatmen und Sammeln, weil mich alles in diesem Haus und dem Garten zu ersticken drohte. Um zu verarbeiten, dass ich auf meiner eigenen Geburtstagsfeier zwischen Fremden eingesperrt war. Oder Menschen, die mich nicht ausstehen konnten.

»Du kannst das.« Ich murmelte den Satz wie ein Mantra vor mich hin, während ich ins Waschbecken starrte.

Wenigstens etwas an mir, das meine Mom zufriedenstellte. Nach all den gemeinsamen Jahren sollte mich ihr Verhalten nicht verletzen. Sie wusste nicht einmal, wie viel Schaden sie mit ihren ungefragten Kommentaren anrichtete. Nein, das war einfach ihre Art. So drückte sie ihre Sorge um mich aus. Es war einfach ein schlechter Scherz des Universums, dass wir so unterschiedlich waren und ich deswegen immer so durcheinanderkam. Sie meinte es nicht böse, also sollte ich mich nicht so anstellen.

Ich straffte die Schultern und schaute zum Wandspiegel auf, der über dem Waschbecken befestigt war. Mein Make-up saß perfekt. Sowohl die Foundation als auch das Contouring und mein Eyeliner.

Es klopfte an der Tür.

»Moment.« Mein Herz galoppierte, als wäre ich bei einer Straftat erwischt worden. Flüchtig überprüfte ich mein Aussehen im Spiegel und zupfte mein Kleid an den Beinen zurecht. Der Stoff rutschte ständig hoch.

Mit einem gezwungenen Lächeln, keine Ahnung, ob ich noch ein anderes Lächeln draufhatte, schloss ich die Badezimmertür auf und öffnete sie.

Marys warme Mandelaugen trafen auf meine. Sofort erhellte sich ihre Miene. »Sarah.« Sie legte sich ihre Hand auf ihr Herz. »Tut mir leid, Liebes. Habe ich dich gehetzt?«

Ich lächelte. »Nein, keine Sorge.«

»Gut. Es muss schrecklich wehtun, sich dieses enge Kleid runterzuziehen«, überlegte sie laut und neigte fragend den Kopf.

Etwas, das auch Taylor tat, wie mir gerade auffiel.

Vielleicht hatte mich das zu ihm hingezogen. Er hatte mich an Mary erinnert. An ein Stück Heimat in einem fremden, angsteinflößenden Ort.

»Ohne dir zu nahe treten zu wollen, Liebes, aber hast du nichts Bequemeres im Schrank?« Sie fächerte sich mit der Hand Luft zu. »Ich zergehe schon in meinem Kleid in der Sommerhitze und meins ist so locker, dass es sich anfühlt, als wäre ich nackt.«

Ich lachte kurz auf. Es war mir ein Rätsel, was es war, aber Mary Baker hatte etwas an sich, das einen aufmunterte. Wie ein Sonnenstrahl, der einen aus den Gewitterwolken zog und in einen wolkenfreien Himmel katapultierte.

»Du siehst wunderschön aus, Mary.« Lächelnd deutete ich auf ihr Kleid und entlockte ihr ein Grinsen.

»Danke. Das habe ich während Adams und meinem ersten Urlaub in Barcelona gekauft. Es hing auf einem Ständer eines kleinen Ladens an der Strandpromenade und ich bin im Bikini hochgerannt, als ich es gesehen habe.« Bei der Erinnerung kicherte sie und strich ihren Pony zurecht, der fast die Hälfte ihres Gesichts verdeckte. »Adam dachte, ich habe einen süßen Hund gesehen, oder so. Und als er das Kleid in meinen Händen sah, ist er fast lachend in den Sand gefallen.«

»Das klingt toll.« Es klang nach einer Liebe, nach der alle suchten, und befeuerte den kleinen Funken Hoffnung in mir, dass es doch reale Liebesgeschichten wie die in Büchern oder Filmen gab.

Sie nickte gedankenverloren und strich über den Stoff. »Eine Woche später fanden wir heraus, dass Alan die ganze Zeit in meinem Bauch mitgereist ist. An dem Tag hatte ich es auch an. Es wurde zu meinem Lieblingskleid.«

Ich wusste, was die Leute in Conroe von Mary Baker hielten.

Die Frau, die nie erwachsen wurde.

Das große Mädchen, das vor sich hin plapperte.

Die Naive, die Glück hatte, einen verständnisvollen Mann kennengelernt zu haben, der es mit ihr aushielt und ihren Traum von einer eigenen Parfümerie bezahlte, dessen Pflanzenextrakte sie selbst anbaute. Entweder in ihrem eigenen Garten oder dem Waldstück, das an ihr Haus angrenzte und ihrer Familie seit Generationen gehörte.

Ich erinnerte mich noch gut an die vielen Kindheitsstunden, in denen Mary Alan, mich und Maeve dazu ermutigt hatte, im Wald zu spielen und einfach Kind zu sein, während alle anderen Erwachsenen bloß über unsere Hausaufgaben sprechen wollten.

Genau deswegen mochte ich die Leute hier nicht. Sie erkannten die schönsten Menschen nicht. Menschen wie Mary. Oder Maeve. Leute, die auf die schönste Art und Weise sie selbst waren und ihre Leben nur für sich lebten. Genau so, wie sie es eben wollten.

Darum bewunderte ich Mary so sehr.

»Hast du auch ein Lieblingskleid?« Das Braun in ihren Augen leuchtete auf und sie strich mir eine Haarsträhne hinters Ohr. Mit einer Achtsamkeit und Vorsicht, als befürchtete sie, dass ich ihre Hand wegschlug oder sie von mir stieß.

Herrgott, als würde ich das jemals wollen …

Ich befeuchtete meine Lippen und strich über meine lackierten Nägel. »Ja, es gibt eins, das ich toll finde.« Ich schluckte den Kloß in meinem Hals herunter. »Ich, ähm, habe es selbst gemacht.«

Das hatte ich noch niemandem erzählt.

Nicht, dass es jemanden interessieren würde.

Selbst Maeve konnte nichts mit meinem Hobby anfangen. Weder mit den vielen Stunden, die ich vor meinem Schminktisch saß, um neue Varianten von Lidschatten auszuprobieren, noch, dass ich manchmal bis spät in die Nacht an meiner Nähmaschine saß.

»Du hast ein Kleid genäht?« Die Freude in Marys Stimme ließ mein Herz panisch schlagen.

Ich lächelte sie verkrampft an. »Es ist nichts Besonderes. Nur das Original etwas abgewandelt und abgeändert .«

»Liebst du es?« Ihr Blick bohrte sich in meinen.

»Ja«, gab ich leise, fast hauchend, zu.

Als wäre das alles, was sie hören wollte, nickte sie und schob mich an den Schultern aus der Tür. »Vergiss meine volle Blase. Du zeigst mir jetzt dieses besondere Kleid.«

»Es ist wirklich nicht …«

»Alles, was du liebst, ist besonders«, unterbrach sie mich und lächelte mich auf eine Art an, die meine Brust gleichzeitig weitete, als auch bittersüß in sie stach. »Und jetzt zeig mir dein Meisterwerk, Liebes.«

»Aber die Party!« In der Hoffnung, dieses Argument zeigte Wirkung, erwiderte ich ihren Blick. »Die werden uns sicher vermissen.«

»Es ist dein Geburtstag, Sarah, und ich sehe schon die ganze Zeit dabei zu, wie du dich zwischen diesen Langweilern abquälst.« Aufmunternd drückte sie meine Schultern und ging mit mir weiter zur Treppe, die hinauf in mein Zimmer führte. »Die werden ein paar Minuten auf uns verzichten müssen.«

Ich schmunzelte. »Ist dein Mann nicht auch einer dieser Langweiler?«

Sie lachte. »O ja. Dafür hat er ja mich. Balance und so.« Sie zwinkerte. »Und jetzt zeig mir, was du gezaubert hast.«

Meine Finger krallten sich ins Geländer der Treppe und aus irgendeinem Grund wurde ich nervös. »Du willst es wirklich sehen?«

»Natürlich.« Als käme ihr ein Gedanke, schreckte sie zurück und faltete die Hände ineinander. »Vorausgesetzt, du möchtest es mir zeigen.

Ich will mich nicht aufdrängen oder dich zu etwas zwingen, bei dem du dich unwohl fühlst.«

»Nein, das tust du nicht.«

Was sie hier für mich tat, war das genaue Gegenteil.

Sie erlaubte mir, ich selbst zu sein. Ihr etwas zu präsentieren, in das ich Zeit und Herzblut gesteckt hatte. Sie fragte nach einem Teil von mir, den meine eigenen Eltern gekonnt ignorierten. Weil es weder mit Finanzmanagement oder Cheerleading oder Männern zu tun hatte.

Das war das größte Geschenk, das man mir je gemacht hatte.

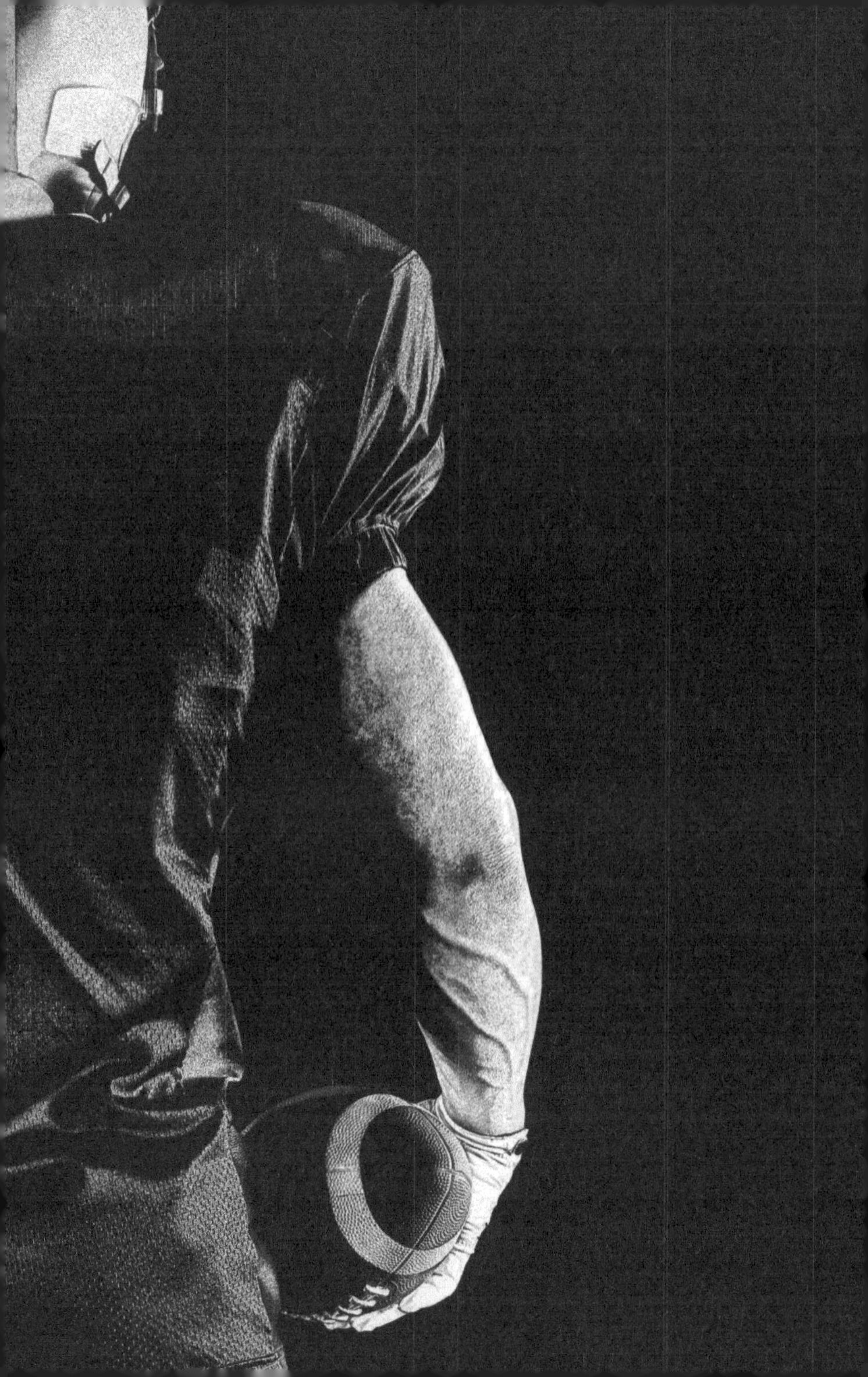

16

Alan

Ich stand in Maeves ehemaligem Zimmer, weil ich einen Moment zum Durchatmen brauchte. Der Plan war gewesen, die Fotowand anzustarren, die über ihrem Schreibtisch hing, und in Erinnerungen zu schwelgen. So, wie ich es zu Hause in Columbus tat, wenn mich meine Dämonen zu überwältigen drohten.

Doch sie war weg.

Die Fotowand. Der Schreibtisch. Maeves Bett. Einfach alle ihre Möbel waren verschwunden. Statt in ihrem Kinderzimmer stand ich in einem weiß gestrichenen Raum mit abstrakten Bildern an den Wänden und einem Laufband in der Mitte des Raumes. Sogar ein paar Hanteln und eine Yogamatte lagen griffbereit.

Die Yangs hatten Maeves Kinderzimmer in einen Fitnessraum verwandelt. Den Raum, in dem ihre Tochter achtzehn Jahre gewohnt, sie mit ihr gespielt und ihr Trost gespendet hatten. Bis sie sie rausgeworfen hatten.

Auch auf den Fotos, die im Foyer im Erdgeschoss an den Wänden hingen, fehlte jede Spur von Maeve.

Sie haben sie einfach ausgelöscht.

Verdammte Scheiße … mein alter Herr war schon eine Nummer für sich und weit entfernt vom Pokal für das beste Elternteil, aber das?

Selbst in seinem Büro hingen alle Urkunden an der Wand, die ich im Leben erhalten hatte und er behielt selbst jetzt noch den schiefen, schlecht bemalten Pokal aus Pappmaschee, den ich ihm in der Vorschule zum Vatertag gebastelt hatte.

Uns trennten Welten, genau wie Maeve und ihre Eltern, aber mein alter Herr wusste, dass er mein Vater war. Jemand, der sein Kind liebte. Auch wenn wir im Laufe der letzten Jahre verlernt hatten, miteinander auszukommen.

Ich schüttelte den Kopf und krallte mich in die Wasserflasche, die ich mir aus der Küche geklaut hatte. Ich nahm einen kräftigen Schluck und schloss die Augen. Versuchte, die unbändige Wut, die in meinen Fingern zitterte, unter Kontrolle zu behalten.

Die Yangs waren Monster.

Echte, wahrhaftige Ungeheuer.

»Es ist echt nichts Besonderes, Mary.« Sarahs Stimme drang selbst durch die geschlossene Tür aus dem Flur zu mir. Ich drehte mich um und starrte regelrecht ein Loch in das Holz.

Hatte sie *Mary* gesagt? Wie *meine Mom Mary*?

»Das kann ich selbst entscheiden, Liebes.« Ja, das war eindeutig die Stimme meiner Mom.

Ohne darüber nachzudenken und von meiner Neugierde überwältigt, öffnete ich Maeves ehemalige Zimmertür und schaute in den Flur. Ein Schatten verschwand in Sarahs Zimmer, ehe die Tür schräg gegenüber ins Schloss fiel.

Ich runzelte die Stirn.

Was machten die beiden hier oben? Was machten sie überhaupt zusammen?

Mom wollte doch nicht …

Oh, bitte nicht!

Allein der Gedanke brachte mich dazu, meine Mundwinkel zu verziehen und pochte schmerzhaft in meiner Stirn. Das Letzte, das ich brauchte, war der gutherzige Versuch meiner Mom, die Wogen zwischen Sarah und mir zu glätten.

Bei ihr konnte man nie wissen, was sie wieder ausheckte.

Vorsichtig durchquerte ich den Flur und horchte durch die angelehnte Tür.

»Bitte sei nicht enttäuscht …« Die Unsicherheit in Sarahs Stimme klang fehl am Platz. Fremd. Ich hatte dieses leichte Zittern seit Jahren nicht mehr gehört.

»Jetzt zieh es schon an. Es sieht so schon wundervoll aus.«

»Du musst nicht …«

»Mein Gott, Sarah.« Ihr Aufstöhnen zupfte an meinen Mundwinkeln. »Jetzt verschwinde endlich hinter dem Raumtrenner und wirf dich in Schale.«

Mein Mund wurde staubtrocken und ich blinzelte einige Male.

Sie zog sich um?

Die Info schlug wie ein flammender Pfeil in den Trümmerhaufen meines alten Ichs und drohte, Funken zu werfen. Etwas in lichterlohe Flammen zu verwandeln, das längst vertrocknet und leblos herumlag.

Mit geschlossenen Augen rieb ich über meine Schläfe und fiel mit der Schulter gegen den Türrahmen. Ich hatte früher mal gehört, dass es Personen im Leben geben sollte, von denen man sich nie gänzlich lösen konnte.

Man konnte ohne sie weiterleben, sich in eine andere Person verlieben und das eigene Glück finden, doch sobald diese Person wieder auftauchte, gehörte ihr derselbe Fleck im Herzen wie früher. Ich hatte mich immer geweigert, Sarah als diese Person zu sehen.

Immer.

Als sie mit Kyle zusammengekommen war und Maeve und mich mit Füßen getreten hatte.

Selbst als sie mir an die Ohio State gefolgt und sich einige Monate später auf Taylor eingelassen hatte. Sie konnten vor meinen Augen rumknutschen und ich hatte keine Miene verzogen.

Doch zu hören, dass sie sich keine drei Schritte von mir umzog, um meiner Mom etwas zu zeigen, befeuerte den Teil meines Herzens, den sie vor Jahren gestohlen hatte.

Mann, du bist jämmerlich.

Ja, das war ich.

Aus so viel mehr Gründen, aber vor allem, weil sie es schaffte, mich zu erweichen. Wenn auch nur für einen Moment.

Verdammt, das konnte ich nicht gebrauchen.

Ich schüttelte den Kopf, in der Hoffnung, wieder zur Vernunft zu kommen, und ging.

Keine Ahnung, wohin.

Ich musste einfach weg von Sarah.

Nach Conroe zu kommen war ein Fehler gewesen. Vor allem, um heute auf ihrer Geburtstagsparty festzusitzen. Das hatte ich von Anfang an gewusst. Genau wie die Folgen, die all das Chaos mit sich brachte. Also wunderte es mich nicht, dass ich mich in der Küche wiederfand, wo ich mich auf die Spüle stützte und gierig aus meiner Wasserflasche trank.

Doch egal, wie viel von der lauwarmen Flüssigkeit meine Kehle hinabrann, sie fühlte sich staubtrocken an.

Weil ich das Falsche trank.

Es war einfach zu viel.

Zu viel Conroe, zu viel von meinem Vater und zu viele Erinnerungen an eine Zeit, zu der ich so zwanghaft zurückwollte, dass es mich in den Wahnsinn trieb.

Vor allem, weil ich jede Sekunde so verdammt bildlich vor Augen sah. Wie eine Diashow, die mir unentwegt die Vergangenheit in den Kopf projizierte.

Jedes unbeschwerte Lachen, jeden Moment auf der Weide der Griffans und jedes verfluchte Bier, das ich in mich gekippt hatte.

Morgens vor der Schule.

Heimlich in den Pausen.

Abends zum Schlafen.

Einfach immer.

»Scheiße«, murrte ich, als ich immer schwerer atmete und sich Schweiß auf meiner Stirn bildete.

Als könnte es mich vor meinen Dämonen retten, hob ich eine neue Wasserflasche an meine Lippen und legte den Kopf in den Nacken. Ich trank sie in einem Stück weg.

Einen ganzen verdammten Liter.

Und ich glaubte immer noch, zu verdursten.

»Suchtdruck?« Mein Vater tauchte neben mir auf und ich zuckte mit einer Wucht zusammen, durch die mir schwindelig wurde.

Mir einen Fluch verkneifend, warf ich die leere Flasche in die Kiste für Pfandflaschen, die ein paar Meter entfernt stand.

Dads prüfenden Blick spürte ich sofort.

Bei jedem Atemzug.

Selbst als ich die Augen schloss, mich umdrehte und die Hüfte an die Spüle lehnte. Ich verschränkte die Arme vor der Brust. Mir lagen zig Worte auf der Zunge, doch ich schwieg.

Er seufzte neben mir. »Hast du?«

Hast du getrunken?

»Nein«, antwortete ich vollkommen im Klaren darüber, dass er mir nicht glaubte. Nicht zu hundert Prozent. »Ich bin seit vier Jahren, einem Monat und zehn Tagen trocken. Wenn du mir die Uhrzeit sagst, verrate ich es dir auf die Minute genau.«

Er grunzte neben mir. Ein Geräusch, das ich nur von ihm kannte. Irgendwo zwischen Schnauben und Knurren. Jedenfalls tat er das, wenn er schlechte Laune bekam. »Schon verstanden. Wie nah bist du dran, hinzuschmeißen?« Ich hasste seine Direktheit. Vor allem in Momenten wie diesen und vor dem Hintergrund, dass wir es kaum noch fünf Minuten im selben Raum aushielten.

Mein Kiefermuskel zuckte, so sehr presste ich die Zähne aufeinander. »Ich schmeiße nicht hin, keine Sorge.«

»Das war nicht meine Frage. Ich fragte danach, wie nah du dran bist.«

Angespannt rieb ich mir übers Kinn. Dabei hielt ich den Blick auf den leeren Türbogen gerichtet, durch den jede Sekunde jemand treten und meine größte Schwäche hören könnte. »Du bist wirklich der Letzte, mit dem ich darüber reden werde.«

Er wusste, wieso.

Und ich wusste, dass alles, was ihn hier bei mir in diesem Raum hielt, die unverbindliche Liebe eines Vaters gegenüber seinem Kind war. Nicht seiner Sympathie mir gegenüber. Wir kämen nie wieder auf das Level, in dem er Alan Avery Baker als Person mögen würde. Uns verband nur noch die DNA, die durch meine Adern floss, und Moms bedingungslose Liebe für mich, wegen der wir uns beide zusammenrissen.

Das hatte er damals sehr deutlich gemacht.

»Du kannst gehen. Ich komme alleine klar und werde für keinen Skandal sorgen.« Ich winkte abwesend in Richtung Garten. »Na los. Es wartet ein Geschäftsgespräch auf dich.«

Er schwieg. Irgendwann seufzte er und klopfte auf die Kücheninsel, als er sie umrundete.

Im Türrahmen blieb er stehen und drehte sich zu mir. Mit den gleichen Augen, wie ich sie besaß, sah er mich ohne jegliche Emotionen an. »Du weißt, deine Mutter überlebt keinen Rückfall.«

Ich ballte die Hände zu Fäusten.

Ja, das wusste ich. Jede verdammte Faser in mir war sich darüber bewusst, dass meine Mom in der Sekunde innerlich sterben würde, in der ein Tropfen Alkohol meine Lippen passierte.

Dieses Wissen war an einigen Tagen, Momenten wie diesen, die letzte Kraft in mir, die gegen die Dämonen in mir anschrie, die mich anbettelten, einfach aufzuhören.

Mit dem täglichen Kampf gegen die Sucht.

Mit der ständigen Kontrolle. Damit, penibel meine Routine aufrechtzuerhalten und mich von jeder Party fernzuhalten, die an der Ohio State stieg.

Die Stimme in meinem Kopf flehte mich an, einfach loszulassen. Mit meinen Freunden feiern zu gehen, mich mit ihnen abzuschießen und am nächsten Morgen verkartet mit ihnen aufzuwachen.

Einfach ein verdammter normaler Student zu sein.

Doch dann flackerte Moms Gesicht vor mir auf.

Das, das sie mir damals in der Nacht vor vier Jahren gezeigt hatte. Mit blassen Wangen und rot unterlaufenen Augen, die so weit aufgerissen gewesen waren, dass ich Angst hatte, sie würden herausfallen.

Ich sah jedes grauenvolle Bild in HD-Qualität, mit jedem vernichtenden Detail – und obwohl ich in diesen Bildern ertrank, hielten sie mich die paar Millimeter über Wasser, die ich benötigte, um weiterzuatmen.

17

Sarah

Wow.« Mary schlug ihre Hände vor den Mund. »Einfach *wow, Sarah.«*

Ich biss mir auf die Unterlippe, um nicht allzu breit zu grinsen. »Du weißt, dass du mir sagen kannst, wenn es hässlich ist. Du musst nicht so tun, als würdest du es mögen.«

Sie hob eine Augenbraue und ließ die Hände sinken, während sie auf mich zukam. Mit ernstem Blick schritt sie um mich. Betrachtete das Kleid an mir ausgiebig.

»Wie gut kennst du mich, Liebes?« Sie lächelte mich an. »Bin ich die Person Mensch, die zugunsten anderer lügt?«

Ich schüttelte den Kopf. »Nein, das bist du nicht.«

»Na also.« Sie nickte zufrieden und hob sachte den Stoff meines Rockes an. »Und das hast du aus einem anderen Kleid gemacht?«

»Eigentlich aus zwei.« Unbeholfen hob ich eine Schulter. »Das Oberteil gehört zu einem engen Cocktailkleid und ab der Taille habe ich etwas von einem Sommerkleid genommen, das seit Jahren in meinem Schrank verstaubte.« Ich kicherte nervös. »Irgendwie hat, na ja, das gewisse Etwas gefehlt.«

»Jetzt hat es das auf jeden Fall.« Bedächtig strich sie den weißen Baumwollstoff meines Rockes glatt. Mit einem Funkeln in den Augen suchte sie meinen Blick. »Drehst du dich für mich?«

Grinsend tat ich, wie erbeten. Mein Herz hüpfte vor Freude darüber, mein Herzensprojekt teilen zu dürfen. Den zarten Luftstoß an meinen Beinen zu spüren, während der lockere Rock aufwirbelte.

Mary lächelte von einem Ohr bis zum anderen. »Wie eine Prinzessin.«

Kopfschüttelnd blieb ich stehen und lachte in mich hinein. »Okay, jetzt übertreibst du.«

Sie nahm mich bei der Hand. »Und jetzt lass uns runtergehen.«

Ich runzelte die Stirn. »Jetzt? Ich muss mich noch umziehen, bevor …«

Seufzend legte sie mir eine Hand an die Wange. Ihre braunen Augen schienen sich tief in meine zu bohren. »Du musst gar nichts, Liebes. Wenn du dich wieder umziehen möchtest, dann tue es. Aber solltest du dieses Kleid anbehalten wollen, lass es an. Ich möchte nur, dass du dich wohler fühlst. Immerhin ist heute dein Geburtstag.«

Wie konnte sich Mary liebevoller verhalten als meine leibliche Mutter?

Ich atmete tief durch, um das Brennen meiner Augen zu ignorieren, und fuhr mit zittrigen Fingern durch meine Haare.

»Geh ruhig schon vor«, bat ich sie mit einem gezwungenen Lächeln. »Ich brauch noch ein paar Minuten.«

Sie besah mich kritisch, nickte und ließ mich los. »Okay, wir sehen uns unten.«

Ja.

Oder auch nicht.

Ich hatte für heute genug davon, die brave Tochter zu spielen. Klar, es würde mir einen riesigen Ärger mit ihnen einhandeln, doch das wäre ab sofort die Sorge der Zukunfts-Sarah. Die Gegenwarts-Sarah brauchte wenigstens ein paar Minuten an ihrem Geburtstag, an denen es ihr gut ging.

Mit dem Gedanken stopfte ich die paar Kleidungsstücke, die ich mitgenommen hatte, zurück in meine Reisetasche und legte sie über meine Ellenbeuge.

Das werde ich bereuen.

Spätestens am Flughafen.

Sie werden mir so was von die Hölle heiß machen.

Das sollte mir kein Lächeln auf die Lippen zaubern, aber das tat es. Mein Herzrasen pumpte eine Leichtigkeit durch mich, als würde ich schweben.

Ich hatte mich noch nie meinen Eltern widersetzt.

Noch nie.

Und trotzdem verließ ich jetzt mit meiner Tasche mein Zimmer und fühlte mich wie eine Flüchtige bei einem Gefängnisausbruch.

Vorsichtig schaute ich über das Treppengeländer ins Foyer.

Niemand da. Super.

So leise es mir meine Absätze erlaubten, schritt ich die Treppe hinab. Vor der Haustür angekommen stoppten meine Füße abrupt.

Willst du das echt abziehen? Einfach die Fliege machen?, herrschte mich meine innere Stimme an. Schau an die Wände, Sarah, wenn du das machst, streichen sie dich aus der Familie. Wortwörtlich.

Der Gedanke schnürte mir den Hals zu. Als könnte es mir Halt geben, krallte ich mich in den Stoffträger meiner Reisetasche, der sich in meine Ellenbeuge grub.

Nein. Ich wollte nicht, dass mich meine Eltern ausradierten. In den letzten Monaten hatte ich vom VIP-Platz zugeschaut, wie sie alle Hinweise zu Maeve aus dem Haus geschafft hatten. Selbst ihr Zimmer war grundsaniert worden.

Die Liebe meiner Eltern war an Gehorsam gebunden.

Das wusste ich.

Und verdammt, ich wusste, wie schwer es Maeve hatte. So scheiße es auch klang, sie hatte wenigstens ihren Traum. Etwas, für das sich ein Kampf lohnte.

Mir bliebe nichts.

Nicht, nachdem ich mein gesamtes Leben nach den Wünschen meiner Eltern ausgerichtet hatte.

Ich hätte nichts.

»Du hast echt Nerven.« Bei der tiefen Stimme, die entfernt zu mir dröhnte, zuckte ich zusammen. Heftig. Auf eine Weise, die in meinen Lungen stach und bei der ich ertappt herumwirbelte. Beinahe hätte ich auch die Hände in die Luft gerissen, um mich zu ergeben. Wie eine Verdächtige, die vor der Polizei wegrannte und in einer Sackgasse endete.

Mein Herz raste und meine Kehle trocknete aus bei dem Anblick der dunklen grünen Augen, die mich ausdruckslos ansahen.

Alan stand in der Küche und schaute durch den Türbogen zu mir. Mit der Hüfte lehnte er neben der Spüle und wog ein Glas in der Hand. Selbst aus dieser Entfernung und durch seinen Bartschatten sah ich, wie angespannt er den Kiefer aufeinanderpresste.

Er nickte zu meiner Reisetasche. »Schleichst du dich von deiner eigenen Geburtstagsparty?« Herausfordernd hob er eine Augenbraue, stellte das Glas neben sich auf die Arbeitsfläche und schlenderte zu mir.

Nein, er pirschte sich heran.

Keine Ahnung, wie dieser herzensgute Mensch es schaffte, aber er gab mir das Gefühl, ein Hasenbaby im Revier des bösen Wolfes zu sein.

Jedenfalls in diesem Moment.

Ich wusste nicht, wieso er so gereizt war, doch ich erkannte es in seinen Gesichtszügen. In der Art, wie er die Schultern spannte und wie seine Schritte beim Gehen stärker auf den Boden knallten. Er stampfte sonst nie. Alan war der Typ Mensch, der sich fast geräuschlos bewegen konnte.

Ich blieb stehen.

Nicht, weil er mich einschüchterte. Das würde er nie. Dafür wusste ich viel zu gut, dass er außerhalb des Spielfeldes keiner Fliege wehtat.

Ich blieb stehen, weil ich so erbärmlich war und Neugierde in mir aufstieg. Mitsamt einer Portion Freude. Ich erinnerte mich nicht mehr daran, wann Alan mich zum letzten Mal von sich aus angesprochen hatte.

Jetzt tat er es.

Vor mir angekommen, streckte er die Hand aus und griff nach meiner Tasche. Er hob sie ein wenig an. Amüsiert schnaubte er und ließ sie los.

»Du willst tatsächlich abhauen«, schlussfolgerte er tonlos. Als er den Blick hob und seine Augen meine trafen, glaubte ich, dass er ein Loch in mich brannte. »Nachdem du mich, gegen meinen Willen wohlbemerkt, mit hierher geschleift hast, nimmst du dir jetzt die Frechheit heraus, abzuhauen?«

Toll, so betrachtet bin ich wieder die miese Schlange, von der ich versuche, mich zu lösen.

Ich schluckte hart und trat so unauffällig wie möglich von einem Fuß auf den anderen.

»Ich rede mit dir.« Er senkte die Augenbrauen und sah mich auffordernd an.

Ach ja, er hasste es, angeschwiegen zu werden.

Jedenfalls hatte es ihn früher regelrecht wahnsinnig gemacht. Vor allem, was mich anging, denn ich hasste es genauso sehr, außerhalb dieses verfluchten Hauses herumkommandiert zu werden. Also hatte ich auf seine Ansagen meistens mit extra langem Schweigen reagiert, bis wir am Ende beide genervt gewesen waren.

»Ich bin nicht verpflichtet, dir zu antworten und ich war gezwungen, dich mit herzuschleifen.«

Seine Nasenflügel blähten sich auf, doch er trat seufzend einen Schritt zurück. »Mir fehlen die Nerven, mit dir zu diskutieren«, murmelte er vermutlich mehr zu sich selbst als an mich gewandt.

»Alles okay bei dir?«

Sein ungläubiges, fast amüsiertes Augenbrauenheben verstand ich vollkommen. »Sehe ich so aus?«

Nein, das tat er nicht.

Bis eben hatte ich es übersehen. Doch jetzt, wo uns keine zwei Schritte voneinander trennten, erkannte ich es. Die subtile Schweißschicht auf seiner Stirn, obwohl hier im Haus angenehme Temperaturen herrschten, das unruhige Trommeln seiner Finger gegen seinen Oberschenkel. Wie sich bei jedem seiner Atemzüge schwer seine Brust hob und senkte …

»Darauf erwarte ich keine Antwort.«

»Nein, dir geht's nicht gut.« Gekonnt überhörte ich seinen Kommentar. Ernste Sorge klammerte sich um mein Herz und zog es zusammen. Ich wusste, ich hatte kein Recht, mich um ihn zu sorgen. Auch für die folgenden Worte fehlte mir jede Sympathie von ihm, aber ich wollte sie einfach aussprechen. »Du kannst ruhig gehen. Weißt du?«

Er blinzelte.

Ein Mal.

Zwei.

Dann brach er in Gelächter aus. Leider fehlte jede Freude darin. Es klang tief und dunkel und … abgeklärt. Als befände er sich auf Autopilot. Die Gefühle so weit in sich begraben, dass ich nie an sie herankäme.

Wundert es dich ehrlich?

Nein. Er schenkte mir seit Jahren keine Gefühle. Jedenfalls keine positiven. Meist waren sie so neutral, dass er sich zum Prinzen der Schweiz krönen lassen sollte.

»Ja, klar«, erwiderte er mit sarkastischem Unterton.

»Ja. Geh ruhig.« Ich zwang mich, ihn zu überhören und zuckte betont unbekümmert die Schultern. »Ich halte die Stellung.« Sagte sie, als wäre sie bis vor zwei Minuten nicht drauf und dran gewesen, wegzulaufen.

Argwöhnisch zog er die Augenbrauen zusammen. Sein Blick glitt über mich. Er schaute mich so lange an, dass ich dachte, mein Herz drohte stehen zu bleiben. »Du wolltest abhauen und jetzt willst du die Stellung halten?«

Ja, das wollte ich.

Doch anstatt es auszusprechen, nickte ich und deutete zur Tür. »Also los, habe wenigstens du einen ansatzweise schönen Samstag. Soweit das in Conroe möglich ist«, fügte ich kleinlaut hinzu.

Seine Mundwinkel zuckten.

Nur kurz. Aber sie taten es. Und seine Augen leuchteten auf. Für einen Moment brachen Gefühle aus ihm heraus und er schmunzelte ehrlich über etwas, das ich gesagt hatte. Auch wenn ich bezweifelte, dass er es selbst bemerkte.

Vielleicht ist dieser Tag doch kein Totalreinfall.

Ein törichter Gedanke, doch ich hatte nie behauptet, kein hoffnungsloser Fall zu sein, was Alan Avery Baker betraf.

»Was kostet es mich?« Noch immer schwang Misstrauen in seiner Stimme mit und er verschränkte die Arme vor der Brust. »Diese Abmachung, was willst du im Gegenzug?«

Meine Kehle zog sich zusammen und die aufgekommene Freude in mir starb sofort. »Nichts.« Das meinte ich ernst. Ich fühlte mich schon schlecht genug, ihn in diesen Schlamassel reingezogen zu haben.

Er runzelte die Stirn. »*Nichts*? Das soll ich dir abkaufen?«

Es gab nur eines, das ich mir von ihm wünschte, doch ich wäre niemals so schamlos und übergriffig, ihn darum zu bitten. Vergebung war nichts, dass man *bekommen* konnte. Jedenfalls nicht wie eine Geschenkschachtel oder so. Sie musste erarbeitet werden. Ohne Hintergedanken.

Ich wollte ihm einfach helfen, weil er genauso zu leiden schien wie ich.

»Es wäre schön, wenn du mir glauben würdest, aber du musst es nicht. Ich werde es so oder so machen.«

»Und was wirst du deinen Eltern sagen?«

Die Frage überraschte mich. Ich sog nachdenklich meine Unterlippe ein.

»Weiß ich noch nicht. Nichts Negatives. Vielleicht habe ich dich ja mit irgendwas überschüttet, als du mich dabei überrascht hast, wie ich verbotenerweise etwas in der Küche getrunken habe. Irgendeine Ausrede, die wichtig genug klingt, aber auch nicht so heftig, dass sich Mary vor Sorge nach Hause stürzt.« Sie war die einzige Person, die ich in Conroe mochte. Abgesehen von Alan und den Griffans. Wer mich mit seinen Alpakas kuscheln ließ, hielt nun mal einen Teil meines Herzens in den Händen.

»Du meinst das ernst«, murmelte er und ließ langsam die Arme sinken. Wieder glitt sein Blick über mich. Dieses Mal auf andere Art und Weise. Etwas in dem dunklen Grün seiner Augen sandte ein Kribbeln meinen Rücken hinab und mein Herz vergaß für einen Atemzug, weiterzuschlagen.

Nervös wandte ich den Blick ab und hoffte, meine Wangen bekämen keinen verräterischen Rotschimmer. Verflucht, wie konnte es sein, dass ich nach all den Jahren immer noch wie dasselbe Schulmädchen reagierte?

Ich hörte, wie er schwer schluckte. »Okay.«

Vor Erleichterung lächelte ich und nickte. Er nahm mein Angebot an. War es lächerlich, wenn ich das als ersten Schritt aufeinander zu betrachtete?

Sein Blick zuckte in Richtung des Ganges, der zur Terrasse führte. »Ich verabschiede mich von meiner Mom, dann verschwinde ich.«

»Okay.« Ich hob meine Tasche an und gleichzeitig einen Mundwinkel. »Die bringe ich mal zurück in mein Zimmer.« *Bevor jemand meinen Ausbruchsversuch bemerkt.*

Früher hätte ich diese Worte ausgesprochen und ihm ein Grinsen, vielleicht sogar ein kleines Lachen, entlockt.

Meine kleine Rebellion hatte geendet, bevor sie angefangen hatte, doch dafür gab es einen guten Grund. Es kreuzte keinen Punkt auf meiner Bucket List ab, doch das war egal, solange ich Alan dadurch wenigstens ein bisschen von der Freiheit zurückgab, die ich ihm dieses Wochenende gestohlen hatte.

Mit dem Gedanken beobachtete ich, wie Alan in Richtung unseres Gartens ging.

Mein Herz flatterte nervös, als ich die Lippen befeuchtete und den Mund öffnete. »Alan?« O Gott, ich rief ihm wirklich hinterher. Dabei würde ich mich total zur Lachnummer machen.

Er hielt inne und drehte sich zu mir. »Was? Ist dir doch ein Gegenwunsch eingefallen?«

Autsch. Das tat weh.

»Nein.« Ich presste wegen seines gereizten Tonfalls die Lippen aufeinander. Verflucht, es war ein Fehler gewesen, ihn aufzuhalten.

Er atmete schwer aus. »Du weißt, wie wenig ich dein Schweigen mag.« Dein Schweigen. Nicht Schweigen an sich.

Ich bin eine Idiotin, mich an solchen Kleinigkeiten aufzuhängen …

»Ich habe Kyle nicht eingeladen.« Mir war wichtig, dass er das wusste. »Das ist auf Moms Mist gewachsen.« Und weil ich mich nicht gänzlich blamieren wollte, wartete ich nicht auf seine Antwort, sondern lief bereits den Rest der Treppe hoch und steuerte mein Zimmer an.

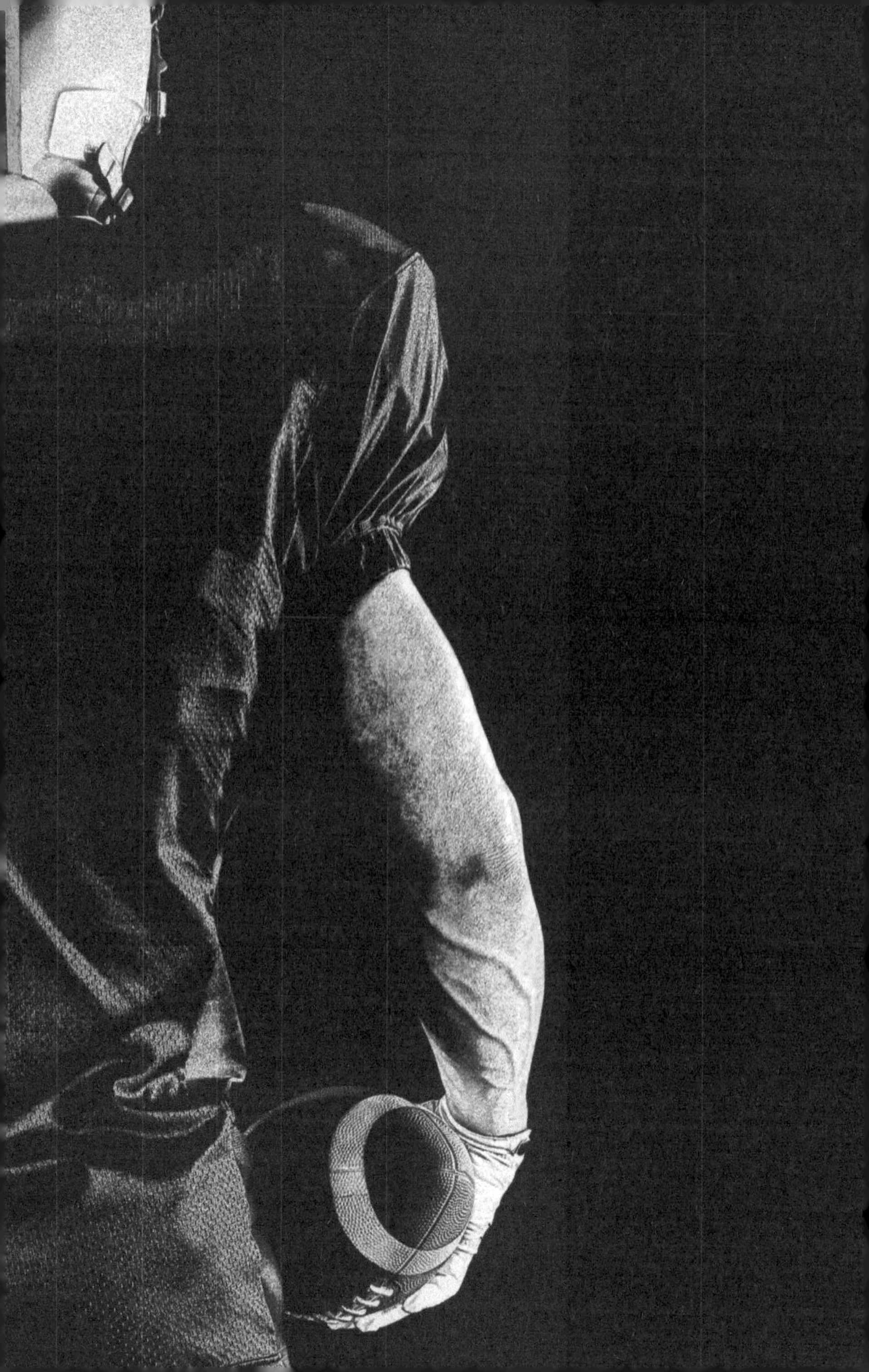

18

Alan

Mittwoch. Columbus, Ohio.

Warum?

Diese Frage schwirrte mir seit Tagen durch den Kopf und langsam nervte sie mich zu Tode. Selbst das hielt meine Gedanken nicht in Schacht. Fröhlich kreisten sie um das vergangene Wochenende und um Sarah.

Sie hatte mir geholfen.

Ge-hol-fen.

Ich zersetzte das Wort in jede einzelne Silbe, jeden verdammten Buchstaben – und trotzdem glaubte ich, es mir eingebildet zu haben.

Kopfschüttelnd versuchte ich, mich auf die Gewichte zu konzentrieren, die über mir an der Langhantel hingen und auf ihren Einsatz warteten.

Heute war Krafttraining angesagt.

Was bedeutete, dass ich mit den Jungs und Maeve im Kraftraum unseres Teams schwitzte. Eigentlich würde es mich stören, vor den Vorlesungen hier abhängen zu müssen. Im Moment kam mir jede Ablenkung gelegen. Vor allem solche, die meinen Körper auspowerte.

Die Gartenparty der Yangs lag eine halbe Woche zurück.

Trotzdem kam mir mein Mund staubtrocken vor und ich erwischte mich dabei, wie ich an mein persönliches Gift dachte.

Suchtdruck war nichts Neues. Mit dem Scheiß mussten alle Abhängigen klarkommen. Aber das von Samstag? Verdammt, der Druck hatte ein gefährliches Level erreicht.

Es hatte mich drei Stunden Joggen gekostet, bis ich ansatzweise das Vertrauen in mich selbst gehabt hatte, alleine mein Elternhaus zu betreten.

Ohne beim Supermarkt abgebogen zu sein oder an einer Bar einen Zwischenstopp eingelegt zu haben.

Und trotz all meiner Beherrschung hing die Sucht wie ein hartnäckiger Kaugummi an mir fest.

»Willst du auch anfangen oder starrst du nur böse die Decke an?« Tyrese lugte über die Hantelstange zu mir herab, weshalb sein Gesicht falsch herum vor mir auftauchte.

»Sorry«, murrte ich und rutschte auf der Bank zurecht, bis ich die richtige Stellung eingenommen hatte.

Nicht mehr an das Wochenende denken.

Nicht mehr an Sarah denken, verdammt.

Das Gym war mein Rückzugsort. Meine Friedensoase.

Schon als Freshman hatte ich mir verboten, die Gedanken an Sarah in diese heiligen vier Wände zu bringen, die nur mir und meinem Seelenfrieden gehörten.

Sie hat mir geholfen.

Genervt von mir selbst umgriff ich die Langhantel und nahm sie vom Gestell. Meine Arme bebten unter den hundertvierzig Kilo, die ich drückte. Selbst meine Brustmuskeln stachen unter der Anstrengung, doch ich nahm es nur am Rande wahr.

Wieso …

Ich stemmte die Gewichte erneut hoch.

… hat …

Wieder eine Wiederholung.

… Sarah …

Noch eine.

… mir …

Die letzte.

… geholfen?

»Gott, verfluchte …« Ich hakte die Hantel ins Gestell und setzte mich auf. Mit den Beinen seitlich neben der Bank fuhr ich mir übers Gesicht.

»Alles okay, Mann?« Tyrese' Hand landete auf meiner Schulter und ich sah gezwungen zu ihm auf. Besorgnis flackerte in seinem Blick, als er mich musterte. »Seit du in Texas warst, bist du neben der Spur.«

»Das spielt sich wieder ein.« So war es immer. Ich brauchte nur ein paar Tage an der Ohio State und mit meinen Freunden. Dann würden die aufgekommenen Erinnerungen an die Highschool und Sarah verblassen.

Das Einzige, was übrig blieb, wäre das schlechte Gewissen Mom gegenüber, dass ich sie nicht öfter besuchte.

Ich brauchte nur Zeit – und die Nerven, mit dieser lästigen Zwischenphase klarzukommen.

»Du bist dran.« Ich wechselte das Thema und lächelte Tyrese an. Zum Glück erwiderte er es. Das war alles, was ich brauchte, um den Platz mit ihm zu tauschen.

Mit breitem, festem Stand blieb ich hinter der Bank stehen und hielt die Hände ein paar Zentimeter unter der Langhantel. »Bereit?«

»Immer.« Er stemmte die Gewichte vom Hilfsgerüst runter und die Gedanken in meinem Kopf verstummten. Ich spottete. Was bedeutete, dass ich seine Haltung und den Übungsverlauf überwachte und zwangsläufig ein Leben von mir abhängen könnte, denn sollten seine Arme vor Anstrengung versagen und diese schwere Stange auf seine Brust knallen …

Tja, es war gefährlich.

Also konzentrierte ich mich auf jede seiner Wiederholungen und überwachte mit Argusaugen das Zittern seiner Arme und den Ausdruck in seinem Gesicht.

Er blickte angestrengt und zog eine Grimasse, als müsste er zur Darmspiegelung, aber er hatte das Set unter Kontrolle.

Klirrend landeten die Gewichte zurück in der Halterung und er setzte sich auf. »Scheiße, tut das gut.« Atemlos lachte er auf, schnappte sich sein Handtuch vom Ende der Bank und rieb sich den Schweiß vom Gesicht.

»Seid ihr hier fertig?« Maeve schlenderte von der Beinpresse zu uns. Sie stützte die Arme auf einer Gewichtsscheibe der Stange ab und lehnte ihr Kinn darauf. Wie immer grinste sie vor sich hin. Mit einem Leuchten in den Augen, um das ich mir vor ein paar Monaten ernsthafte Sorgen gemacht hatte.

Wegen Sarah.

Na toll. Da war sie wieder. Wenigstens in Begleitung. Denn auch der Mistkerl Kyle schlich sich in mein Gehirn und ließ mich die Zähne aufeinanderpressen.

Sie konnte mir noch so oft erzählen, ihn nicht eingeladen zu haben. So wie er an ihrem Hintern geklebt hatte, wusste ich, wieso er dagewesen war.

»Ich bin fertig.« Bevor meine Gedanken in eine vernichtende Richtung abdriften konnten, schaute ich fragend zu Tyrese. »Und du?«

Er zuckte mit den Schultern. »Mein Plan zwingt mir noch eine halbe Stunde Laufband auf. Dann geht's duschen und ins Betreuungsrecht.« Sein Finger wanderte in seinen offenen Mund und er tat, als müsste er sich übergeben.

Maeve lachte. »Wieso tust du dir das Jurastudium überhaupt an, wenn du es so sehr hasst?«

O ja, Tyrese hasste sein Hauptfach. Es war ein Wunder, dass er es in diesem anspruchsvollem Schwerpunkt bis ins Abschlussjahr geschafft hatte.

Er rümpfte die Nase und stand schwerfällig von der Bank auf. »Du kennst den Deal mit meinem Bruder.« Mit einer Hand auf dem Schulterblatt drehte er das Schultergelenk. »Jurastudium und dafür darf ich versuchen, meine Footballkarriere in Gang zu kriegen.«

Ich stieß freundschaftlich mit der Schulter gegen seine und lächelte ihn an. »Hat sich gelohnt. Im Fernsehen und Radio diskutieren sie fleißig, welches Team dich im Februar draften wird.«

Röte stieg in seine Wangen, während er lachte. »Das stimmt«, verkündete er teils stolz, teils überwältigt. Er klopfte mir auf den Rücken. »Ist bei dir genauso, Mann.«

Ja, nur dass ich nie in die NFL wollte.

Aber das würde ich ihm nicht sagen. Jedenfalls nicht jetzt. Zum Ende unseres letzten Jahres müsste ich zwangsläufig mit der Sprache rausrücken, wieso ich alle möglichen Angebote ablehnen würde, doch bis dahin blieb reichlich Zeit.

»Hey, sag mal …« Tyrese runzelte die Stirn und sah sich im Raum um, in dem vereinzelt Teammitglieder schwitzten. »Wo ist Taylor?«

»Schon duschen.« Maeve trank einen großen Schluck aus ihrer Wasserflasche. »Sein Trainingsplan ist echt ein Witz im Gegensatz zu früher, als er noch gespielt hat.«

»Du bist nur neidisch, weil er weniger schwitzen muss als du«, erwiderte ich und schmunzelte, als sie beleidigt die Unterlippe vorschob.

»Er will nicht mal mehr mit mir joggen gehen«, beschwerte sie sich, doch das Funkeln in ihren Augen schwächte die Strenge in ihrer Stimme ab. »Ich meine, das waren nur zehn Kilometer. Um acht Uhr morgens. Also voll spät. Und wir haben extra mehr Pausen eingelegt!«

Falls sich jemand wundern sollte, wie Maeves Liebeserklärungen aussahen: genau so.

Wenn ich bei unseren morgendlichen Höllenläufen auch nur falsch in ihre Richtung schaute, hängte sie Strafkilometer dran. Extrapausen? Pah, als würde dieser kleine Drillkopf das jemals bei mir zulassen!

Lachend zuckte sie die Schultern. »Wenigstens hatte Stella ihren Spaß.« Stella. Taylors Schäferhündin. Eine überbeschützende, knurrende Aufpasserin, die mir und Tyrese bei den ersten Besuchen fast in den Hintern gebissen hätte. Natürlich liebte sie Maeve abgöttisch.

Ich schüttelte den Kopf und schmunzelte vor mich hin.

Es gab wirklich niemanden, den sie nicht um den Finger wickeln konnte.

»Ey, Eve.« Verschwörerisch funkelte Tyrese sie an und nickte zu mir. »Haben du und dein Göttergatte heute Abend Bock, zum Zocken zu uns zu kommen?«

Er fragte mich nicht um Erlaubnis. Weil er wusste, ich hatte nichts dagegen. Im Gegenteil. Ein entspannter Abend mit meinen Freunden klang bitter nötig und perfekt.

Sie ließ die Schultern hängen. »Ich bin heute raus, Jungs, entschuldigt.«

Tyrese zog einen Schmollmund. »Wieso?«

Kurz blitzte Unbehagen in ihren Augen auf und sie schielte zur mir. Nur einen Moment, aber ich wusste sofort, wieso. »Du machst etwas mit Sarah.« Sonst würde sie nie so reagieren.

Tyrese runzelte die Stirn. »Ernsthaft?«

»Wir feiern ihren Geburtstag nach«, erklärte sie mit einer Ruhe in der Stimme, die mich tonlos seufzen ließ,, denn sie machte deutlich, dass sie nicht darüber diskutieren wollte. »Sie ist meine große Schwester und …«

»… so ziemlich das Gegenteil von dir. Mir fällt nicht ein nettes Adjektiv ein, mit dem ich sie beschreiben könnte und verdammt, das hörst du von einem zukünftigen Strafverteidiger, Eve.« Tyrese betonte die Worte und musterte sie, als würde er sie nicht verstehen. Dann atmete er schwer aus. »Na ja, es ist dein Ding.« Mit einem entschuldigenden Lächeln umarmte er sie und ging zu den Laufbändern.

Stille legte sich über uns.

Ich nippte an meinem Wasser mit frischen Zitronenscheiben, als sie den Rücken durchdrückte und mich herausfordernd ansah. »Na los, jetzt du. Schmeiß mir alles an den Kopf. Ich weiß, du bist auch kein Fan davon, dass ich mich wieder mit Sarah treffe.«

Nein, war ich nicht.

Aus einem anderen, viel egoistischerem Grund.

Die bittere Wahrheit war nämlich, dass es mir viel leichter fiel, Sarah unsympathisch zu finden, wenn sie Maeve mies behandelte.

Ich wünschte mir für Maeve, dass sie sich wieder zusammenraufen würden, aber für mich? Für mich wäre es das Beste, wenn Maeve genauso auf sie schimpfen würde wie Tyrese.

»Du hast ihr nichts geschenkt.« Ihre Direktheit überraschte mich selbst nach all den Jahren, die ich sie kannte, hin und wieder.

Besiegt setzte ich die Flasche ab. »Wieso sollte ich?«

Sie riss die Augen auf und stemmte die Hände in die Hüften. »Ist das dein ernst?«

»Mein voller. Das siehst du mir auch an, also spar dir die rhetorischen Fragen.«

»Es hätte sie gefreut, du Idiot.«

Wider Willen lachte ich auf. »Na klar«, erwiderte ich sarkastisch und bedeutete ihr mit einer Geste, endlich auf der Bank Platz zu nehmen, damit ich sie spotten konnte.

Mit einem zornigen Blick kam sie der Bitte nach. Jetzt funkelte sie mich im Liegen zwischen ihren wirren silbernen Haarsträhnen an. »Du hättest ihr wenigstens eine Tüte Chips holen können oder so.«

Garantiert nicht. Sarah liebte Chips.

Jedenfalls die Sarah, die ich von früher kannte. Diese Sarah würde selbst Herrn Lagerfeld stehen lassen, wenn sie am Buffett ihre Lieblingschips entdeckte.

Der Gedanke zupfte sachte an meinem Mundwinkel.

»Mein Dad hat ihr etwas besorgt.« Vielleicht besänftigte sie das.

Neugierde flackerte in ihrem Blick auf. »Und was?«

Ich zuckte die Schultern. »Irgendeinen Schmuck. Ich habe nicht in die Schachtel geschaut und mich geweigert, es ihr in meinem Namen zu schenken.«

»Wenigstens etwas.« Ihr Murren ging im Klacken der Gewichte unter und wir konzentrierten uns auf die Übung. Ich kam nicht umhin, vor allem bei ihr penibel aufs Spotten zu achten. Tyrese und die anderen wurden wenigstens durch ein paar extra Zentimeter Muskelmasse geschützt, die bei Maeve fehlten.

Erst auf dem Weg zur Umkleide holten mich meine Gedanken

wieder ein. Beziehungsweise ein Satz von Sarah.

Ich habe Kyle nicht eingeladen.

Der Ernst in ihrer Stimme legte nahe, wie wichtig ihr war, dass ich das wusste. Aber wieder, ich verstand den Grund dahinter nicht oder eher weigerte ich mich, es auf ihre Nettigkeit zu schieben nach alldem, was sie die letzten Jahre abgezogen hatte.

Ich musste einsehen, dass mir das Wochenende vielleicht länger als sonst in den Knochen stecken würde.

19

Sarah

»Du hast einen Punkt von der Bucket List abgehakt?« Begeisterung ließ Maeves Stimme einen kleinen Überschlag machen und brachte mich zum Lächeln.

Ich zuckte mit den Schultern, während ich Arm in Arm mit ihr auf die Bar zusteuerte, die am Rande des Ohio State Campus alle Studierenden der Stadt anlockte. »Es ist aber nur ein Nebenjob.«

Das Bary's erinnerte an eine schnuckelige, rustikale Hütte in den Alpen. Die gesamte Einrichtung bestand aus Holz und das Bier wurde frisch aus importierten Bierfässern aus Europa gezapft. Eine Ecke teurer und jeden Schluck wert.

»Na los.« Maeve stieß sachte mit der Schulter gegen meine. »Erzähl schon. Wo? Was machst du? Sind die Leute nett oder muss ich sie mit einem Football abschießen?«

Ich lachte vor mich hin. »Das sollte die aufsteigende Kickerlegende Maeve Yang nicht sagen.«

Röte stieg in ihre Wangen, als sie schnaubte. »Spar dir das gekünstelte Anfeuern. Wir wissen beide, ich habe Glück, noch zwei Jahre spielen zu können, bis meine Karriere endet. Selbst mein Optimismus glaubt nicht, dass mich ein NFL-Team draften will.«

Die Chancen standen wirklich mies.

Eine Frau in der Männerdomäne dieses Landes schlechthin?

In der Liga wimmelte es von engstirnigen, altmodischen Männern wie unserem Vater.

Ich wünschte, ich könnte sie trösten, doch ich würde sie nicht mehr anlügen.

Also öffnete ich die Tür zum Bary's und betrat hinter Maeve die Bar. Sofort schlug uns die Geräuschkulisse von zig johlenden Studierenden entgegen, die auf den Fernsehern, die über der Bartheke angebracht waren, ihr Team anfeuerten. Und Gerüche. Es wimmelte von den verschiedensten Gerüchen. Verschiedene Alkoholsorten, Deodorants und etliche Parfumnoten reizten meine Nase.

»Ich helfe als Dolmetscherin in einem kleinen Treff im Westen der Stadt aus. Als ehrenamtliche Mitarbeiterin helfe ich Asylsuchenden bei Behördengängen oder Arztbesuchen und so.«

»Das klingt echt cool. Wie bist du darauf gekommen?«

»Die Mini-Job-Pinnwand in meiner Fakultät.« Neben Finanzmanagement besuchte ich mehrere Sprachkurse. Eines der wenigen Dinge, die ich mir selbst im Studium ausgesucht hatte. Sprachkenntnisse wären bei meiner späteren Arbeit bestimmt von Vorteil und ich liebte Sprachen einfach.

So wie das Nähen.

Wir besetzten schnell den letzten freien hohen Tisch, an dem zwei Barstühle standen.

»Puh, ist das voll hier.« Maeve fächerte sich Luft zu. Durch die vielen Menschen, die kaum einen Meter voneinander entfernt saßen, brach die Sommerhitze hier drinnen alle Rekorde.

Während ich mir die Haare zu einem Zopf zusammenband, tätschelte ich mir insgeheim auf die Schulter für meine Outfitwahl. Ein Bleistiftrock, der bis zur Mitte meiner Oberschenkel reichte, und ein bauchfreies Oberteil mit ausladenden Ärmeln. Es betonte meine Brüste fantastisch und erlaubte genug von meiner Haut, zu atmen, damit ich keinen Hitzschlag erlitt. Die dunklen Kleidungsstücke wurden durch ein paar goldene Armreifen und meine goldenen Römersandalen aufgepeppt.

»Es ist Mittwoch.« Die meisten Vorlesungen endeten am Mittwoch. Die restlichen Tage trafen sich Studiengruppen oder Projektgruppen, um an ihren Aufgaben zu arbeiten. »Natürlich geht die halbe Ohio State heute feiern.«

»Ist das okay für dich?« Maeve neigte fragend den Kopf. »Wenn du magst, können wir auch woanders hin.«

Ich schüttelte den Kopf und lächelte sie an. »Nein, es ist perfekt.«

»Du hättest auch Bria einladen können«, versicherte Maeve.

»Ich weiß.« Ehrlich gesagt gefiel mir die Vorstellung, ein paar Stunden allein mit meiner kleinen Schwester in einer überfüllten Bar zu hocken und zu quatschen.

»Okay.« Die Skepsis in ihrem Blick flackerte immer noch, doch ihr Lächeln war größer. Sie kramte in ihrer Handtasche, die über ihrem Stuhl hing.

»Tatata-da!« Sie präsentierte mir mit ausgestreckten Händen und einem breiten Grinsen eine kleine Schachtel, die in fröhlich leuchtendem Geschenkpapier steckte.

Mein Herz zog sich vor Freude zusammen. »Du musst mir nichts schenken, das weißt du. Die Einladung hierher ist lieb genug.«

»Ich weiß, aber ich möchte. Also los, pack aus.«

Mit zittrigen Fingern öffnete ich die Schachtel und ... runzelte die Stirn. »Ein Schlüssel?« Irritiert hob ich den Blick und suchte ihren.

Sie rutschte nervös auf dem Stuhl zurecht. »Zu meiner Wohnung. Du musst ihn auch nicht benutzen oder täglich vorbeischauen oder so, aber ich dachte ...«

»Ist Taylor damit einverstanden?«

»Wir haben lange darüber geredet und es wäre gelogen, zu sagen, er hätte dir verziehen. Er hegt allerdings keinen Groll gegen dich und du bist meine Schwester. Er meinte, solange du nicht beim Sex reinplatzt, ist alles super.«

Wir mussten beide über diese Worte kichern. Es war einfach ein typischer Satz für ihn.

Verschwörerisch funkelten mich ihre Augen an. »Also vielleicht solltest du dich ankündigen, bevor du vorbeikommst.«

»Das hätte ich sowieso gemacht«, erwiderte ich ehrlich. Keine Ahnung, wie schnell ich mich trauen würde, bei ihr vorbeizuschauen.

»Das ist wirklich ...« Tränen brannten in meinen Augen und ich sprang vom Stuhl, um sie in eine feste Umarmung zu ziehen. »Danke«, hauchte ich an ihren Hals und hoffte, sie hörte mich zwischen all dem Trubel um uns.

Sie drückte mich genauso fest. »Gerne. Unsere Tür steht dir immer offen. Also meine. Na ja, du weißt, was ich sagen will«, druckste sie zum Schluss herum und entlockte mir ein Lachen.

Ich ging zurück an meinen Platz. »Keine Sorge, ich weiß, Taylor empfängt mich nicht mit offenen Armen.« Umso höher rechnete ich es ihm an, dass er Maeve erlaubt hatte, mir ihren Wohnungsschlüssel zu geben.

»Was willst du trinken?« Sie deutete auf den Barkeeper ein paar Meter entfernt hinter der Theke. »Ich hole uns etwas.«

»Irgendeinen alkoholfreien Cocktail. Aber bitte ohne …«

»… ohne Ananas, schon verstanden«, beendete sie meinen Satz mit einem wissenden Schimmern in den Augen. »Deinen Ananas-Hass vergisst man schwer.«

»Das ist kein Hass.« Ich hob den Zeigefinger. »Ananas hat ein Enzym, das Proteine oder so auflöst. Mit jedem Stück Ananas, das ich esse, isst sie mich auch. Das ist gruselig.«

»Eher ausgleichende Gerechtigkeit, oder?«

Halb amüsiert, halb angestrengt seufzte ich. »Wir diskutieren jetzt nicht über meinen Ananas-Hass.«

»Ha.« Triumphierend zeigte sie auf mich. »Du gibst es zu.«

Ich verdrehte die Augen, schmunzelte jedoch. »Jaja, jetzt geh schon.« Und obwohl ich darauf achtete, sie gespielt böse anzufunkeln, vollführte mein Herz Freudensprünge. Denn ich bekam meine Schwester zurück. Nach vier kolossal blöden Jahren schien es, als könnten wir endlich mit der Highschool abschließen.

Verflucht, eine zweite Chance hatte mich noch nie so glücklich gemacht, wie in diesem Moment.

»Hallo, Schöne.« Mein Blick hatte so auf Maeve gelegen, die sich durch die Gäste zum Bartresen kämpfte, dass ich bei der tiefen Stimme zusammenzuckte.

Daniel stützte sich mit dem Ellenbogen lässig auf meinem Tisch ab und nippte an seiner Bierflasche. Obwohl er wegen seinem Verhalten Maeve gegenüber vor Monaten aus dem Team der Ohio Buckeyes geschmissen worden war, klebte noch immer die Ausstrahlung eines Prominenten an ihm. Er streckte stolz die Brust heraus, lächelte wie der charmanteste Mensch der Welt und genoss jede Aufmerksamkeit, die ihm entgegengebracht wurde. Seine hellblauen Augen wanderten an mir herab und viel zu langsam wieder zurück zu meinem Gesicht.

Er checkte mich ab.

Total ungeniert. Er leckte sich sogar über seine vollen Lippen, während er auf meine Brüste schaute.

Die Wut darüber herunterschluckend, lächelte ich ihn höflich an. Etwas, was mir Mom früh eingetrichtert hatte. *Immer lächeln, Sarah. Frauen müssen immer lächeln.*

Und verflucht, etwas so tief Verwurzeltes bekam ich schwer aus dem System.

Dabei verdiente Daniel mein Lächeln nicht. »Hey.«

Sein Mund verzog sich zu einem charmanten Lächeln. »Ganz alleine hier?«

»Nein, mit meiner Schwester.« Punkt Nummer Neun meiner Bucket List: immer ehrlich sein. Auch wenn es ungemütlich werden könnte.

Überrascht weiteten sich seine Augen. »Du hast eine Schwester?«

Ich nickte und schielte verstohlen in Maeves Richtung. Sie stand immer noch wartend am Tresen. *Verflucht.*

»Ja.« Einsilbige Antworten. Dann würde Daniel verstehen, dass ich kein Interesse hatte und verschwinden. So lief das. Eine der Top 3 Flirtregeln.

Einsilbige Antworten = kein Interesse = Abgang!

»Jünger oder älter?« Okay, Daniel kannte das Flirtbuch nicht. Oder er war hartnäckig. Oder er ließ kein Nein gelten. Etwas, was durch seinen verkorksten Charakter gepaart mit seinem aufgeblasenen Ego möglich sein könnte.

Ich trommelte mit den Nägeln auf dem Tisch. »Was willst du?«

»Oh, eine Frau, die weiß, was sie will.« Er senkte die Augenlider mitsamt seiner Tonlage und nippte an seinem Bier, ehe er sich wieder über die Lippen leckte. Für andere vielleicht antörnend, doch bei mir rührte sich nichts.

Nicht bei ihm.

Nicht nach dem, was er abgezogen hatte.

»Du weißt, ich habe seit Langem ein Auge auf dich geworfen, Süße …« *Nenn mich nicht Süße.* »… also, wie oft muss ich dir den Knochen noch zuwerfen, bis du anbeißt?«

Ich rümpfte die Nase. Dagegen kam ich dank seinem Vergleich nicht an. »Wie schon mal gesagt, ich bin nicht interessiert, Daniel. Tut mir leid.« Es tat mir nicht leid, ich hatte lediglich beigebracht bekommen, dass es von Höflichkeit zeugte, sich für eine Abfuhr zu entschuldigen.

»Ach, komm schon, Yang«, bat er mich und beugte sich zu mir. Sein mit fadem Biergeruch getränkter Atem stieg mir in die Nase. »Nur eine Nacht. Schenk mir nur einen Versuch, dir zu beweisen, dass ich weiß, wie man eine Frau verwöhnt.«

Wenigstens benutzte er das Wort *schenken.*Er könnte genauso gut Ansprüche an mich stellen, die nicht existierten. Dafür gab es nur einen halben Minuspunkt auf meiner gedanklichen Strichliste zu ihm.

Ein Räuspern ertönte hinter uns.

An Daniels Arm vorbei beäugte Maeve uns mit eisigem Blick. Immer wieder überraschte es mich, dass sie so schauen konnte. Ohne jegliche Freude in den Augen und mit einer Härte, die Diamanten schneiden könnte. Lange musterte sie Daniel, ehe sie zu mir sah. »Alles okay?«

Ich nickte und nahm den Cocktail entgegen, den sie mir reichte. »Ja, alles gut. Daniel wollte sowieso gerade gehen, nicht wahr?«

Noch deutlicher wären nur die Worte: *Hau ab.*

Anstatt mich mit einem Hundeblick anzusehen – das hatte er bei der letzten Abfuhr getan – schaute er von Maeve zu mir und zurück.

Dann wandte er sich lachend mir zu. »Das ist deine Schwester?«

Den Seitenhieb ignorierend, setzte sich Maeve auf ihren Platz und tippte in ihr Handy.

Natürlich zog das sofort Daniels Aufmerksamkeit auf sich. Er linste auf ihr Display und lachte. »Oh, Taylor, heulst du dich jetzt bei ihm aus, weil ich wieder gemein zu dir bin?«

»Nein. Ich informiere ihn darüber, dass er uns vielleicht abholen muss, weil ich dir den Arsch versohle und rausgeschmissen werde, solltest du dich Sarah weiter aufdrängen.«

Er pfiff anerkennend durch die Zähne. »Wie immer ganz der Mann.«

Ich biss die Zähne aufeinander. »Könntest du uns jetzt bitte allein lassen?« *Verpiss dich endlich, Arschloch.*

Schulterzuckend sah er mich an. »Ach komm, Süße, das war nur ein Scherz.«

Maeve lachte.

Sofort funkelte er sie böse an. »Was?«

Sie schwieg. Allerdings schielte sie belustigt über den Rand ihres Handys zu mir und sog am Strohhalm ihres Cocktails.

Sie wusste, dass ich Kosenamen hasste. Na ja, bis auf einen, doch über den wusste sie nicht Bescheid – und selbst der hatte mich früher wahnsinnig gemacht. Ich hatte ihn bestenfalls Alan zuliebe toleriert.

»Wir sehen uns ein anderes Mal, okay?« Daniel stieß sich vom Tisch ab und beugte sich zu meinem Ohr. »Denk über mein Angebot nach. Du würdest es nicht bereuen, Baby.«

Und ob ich das würde.

Ich wich vor ihm zurück und er ging zu einer Gruppe Footballspielern, die am Tresen ein Spiel schauten. Kaum zu glauben, dass es immer noch Leute in Maeves Team gab, die mit einem Sexisten wie Daniel abhingen.

»Was für ein Idiot«, murrte Maeve, ehe sie ihr Handy zurück in ihre Handtasche gleiten ließ.

Ich nippte an meinem Drink. »Ja.«

»Du könntest ihm die Meinung geigen. Das weißt du, oder? Ich glaube, Daniel versteht nur ein klares *Nein.*«

»Ich weiß.« Aber so wurde ich nicht erzogen. Verflucht, ich *wollte* anders reagieren. Ihm wie Maeve die Stirn bieten, doch etwas in mir erlaubte es mir nicht. Leider nichts Abstraktes, sondern nur die enttäuschte Miene unserer Mom. Wie sie den Kopf schüttelte und die Schultern fallen ließ.

»Nur damit du es weißt, ich würde nie etwas mit ihm anfangen.«

Wärme breitete sich in ihrem Blick aus, als sie mich anlächelte. »Das weiß ich doch.«

Überrumpelt blinzelte ich. Im Angesicht meiner Vergangenheit hätte ich ein wenig mehr Skepsis erwartet. Nicht, dass es mich störte, Gott nein, es war nur unerwartet. »Tatsächlich?«

»Er hat sich in dem Moment disqualifiziert, als er Alan geschlagen hat.«

»Und, weil er dich gemobbt hat.« Dank diesem Mistkerl hatte sie wochenlang geweint.

»Richtig.« Sie tat es mit einem aufgesetzten Schmunzeln ab, doch ich wusste, diese Aktion nagte immer noch an ihr – selbst, nachdem sich der Trubel gelegt hatte. »Aber auch, weil er Alan geschlagen hat. Obwohl Daniel eindeutig mehr abbekommen hat, hat er einige böse Treffer bei Alan gelandet.«

Kleiner Sturkopf.

Verdammt, wieso musste sie recht haben?

Daniel stand in meinem roten Buch. Er hatte sich in dem Moment disqualifiziert, als ich damals auf das Spielfeld der Buckeyes getreten war und er auf Alan gesessen und seine Faust in sein Gesicht gedroschen hatte. Noch immer erinnerte ich mich detailliert an die Rinnsale aus Blut, die seine Lippen, Stirn und Wange hinabgeflossen waren. Tief in mir wünschte ich, an diesem Tag nicht im Stadion gewesen und diese Szene miterlebt zu haben. Es hatte unendlich wehgetan, Alan so durchdrehen zu sehen.

Maeve schnalzte genervt. »Ich fasse immer noch nicht, dass Alan damals so die Sicherungen durchgebrannt sind. Klar, Daniel und seine Kumpels waren echt scheiße zu mir, aber Alan war noch nie gewalttätig.«

»Er tut nun mal alles für dich.« Ja, ich klang angepisst. Verbittert sogar. Selbst eine ordentliche Portion Eifersucht klang in meinen Worten mit. Doch das war nichts Neues. Ich war gegen all diese Untertöne machtlos. Sie sprudelten einfach aus mir heraus – und Maeve verzieh es mir.

»Er hat mich mal die kleine Schwester genannt, die er nie wollte, aber unheimlich lieb hat. Also ja, vielleicht hast du irgendwo recht. Auch wenn ich es nicht mag. Ich kann auf mich selbst aufpassen und …«

Ihre Worte verblassten.

Er hat sie lieb.

Die Eifersucht klammerte sich um mein Herz und drückte zu. Den stechenden Schmerz ignorierend, versuchte ich mich auf Maeves Erzählung zu konzentrieren.

Nach unserem dritten alkoholfreien Drink beschlossen wir, aufzubrechen.

»Wie kommst du nach Hause?«, fragte ich Maeve, während wir zum Ausgang schlenderten. Mittlerweile hatten die meisten Gäste die Bar geräumt, weswegen wir uns frei bewegen konnten. »Holt Taylor dich ab?«

Sie schüttelte den Kopf. »Ich dachte, ich bringe dich noch zum Wohnheim und gehe von da …«

Abrupt blieb ich stehen. »Du wohnst am anderen Ende des Campus.« Das wäre ein Umweg von locker einer halben Stunde, wenn sie zu Fuß ginge.

Sie hielt uns die Tür auf und lächelte mich vorsichtig an. »Na und?«

»Eve …«, begann ich und schloss zu ihr auf. Kühle Abendluft streichelte meine Wangen, als wir auf die Straße traten. Ich atmete tiefer ein. »Ich komme auch alleine zurück. Bitte mach meinetwegen nicht so einen Umweg.« Ihr Terminkalender platzte so schon aus allen Nähten.

Stirnrunzelnd sah sie mich an. »Bist du dir sicher? Es ist …« Mit einem Mal leuchteten ihre Augen auf und sie winkte jemanden, der hinter mir stand. »Alan. Hey, was machst du denn hier?«

Mein Herz stoppte für einen Schlag.

Gezwungen ruhig atmete ich durch. Das durfte doch nicht wahr sein. Wieso liefen wir ihm über den Weg?

Wie in Zeitlupe drehte ich mich um und erblickte Alan, der uns auf der dunklen Straße entgegenkam. Seine langen Haare unter einem grauen Beanie versteckt und mit den Händen in den Taschen seiner Jeansjacke, warf er Maeve ein Lächeln zu. Kurz zuckte sein Blick zu mir, ehe er sich auf seine beste Freundin konzentrierte. »Hey.«

Maeve umarmte ihn zur Begrüßung und Neugierde funkelte in ihren Augen, als sie sich von ihm löste. »Warum bist du so spät noch unterwegs? Wolltet ihr keinen Zockerabend machen?«

»Den machen Ty und Taylor allein.« Er zuckte mit den Schultern. »Ich hatte noch einen Termin in der Nordstadt und bin gerade auf dem Rückweg.«

»Wir auch.« Maeve grinste vor sich hin. Auf eine Art, die mich das Schlimmste vermuten ließ. »Leider kann ich Sarah nicht zurück zum Wohnhaus begleiten …« *O nein, bitte nicht.* »Wie praktisch. Du gehst ja in dieselbe Richtung. Dann muss ich mir keine Sorgen um sie machen.«

»Das musst du auch so nicht«, konterte ich. In letzter Sekunde verkniff ich mir, sie aus zusammengezogenen Augen anzusehen. Das wäre zu offensichtlich.

Fast wie ihr Versuch, Alan und mich zusammenzuschweißen.

Gott, hoffentlich bemerkte er das nicht.

»Dagegen hast du doch nichts, oder? So gehst du nicht alleine und ich kann direkt nach Hause …«

»Nein, habe ich nicht«, erwiderte ich gezwungen ruhig. »Ich finde aber, Alan hat da auch ein Mitspracherecht.« *Und er hat bestimmt keine Lust auf zehnminütiges peinliches Schweigen.*

Vor allem nach dem katastrophalen Wochenende in Texas.

Er zuckte mit den Schultern. »Von mir aus.«

Moment, was?

Ehe ich mich versah, schaute ich irritiert zu ihm. »Ernsthaft?« Verdammt, das klang irgendwie gemein. Kein Wunder also, dass er mich ohne jegliche Emotion betrachtete.

»Ja. Mir egal, ob du neben mir gehst oder nicht.«

Super. Ein toller Start.

»Na dann, kommt gut nach Hause.« Maeve zog mich grinsend in eine Umarmung. »Entspann dich, das wird schon. Ich habe dich lieb, große Schwester.«

Super, jetzt war ich nicht nur nervös wegen Alan und den kommenden Minuten, sondern mir brannten vor Rührung noch Tränen in den Augen. Hastig blinzelte ich sie weg und verabschiedete.

20

Sarah

Wir schwiegen.

Die gesamte Zeit und meine Handyuhr verriet, dass es bereits geschlagene fünf Minuten waren. Fünf Minuten, pah. Wie konnte sich eine so kleine Zahl wie eine Sieben-Tage-Woche anfühlen?

Wir gingen nebeneinander durch die Straßen. Ausgerechnet heute waren sie natürlich wie ausgestorben und wir die einzigen weit und breit. Nicht überraschend. Zwar tummelten sich viele auch unter der Woche in den umliegenden Bars, waren aber spätestens um neun Uhr abends auf dem Weg zu den Wohnheimen, damit sie nicht zu verkatert in den nächsten Kursen auftauchten.

Jetzt, kurz nach zehn Uhr, war kaum jemand unterwegs.

Wodurch sich die Stille um uns nur noch erdrückender anfühlte.

Unauffällig spielte ich an dem Blumenanhänger meiner Handtasche und schielte hin und wieder zu Alan.

Im Gegensatz zu mir schien er vollkommen ruhig, beinahe gelangweilt. Er trug sogar einen Kopfhörer, aus der leise Musik summte. Vielleicht juckte ihn die Stille deswegen nicht. Immerhin hörte er Musik.

Tonlos seufzte ich und konzentrierte mich wieder auf die leeren Gehwege um uns. Wir bogen gerade auf den Weg zum Campuspark ein. Was tagsüber vor Farben überschäumte, wirkte in der Nacht bedrohlich und eng. Als würden sich die Büsche und Bäume nur darauf vorbereiten, einen anzuspringen. Doch vermutlich sorgten die Worte meiner Eltern für den Kloß in meinem Hals, die mir seit ich denken konnte sagten, wie gefährlich die Nacht für mich war.

»Was ist?« Alans Stimme riss mich aus den Gedanken und ich zuckte vor Schreck zusammen.

Irritiert hob ich den Blick und suchte in der Dunkelheit seinen. »Was soll sein?«

»Du hast geseufzt« erwiderte er ruhig.

Tatsächlich? Das hatte ich gar nicht gemerkt.

Unsicher, ob ich es ihm sagen sollte, befeuchtete ich meine Lippen. Andererseits … Jedes Thema war besser als diese erdrückende Stille, also was hatte ich zu verlieren?

»Ich habe daran gedacht, wie schrecklich es ist, dass ich Angst im Dunkeln habe, weil man mir das seit ich klein bin eingebläut hat.«

Nur, weil ich eine Frau war.

Weil Frauen öfter überfallen und vergewaltigt wurden als Männer.

»Ich meine, warum jagt die Gesellschaft kleinen Mädchen Angst ein? Warum bringt man Jungs nicht bei, dass es nicht okay ist, so mit Frauen umzugehen?« Ohne es zu wollen wurde meine Stimme lauter. Es regte mich einfach auf. »Es ist doch total dämlich. Niemand sagt, dass man bloß kein Portemonnaie oder so dabei haben soll, damit man nicht ausgeraubt wird. Da ist der Täter automatisch der Schuldige, doch bei Gewalt gegen Frauen? Das ist natürlich unser Problem. Da müssen wir, die Geschädigten, ja aufpassen, niemanden in Versuchung zu bringen und … das ist einfach dämlich und macht mich wütend.«

Schweigen.

Selbst nach einigen Atemzügen sprach Alan kein Wort.

Ich verdrehte die Augen. Natürlich nicht. Er hatte bestimmt mit keinem Vortrag über Sexismus gerechnet.

»Ja, das ist echt scheiße.« Seine Stimme war tiefer, härter durch den Ernst, der in ihr mitschwang. »Ich kenn das.«

Sein Geständnis überraschte mich. Nein, es schockierte mich vielmehr.

»Warum?« Kaum schlüpften mir die Worte über den Mund, hob ich beschwichtigend die Hände. »Nein, warte, vergiss es. Du musst es mir nicht sagen. Nicht nach dem letzten Wochenende. Vergiss einfach, dass ich gefragt habe.« Mir schlug vor Scham das Herz bis in den Hals.

Er räusperte sich. »Du hast recht.«

Super gemacht, Sarah.

Er will sich öffnen und du schmetterst es ab.

Frustriert von mir selbst, wandte ich den Blick nach vorne und verschränkte die Hände hinterm Rücken.

Wieder verfielen wir in Schweigen. Dieses Mal ging das allein auf meine Kappe. Doch so sehr ich es bereute, ihn unterbrochen zu haben, fühlte es sich auch falsch an, in diesem Moment mehr von ihm zu erfahren.

Als würde ich ihm etwas Intimes klauen.

Ich atmete ergeben aus. »Es tut mir wirklich leid, dass du mit zu dieser grauenhaften Geburtstagsfeier musstest.« Hoffentlich hörte er, wie aufrichtig ich es meinte. Dass es mir tatsächlich leidtat. »Ich hätte Dad einfach meine Meinung sagen müssen, aber du weißt, wie er ist. Er hört mir nie zu.«

»Das konnte man kaum Geburtstagsfeier nennen«, erwiderte er und mein Herz überschlug sich vor Erleichterung, weil seine Tonlage entspannt klang. Versöhnlich.

Es war nur ein winziges Detail, doch mir bedeutete es gerade alles. Denn es glich einem stummen Friedensangebot.

»Sie haben dir eine Sahnetorte hingestellt. Im texanischen Sommer. Draußen. *Ungekühlt.* Das war eher ein öffentlicher Versuch, uns alle zu vergiften.«

Unweigerlich brach ein Lachen aus mir heraus. Hier im leeren Campuspark, umgeben von Bäumen, Büschen und bestimmt ein paar Eichhörnchen, klang es viel zu laut.

»Kann gut sein. Das Kleid, das Mom mir angedreht hat, war auch der Horror. Sie hat mir nicht mal erlaubt, etwas zu trinken, weil ich dann *aufblähe.*«

»Ich verstehe nicht, wie du dir das antun kannst.« Er klang gedankenverloren. Fast, als realisierte er selbst kaum, diese Worte ausgesprochen zu haben. Seine Gedanken mit mir zu teilen.

Mit hämmerndem Herzen lauschte ich gespannt auf seine nächsten Worte.

»Sie waren früher schon schrecklich schwer auszuhalten. Dein Vater ist ein Geldhai und deine Mom …« Er unterbrach sich selbst und atmete schwer ein. »Sorry, ich sollte nicht so über die Eltern von jemand anderem reden.«

»Schon okay. Ich weiß, meine Eltern gewinnen keinen Wettbewerb für die besten Erziehungsmethoden oder so.«

Er schwieg. Was so viel wie seine stumme Zustimmung bedeutete. Alan gehörte insgesamt zu den Menschen, die mehr mit ihrem Schweigen sagten als mit Worten. Man musste nur ein Gefühl dafür entwickeln, dann war seine Sprache leicht zu verstehen.

Wieder breitete sich Stille zwischen uns aus, doch dieses Mal fühlte sie sich leichter an. Gelöster. Obwohl immer noch eine Herde imaginärer Elefanten zwischen uns stand, die die Vergangenheit mit sich brachte. Irgendwie fühlte es sich trotzdem nach einem Schritt in die richtige Richtung an. Als wäre eine Zukunft, in der wir uns verstanden, in greifbare Nähe geraten.

Also störte es mich auch nicht, dass wir bis zum Wohnheim der Studentinnen kein Wort sagten. Es fühlte sich sogar schön an. Wie ein angenehmer Abschluss des Tages.

Erst als ich vor der Doppeltür des Gebäudes zum Stehen kam, begann mein Herz wie bei einem Marathon zu hämmern.

Was soll ich zum Abschied sagen?

Soll ich mich für das Gespräch bedanken?

Dafür, dass er die Friedensflagge gehisst hat?

Ach, ich weiß es doch auch nicht.

»Da sind wir«, begann ich und wippte mich auf den Füßen vor und zurück. Super, ich entschied mich also für einen ausgenudelten Standardspruch.

Nur meinem Wunschdenken verdankte ich, mir einzubilden, dass sein Mundwinkel zuckte. »Offensichtlich.«

Am liebsten würde ich mir die Hand gegen die Stirn knallen. Lieber drückte ich den Rücken durch und rang mir ein entspanntes Lächeln ab. Jedenfalls hoffte ich, es wirkte entspannt. »Danke fürs Begleiten.«

»Gerne«, erwiderte er und brachte mich mit seinen knappen Antworten fast um den Verstand.

Er wandte sich zum Gehen.

Ohne nachzudenken streckte ich die Hand nach ihm aus. Erst als sich die Wärme seines Handgelenks in meine Fingerkuppen brannte, realisierte ich, was ich getan hatte. Vermutlich zuckte ich genauso sehr zusammen wie er. Abrupt hielt er inne.

O mein Gott, was tue ich?

Warum weiß ich es nicht? So etwas Wichtiges muss ich doch wissen.

Mit gefurchter Stirn blickte er zu meiner Berührung hinab. »Was …?«

»Ich vermisse dich.« Keine Ahnung, woher dieser immense Mut kam, ihn das aus dem Nichts an den Kopf zu werfen, aber ich tat es. »Also das, was wir mal waren. Ich vermisse es.« Es fühlte sich an, als hätte jemand mein Gehirn gekapert und verfolgte den Plan, mir das Leben zu versauen.

Verdammt.

Jetzt war es ausgesprochen. Ich konnte nicht in die Vergangenheit reisen oder seine Erinnerungen löschen. Also konnte ich direkt komplett reinen Tisch machen.

Nervös biss ich auf meine Unterlippe. Den Blick fest auf seinen Arm gerichtet, öffnete ich den Mund. Dabei ignorierte ich sowohl mein panisch hämmerndes Herz als auch seinen stechenden Blick, der meine Wangen kribbeln ließ.

»Ich, ähm, ich habe mir vorgenommen, ab sofort immer ehrlich zu sein. Die Worte sind mir einfach rausgerutscht und entschuldige, dass ich sie dir so vor den Kopf knalle und ich weiß, das ändert nichts daran, dass du mich mittlerweile hasst und so …« *Hör endlich auf, zu reden, Sarah, du machst es nur schlimmer.* » … Aber, na ja, es stimmt, also dass ich dich vermisse, und Wahrheit gehört zu meiner Liste, also ja. Ich weiß, du siehst das anders und das ist auch vollkommen okay, ehrlich. Absolut okay. Das ist verständlich. Jedenfalls vermisse ich dich, also nicht irgendwie komisch romantisch dich dich, sondern *uns*, ähm, die Zeit, die wir damals hatten.« Konnte mich bitte endlich jemand ohnmächtig schlagen? Auf der Stelle? Bitte?

»Sarah …« Seine tiefe Stimme legte endlich den richtigen Schalter in meinem Kopf um.

Wieder in voller Kontrolle über mich, ließ ich ihn los, als stünde er in Flammen, und trat vorsichtshalber einen Schritt zurück. Wer wusste schon, auf welche Ideen das Persönchen in meinem Kopf noch kommen würde?

»Es tut mir leid. Ehrlich.« Als wäre mein Blick festgeklebt, starrte ich auf sein Handgelenk. Halbmondförmige Kerben glommen mir entgegen. Erschrocken schlug ich die Hände vor den Mund. *Ich habe mich in ihn gekrallt.* »O mein Gott, das tut mir so leid. Ich habe nicht gemerkt, dass ich …«

Ich habe ihn verletzt.

Mit zittrigen Fingern durchwühlte ich meine Handtasche nach meinem Schlüsselbund und atmete erleichtert auf, als ich ihn endlich zu fassen bekam. Mir überaus bewusst darüber, dass Alans Blick immer noch auf mir lag, wandte ich ihm den Rücken zu und schloss die Tür zum Wohnheim auf.

Zum Glück klappte es beim ersten Versuch.

»Danke fürs nach Hause bringen und fürs Begleiten«, durchbrach ich unser Schweigen und stöhnte bei meinem Versprecher in mich hinein. »Fürs nach Hause bringen und fürs Reden. Das war schön.«

Damit flüchtete ich mich in den Flur und hechtete regelrecht zu dem Aufzug, aus dem ein paar Mädchen stiegen. Erst als ich mich rücklinks gegen die metallische Haltestange in dem kleinen Raum lehnte, holte ich Luft. Piepsend schlossen sich die Aufzugtüren.

Stille umhüllte mich.

Alles, was mich an den peinlichsten Moment meines Lebens erinnerte, war mein wummerndes Herz.

Badump. Badump. Badump. Badump.

Ich bin eine Katastrophe.

Mit einem frustrierten Stöhnen vergrub ich das Gesicht in den Händen. Dabei hatte ich endlich nicht mehr das Gefühl gehabt, er hätte mich am liebsten in den nächstbesten Hundehaufen geschubst.

Mit einem *Pling* verkündete der Fahrstuhl, meine Etage erreicht zu haben. Ich fühlte mich plötzlich so müde, dass es zur Höchstleistung wurde, einen Fuß vor den anderen zu setzen. Im Schneckentempo schlurfte ich über den langen, schmalen Flur zu Zimmer 208.

Meinem Wohnheimzimmer.

Das, in dem ich zwei Jahre mit Maeve gewohnt hatte.

Wenn ich den Raum jetzt berat, war er dunkel und leise.

Ich schaltete nicht einmal das Licht ein. Den Weg zu meinem Bett fand ich auch mit geschlossenen Augen. Murrend schmiss ich mich auf die Matratze und vergrub das Gesicht im Kissen.

Irgendjemand muss endlich das Blitzdings von Men in Black erfinden. Ich brauche es. Dringend.

Wie konnte ich Alan aus dem Nichts eröffnen, ihn zu vermissen? Unsere Freundschaft zu vermissen? Und dann mein ganzes Gestotter.

»Argh.« Ich strampelte mit den Füßen in der Luft und erstickte meine frustrierten Laute im Stoff.

Morgen ist Training.

Ich sehe ihn morgen im Stadion.

*Okay, es war offiziell. Ich würde dieses Zimmer nie wieder verlassen. M*ir egal, ob ich aus dem Team flog oder durch meine Kurse fiel. Finanzmanagement war sowieso ätzend.

Besiegt setzte ich mich auf und tauschte meine Sachen gegen den flauschigen Pyjama, den ich letztens bestellt hatte.

Mit der Decke über dem Kopf tastete ich die Bettkante nach meiner Handtasche ab und holte mein Handy heraus, um mich von dem

Dilemma abzulenken, das ich angerichtet hatte.

Ich entsperrte mein Handy und eine Nachricht leuchtete mir entgegen. Maeve hatte mir geschrieben. Okay, eher hatte sie mir ein GIF geschickt mit einem Comic-Hund, der mit Handküssen um sich schmiss.

Ich lächelte.

Das war typisch Maeve.

Der Abend hat Spaß gemacht.

Die Erinnerung an die letzten Stunden mit ihr trieb mir Tränen in die Augen. Ich hatte sie vermisst. So sehr. Endlich schien alles besser zu werden.

Meine kleine Schwester hatte mir heute gesagt, sie hat mich lieb. Zum ersten Mal seit vier Jahren. Lange, harte, viel zu dunkle Jahre.

Ich bekomme das hin.

Mein Plan, eine bessere Sarah-Yang-Version zu werden, funktionierte. Heute Abend war der erste von vielen Erfolgen. Das Wissen darum wärmte meine Brust auf eine so durchdringliche Art, dass ich glaubte, nie wieder frieren zu müssen.

Lächelnd schickte ich Maeve einen Herz-Smiley zurück und bedankte mich für den Abend und ihr Geburtstagsgeschenk. Gerade, als ich mein Handy sperren wollte, vibrierte es in meiner Hand.

Ich öffnete die Nachricht und erschrak.

Mit aufgeklapptem Mund starrte ich auf den Chat, der sich öffnete. Es war nicht Maeves.

Sondern Alans und meiner.

Ein Chat, der über vier Jahre geruht hatte. Bis jetzt.

Er hat mir geschrieben.

Schwer schluckend las ich seine Nachricht. Die kleinen, schwarzen Worte brannten sich regelrecht in meine Augen.

Du irrst dich, Buttercup.

Buttercup.

Verdammt, nie hätte ich geglaubt, jemals froh zu sein, diesen dämlichen Spitznamen zu lesen. Ich lachte sogar auf. Mit Tränen in den Augen und zitternder Unterlippe.

Buttercup.

Mein Herz zog sich bittersüß zusammen, als ich den Namen in Gedanken wieder und wieder aufsagte. Bis er mit Alans Stimme in meinem Kopf widerhallte.

Er nennt mich Buttercup.

So dämlich es vielleicht war, dieses kleine Detail bedeutete mir die Welt. Es brachte mich in eine Zeit zurück, in der alles in Ordnung zwischen uns gewesen war. In der ich ihn begrüßen, mit ihm reden und lachen konnte. In der wir uns über unsere Lehrer und Kurse aufgeregt und zusammen gelernt hatten. In der er mich angelächelt und geneckt hatte und seine Augen vor Freude aufleuchteten, sobald wir uns sahen.

Ich sperrte mein Handy und drückte es an meine Brust, mein Herz. Mit geschlossenen Augen sog ich jeden Funken dieses Glücksgefühls in mir auf, damit ich es nie wieder vergaß.

Du irrst dich, Buttercup.

Meinte er, dass ich glaubte, er hasste mich?

Oder etwas anderes? Doch dann hätte er mich nicht Buttercup genannt, oder? Was, wenn …

Nein.

Ich knabberte an meiner Unterlippe und schüttelte die negativen Gedanken aus meinem Kopf. Nicht jetzt. Heute würde ich diese Nachricht genießen. Mich darüber freuen, dass er mir nach all den Jahren geschrieben hatte und mich bei diesem speziellen Kosenamen nannte. Die Realität würde mich mit all ihrer Negativität und ihren vielen Gedanken viel zu schnell einholen. Also erlaubte ich mir, diese Nacht mit einem Lächeln auf den Lippen und seiner Nachricht in meinem Herzen einzuschlafen.

Zweiter Teil

Alles, was es braucht, ist der erste Schritt,
um eine vollkommen neue Geschichte
zu schreiben.

21

Sarah

Der nächste Tag kam schneller, als ich wollte und natürlich mussten ausgerechnet heute auch die Vorlesungen in Windeseile vergehen. Daran änderten selbst meine abschweifenden Gedanken und das verstohlene Linsen auf Alans Chat nichts.

Eigentlich sollten das doch Situationen sein, in denen alles wie in Zeitlupe verging, oder? Damit ich meine Gefühle sortieren und den gestrigen Abend verdauen konnte und so.

Tja, scheinbar nicht.

Noch genauso verloren und aufgewühlt wie gestern Abend in meinem Bett, stand ich an der Seitenlinie des Auswärtsteams im Stadion der Ohio Buckeyes und bereitete mich mental auf die zwei Stunden Cheerleading vor, die auf mich zukamen.

In Sichtweite von Alan. Weil das Footballteam zur selben Zeit wie wir trainierte.

Als wäre das Kribbeln in meinem Nacken, das mir einreden wollte, von Alan angesehen zu werden, nicht genug, war ich mir auch nervenaufreibend bewusst über seine Anwesenheit.

Die nächsten Stunden werden anstrengend.

Beinahe hätte ich über den Gedanken geseufzt, doch der Blick von Coachin Zyntia ließ es mich verkneifen. Stattdessen lächelte ich. Wie sie es von mir verlangte. Anscheinend musste die Kapitänin des Cheerleading-Teams lächeln. Immer. Um die *»Motivation des Teams aufrechtzuerhalten«* und weil es meine *»Pflicht gegenüber den anderen«* wäre oder so.

Die letzte Aufwärmübung hinter mich bringend, richtete ich mich auf und strich mir die ersten von vielen Schweißtropfen aus der Stirn.

»Sarah, hast du einen Moment?« Zyntia stand an ihrem Standardplatz. Genau mittig gegenüber von uns allen. Wie ein Coach eben.

Der Blick ihrer strengen Augen bohrte sich in mich, als sie mir mit einem Nicken andeutete, mit ihr ein paar Schritte beiseite zu gehen.

Irritiert nickte ich. »Ähm, ja klar.«

»Nicht stottern. Kapitäne stottern nicht. Sie sind selbstbewusst und laufen mit hoch erhobenem Kinn durch die Welt.« *Und Coaches motivieren, statt einen runterzuziehen.*

Ich biss mir auf die Unterlippe, um meinen schnippischen Kommentar herunterzuschlucken. Lieber blendete ich das Getuschel der anderen hinter mir aus und ging zu ihr.

Ich wusste, was ihnen durch die Köpfe ging.

Wieso ist sie Kapitänin?

Sie bleibt nie länger hier, um Routinen durchzugehen.

Sie steckt kein Herzblut in die Auftritte.

Ja, weil kein Tropfen meines Herzens für diesen Sport blutete. Die Pom-Poms in den Händen weckten keine Schmetterlinge in meinem Bauch und ich fühlte kein Stück Freiheit, wenn ich durch die Luft geschleudert wurde.

Ganz im Gegenteil.

Selbst jetzt, nach Jahren der Übung, hielt ich panisch den Atem an und sprang mit zittrigen Knien von den Händen meiner Bases – Stanley und Anthony – ab.

Ich hasste das Cheerleading.

Wieso bist du dann noch hier?

Zum ersten Mal seit langer, unendlich langer, Zeit schaffte es meine innere Stimme durch die vielen mentalen Wände, die ich zwischen uns aufgebaut hatte. Weil wir die Antwort kannten und weil die Wahrheit meine Brust eindrückte. Mir den Atem stahl. Ich hielt sie einfach nicht aus und trotzdem holte meine Bucket List sie wieder hervor.

»Was gibt's, Coach?« Ich blieb vor ihr stehen und verschränkte die Hände hinterm Rücken.

Ihr stechender Blick glitt über mich und erinnerte mich dabei mehr an meine Mutter, als ich mir eingestehen wollte. Sie streckte die Hand aus und … kniff mir in die Wange. »Du siehst aufgedunsen aus, Sarah«, sprach sie,. »Hältst du dich an deinen Ernährungsplan?« Ihre missmutig zusammengezogenen Augenbrauen ließen erahnen, dass sie Nein dachte. Noch immer drückten sich ihr Daumen und Zeigefinger schmerzlich tief in meine Haut und brachten sie zum Brennen.

»Deine Mutter hat angerufen …« Bitte was? Wie alt war ich? Fünf? »… und sie fragte mich, ob ich genug acht auf dich gebe …«

Aha, darum ging es also.

Sie fühlte sich gedemütigt.

Tja, versuchen Sie mal, Ich zu sein.

Um meine Fassung ringend, löste ich mich aus ihrem Klammergriff. »Ja, ich halte mich an meinen Ernährungsplan.« Ha, von wegen. Nach dem dämlichen Ding dürfte ich kaum etwas zu mir nehmen, jetzt, wo die Saison lief. »War das alles, über das Sie mit mir reden möchten?«

»Pass auf deinen Tonfall auf, Sarah. Nur weil deine Mutter und ich gute Freundinnen auf dem College waren, bedeutet das nicht, dass du dir alles leisten kannst.«

Ich wollte mir gar nichts leisten.

Ganz im Gegenteil.

Am liebsten wäre ich jetzt überall, nur nicht an dieser Seitenlinie im Stadion, um mich durch die Gegend wirbeln zu lassen. Ich wusste, Cheerleading war wie American Football. Ein »Ganz oder Gar nicht«-Sport. Etwas, das man in der eigenen DNA mit sich herumtrug und wie Luft zum Atmen brauchte oder … eben nicht. Und ich fiel in letztere Kategorie.

Ich hatte nie darum gebeten, durch Moms Beziehungen in dieses Team gesteckt zu werden. Noch weniger direkt auf die Kapitänposition, aber meine Mom …

Egal, diese Gedanken waren die damit verbundenen Kopfschmerzen nicht wert.

»Zu deiner Frage, Anthony liegt mit Fieber im Bett. Ich habe Coach Colin gebeten, einen seiner Spieler zur Unterstützung abzustellen …«

Ihre Worte verrauschten im See meiner Gedanken.

Nein, das war seit meiner dämlichen Aktion gestern kein See mehr, sondern vielmehr ein stürmischer Ozean. Ohne rettendes Land in der Nähe und mit so rabiaten Wellen, dass mein Schiff drohte, ein Rad zu schlagen.

So unauffällig ich konnte, schloss ich die Augen und atmete tief durch.

Komm schon, entspann dich.

Unmöglich würde Coach Colin ausgerechnet seinen besten Tight End hierher schicken.

Nicht, wenn sie am Wochenende ein Spiel hatten. Okay, klar, nur ein Freundschaftsspiel, aber auch die waren in der Division 1, der höchsten College-Football-Liga, ungemein wichtig.

Super, jetzt quasselte ich schon in Gedanken.

Ganz toll.

»Okay«, antwortete ich viel zu spät und krallte meine Finger ineinander, um mein wummerndes Herz unter Kontrolle zu bringen. »Ich hoffe, er weiß ansatzweise, was er tut.« Ausnahmsweise genderte ich nicht, weil ich wusste, Maeve würde nie einwilligen, auszuhelfen.

»So in etwa«, sprach eine tiefe Stimme hinter mir.

Ich erstarrte förmlich dank Alans Stimme direkt hinter mir. Viel zu langsam fand ich wieder zu mir und drehte mich zu ihm herum.

Alan musste unbedingt aufhören, plötzlich hinter mir aufzutauchen. Noch mehr dieser Situationen würde ich nicht überstehen und … Moment, was?

»Du springst für Anthony ein?« Ja, die Frage klang dämlich und mindestens eine Oktave zu hoch, doch ich musste einfach nachfragen. An das bisschen Glück in meinem Leben appellieren, mir das zu ersparen.

Nach meinem peinlichen Gequassel gestern Abend und seiner Nachricht – Himmel, diese Nachricht! – konnte ich ihm kaum in die Augen schauen. Stattdessen starrte ich ein Loch in eine seiner breiten Schultern, die dank seines ärmellosen Oberteils frei lagen. Zusammen mit Bizeps, Trizeps und jeglichen Muskeln, die er über die Jahre so vortrefflich trainiert und perfektioniert hatte und …

Ich bin ein hoffnungsloser Fall.

Nur die Coachin und das Team um mich herum hielten mich davon ab, das Gesicht mit einem frustrierten Stöhnen in den Händen zu verstecken.

»Wie du siehst, sollte er in der Lage sein, dich zu halten. Also physisch gesehen.« Ich wollte Zyntia noch nie so schnell unter die Erde bringen wie in diesem Moment.

»Okay«, murmelte ich und nickte einige Male, mich für die nächsten zwei Stunden wappnend. »Okay, gehen wir es an.« Was sollte schon passieren?

ALLES!

Einfach *alles* passierte.

Selbst das, was ich nie geglaubt hätte.

Dank Alan, der keinen Schritt neben, hinter oder vor mir stand, seinem blöden anziehenden Duft, der dämlichen Hitze, die er ausstrahlte oder seinen doofen Händen, die mich an der Hüfte stabilisierten oder mir gemeinsam mit Stanley Halt unter den Füßen boten – ich verbockte alles.

Die Synchronie unserer Choreo, die verschiedenen Flys. Bei einem war ich tatsächlich daneben getreten und kopfüber gegen Stanleys Brust geknallt.

Kopfüber. An seine Brust. Mit meiner Nase voraus.

Und mir blieb noch eine ganze verfluchte Stunde dieser Katastrophe.

Den letzten Rest meiner Würde zusammenkratzend, entschuldigte ich mich bei Stanley und rieb mir über die schmerzende Nase.

»Geht's dir gut?« Stanleys strahlend blaue Augen taxierten mich besorgt, während er mir beruhigend über die Arme strich. Ungeachtet des ungeduldigen Grummelns unserer Coachin und dem Getuschel der anderen um uns herum.

Und ich?

Viel mehr als all das spürte ich Alans Blick auf mir. Mit einer Intensität, die meine Nackenhärchen aufstellte und mir jeden Zentimeter, von denen uns schmerzlich wenige trennten, bewusst machte.

»Ja, alles gut«, beteuerte ich und lächelte Stanley ehrlich an. Er war einer der wenigen hier, die ich wirklich mochte. Einfach, weil er mit mir zusammen heimlich Chips in den Stadionfluren aß oder mir jeden Fehltritt und alle schmerzlichen Landungen verzieh, obwohl sie ihm wehtun mussten.

»Sicher?« Er sah wenig überzeugt aus.

»Hebt euch das Quasseln für später auf.« Der Coachin platzte der Kragen und sie klatschte bedeutsam in die Hände. »Los, alle wieder in Stellung. Niemand macht eine Pause bis wir diese Schrittfolge drei Mal einwandfrei durchhaben.« Jetzt spürte ich alle Blicke auf mir. Weil ich diejenige war, die das hier vermasselte und sie alle mit mir herunterzog.

»Alles auf Anfang!«

Wie befohlen nahm ich die gewünschte Position ein. Wir standen alle in Dreiecks-Formation. Ich an der Spitze. Vor mir die Coachin, aka das Publikum. Die anderen hinter mir, allen voran Anthony. So viel zum eigentlichen Plan. Heute stand jedoch Alan hinter mir.

Die Hände an meiner Hüfte, glaubte ich jedes verfluchte Mal, seine Brust bei jedem Atemzug an meinem Rücken entlangstreichen zu fühlen.

Heißer Atem traf auf mein Ohr, streichelte sanft meine Wange und meinen Hals hinab. »Mache ich dich nervös?« Leise, amüsiert und tief. Mit einem kaum hörbaren Kratzen in der Stimme, das direkt in meinen Bauch wanderte und mich von innen heraus verglühen ließ.

Ich presste die Lippen aufeinander und starrte stur geradeaus. »Nein.« So viel zu meiner Wahrheitsregel, aber diese Notlüge verzieh ich mir.

Etwas kratzte über meine Wange. Sachte. Hinterließ ein fiebriges Prickeln auf meiner Haut. Seine Bartstoppeln berührten mich. Weil er viel zu nah bei mir stand und auch noch die Dreistigkeit besaß, zu schmunzeln.

Ehe ich reagieren konnte, pfiff Zyntia in ihre Trillerpfeife und ich konzentrierte mich auf die Tanzschritte, den Rhythmus der Musik, die im Hintergrund lief.

Everything But You von *Clean Bandit* und *A7S*.

Schneller Takt, Partylied durch und durch.

Mit der Message, alles im Leben loslassen zu wollen nur *Dich* nicht.

Das Universum hasste mich.

Das hier war das Karma, das ich für meine gemeinen Taten verdiente.

Irgendwie überstand ich die Tanzschritte, jeden Einsatz und alles mit einem breiten Lächeln auf den Lippen, so, wie es von mir verlangt wurde.

Jetzt musste ich nur endlich die Schraube hinkriegen und wir konnten eine Pause einlegen, weil dieser Teil der Choreografie zu Ende wäre.

Wie immer zitterten meine Knie bei der Vorstellung, gleich einige Meter über dem Boden zu stehen, abzuspringen und eine verfluchte Schraube hinzulegen. Lächelnd. Wie die Leichtigkeit in Person.

Normalerweise flüsterte mir Anthony jetzt ein komisches Wort aus fremden Sprachen zu, weil er wusste, dass es mich beruhigte.

Doch jetzt waren es Alans Hände, die mich an der Hüfte packten. Genauso ruhig und sicher wie Anthony. Aber er war nun mal Alan. Derjenige, der mein Herz höherschlagen ließ, der mich nicht mochte und vor dem ich mich in den letzten vierundzwanzig Stunden unzählige Male blamiert hatte – das jetzige Desaster eingeschlossen.

Mein Einsatz kam und ich versteifte. Nur für eine Sekunde. So wie immer, bevor ich in die Lüfte ging.

»Atme, Buttercup«, flüsterte Alan und ging mit mir in die Knie, doch ich verspannte umso mehr. Dieses Mal durch die Gänsehaut, die dank ihm meinen Nacken hinabjagte. »Ich lass dich nicht fallen, versprochen.«

Ich flog hoch.

Weil er mich in die Luft schmiss.

Weil das der verfluchte Plan war.

Nur, dass ich mich nicht drehte. Jedenfalls nicht schnell genug, weil ich Idiotin noch an das *Buttercup* und diese »*Ich lass dich nicht fallen*«-Nummer dachte.

Viel zu spät schloss ich die Arme, doch die Aerodynamik verließ mich bereits.

Es gab einen Moment als Flyer, in dem eigene Fehler unweigerlich klar wurden und sich eisern an einem festklammerten und alles, was man tun konnte, war, abzuwarten, bis das Schicksal seinen unveränderbaren Lauf nahm. In meinem Fall höchstwahrscheinlich auf dem Rasen, weil die Coachin uns nie auf Matten trainieren ließ, und mit ordentlichen Schmerzen.

Ein Ruck ging durch mich und ich knallte mit der Stirn gegen etwas Hartes, Warmes.

Der Arm um meinen Rücken drückte mich fester an den rasenden Herzschlag, der synchron gegen meinen eigenen pochte. Atem schlug gegen meine Lippen und ich riss erschrocken die Augen auf.

Seine Stirn. Meine Stirn war nicht gegen Alans Brust gestoßen, sondern gegen seine eigene. Was unsere Gesichter nur eine Nasenspitze voneinander entfernte.

Seine Augen blickten direkt in meine. Tief. Ohne loszulassen. Das Dunkelgrün zog mich mit sich in das verwunschene Dickicht seiner Gedanken. So tief in seine Seele hinein, wie ich noch nie gewesen war.

Es raubte mir den Atem. Wortwörtlich.

Während sein fester Griff mich an ihn drückte, mir den nötigen Halt gab und seine rauen Fingerkuppen einen Schauer nach dem anderen durch mich schossen, schien sein Blick die Zeit zu stoppen.

So sehr, dass ich kaum das Chaos in mir spürte.

Nur seinen Atem. Den *fühlte* ich. Hauchzart streichelte er meine Lippen. Verteilte eine Hitze auf meiner Haut, die meine Wangen zum Glühen brachte.

Er lächelte.

Alan *lächelte* mich an. Mit Grübchen unter seinen hellen Bartstoppeln und mit einer Ruhe, die alles in mir durcheinanderwarf.

Wieso zur Hölle lächelte er mich ausgerechnet jetzt zum ersten Mal seit Jahren wieder an?

»Ich sagte doch, ich fang dich.« Seine Worte wanderten prickelnd über meine Haut. Meine Lippen. Über einfach alles von mir. Sein Blick glitt an mir herab und ein Muskel an seinem Kiefer zuckte. Erst jetzt bemerkte ich, dass ich an meiner Unterlippe knabberte. Er schluckte hart, ehe er zu mir aufsah und … sich seine Augen verdunkelten?

Okay, ich war eindeutig auf den Kopf gefallen und hatte einen irritierenden Ohnmachtstraum. Ganz sicher.

»Du musst nicht extra ausprobieren, ob ich mein Versprechen halte.« Er spaßte. Alan Avery Baker neckte mich.

Eindeutig Ohnmachtstraum.

Es konnte nicht sein, dass sich Alan von einem Tag auf den anderen … so anders mir gegenüber verhielt. Das war einfach … nein.

Er setzte mich auf dem Boden ab und ich musste mir unweigerlich eingestehen, dass das hier die Realität war.

Verflucht!

Wie vom Blitz getroffen, sprang ich ein paar Schritte von ihm zurück und schaute mich um. Stanley versteckte sein Grinsen hinter der Hand und hüstelte sein Kichern weg. Zyntia schüttelte enttäuscht den Kopf und Brittany und der Rest …

Brittany fielen fast die Augen aus dem Kopf.

Kein Wunder, immerhin war das eben … also das mit Alan war … verflucht, das könnte ich nie als etwas Banales abtun. Wie er mich aufgefangen und festgehalten hatte und …

Ich konnte nicht anders.

Diese ganze Situation, die letzten Stunden und auch seine blöde Nachricht und mein dämliches Geständnis gestern Abend schlugen meine so sorgfältig hochgezogenen Mauern einfach ein. Mit einer verfluchten Abrissbirne samt Kran, der schön weit dafür ausholte.

Also wirbelte ich zurück zu Alan und kniff die Augen zusammen. Ich ignorierte das verdächtige Brennen meiner Wangen und meine zitternden Knie, die längst keine Angst mehr vor der Höhe hatten, und drückte Alan meinen mattgrau lackierten Fingernagel in die Brust. »Das ist nicht witzig, Alan Avery Baker.«

Leider zuckte sein Mundwinkel eindeutig amüsiert. Er schloss seine Finger um meinen Zeigefinger. Fest. Sanft.

Sanft.

»Wenigstens bist du jetzt nicht mehr so verkrampft.« Er besaß die Dreistigkeit, völlig seelenruhig zu klingen. Seine Augen leuchteten auf. »Bereit für den nächsten Versuch?«

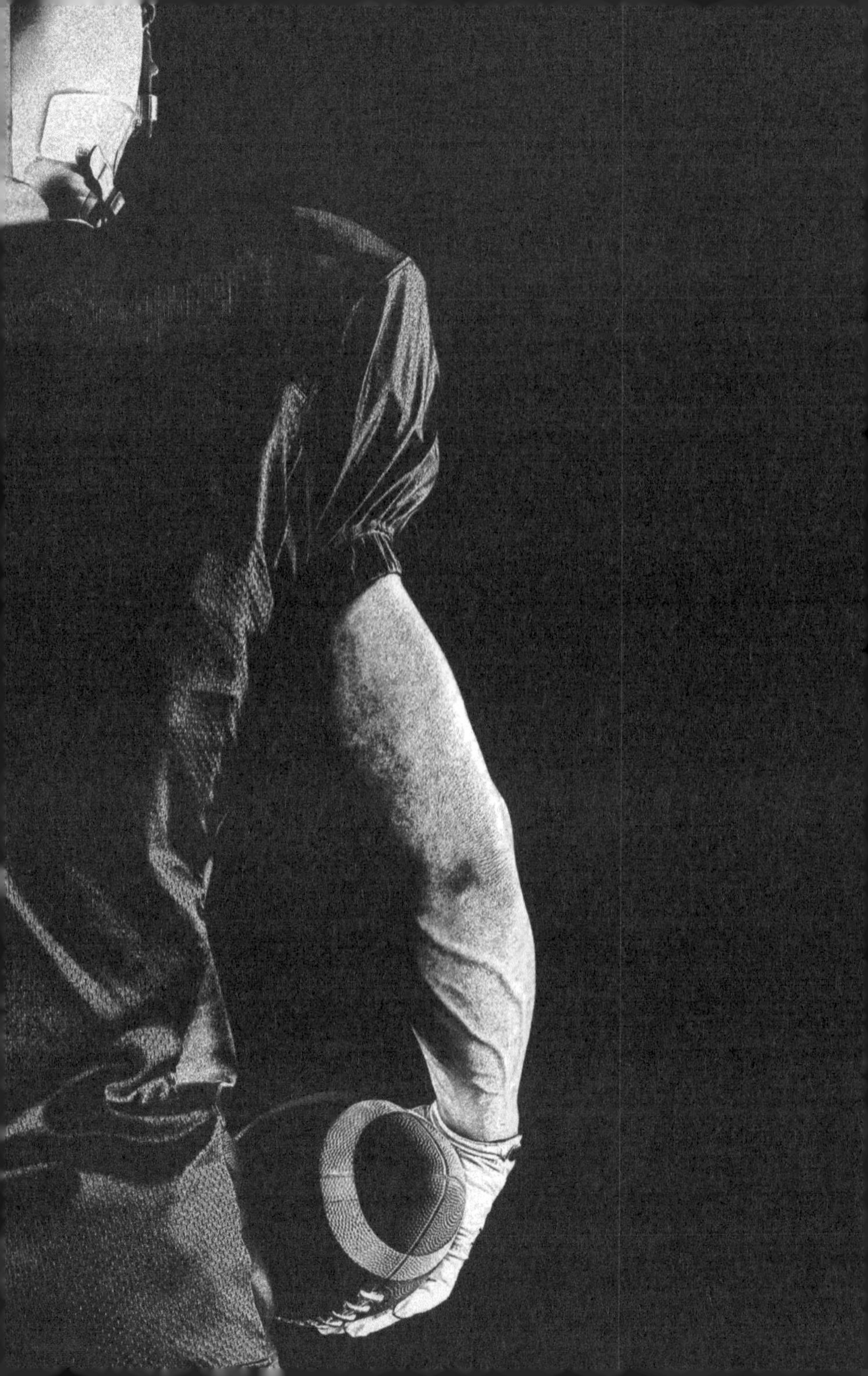

22

Alan

»Was zur Hölle war das?« Tyrese schmiss seine Sporttasche in die Wohnung, kaum, dass ich die Haustür aufgeschlossen hatte. Wackelnd balancierte sie sich auf der Kante unseres Couchtisches aus, doch das schien ihm herzlich egal zu sein. Seine braunen Augen brannten förmlich Löcher durch meinen Schädel. Seit Trainingsschluss. Die gesamte halbe Stunde von der Umkleide bis in unsere WG. Ein Wunder, dass er sich so lange hatte zurückhalten können.

Ungerührt von seinem Auftritt streifte ich meine Sneakers ab und stellte sie – zusammen mit denen von Tyrese – in unser Schuhregal. »Was meinst du?« Ich wusste, was er meinte. Nur fehlte mir jeder Wille, das ausgerechnet mit ihm zu besprechen.

Sein abschätziges Schnauben verriet, dass er mir meine Worte nicht abkaufte. »Ernsthaft?«

Für einen Atemzug schloss ich die Augen. Ich musste meine Gedanken sortieren. Seit gestern Abend, aber, verdammt … jetzt noch viel schneller. Allerdings nicht mit Tyrese oder sonst jemandem. Diese Sache, mein Gefühlschaos wegen Sarah, ging nur mich etwas an – und sie.

Seine Schritte hallten durch unseren offenen Wohnbereich, während er zur Küchennische ging. Bestimmt um … ja, das unverkennbare Geräusch seines Proteinshakers übertönte mein Schweigen.

Ohne ihn anzusehen, schlenderte ich an ihm vorbei zum Kühlschrank und sah hinein.

Eier, Milch, Hähnchen, ein bisschen Gemüse.

Ich hatte keine Ahnung, was ich daraus zaubern sollte. *Soll ich einkaufen gehen? Nein, keine Lust. Also wird's Ofengemüse mit ordentlich Gewürzen und Hähnchen.*

»Planst du jetzt wirklich unser Abendessen?« Seine Stimme überschlug sich förmlich. »Wer zur Hölle bist du?«

Jemand, der abschalten will.

Jemand, der einen Entschluss gefasst hat, der ihn vielleicht gänzlich auseinanderreißt.

Stöhnend rieb ich mir über die schmerzlich pochende Schläfe, ignorierte die plötzliche Dürre in meinem Mund und kniff die Augen zusammen. »Können wir das Thema einfach lassen? Bitte?«

Ich bat selten um etwas. Das wusste er.

»Alan, du hast mit Sarah Yang geflirtet …« Okay, scheinbar ignorierte er ausgerechnet jetzt meine Bitte. »Fuck, du sahst aus als … Junge, du hast sie angelächelt und … und … und …« Er rang immer fassungsloser um Worte.

… und ich hätte sie fast geküsst.

Ja. Genau das wollte er sagen und genau diese Szene hatten knapp siebzig Menschen beobachten können. Inklusive Maeve. Und anstatt mich deswegen zu schämen, weil so vieles dagegensprach, fühlte ich … nichts.

Jedenfalls kein Gefühl wie Scham oder Reue.

Wenn, dann Bedauern, sie *nicht* geküsst zu haben.

»Alan, bitte, erklär es mir.« Ehrliche Sorge schwang in Tyrese' Stimme mit und brachte mich dazu, schwer auszuatmen.

»Es wird dir nicht gefallen«, versprach ich ihm förmlich, denn ich wusste, wie er von Sarah dachte. Wie er über sie sprach. Ich hatte es jahrelang schweigend ausgehalten und toleriert. Verflucht, manchmal hatte ich sogar mitgemacht, weil ich so frustriert von mir und meinem dämlichen Herzen gewesen war, obwohl sie gleichzeitig auf Wolke Sieben mit Taylor geschwebt hatte.

Nein, darüber denke ich jetzt nicht nach.

Es gibt genug andere Baustellen.

Ich brauchte Beschäftigung. Also räumte ich die Zucchini, einen Kohlrabi, ein paar Möhren und den Sack Kartoffeln, der neben dem Kühlschrank stand, auf die kleine Arbeitsfläche zwischen Herd und Spüle. Ein bisschen Gemüse schneiden würde nicht ausreichen, um meinen schnellen Puls zu beruhigen, aber es war ein Anfang.

Er wollte die Wahrheit? Bitte, dann sollte er direkt das größte Stück schlucken und ausgiebig deswegen husten müssen. »Ich stand in der Highschool auf sie.«

Er hustete tatsächlich. Anscheinend verschluckte er sich an seinem Shake oder seiner Spucke, keine Ahnung, ich starrte auf das Messer in meiner Hand. Abgesehen davon wollte ich ihn gerade nicht ansehen. Wollte diesen Unglauben und vielleicht auch eine ordentliche Portion Unverständnis oder gar Ekel in seinem Gesicht nicht sehen.

Meine eigene Schuld, ausgerechnet ihm zuerst die Wahrheit zu sagen. Maeve hätte definitiv anders reagiert. Einfach, weil sie ein Engel und eine so gute Seele war, dass sie mich nie verurteilen würde.

Und, weil sie die echte Sarah kannte.

Die, die mit Alpakababys kuschelte, nervös vor sich hinplapperte und sich stundenlang mit einem auf eine Weide legen und Wolken erkunden konnte. Die Sarah, die wie ich unter dem Druck und den Ansprüchen der Eltern litt – nur, dass sie im Gegenteil zu mir nachgegeben hatte.

Klar, weil deine Lösung so viel gesünder gewesen ist.

Ihre Lösung hat wenigstens nicht mit einem ordentlichen Knall und Glasscherben geendet.

Gott, wie ich diese Stimme in meinem Kopf hasste.

»Du … also … du … ausgerechnet Alan Baker …«, begann Tyrese mit gezwungen ruhiger Stimme, die durch seinen Hustenanfall heiser klang, und stellte sich neben mich. »… ausgerechnet du hattest Gefühle für *Sarah Yang*?«

Musste ich es mir auf die Stirn tätowieren, damit er mir glaubte? »Ja, im Abschlussjahr.«

»Warum?« Er runzelte die Stirn, räusperte sich und schüttelte plötzlich den Kopf, während er über sein Gesicht rieb. »Nein, warte, sorry, Scheiße, so sollte ich nicht reagieren als dein Freund, aber, Alter, das ist eine totale Bombe, die du fallen lässt.«

»Du wolltest unbedingt darüber reden«, erinnerte ich ihn ruhig. Ich hatte keine Kraft mehr, mir selbst einzureden, Sarah nicht ausstehen zu können oder die Realität auszublenden. Zumal jemand wie ich das nicht durfte. Mit jedem unterdrückten Gefühl oder jedem Verdrängen griff ich einen Zentimeter mehr nach einer Flasche Bier. Außerdem …

»Ich vermisse dich. Also uns. Das, was wir waren.«

Sarahs Geständnis war aus dem Nichts gekommen und ihre glühenden Wangen, ihr nervöses Geplapper und ihr ruheloser Blick, der überall hingehuscht war, außer zu mir … das war die echte Sarah gewesen.

Dieselbe, die heute unter jeder meiner Berührungen zusammengezuckt war, den Atem angehalten und Gänsehaut bekommen hatte.

Sie war nervös gewesen.

Wegen *mir.*

»Du lächelst.« Tyrese' Zeigefinger bohrte sich förmlich in meine Wange. »Scheiße, du lächelst tatsächlich. Bei diesem Thema.«

Ich knallte das Messer auf das Schneidebrett. »Verflucht, was willst du von mir hören, Ty?« Mein Kopf war schon ohne seinen Mist durcheinander genug. »Sie war in Texas meine beste Freundin. Zusammen mit Maeve. Ich habe jeden verfluchten Tag mit ihnen verbracht und mich in Sarah verliebt, okay?« Fuck, das hatte ich noch nie ausgesprochen. Niemandem gegenüber. Es jetzt so genervt und frustriert herauszuposaunen … es tat weh. Wie die ganzen letzten Jahre gelaufen waren, alles davon riss mir förmlich die Brust entzwei. »Wie es ausgegangen ist, wissen wir alle. Also kannst du *bitte* das Thema ruhen lassen? Wenn auch nur für den Moment?« Jetzt flehte ich schon, super.

Er blinzelte einige Male, runzelte die Stirn, nur, damit die Falten wieder verschwanden und öffnete den Mund, ohne etwas zu sagen. Letztendlich nickte er. »Entschuldige …«, murmelte er, »… ich wollte kein Salz in die Wunde streuen. Es … wundert mich nur, wieso du nie etwas gesagt hast.«

»Wann denn zum Beispiel? Als wir uns kennengelernt haben? *Hey, Tyrese, ich bin Alan und habe gerade einen heftigen Liebeskummer hinter mir.*«

Zusammen mit einem Autounfall und einem netten Sommeraufenthalt in einer Entzugsklinik. War echt nett und schön eingerichtet. Nur die Drinks fehlten meinem Körper spürbar.

Der Gedanke senkte meine Augenlider und meine Schultern fielen ein. »Es gibt Dinge, die einem nicht so leicht von der Zunge rollen.«

Schon gar nicht, wenn die Frau, die einem das Herz gebrochen hat, plötzlich etwas mit dem neuen Kumpel anfängt. Sich mit ihm verlobt.

Dinge, die ich bisher gut verdrängt hatte. Jetzt fühlte ich mich wie vom Zug überrollt.

»Das vorhin beim Training …« Ich schloss die Augen und rieb mir übers stoppelige Kinn. »… es hat sich einfach so ergeben. Mich überrascht es genauso, dass …«, ich stoppte mich gerade rechtzeitig, bevor ich weitersprach.

Ich sie küssen wollte.

Vor ein paar Tagen wäre das unmöglich gewesen und ich hätte lieber den Kopf gegen die Wand geschlagen, anstatt Sarahs winzige

Sommersprossen auf der Nase zu zählen oder sie damit zu reizen, beiläufig über ihren Rücken zu streichen. Nur mit der Fingerspitze. Kaum spürbar. Und doch war sie sich dessen so sehr bewusst gewesen, dass sie Gänsehaut bekommen hatte.

»Und jetzt?« Tyrese riss mich gerade rechtzeitig aus den Gedanken, ehe ich mich in den Erinnerungen mit Sarah verlor.

Und jetzt?

Jetzt spielte ich mit dem Gedanken, ihr eine Chance zu geben. Sie wieder an mich heranzulassen und mich auf sie einzulassen. Egal, ob Freundschaft oder mehr. Es war einfach …

Ich vermisse dich.

Gott, ich vermisste sie auch. Das waren meine ersten Gedanken gestern Abend gewesen und hören zu müssen, dass sie glaubte, ich könnte sie hassen … Okay, ich war die letzten Jahre nicht freundlich zu ihr gewesen, doch es von ihr zu hören … Ich wollte das nicht mehr.

Weder den Frust, noch gegen das heftige Klopfen meines Herzens in ihrer Nähe anzukämpfen oder nachts wegen unsere gemeinsamen Erinnerungen wach liegen.

Ich wollte es einfach versuchen.

Was auch immer es am Ende wäre.

Nicht, weil sie mir Honig ums Maul geschmiert hatte, sondern weil sie … sie bemühte sich. Sie wusste um ihre vergangen Fehler und wollte sich bessern. Und nach all den Kopfschmerzen der letzten Wochen kaufte ich es ihr ab.

Außerdem, wer war ausgerechnet ich, anderen eine zweite Chance zu verweigern, nach allem, was ich selbst angerichtet hatte?

»Ich weiß es nicht«, gab ich zu und würzte endlich das zubereitete Gemüse, um es mit dem Hähnchen, das Tyrese bereits vorbereitet hatte, in den Ofen zu schieben. Ich wandte den Blick zu ihm und sah ihm fest in die Augen. »Aber es ist meine und ihre Sache, okay?«

Er nickte. »Okay.« Plötzlich atmete er schwer aus und drückte meine Schulter. »Pass nur auf dein Herz auf, ja? Taylors hat unter ihr echt gelitten.«

Das wollte ich. Die Frage war bloß, ob mir das in Bezug auf Sarah jemals gelingen würde.

Sarah

Was ist los mit dir?« Brittany stand ehrliche Sorge in den Augen und sie musterte mich, als befände sich die Antwort auf ihre Frage irgendwo auf mir. Sie hatte nach dem Training auf mich in der Umkleide gewartet. Ziemlich lange. Denn Zyntias Wutausbruch über meine desaströse Leistung beim Training hatte sage und schreibe dreißig Minuten gedauert – und viele ihrer Nerven. Vor allem, nachdem sie gemerkt hatte, dass ich ihr kaum zuhörte. Wie könnte ich nach den letzten Stunden mit diesem komplett ausgewechselten, witzelnden Alan Avery Baker auch konzentriert bleiben?

Also ja, ich hatte eine gehörige Ladung Vorwürfe, wüster Sprüche und viele böse Worte kassiert.

Jetzt stand ich allerdings allein mit Brittany in der Frauenumkleide unserer Mannschaft und hoffte auf ein paar ruhige Minuten. Ihre gerunzelte Stirn und ihr wachsamer Blick erstickten meine Hoffnung jedoch im Keim.

»Wieso bist du in letzter Zeit so anders, so …«, sie suchte nach den richtigen Worten, »… so *durcheinander*?«

Ich war nicht anders.

Ich war *Ich. Oder*?

Zum ersten Mal seit einer so langen Zeit, dass es wehtat, darüber nachzudenken, weil … Diese perfekte Sarah-Yang-Fassade kam nicht von irgendwoher.

Ich wusste genau, woher sie kam, wer sie mir über viele Jahre antrainiert hatte und ab welchem Punkt ich mich selbst aufgegeben und in den Versionen anderer von mir verloren hatte. Das machte es so … beschämend.

Weil mein Ich, die ungefilterte, rohe Sarah Yang, hilflos mitansehen musste, dass sie sich selbst nicht mehr kannte.

Als würde ich in einem Raum voller Selbstportraits stehen, mich selbst jedoch nirgends wiederfinden können.

Verflucht, es trieb mir Tränen in die Augen.

Brittany hatte mich längst stehen gelassen. Vermutlich, weil ich eisern schwieg. Mir war es nur recht. Ich wollte mich weder rechtfertigen noch hören, wie *durcheinander* ich momentan war. Oder gar, dass sie eine Version von mir vermisste, die ich nicht mehr sein wollte.

Gedankenverloren holte ich mein Handy aus meiner Tasche, entsperrte es und öffnete die Bildergalerie.

Genauer gesagt, ein Bild meiner Bucket List.

Sie hatte als Denkanstoß angefangen. Eine verzweifelte Aktion, mir Maeves Vergebung zu verdienen und mich von meinem schlechten Gewissen zu befreien. Vielleicht auch Alans Zorn gegen mich verschwinden zu lassen. Doch jetzt?

Ich wollte etwas verändern.

Mich wieder gerne im Spiegel ansehen.

Und ich wollte es für mich machen. Nicht für Vergebung, Umarmungen oder zweite Chancen von irgendwem. Nur für mich.

Die vermutlich wichtigste Erkenntnis der letzten Jahre traf mich wie ein Schlag. In einer leeren Umkleide, voller liegen gelassener Handtücher und Uniformen, während ich auf mein Handy starrte. Noch nie hatte ich mich so sehr über ein Cheerleading-Training gefreut.

23

Sarah

November. Thanksgiving.

Die letzten Wochen verflogen förmlich, obwohl jeder Tag etwas Neues mit sich gebracht hatte. Die Arbeit im Stadtteiltreff als Dolmetscherin machte erstaunlich viel Spaß und ich fand mich jeden Tag bei Theo, meinem Boss, und den Frauen wieder, an dem es mein Zeitplan erlaubte. Die größte Überraschung war jedoch Alans Verhalten mir gegenüber. Er war … nett. Wenn wir uns auf dem Campus begegneten, nickte er mir grüßend zu, manchmal lächelte er sogar oder begleitete mich nach dem Training zurück zum Wohnheim.

Wir redeten viel. Small Talk, lockere Themen, über alles, nur nicht über Texas oder unseren Abschlusstag der Highschool.

Auch mit Maeve lief es immer besser. Ganz nach Punkt drei meiner aktualisierten Bucket List, lud ich sie einmal die Woche zum Frühstück ein und wir quatschten über alles Mögliche.

In den Kursen belagerten uns die Professoren mit Abgaben, Zwischentests und Vorbereitungskursen für die Abschlussprüfungen und bevor ich mich versah, war es November und ich betrat mit Alan den Flieger nach Houston, von wo uns meine Eltern für unser Thanksgiving-Wochenende in der Heimat abholen würden.

»Kaum zu glauben, dass das College in ein paar Monaten geschafft ist«, sprach ich meine Gedanken aus und lehnte mich in den überraschend bequemen Flugzeugsitz. Ich hatte sogar genug Platz, um mit den Beinen zu wackeln. Das war wie ein kleiner Lottogewinn.

Alan nickte neben mir, behielt den Blick allerdings auf seinem Handy. Im Gegensatz zu mir wirkte er wie eine Hulk-Actionfigur, die man in ein Spielzeugauto gequetscht hatte. Mit seinen zwei Metern Körperlänge leider vorhersehbar. Seine Knie gruben Dellen in den Vordersitz und ich hoffte, der Passagier vor uns bekäme keine Rückenschmerzen von ihnen. Außerdem stieß Alans Kopf fast gegen die Decke und er konnte sich nicht zurücklehnen, weil, na ja, die Kopfstütze ungefähr bei seinem Kinn endete.

Zum Glück dauerte der Flug nach Houston, Texas, nur knapp vier Stunden und wir waren die Hälfte davon schon unterwegs.

Gedankenverloren blickte ich auf meine aktuelle Bucket-List-Version, die ich in einer Notizenapp meines Handys speicherte.

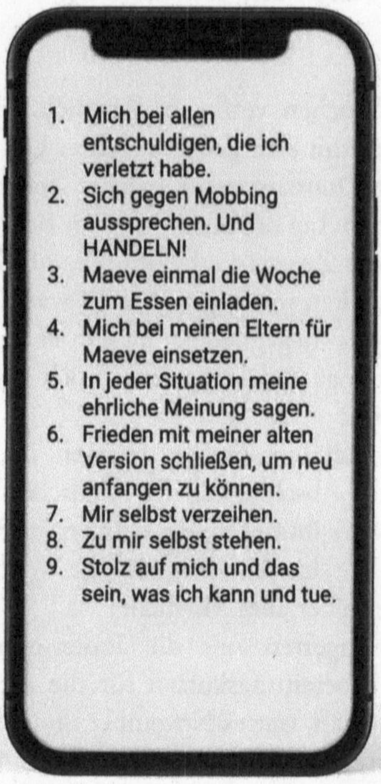

Es hatte sich einiges verändert.

Nach dem Training mit Alan damals und meiner Erkenntnis in der Umkleide hatte ich mich abends direkt an diese Liste gesetzt. Fast, als hätte sie eine magische Anziehungskraft auf mich, auf meine Seele und mein Herz.

Ich hatte alle Punkte, die mir zu oberflächlich erschienen, gestrichen oder umformuliert. Zugegeben, sie war auch geschrumpft und wirkte wie eine kleine Idee, die man aus Langeweile ein paar Minuten tippte, doch sie war perfekt.

Jeder Punkt sprach aus *mir* heraus.

Jedes Vorhaben hatte nur *mich* im Sinn.

Gott, klang das egozentrisch und selbstsüchtig.

Sofort schüttelte ich über den Gedanken den Kopf. Es war nicht selbstsüchtig oder gar egozentrisch, sich auf sich selbst zu konzentrieren. Ich hatte das Recht, meinen Fokus nur auf mich zu richten, wenn ich unzufrieden mit mir war. Immerhin war ich der einzige Mensch, der mich felsenfest durch mein Leben begleiten würde. Alle anderen waren glückliche Fügungen, doch mich selbst? Mich wurde ich nicht los. Selbst wenn ich es versuchen würde, schleppte ich mich auf jedem Zentimeter dieser riesigen Welt mit. Also wollte ich mit *mir* glücklich sein. Im Reinen. Und genau deswegen ging es in dieser bescheidenen Liste nur um *mich*.

Ein Luftzug kitzelte meine Wange hinab zu meiner Halsbeuge. »Was bringt dich so sehr zum Lächeln?«, fragte Alan. Kein Luftzug, sein Atem. Er streichelte meine Haut förmlich.

In letzter Sekunde verkniff ich mir, die Augen zu schließen und wohlig auszuatmen. Gegen die Gänsehaut, die meine Arme hinabwanderte, war ich allerdings machtlos.

Ich würde mich nie daran gewöhnen, ihm derart nahe zu sein.

Konzentriert betrachtete er die Stichpunkte auf meinem Handydisplay. Wie immer furchte er dabei die Stirn. Nur leicht, doch ich sah es. Genau wie das Zucken seines Mundwinkels und den neugierigen Schimmer in seinen Augen. Ich versank sofort in dem dunklen Grün, das immer so tief und gleichzeitig leuchtend wirkte. »Eine Bucket List?«

Mit glühenden Wangen sperrte ich das Display. »Das ist nichts.«

Er lehnte sich zurück auf seinen Sitz und mein Herz zog sich zusammen, durch die plötzliche Distanz zwischen uns. Die Arme vor der Brust verschränkt, unterbrach er unseren Blickkontakt keine Sekunde. »Deinem Lächeln nach ist das nicht nichts.«

Ertappt drehte ich das Handy in meinen Händen. »Es ist eine kleine Selbstmission. Nichts …« *Nichts Bedeutendes.* Nein, das wollte ich nicht aussprechen, auch wenn eine Stimme in mir immer noch sagte, ich würde mich wie ein Kind verhalten.

»Möchtest du darüber reden?«

Nachdenklich nagte ich an meiner Unterlippe. Wollte ich das?

Die Geschichte hinter der Bucket List beinhaltete ihn und *das,* ja, das würde ich außen vor lassen. Ich wandte den Blick von ihm ab und beobachtete die Wolken, zwischen denen wir entlangflogen.

»Ich … nachdem …« Ich brach ab, atmete tief durch und lehnte die Stirn an das Flugzeugfenster. "… nach der Trennung von Taylor und nachdem ich immer mehr Mist gebaut habe, habe ich mich kaum wiedererkannt. Also nicht richtig, obwohl ich ja noch ich bin und so.« Überfordert hob ich die Schulter, die er sehen konnte. »Es ist schwer zu erklären, aber ich wollte etwas verändern … mich verändern und, na ja, Eve hatte die Idee mit dieser Liste …«

»Ja, das passt zu ihr«, unterbrach er mich mit ruhiger, ernster Stimme.

Ich nickte, ohne zu wissen, was ich darauf antworten sollte. Ganz zu schweigen davon, dass sich meine Brust zusammenzog, einzig, weil seine erste Reaktion mit Maeves Part der Geschichte einherging.

»An sich selbst zu arbeiten ist schwer«, sprach er unerwartet weiter, weswegen ich überrascht zu ihm schaute. Er hatte die Augen geschlossen und den Kopf zurückgelehnt. Dank des unpassendes Sitzes blickte er halb zur Decke hinauf. Ich runzelte die Stirn. *Wieso wirkt sein Kiefer plötzlich so verkrampft?* »Fühlst du dich wohl damit?«, kappte er meine stumme Frage, ehe ich darüber nachdenken konnte.

»Fühlst du dich wohl damit?«

Ich hatte mit vielen Fragen gerechnet, doch diese? Insgesamt war seine Reaktion überraschend … verständnisvoll? Ein Teil von mir hatte damit gerechnet, als *kindisch* bezeichnet zu werden.

Sachte lächelte ich. »Ja, das tue ich.«

Ich fühlte mich so gut wie schon lange nicht mehr. Na ja, bis auf ein kleines dunkles Detail, das alles überschattete. Ich nestelte am Ärmel meines lockeren Cardigans. »Wobei die Liste schuld daran ist, dass ich mich nicht darauf freue, meine Eltern zu sehen.«

Das war noch nett formuliert.

Ich wollte nicht in diesem Flieger sitzen, um das Wochenende glückliche Familie zu spielen – während Maeve bei Taylors Familie aß. In einem anderen Bundesstaat. Fast einen Tag Autofahrt entfernt.

»Du hättest auf dem Campus bleiben können.« Alan öffnete die Augen und unsere Blicke verwoben sich miteinander. »Es ist okay, kaputte Fäden zu kappen, Buttercup.«

Buttercup.

Abrupt wandte ich den Blick zurück auf die vorbeifliegenden Wolken. Ich würde mich nie daran gewöhnen, dass er mich wieder mit diesem dämlichen Spitznamen ansprach, aber verdammt, noch weniger gewöhnte ich mich daran, dass es mich nicht mehr störte – so wie früher. Stattdessen begann mein Herz freudig gegen meinen Brustkorb zu hämmern und ganz nebenbei die Luft aus meinen Lungen zu schlagen.

In der Hoffnung, meine Wangen sähen nicht so rot aus, wie sie sich anfühlten, schielte ich zu ihm.

In den Sitz gelehnt und mit dem Kopf zur Seite geneigt, richtete er seine Aufmerksamkeit uneingeschränkt auf mich. Das Grün seiner Augen strahlte auf, erhellte die Finsternis in ihnen. Er lächelte unter den hellen Bartstoppeln. »Du wirst immer noch rot, wenn ich dich so nenne.«

»Ich habe auch keine Lust auf Conroe«, fügte er hinzu, als hätte er eben nicht … dieser Satz vorher. Ich hatte ihn mir eingebildet, oder?

»Sarah?« Amüsiert wedelte er mit einer Hand vor meinen Augen herum. »Alles gut? Du siehst aus, als wäre dein System abgestürzt.«

»Mein System abgestürzt«, wiederholte ich murmelnd. Das beschrieb ganz gut, welche Wirkung er momentan auf mich hatte. Allerdings würde ich ihm das nie verraten, also schüttelte ich den Kopf und schob sanft seine Hand beiseite. »Nein, danke, alles gut.«

Ich hatte eben auch nicht den Mund offen gehabt oder ihn aus weiten Augen angestarrt. Nein, kein bisschen. Wenn jemand von uns neben der Spur lief, dann eindeutig er.

»Du könntest auch in Ohio bleiben.« Ja, auf seine Worte einzugehen war eindeutig die beste Option. Außerdem würde ich mir keine Chance entgehen lassen, in der er seine Gedanken mit mir teilte, sich mir öffnete. Nicht nur mit ungefilterten Worten oder neckischen Sprüchen. Sondern die Art von Offenbarungen, die erklärten, wieso mich seine dunkelgrünen Augen an einen verästelten, verwunschenen Wald erinnerten, der etwas tief in sich verbarg.

Er atmete schwer aus und starrte den Sitz vor ihm an. »Mom würde mich umbringen, an Thanksgiving nicht an ihrem Tisch zu sitzen.« Seufzend fuhr er durch seine notdürftig zusammengebundenen Haare. »Ich besuche sie eh viel zu selten.«

Da. Genau dieser Blick.

Diese halb geschlossenen Augen, die ins Leere starrten, zusammen mit der Art, wie er seinen Kiefer spannte, bis ein Muskel unter seinem Bart zuckte und sein Gesicht umso markanter wirkte. Genau diesen Blick kannte ich nicht von ihm. Er war kurz nach unserem Abschluss entstanden und egozentrisch, wie ich war, dachte ich, ich hätte das angerichtet, aber … scheinbar nicht.

Je mehr Zeit ich in den letzten Wochen mit ihm verbracht hatte, desto sicherer wurde ich mir, dass der Grund für diesen Blick das war, was er hinter seinen Augen tief in seiner Seele versteckte – und es schien nichts Gutes zu sein.

»Deine Mom ist toll«, begann ich zu reden, ohne zu wissen, welche Worte mich als Nächstes verließen. »An meinem Geburtstag hat sie mich ermutigt, ein Kleid anzuziehen, das ich …«, mit hämmerndem Puls biss ich mir auf die Zunge.

»Das du …?« Sein Blick brannte sich in meine Wange.

Das Nähen war meine Sache. Mein kleines Geheimnis. Vor allem jedoch die Kleidungsstücke, die dabei herauskamen. Kaum zu glauben, dass ich es ihm einfach erzählen wollte … oder warte, war es nicht komischer, das verheimlichen zu wollen?

Zu mir selbst stehen.

Stolz auf mich und das zu sein, was ich kann und tue.

Zwei Punkte meiner neuen Bucket List, die ich liebte, umsetzen. Weil sie mich anstachelten, über mich selbst hinauszuwachsen.

Hitze stieg mir in die Wangen, während ich tief durchatmete. »Sie hat mich ermutigt, das Kleid zu tragen, das ich selbst gemacht habe.«

»Das weiße Kleid?« Er klang überrascht.

»Du erinnerst dich daran?«, erwiderte ich mindestens genauso überrascht.

Er schmunzelte. »Fotografisches Gedächtnis. Etwas, das ich gesehen habe, zu vergessen, fällt mir schwer.«

»Stimmt, deswegen hast du kaum für Prüfungen lernen müssen.« Und ich war immer neidisch deswegen gewesen. Es musste schön sein, wenn sich Dinge, die man sah, einfach in einem einbrannten und jederzeit abrufbereit waren.

Er nickte. »Ja, es hat seine Vorteile.« Kurz glaubte ich, etwas Düsteres schwang in seiner Stimme mit, doch es war zu schnell gewesen, um mir dessen sicher zu sein.

»Du hast recht«, wechselte er das Thema und sein Schmunzeln verwandelte sich in ein Lächeln. Eines, bei dem seine Augen aufleuchteten.

»Meine Mom ist klasse.«

»Total.« Allein der Gedanke an Mary ließ mich grinsen. »Und ich bewundere sie dafür, dass sie einfach sie ist, weißt du? Ihr ist egal, was die Leute über sie denken oder sagen, sie macht einfach ihr Ding, genau wie …«

»… Eve, ja«, beendete er meine Worte ruhig.

Ja.

Der Gedanke an sie senkte meinen Blick zurück auf meinen Ärmel. Ich schluckte schwer. »Es fühlt sich falsch an, ohne sie in diesem Haus zu sein.« Ich konnte mein Elternhaus nicht einmal mehr mein *Zuhause* nennen. Ohne Maeve, ohne meine kleine Schwester, war dieses Haus … leer. Einfach leer. Als hätte unsere Familie von ihrer Lebensfreude und ihrem Strahlen gelebt und wäre jetzt leblos zurückgeblieben.

Schnell schüttelte ich den Kopf und verscheuchte die düsteren Gedanken. Texas hin oder her, es war Thanksgiving und ich wollte mir nicht die Laune verderben lassen. Zumal ich heute sowieso noch ausgiebig mit ihr chatten und vielleicht auch telefonieren würde.

»Wie wär's …« Mit einem vorsichtigen Lächeln suchte ich Alans Blick. »… wenn uns die Decke auf den Kopf fällt, schreiben wir uns und regen uns zusammen über unsere Väter auf.« Ich ließ einfach außer Acht, dass Alan genug andere Freunde hatte, mit denen er das vermutlich bereits tat. Super, jetzt dachte ich doch daran und natürlich mussten meine Wangen noch heißer glühen.

Alans Mundwinkel zuckte. Bestimmt verdankte ich das meiner Schamesröte. Immerhin war sie zu etwas gut. »Klar, und für jede Erniedrigung nehmen wir einen Kurzen. Wäre ein gutes Trinkspiel.«

Lachend schüttelte ich den Kopf. »Lieber nicht. Am Ende muss man uns noch den Magen auspumpen. Deine Mom würde mich dafür umbringen.«

Mit einem Mal wirkte sein Schmunzeln verkrampft. »Stimmt.«

»Die Idee dahinter gefällt mir. Wir könnten Chips essen. Das fände meine Mutter tatsächlich noch viel schlimmer. Kalorien und so.«

Seine Schultern entspannten. »Chips klingt gut.«

»Super.« Ich klatschte in die Hände und grinste vor mich hin. »Also für jeden schiefen Blick einen Chip.«

»Zwei fürs Ansprechen von Themen, von denen sie wissen, dass sie uns aufregen«, stieg er in die Überlegung unserer Regeln ein.

»Uh, das finde ich gut.« Grübelnd neigte ich den Kopf, ehe ich schnippte. »Und fünf Chips für jedes Mal, wenn wir sie anschreien oder durchschütteln wollen.«

Leise hörte ich sein fast schnaubendes Lachen und sah, wie seine Brust bebte. Der Anblick katapultierte meinen Puls auf süße Art in die Höhe und zauberte mir von selbst ein Lächeln ins Gesicht.

Wie es wohl wäre, wenn er hinter mir stünde und direkt in mein Ohr lachte? Ich würde im Rücken spüren, wie seine Brust bebte, Haut an Haut, und sein Atem würde sanft und warm von meiner Wange zum Hals hinabstreichen.

Herrgott, Sarah, was denkst du da?

»Möchte ich wissen, woran du denkst?« Pfefferminzgeruch kitzelte meine Nase, als Alans Flüstern meine Gedanken durchbrach. Dunkelgrüne Augen suchten meinen Blick und zogen mich direkt in ihr Innerstes, sobald sie mich zu fassen bekamen. Alan hatte sich zu mir heruntergebeugt und eine Mischung aus Neugierde und etwas Neckendem leuchtete in seinem Blick auf.

»Nein.« Mit hämmerndem Herzen wich ich seinem Blick aus. O nein, das klingt total verräterisch. »Also nicht, dass es etwas Komisches gäbe, an das ich denke oder etwas, das ich nicht aussprechen könnte.« *Argh, warum stottere ich schon wieder so?* Frustriert sank ich in meinem Sitz zusammen. »Das machst du extra«, murrte ich.

»Keine Ahnung, was du meinst.«

Pff, als ob. Ich hörte den neckischen Tonfall in seiner Stimme überdeutlich. Er versuchte nicht einmal, ihn zu überspielen, und ich Idiotin lächelte deswegen auch noch.

Allerdings war es eine willkommene Abwechslung zu den nächsten Stunden und Tagen, die alles andere als lustig werden würden.

24

Sarah

Kaum zu glauben, aber meine Eltern toppten alles, was ich mir hätte vorstellen können.

»Schatz, reichst du mir ein Stück Truthahn?«

»Natürlich.« Geschirrklappern begleitete Moms Worte und durchbrach die Stille, die um uns herrschte. Kein Wunder also, dass sie sich direkt wieder in unserem Esszimmer ausbreitete, sobald Dad seinen Teller zurückbekam.

Nachdem sie Alan und mich vom Flughafen abgeholt und wir peinlichen Small Talk überstanden hatten, war ich sofort wieder in meinem alten Leben gefangen.

In endlosen Kleideranproben, ständigen Kommentaren zu meinem Gewicht oder Aussehen und zur Krönung hatte Mom mir eröffnet, Kyle und seine Familie zum Thanksgiving-Essen eingeladen zu haben. Wenigstens hatte sie es dieses Mal angekündigt und Kyle und sein Anhang standen nicht plötzlich mit einem *Tada* im Foyer.

Ich kam mir vor wie in einem schlechten Abklatsch einer dieser Hochzeitsgespräche, die vor der Feminismus-Bewegung und den angepassten Gesetzen zwischen den Geschlechtern gang und gäbe gewesen waren. Ehrlich, in welcher Epoche lebten meine Eltern?

Ich stocherte zwischen meinem Gemüse herum.

»Sarah, Schatz, ist etwas nicht zu deiner Zufriedenheit?« *Was für eine absurde Frage, Mom.* Einfach alles hier nervte mich ohne Ende. Ich könnte nicht einmal genug Chips essen, um wieder gute Laune zu bekommen – und das sollte etwas heißen.

»Alles okay«, log ich und zwang mich, in die Runde zu lächeln. Früher war es mir nicht bewusst gewesen, aber innerhalb dieser vier Wände herrschte reine Schauspielerei. Keine Ahnung, wann ich das letzte Mal ich selbst gegenüber meinen Eltern gewesen war.

Unser Esszimmertisch besaß acht Stühle, die nie vollständig gefüllt werden konnten, und erinnerte an einen Adelstisch. Wie es sich für einen König gelobte, hatte es sich Dad an einem Kopfende breit gemacht. Links von ihm Mom. Ich zu seiner Rechten. Am anderen Ende aßen in selber Aufreihung Kyle und seine Eltern.

»Das Essen ist vorzüglich, Giselle.« Kyles Mutter, meine alte Sportlehrerin und ehemalige Cheerleader-Coachin, lächelte sie an. »Das Rezept musst du mir unbedingt verraten.«

Verhalten deutete Mom eine wegwerfende Bewegung an. »Ach, das ist doch gar nichts Besonderes.« Ich verkniff in letzter Sekunde mein Aufstöhnen. Sie genoss das Kompliment, obwohl sie keinen Finger für dieses Festessen gerührt hatte. Im Gegensatz zu dem Privatkoch, den sie heute früh hierher zitiert hatte, und doch schmückte sie sich mit fremden Federn.

»Der Ruhm für die Soße gebührt Sarah«, holte mich Mom zurück in diese Scharade von Abendessen und mir entstieg beinahe ein ungläubiges Auflachen. In letzter Sekunde überspielte ich es mit einem Räuspern. Unberührt davon lächelte Mom weiter zu Kyles Familie. »Sie hat ein Talent für Essen.«

Klar, wenn es darum ging, es zu essen.

Sonst war ich ein hoffnungsloser Fall mit Füßen als Händen. Mein Highlight der Küchenerlebnisse war im Abschlussjahr gewesen, bei dem Versuch, mir Porridge zuzubereiten. Was auch immer am Ende herausgekommen war, verdiente die Bezeichnung nicht. Es hatte mehr Ähnlichkeit mit Spachtelmasse gehabt und Maeve einen Lachflash beschert.

Die Erinnerung ließ mich lächeln. Ich konnte es kaum erwarten, zurück in Columbus zu sein und mit Maeve nachzufeiern. Für unser wöchentliches Essengehen musste ich noch den passenden Ort finden. Vielleicht ein schickes, kleines, Diner, das …

»Stimmt das, Sarah?« Kyle erwiderte das falsche Lächeln, das alle an diesem verdammten Tisch auf ihre Lippen zwangen. In seinen Augen glaubte ich, einen stummen Hilfeschrei zu sehen. Ihm schien die Szene genauso unangenehm zu sein wie mir. Kein Wunder, wenn die Eltern versuchten, einen mit Mitte Zwanzig zu verkuppeln.

»Nein.«

Alle, einschließlich mir, hielten den Atem an und rissen vor Überraschung die Augen auf. Hatte ich gerade die Wahrheit gesagt?

Sie war mir einfach über die Zunge geflutscht. In einer anderen Situation würde ich mich darüber freuen, meinen Ehrlichkeitsvorsatz verinnerlicht zu haben, aber jetzt ... nein, warte. Warum, zur Hölle, sollte es mir leidtun?

Ich legte das Besteck beiseite und ignorierte den stechenden Blick meiner Eltern, der sich in mich schraubte. Lieber zuckte ich mit den Schultern. »Ich hasse kochen, weil ich es nicht kann. So gar nicht. Mir brennt sogar Wasser an«, eröffnete ich und während Kyle verstohlen schmunzelte, erntete ich verwirrtes Stirnrunzeln seiner Eltern.

Stuhlbeine schrammten lautstark über den Parkettboden, als Mom abrupt aufstand. »Sarah ...«, etwas Schweres, Warnendes schwang in ihrer Stimme mit, »... hilfst du mir, den Nachtisch vorzubereiten?«

»Natürlich.« Sollte sie mich doch beiseite ziehen und mir eine Standpauke halten. So käme ich wenigstens für einen Moment aus diesem stickigen Raum mit den erzwungenen Gesprächen raus.

Den Weg in die Küche schlug mein Herz ruhig in seinem Takt, ließ sich nicht aus der Fassung bringen. Das war neu. Keine Panik davor zu haben, meiner Mom zu missfallen. Ich hatte immer alles dafür gegeben, sie zufriedenzustellen, sie glücklich zu sehen. Vielleicht sogar ein bisschen zu viel.

»Was ist in dich gefahren?« Kaum folgte ich ihr durch den Türbogen, wirbelte sie zu mir herum und hatte einen so anklagenden Ton, dass ich den Kopf einziehen wollte. Und doch, ich tat es nicht. Ich hielt ihrem Blick sogar stand und atmete weiter. »Wie kannst du vor Gästen behaupten, dass ich lügen würde? Weißt du, was das für ein Licht auf mich, auf *uns*, wirft?«

Ich verschränkte die Arme vor der Brust und bemerkte sofort, wie ihr Augenmerk die Geste missbilligend verfolgte. »Es ist die Wahrheit, Mom, und das weißt du. Kannst du mir bitte verraten, wieso du diese Show abziehst und wieso du Kyles Familie eingeladen hast?« Das war etwas, über das wir reden sollten.

Nein, wie immer war meine Meinung ein Witz für sie.

Etwas Überflüssiges, das gerne zustimmen und andernfalls schweigen durfte. Jahrelang hatte ich es stumm hingenommen und aus jetziger Sicht verstand ich mich selbst, meine Naivität, Geduld und bedingungslose Liebe zu ihr, nicht, die mich all das hatte aushalten lassen.

Mom schüttelte den Kopf und schnalzte verärgert mit der Zunge, während sie um die Kücheninsel ging und die Box öffnete, in dem die Konditorei den bestellten Apple Pie geliefert hatte. »Was ist in letzter Zeit nur los mit dir?", sprach sie mehr zu sich als in meine Richtung. »Seit deinem Geburtstag bist du komisch. Du rufst nicht mehr von selbst an, antwortest erst spät auf meine Nachrichten und dann erzählt mir Zyntia auch noch, dass du im Training kaum auf dem Level einer Anfängerin bist und dich zur Lachnummer der Mannschaft machst.«

Das Cheerleading. Natürlich kam das zur Sprache. Ein Wunder, dass ich bereits vier Stunden zu Hause war und sie mich jetzt erst damit konfrontierte.

»Du hast eine einfache Schraube nicht hinbekommen, Sarah.« Mit zusammengezogenen Augenbrauen wandte sie sich zurück zu mir und suchte meinen Blick. »Und jetzt verhältst du dich Kyles Familie gegenüber total respektlos.«

»Das tue ich nicht.« Den Schmerz in meiner Brust ignorierend, hielt ich mein Kinn erhoben. »Ich habe nur die Wahrheit gesagt.«

Sie schnaubte, als wären meine Worte eine fadenscheinige Ausrede. »Ich habe gehört, du verbringst viel Zeit mit Maeve.«

O nein, wag es nicht. »Ja, und?«

»Setzt sie dir diese Flausen in den Kopf?« Musternd wanderten ihre wachsamen Augen über mich. »Tust du jetzt auch so, als wären wir schlechte Eltern, nur, weil wir dich unterstützen und deine Zukunft abgesichert wissen wollen?«

Wovon redete sie da plötzlich? Das ergab überhaupt keinen Sinn. Darüber würde ich später nachdenken, zuerst musste ich eine Sache klarstellen. »Maeve hat nichts damit zu tun, dass ich niemanden anlügen möchte.«

Wenn, dann hatte sie mir dabei geholfen, endlich die rosarote Brille abzulegen, mit der ich Mom und Dad seit Jahren angesehen hatte.

Sie sind immer noch meine Eltern.

Über den Gedanken seufzend, strich ich das enge Strickkleid glatt, das Mom mir gekauft hatte. »Ich möchte nicht mit dir streiten«, erklärte ich, einen versöhnlichen Ton anschlagend. »Genauso wenig werde ich ab sofort akzeptieren, dass du schlecht über meine kleine Schwester redest. Das verdient Maeve nicht. Sie lebt ihr Leben einfach nach ihren eigenen Vorstellungen und das ist vollkommen in Ordnung.«

Kinder waren nicht dafür da, die Leben ihrer Eltern zu leben. Wir hatten nie darum gebeten, auf diesem Planeten zu wandeln, diese Entscheidung hatten sie getroffen, also durften wir darüber entscheiden, was wir mit unserem Leben anstellten.

Diese Erkenntnis kam mir viel zu spät.

»Du klingst sehr wohl, als würdest du streiten wollen«, erwiderte Mom tonlos.

Ich verkniff mir ein frustriertes Aufseufzen. Am liebsten würde ich die nächsten Stunden vorspulen, bis ich wieder mit Alan im Flieger zurück nach Columbus saß. »Das will ich nicht. Ich möchte bloß wissen, wieso dir so wichtig ist, dass ich Kyle näherkomme. Er ist mein Exfreund.«

»Das habe ich dir schon an deinem Geburtstag gesagt. Du solltest heiraten, solange du dir den Mann noch aussuchen kannst.«

»Mom«, jetzt stöhnte ich frustriert auf, »ich werde mein Leben lang die freie Wahl haben, wen ich heiraten möchte und ob ich das überhaupt möchte. Selbst wenn ich mein Leben nur mit Haustieren einsam im Wald verbringen wollen würde, wäre das vollkommen okay, weil es nämlich mein Leben ist.«

»Nein, wäre es nicht.« Sie drehte sich zu mir und rieb sich über die Schläfe. »Wer denkst du, wird Dads Firma übernehmen, wenn du alleinstehend bleibst?«

Meine Augenbraue wanderte in die Höhe. »Das ist vielleicht sehr weit hergeholt …«, begann ich, unfähig den sarkastischen Ton für mich zu behalten, »… aber ich dachte, das wäre ich. Wieso sonst sollte ich Finanzmanagement studieren?«

Ein Studiengang, den Dad für mich ausgesucht hatte.

Ein Beruf, den ich nicht selbst gewählt hatte.

Eine Entscheidung, die mich seit vier Jahren um den Schlaf brachte, weil mir weder die Kurse lagen noch im Geringsten mein Interesse weckten.

Mom seufzte, als würde sie einem Kind zum dritten Mal erklären, wieso es keine Seifenlauge trinken durfte. »Damit du verstehst, wovon dein Mann redet. Es ist wichtig, gemeinsame Gesprächsthemen zu haben.«

Ich konnte nicht anders, als in ungläubiges Lachen auszubrechen, während ihre Worte immer tiefer in meine Seele vordrangen und mir die Luft aus der Lunge pressten. Das musste ein Scherz sein. Ein wirklich schlechter, der viel zu viele Grenzen überschritt und keinen Wert auf meine Gefühle legte.

Plötzlich schien mich alles zerquetschen zu wollen. Das hautenge, unbequeme Kleid, das ich Mom zuliebe angezogen hatte, die Wände unserer Küche, in der ich aufgewachsen war und mit Maeve herumgealbert hatte. Dieses ganze verdammte Haus schien mit einem Mal zu implodieren und mich unter all den Trümmern meiner Familie, Erinnerungen und Dingen zu begraben, die mir bisher die Welt bedeutet hatten. Die mein verdammter Anker gewesen waren.

Alles, was ich gehabt hatte.

Nur, um sich in Asche zu verwandeln und mich einsam, kalt und verloren zurückzulassen.

Ohne ein weiteres Wort, ohne eine Erklärung, machte ich auf dem Hacken kehrt und stürmte ins Foyer. Ich ignorierte jeden Ruf meiner Mutter, die fragenden Blicke aus dem Esszimmer, selbst meine Jacke oder meine Schuhe. Ich riss einfach die Haustür auf und rannte.

Immer weiter und weiter durch die verlassenen Straßen Conroes. Vorbei an Häusern, in denen Eltern mit ihren Kindern aßen und lachten und sie nach ihrem Tag oder ihrem Leben fragten.

Ich lief, bis meine Sicht verschwamm, meine Lungen bei jedem Atemzug brannten und meine Kehle austrocknete und ich trotzdem das Gefühl hatte, noch immer in meinem Elternhaus gefangen zu sein, das zum reinsten Puppentheater geworden war. Mit mir als Marionette in der Hauptrolle.

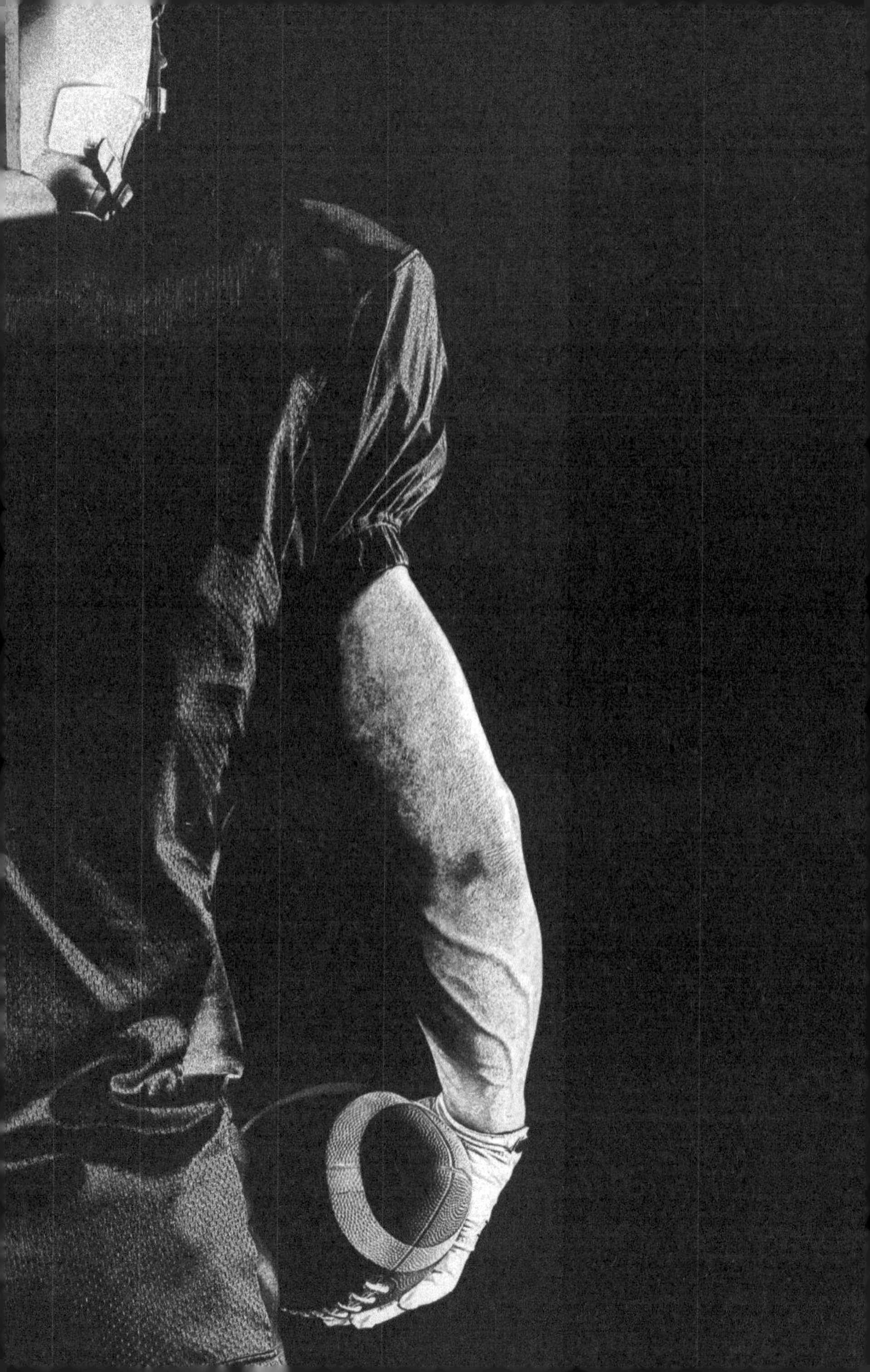

25

Alan

Während des Flugs mit Sarah hatte ich es gut verdrängen können, doch aufgrund der Stille, die beim Essen herrschte, wurde ich mir spürbar bewusst darüber, wie wenig von meiner Familie übrig war.

Anstatt uns freudestrahlend von der Arbeit in ihrer Gärtnerei zu erzählen, versuchte Mom mit Fragen zu meinem Studium ein Gespräch am Laufen zu halten. Statt des weichen, liebevollen Schimmers in Dads Augen, während er Mom bei ihrer Leidenschaft zuhörte, schaute er schweigend auf seinen Teller und hob nur den Blick, um auf sein Blackberry zu sehen, das er seit dem Autounfall nicht aus der Hand legte. Und ich?

Ich klammerte mich mit einer Kraft an mein leeres Wasserglas, dass meine Knöchel weiß hervortraten und kämpfte gegen den Drang an, in die nächstbeste Kneipe zu rennen und meinen Kummer und meine Wut zu ertränken.

Das hier ist meine Schuld.

Ich habe uns das angetan.

Wegen mir ist meine Familie zerstört.

Es war nicht wie bei Maeve und Sarah, die mit ihren schrecklichen Eltern klarkommen mussten. Im Gegensatz zu ihnen hatte ich alles gehabt. Einen Vater, der stolz bei jedem meiner Spiele gewesen war, mir nach der Arbeit mit den Hausaufgaben geholfen und mit mir und Mom im Wald spazieren oder auf den Spielplatz gegangen war. Jeder Tag hatte mit Moms Lachen begonnen und geendet. Ihre Augen hatten durchgehend vor Freude geleuchtet, egal, ob sie einen stressigen Arbeitstag gehabt hatte oder noch unzählige Dinge hatte erledigen müssen.

Und ich Mistkerl hatte das alles an einem Abend zerstört.

In einer beschissenen Minute. Mit einer einzigen Aktion.

Fahrig rieb ich mir über mein stoppeliges Kinn und verdrängte die Stille in meinem Kopf so gut es ging. Hier in Conroe, wo alles wieder hochkam, schaffte ich es kaum, aber ich musste es Mom zuliebe wenigstens versuchen.

»Ich habe gehört, nächste Woche spielt ihr gegen die Florida State?« Dad erhob überraschend das Wort. Noch immer lag sein Blick auf seinem Teller, der mit Moms köstlicher Lasagne und knackigem Salat gefüllt war. Unser traditionelles Thanksgiving-Essen. Zum Nachtisch gab es den Apple Pie, dessen Rezept meine Grandma Mom zur Hochzeit geschenkt hatte und in den sich mein Dad und ich förmlich reinsetzen könnten.

»Alan?« Moms besorgte Stimme riss mich aus der Erinnerung an eine bessere Zeit.

Sofort verflog das warme Gefühl, das mich leichter hatte atmen lassen. Ich lächelte sie beruhigend an. »Alles gut. Ich war nur in Gedanken, entschuldigt«, erklärte ich und sah gezwungenermaßen zu Dad. »Was hast du gesagt?«

Er erwiderte meinen Blick. Wie immer verriet seine Mimik keinen seiner Gedanken, geschweige denn seine Gefühle. »Das Spiel gegen die Florida State. Bist du im Kader?«

Ach ja, das Thema.

Was wunderte es mich? American Football war das Einzige, über das wir reden konnten, ohne uns an die Kehlen springen zu wollen.

»Ja, bin ich.« Wie immer. Ich konzentrierte mich auf Moms Lasagne, die ich dank des Kloßes in meinem Hals viel zu langsam aß. »Coach Thees ist noch unschlüssig, ob ich in der Defense oder Offense eingesetzt werde, aber so oder so bin ich dabei.«

»Auswärts- oder Heimspiel?« Dad und seine knappen Fragen.

»Auswärts. Wir fahren am Donnerstag los, also verpasse ich ein paar Vorlesungen, doch der Lernstoff wird mir per Mail geschickt. Wie immer.« Gefühlt verbrachte ich nur die Hälfte meiner Studienzeit in den Vorlesungssälen und zu viel in einem stickigen Bus oder Hotelzimmern. Nach all den Jahren hatte ich mich daran gewöhnt.

»Und?« Moms Augen funkelten mich schwach vom anderen Ende unseres runden Esstisches aus an. Ihre Mundwinkel hoben sich zu einem Schmunzeln. »Bist du bereit, sie fertigzumachen?«

Ihre Wortwahl entlockte mir ein Schnauben, irgendwo zwischen Unglauben und Amüsement. Dads Mundwinkel verzogen sich zu einem Grinsen, das ihm ein paar Jahre Lebenszeit weg- und kleine Falten um seine Augen herbeizauberte.

»Was denn?« Sie schaute zwischen uns hin und her und nahm sich ein weiteres Stück Lasagne aus der Ofenform zwischen uns. »Jaja, schon klar. Ich erwachsene Frau soll nicht so reden.«

»Nein, Liebling.« Dad hob die Hand und spielte sanft mit einem von Moms Ohrringen – wie immer mit einem Blumenmotiv, heute Sonnenblumen. »Du bist perfekt, wie du bist. Mit allem drum und dran. Das weißt du.«

Ich konnte nur zustimmend nicken. Ausnahmsweise waren wir uns einig. Nein, wenn es um Mom ging, waren wir immer auf derselben Linie. Außer, dass ich immer weniger verstand, wieso sie bei ihm bleib, wo er doch ständig unterwegs war und sie allein in Conroe zurückließ.

Mom kicherte und funkelte Dad aus strahlenden Augen an, lehnte sich in seine Berührung. »Schleimer.«

Ich wollte die Zeit einfrieren.

Diesen unbeschwerten Moment zwischen ihnen konservieren und für immer in einem Safe aufbewahren, damit ja kein Kratzer entstand.

Sagt derjenige, der ihr Glück mit einem Knall und einer Menge Scherben zersprengt hat.

Ich hasste mich.

Wie immer kam das Gefühl aus dem Nichts und knallte mir mit voller Breitseite in den Magen, ließ mich den Bauch einziehen und erzittern. Man sollte meinen, ich hätte bereits Jahre an Erfahrung, um mit mir selbst und meinen Taten klarzukommen und doch … es ging nicht.

Mit zittrigen Fingern und staubtrockenem Mund stand ich auf und wandte mich von ihrem Anblick ab. Wusste, ich könnte mich nur noch auf die Härte in Dads Blick und Moms Pony konzentrieren, an die Konsequenzen, die ich ihnen aufgezwängt hatte – und verdammt, ich ertrüge es nicht.

»Alan, was …?«

»Ich gehe kurz frische Luft schnappen.« Ich warf Mom einen entschuldigenden Blick zu und weil sie nun mal sie war, begegnete sie meiner jämmerlichen Schwäche mit einem verständnisvollen Ausdruck, der vor Liebe und Wärme übersprudelte und mich damit fast erstickte.

So schnell ich konnte, wandte ich mich ab, warf mir im Flur meinen Mantel über und verließ das Haus, in dem ich aufgewachsen war. In dem meine Mom seit Jahren festsaß, weil sie Angst vor der Welt und ich ihr Selbstvertrauen zerstört hatte. Das Haus, in das Dad genauso wenig wie ich zurückkehren konnte, weil auch ihn die Erinnerungen an unser glückliches Leben langsam auffraßen.

Ich wollte das alles zurück.

Mit einer so jämmerlichen Verzweiflung, die meine Brust zusammenzog und mir Tränen in die Augen trieb, für die ich mich aber gleichzeitig auch schlagen wollte.

Niemals hätte ich geglaubt, sich selbst mit einer Macht hassen zu können, dass sich die eigene Haut zu eng anfühlte, zu falsch, und jeder Herzschlag wie ein unwürdiges Geschenk in einem vibrierte.

Es war so weit.

Heute erhielt ich meinen Highschoolabschluss.

In einer Stunde würde ich mein Zeugnis in der Hand halten und zum letzten Mal durch die Gänge gehen, in denen ich Maeve und Sarah kennengelernt hatte. In denen ich mit Mitschülern und Mitschülerinnen Witze über Lehrer und Lehrerinnen gerissen hatte und mich über Hausaufgaben beschwerte.

Ein so erdrückender Gedanke, dass ich mit zitternden Fingern den kleinen Flachmann aus der Innentasche meines Jacketts angelte und einen ordentlichen Schluck von Dads Whiskey runterkippte. Zum Glück gab es Kaugummis. Und Alkohol. Wobei ich bisher nie zu dem harten Stoff hatte greifen müssen, aber dieser Tag, verflucht, er spielte mit meinen Nerven, als wären es Gitarrensaiten.

Ich hatte keinen Plan, was ich jetzt tun sollte.

Wie ich mein Leben gestalten wollte, nachdem ich offiziell mit der Schule fertig wäre. Klar, Bewerbungen an Colleges waren unterwegs, doch ganz ehrlich? Wer in meinem Alter wusste schon, was genau auf einen zukam? Welches Fach ich studieren würde?

Wenn es nach Dad ginge, wäre Marketing oder irgendetwas mit Wirtschaft mein Hauptfach. Immerhin sprach er so oft von seiner Firma, er erwartete bestimmt, dass ich in seine Fußstapfen trat, so, wie es mir seit Jahren alle möglichen Leute in Conroe erzählten.

Ganz abgesehen davon musste ich hier weg. Ausziehen. Mich von Freunden lösen. Von Sarah und Maeve. Sarah und ich kämen unmöglich auf dasselbe College. Die Ohio State bekam genug Bewerbungen, vor allem von Football-

spielern und das aus dem ganzen verfluchten Land. Ich käme nie dorthin.

Ich ...

»Liebling, alles okay bei dir?« Mom stand mir gegenüber und ich zuckte erschrocken zusammen, fühlte das Gewicht des Flachmannes an meiner Brust nur umso schwerer durch ihre leuchtenden Augen, die mich musterten.

Ich nickte. »Was machst du schon hier?«

Sie zog die Augenbrauen zusammen, kicherte dann. »Wir sind zusammen hergefahren. Hast du das in deiner Aufregung vergessen?« Fragend neigte sie den Kopf. »Dein Dad ist schon in der Turnhalle und hält unsere Plätze frei. Wolltest du nicht Sarah suchen?«

Verflucht, ja!

Ich war vor ein paar Minuten aus der Halle, in der die Abschlusszeremonie durchgeführt werden sollte, abgehauen, weil ich Sarah nirgends finden konnte und mir Sorgen machte. Doch jetzt stand ich vor meinem alten Spind in einem der vielen Schulflure und verlor mich in meinen Gedanken.

Ich schüttelte den Kopf und ignorierte gekonnt den leichten Schwindel, der damit einherging. In letzter Zeit passierte das immer öfter und tief in mir wusste ich, die vielen Biere, die ich getrunken hatte, und jetzt der Whiskey waren daran nicht unschuldig, doch ich wollte es vergessen.

Genau, wie den anderen Rest.

Einfach alles, was als Nächstes passieren würde. All die Veränderungen, Verantwortungen und Unklarheiten. Den Druck und den Gedanken, bei Dad in der Firma einsteigen zu müssen.

»Geh schon mal vor, ich bin gleich da.« Ungeachtet meiner schnellen, schreienden Gedanken lächelte ich Mom an und deutete zurück zur Halle. »Ich geh noch kurz auf Toilette.«

Die Skepsis verweilte in Moms Geschichtszügen. Trotzdem nickte sie. »Okay, bis gleich.«

Zur Toilette gehen klang gut. Ein bisschen kaltes Wasser im Gesicht und ich würde klarer denken können. Automatisch griff meine Hand wieder nach dem Flachmann und ich nahm einen weiteren Schluck der bitteren Flüssigkeit, während ich zu den Schulklos ging.

Sarah war bestimmt längst zurück in der Halle.

Vielleicht war das gut so. Sie kannte mich und wüsste, dass etwas mit mir nicht stimmte und ich hatte weder Lust, mir ihre Standpauke wegen des Flachmanns noch ihren sorgevollen Blick anzutun. Nicht, nachdem seit unserem Gespräch auf der Weide der Griffans so eine komische Stimmung zwischen uns herrschte. Seit sie mich gebeten hatte, sie zu küssen und ich es nicht über mich gebracht hatte, sie in einem so unbedeutenden Moment zu küssen, kam es mir vor, als würde sie mir aus dem Weg gehen. Vielleicht bildete ich mir das nur ein. Meinen Erinnerungen konnte ich in letzter Zeit nicht wirklich trauen, sie waren zu verschwommen und in dichten Nebel gehüllt.

»Weißt du, ich mag dich.« Eine tiefe Stimme durchflutete den Flur, in den ich gerade abbog, und ließ mich innehalten.

Kyle stand vor jemandem. Beide waren in die schwarze Robe gehüllt, die eigentlich auch ich tragen sollte – so, wie alle Absolvierenden. Doch die Dinger hatten keine Innentaschen, also behielt ich mein Jackett an.

»Was?« Die helle, leicht rauchige Stimme der Frau, die vor ihm an der Wand neben der Frauentoilette lehnte, schwemmte jeglichen Alkohol aus meinem System. Ließ mich aufhorchen und die Welt einen Tacken näher an mich treten.

Sarah.

Niemand anders redete gerade mit Kyle und es drehte mir den Magen um. Wieso, wusste ich nicht. Oder ich war zu angetrunken, um es zu verstehen.

»Ich mag dich, Sarah.« Kyle sprach die Worte mit einer Nachdrücklichkeit aus, die Sarahs Augen weitete – und meine.

»Das kann nicht sein, wir kennen uns kaum.« Sie runzelte die Stirn, blieb aber, wo sie war. Keine Anstalten, von ihm wegzugehen oder ihn wegzustoßen oder irgendetwas, was ich sehen wollte.

Er schob ihr eine lose Haarsträhne hinters Ohr. »Können wir das nicht ändern?« Das Flüstern sollte ich nicht hören. Eigentlich müsste es unmöglich sein, seine leisen Worte über diese Entfernung zu verstehen, doch ich tat es. Genau so, wie ich beobachtete, wie er den Kopf senkte und seine Lippen auf ihre presste.

Er küsste sie.

Auf den Mund. Auf eine Art, wie ich es mir seit Monaten wünschte und wie ich es hätte tun können, hätte ich keinen Rückzieher gemacht. Und Sarah?

Ihr Blick zuckte zu mir. Über die zig Meter zwischen uns, sah sie mir direkt in die Augen. Als hätte sie gespürt, dass ich sie beobachtete.

Die Zeit schien stillzustehen.

Nichts bewegte sich. Alles schien einzufrieren.

Selbst mein Herzschlag. Mein Atem. Einfach alles von mir gefror bei dem Anblick, wie die Person, wegen der ich schlaflose Nächte verbrachte und in deren Nähe mein Herz so viel leichter schlug, von jemand anderem geküsst wurde.

Stoß ihn weg.

Bitte, stoß ihn weg und komm zu mir.

Ich wusste, es war affig und kindisch, aber genau das flehte ich sie stumm an. Weil Maeve Kyle mochte und, verflucht, weil ich Sarah mochte und sie … bis jetzt hatte ich geglaubt, ihr ginge es ähnlich.

Sarah schloss die Augen und riss mich damit zurück in die Realität. Sie schlang ihre Arme um einen Hals, der nicht meiner war und sie erwiderte den Kuss eines anderen.

Ich hatte nie gewusst, dass ein Herz wirklich brechen konnte.

Man hörte diese Redensart überall in Büchern und Filmen, aber ich hatte nie eine Vorstellung davon gehabt – bis jetzt.

Meine Brust verengte sich und etwas in mir schien zu brechen. Ich spürte es in mir nachhallen, in jeder einzelnen Faser. Es schmerzte so sehr, dass meine Augen tränten und ich zu zittern begann.

Ich wandte mich von ihnen ab. Der Teil von mir, der noch funktionierte, brachte mich dazu, die Füße in die Hand zu nehmen und von hier abzuhauen. Auf dem Weg exte ich den Flachmann aus und als ich zu dem leeren Sitz zwischen meinen Klassenkameraden ging, hatte ich mir erfolgreich eingeredet, nichts gesehen zu haben.

Nichts, was mein Herz brach.

Nichts, was alles in mir erschütterte.

Nichts, das Sarah zu jemandem machte, für den ich sie nie gehalten hatte.

Die gesamte Zeremonie über wich ich Maeves Blick aus, die bei den Angehörigen neben ihren Eltern saß und sich bestimmt über meine düstere Miene wunderte. Ich ignorierte, was das, was ich gesehen hatte, für Auswirkungen auf sie hätte. Ich blendete Sarahs Anwesenheit aus, die Art, wie sie tat, als wäre ich Luft, obwohl wir nebeneinander saßen. Noch etwas mehr, und ich wüsste nicht, wie ich das aushalten sollte, also löschte ich Kyles Präsenz aus meinem System, damit ich ihm keine reinschlug.

Ich nahm mein Scheißzeugnis entgegen, bekam Applaus dafür, in eine ungewisse Zukunft geschmissen zu werden und nebenbei realisieren zu müssen, was ich im Flur gesehen hatte und was das für Maeve und mich bedeutete. Was für ein riesiger Verrat geschehen war.

Sobald all der formelle Kram abgeschlossen war, bat ich Mom und Dad, die anschließende Feier ausfallen zu lassen und nach Hause zu fahren.

»Willst du wirklich fahren?« Ich hörte die leise Sorge in der Stimme meines Dads, doch ich ignorierte auch sie, nickte und nahm den Schlüssel

unseres Wagens entgegen.

Auf dem Fahrersitz angekommen, krallte ich mich in das Lenkrad. Der Motor heulte auf, ehe Mom und Dad richtig angeschnallt waren, weswegen Mom erschrocken aufatmete.

»Alan, ich frage dich ein letztes Mal«, begann sie und griff nach meinem Kinn, um es zu sich zu drehen, »Geht es dir gut? Du bist so still.«

Ich riss mich aus ihrer Berührung und löste die Handbremse, fuhr von dieser verfluchten Schule mit ihren Fluren, Mitschülern und hinterhältigen Menschen. »Alles super.«

»Alan.« Der Nachdruck in Dads Stimme war fast so schneidend wie der Blick, den er mir von der Rückbank durch den Spiegel zuwarf. »Du fährst jetzt sofort rechts ran und erzählst uns, was los ist.«

Was los war?

Ich hatte keinen Plan, was als Nächstes passierte. Geschweige denn, wie ich mein Leben führen wollte. Dafür würde ich bald von meiner besten Freundin wegziehen, weil alle Colleges hier in der Nähe scheiße waren und diejenige, in die ich mich verdammt noch mal verliebt hatte, küsste vor meinen Augen einen anderen. Sich völlig bewusst darüber, dass ich da war. Sie hatte mich sogar angesehen.

»Alan!« Moms Schrei durchschnitt meine Gedanken und ich fluchte lautstark, riss das Lenkrad herum und stieg auf die Bremse, weil ich diese verfluchte Kurve nicht bemerkt hatte.

Doch es war zu spät.

Wir kamen von der Straße ab. Krachten mit voller Wucht in einen Vorgarten. Mom schrie. Dad auch, während er versuchte, nach uns zu greifen. Mit einem Knall schlugen wir auf und Schmerz war alles, was mich durchfuhr, ehe ich in ein tiefes Schwarz fiel.

Die Erinnerung presste jegliche Wärme aus meinen Händen. Sie fühlten sich trotz der typisch texanischen warmen Herbsttemperaturen wie Eisblöcke an, als ich endlich den Weg zurück in die Realität fand.

Mit einem Seufzen fuhr ich mir über die Stirn und strich wie beiläufig den Schweiß beiseite, der angetrieben von der Vergangenheit aus jeder meiner Poren zu fließen schien.

Ich war erst im Krankenhaus zu mir gekommen. Mit einer Alkoholvergiftung und einem fetten Verband auf dem Rücken, unter dem sich mehre tiefe Schnittwunden verborgen hatten. Insgesamt hatte ich einiges abbekommen, weil ich in meinem vernebelten Zustand vergessen hatte, mich anzuschnallen und durch die Wucht rückwärts auf die zersplitterten Reste meines Seitenfensters gekracht war.

Dad hatte neben mir am Krankenbett gesessen und mir eröffnet, dass Mom noch im OP wäre. Eine Glasscherbe hatte sich in ihr linkes Auge gebohrt. Fast wäre sie bis in ihr Gehirn vorgedrungen. So hatte es sie »nur« ihr Augenlicht gekostet.

Ich hatte meine Mom erblinden lassen. Sie fast sogar getötet!

Weil ich wütend auf Sarah und überfordert mit meinem Abschluss gewesen war. Vor allem aber, weil ich einen Promillewert von 2,5 gehabt hatte. Eine ordentliche Ladung, wie mir der Arzt erklärt hatte und die Tatsache, dass ich damit entspannt durch den Tag gehen konnte, spräche Bände.

Ich war abhängig vom Alkohol geworden, ohne es bemerkt zu haben.

Abhängig vom Wunsch, zu vergessen.

Dad und ich hatten gleichzeitig von meiner Sucht erfahren, während Mom um ihr Leben kämpfte, und Dad hatte trotz meiner Tränen, meiner Entschuldigungen und meinem flehenden Gestotter kein Wort gesagt.

Alles, was er an dem Tag getan hatte, war, mich in einem Entzugsprogramm einzuweisen und mir nach Stunden der Ungewissheit zu sagen, dass Mom am Leben war.

»Hör endlich auf, daran zu denken«, brummte ich leise vor mich hin und schüttelte abermals den Kopf. Ich wusste, es brachte nichts, doch mit etwas Glück konnte ich so einen winzigen Schritt näher in die Realität treten, anstatt in meinen Erinnerungen festzuhängen.

Meinen donnernden Herzschlag ignorierend, zwang ich mich, stehen zu bleiben und mich umzusehen.

Ich stand immer noch in unserer Straße. Keine Ahnung, ob ich überhaupt so weit gegangen war, wie ich dachte, oder mich im Kreis drehte.

Jedenfalls stand ich in meiner Straße und blickte zu der Weide der Griffans. Wie immer waren sie über die Feiertage bestimmt bei ihren Kindern an der Ostküste. Ich könnte mich zu den Alpakas setzen. Einfach kurz abschalten und …

Ein grauer Blitz schoss durch meinen Blick. Die zierliche Person kletterte über den weißen, alten Holzzaun und achtete dabei keine Sekunde auf den Wollstoff des engen Kleides an ihrem Leib.

Sarah.

Ich erkannte sie ohne Mühe.

Was mich nicht davon abhielt, sie zu mustern. Auch wenn ich im Moment mit den flimmernden Erinnerungen an damals in mir einen großen Bogen um sie machen sollte.

Aber sie trug keine Schuhe, keine Jacke, noch sonst irgendetwas bei sich. Und sie rannte förmlich in die Scheune, stolperte einmal und fiel in das trockene Gras, nur, um schwankend wieder aufzustehen und das Scheunentor aufzustoßen.

Ein Teil von mir wollte einfach umdrehen.

Sie sich selbst überlassen. Voller böser Gefühle, die seit damals in mir gewachsen waren.

Nein, das wäre nicht fair.

Nichts, weswegen ich jetzt einen Groll gegen sie hegen wollte.

Außerdem weinte sie.

Ich hatte sie schniefen gehört und dank der Abendsonne das Glitzern der Tränen auf ihren Wangen gesehen.

Also ging ich schnellen Schrittes zurück in mein Elternhaus und schloss die Tür auf. »Fangt schon mit dem Apple Pie an. Ich komme bald dazu.«

26

Sarah

Ich habe nichts.

Dieser Gedanke verfolgte mich, seit ich Mom in der Küche stehen gelassen hatte und brachte mich trotz all der Wiederholungen dazu, jämmerlich aufzuschluchzen und das Gesicht in Snowflakes warmer flauschiger Wolle zu vergraben.

Selbst nach all den Jahren war sie so anhänglich. Sie hatte sich nicht einmal erschrocken, als ich in den Stall gestolpert war und mich an den vielen Heuballen, die die Griffans hier bunkerten, vorbeigeschoben hatte, um zu den Alpakas zu kommen. Genauso wenig war sie weggelaufen oder gar von ihrem Fleckchen in der rechten Ecke ihrer Box aufgestanden, als ich zu ihr gegangen war.

Stattdessen hatte sie zugelassen, dass ich mich zu ihr setzte, ein paar Meter entfernt, um sie nicht zu stressen. Doch Snowflake war aufgestanden und zu mir gekommen, um sich vor meinen Beinen niederzulassen. Nein, sie saß förmlich auf meinem Schoß, während sie meine Haare beschnupperte und ihr warmer Atem mein Herz zu trösten versuchte.

Selbst sie konnte meine Tränen nicht trocknen.

Ich habe nichts.

Kein Studium, das ich mag. Keine Eltern, die mich unterstützen. Meine Eltern sehen nicht einmal, dass ich eine eigene Person bin.

Und ich Idiotin hatte blindäugig mein gesamtes Leben nach ihnen ausgerichtet. Moms Wunsch, mich im Cheerleading-Team zu sehen, Dads Wunsch, an demselben College dasselbe Hauptfach wie er zu studieren.

Ich hatte mich, meine Persönlichkeit, an das angepasst, was sie glücklich machte und mich darin verloren. Auf eine Art, die mich alles gekostet hatte, was ich selbst – ich, Sarah Yang – mir aufgebaut hatte.

Wie hatte ich nur so dumm sein können?

Jetzt war ich fast Mitte Zwanzig und wusste nicht, wer die Person, die ich im Spiegel ansah, überhaupt war. Was sie mochte. Was sie hasste. Was sie interessierte oder wovon sie träumte.

All das hatte ich mir verboten, zu entdecken.

Weil ich hautnah gesehen hatte, wie Mom und Dad Maeve von sich gestoßen hatten, sobald sie sie selbst gewesen war. Ich hatte es an Feiertagen gemerkt, an denen sie Maeves Blick mieden, als wäre sie ein ungebetener Gast. Ich hatte sie nachts weinen gehört. Jede Nacht, in der ich zu Hause gewesen war. In Telefonaten hatten mir unsere Eltern in den Ohren gelegen, wie schrecklich schwer Maeve ihnen ihr Leben machte und wie sehr sie bedauerten, sie nicht besser erzogen zu haben. Und ich blöde Kuh hatte ihnen geglaubt und war auf Maeve wütend gewesen, weil sie unseren Eltern derart wehtat.

Hinter mir raschelte etwas und ich richtete mich vor Schreck kerzengerade auf. Dank der abrupten Bewegung kämpfte sich Snowflake lautstark auf die Beine und trabte ans andere Ende ihrer Box. Kurz bildete ich mir ein, sie sähe mich vorwurfsvoll aus zusammengekniffenen Augen an.

»Tut mir leid, ich wollte dich nicht erschrecken.« Die Worte waren meine, doch das tiefe Flüstern gehörte eindeutig jemand anderem.

Eilig wischte ich mir über die Wangen, in der Hoffnung, die verräterische und vom Mascara schwarze Tränenspur verschwinden zu lassen. »Alan …« Seine Stimme erkannte ich sofort. »… was machst du hier?«

»Ich war spazieren und habe dich hier reinlaufen gehen gesehen und na ja«, erklärte er und seine Schuhe tauchten vor meinen mit Heu besprenkelten Socken auf. Ich spürte beinahe, wie er die Augenbrauen zusammenzog, während er mich musterte. »Du wirktest aufgewühlt.«

Ein freudloses Lachen entwich mir. »Gib's zu, ich sehe schrecklich aus.« Mit meinem Kleid voller Heu und Stroh, verheultem Gesicht und ohne Schuhe saß ich auf dem Boden und ließ mich von einem Alpaka trösten. Ein sehr mitleiderregender Anblick …

»Du siehst schrecklich verletzt aus«, verbesserte er mich hauchend, als bereitete es ihm Schmerzen, diese Worte auszusprechen.

Ich zuckte lediglich mit den Schultern, hatte nicht die Kraft oder den Willen, es abzustreiten. Langsam hob ich den Blick, traute mich allerdings nur, bis zu seiner Brust aufzusehen.

Er hockte vor mir, die Knie nur einige Zentimeter von meinen Beinen entfernt und stützte die Ellenbogen auf ihnen ab. Etwas hing über seinem

Arm, doch ich konnte mich nur auf die Wärme konzentrieren, die mich zu umhüllen schien. Dabei berührte er mich nicht einmal.

Sanft, regelrecht behutsam, strich er mir eine Haarsträhne hinters Ohr. »Möchtest du darüber reden?« Er gab mir die Wahl. Achtete auf meine Wünsche.

Es war so dämlich, doch ich schluchzte deswegen erneut. Heiße, dicke Tränen schwemmten aus meinen Augen, hinterließen kalte Spuren auf meinen Wangen und verklebten mit einigen meiner wirren Haarsträhnen.

Alan beobachtete all das schweigend. Als wollte er mir den Raum geben, meine Gefühle, meinen Frust, das zerreißende Gefühl in mir – einfach alles – auszuleben. Er blieb einfach bei mir, während mich ein Beben nach dem nächsten durchschüttelte, meine Unterlippe zu zittern begann und sich ein Kratzen in meinem Hals ausbreitete.

Alan blieb. Wischte meine Tränen weg, ohne sich darum zu scheren, dass direkt wieder welche nachkamen. Sein Daumen strich hauchzart und doch unendlich stark über meine fiebrige Haut. Beinahe, als würde er mich liebkosen.

Keine Ahnung, wie lange wir so dasaßen. Irgendwann herrschte Ebbe in meinen Tränendrüsen und ich atmete erschöpft aus, lehnte mich, ehe ich es realisierte, in seine Berührung.

Seine große, raue Handfläche strahlte Wärme aus und ich glaubte mir einzubilden, er verstärkte den Griff um meine Wange. »Ich habe dich noch nie weinen gesehen«, durchbrach er unsere Stille und übertönte damit mein Schniefen. »Kein Anblick, den ich je mitbekommen wollte.«

Mit einem schwachen Lächeln überspielte ich den Stich in meiner Brust. »Kein schöner Anblick, ja?«

»Herzzerreißend.« Er atmete schwer aus und sein Daumen glitt hinauf zu meiner Schläfe, massierte sie sanft. »Es zerreißt mir das Herz, dich so zu sehen und nicht zu wissen, wie ich dir helfen kann.«

Vor Überraschung hob ich den Blick und … traf direkt auf seinen.

Dunkle, grüne Augen fingen mich auf und luden mich in ihre Tiefen ein. Etwas lag über ihnen, ich wusste nicht, wie ich den Ausdruck in ihnen nennen sollte, aber er wirkte so sanft. Warm. Offen. Wie eine Umarmung.

Alan Avery Baker umarmte mich mit einem einzelnen Blick und ich spürte, wie die Scherben, in die ich zerbrach, langsam wieder Form annahmen.

Meine Wangen begannen zu prickeln und das Gefühl schlich über meinen Hals hinab bis in meine Brust, setzte sich dort zu einem warmen Klumpen zusammen.

Nervös befeuchtete ich meine plötzlich viel zu trockenen Lippen. »Du hilfst genug«, gestand ich heiser vom Weinen. »Alles, was du gerade tust, hilft, Avery.«

Seine Mundwinkel deuteten ein leichtes Lächeln an. Nicht einen Wimpernschlag löste er den Blick von mir. »Gut«, murmelte er. »Das ist gut.«

Es war viel mehr als gut.

Mit einem Räuspern nahm er die Hand von meiner Wange und schaute hinab zu dem Stück Stoff, das über seinem Unterarm ruhte. »Hier.« Er breitete es aus und warf es über meine Schultern. »Dir muss kalt sein. Texas ist im November zwar warm, aber nicht warm genug, um ohne Jacke rumzulaufen.«

Eine Steppdecke.

Er hatte mir eine Steppdecke umgelegt. Selbst jetzt hielt er zwei Enden fest und rückte sie so zurecht, dass sie sich auf meiner Brusthöhe überlappten, hüllte mich in Wärme und den Geruch von Holz und selbstgemachtem Kuchen.

Sprachlos beobachtete ich ihn dabei und nestelte mit den Fingern an den kleinen Fransen, die die Decke umgaben.

Anscheinend sah er mir meine Fassungslosigkeit an, denn er schielte zu mir und schmunzelte. Lange genug, damit mein Herz diesen Anblick für alle Zeit einspeichern konnte.

»Hattest du schon mal das Gefühl, alles im Leben falsch gemacht zu haben und dich selbst nicht mehr zu erkennen?« Meine Frage war kaum so laut wie ein Atemzug, doch er zuckte merklich zusammen.

Es dauerte einen Moment, bis er antwortete. »Ja …« Er löste die Finger aus der Decke. »… ich kenne das Gefühl.«

Seine Antwort sollte mich erleichtern, weil es jemanden gab, der wusste, wovon ich sprach, aber da war etwas in seinen Augen, diese harte Dunkelheit, die meine Brust zusammenzog. Woran auch immer er dachte, es machte ihn traurig und das tat mir in der Seele weh.

»Wie kommst du auf das Thema?«, fragte er mich, ehe ich auf seine Antwort eingehen konnte. Mit einem Ächzen ließ er sich neben mir auf das Heu der Box fallen und schaute mich von der Seite aus aufmerksam an.

Kraftlos fiel ich gegen die halbhohe Wand, die Snowflakes Box vom Gang abschirmte, und lehnte das Gesicht so gegen das raue Holz, dass ich seinen Blick erwidern konnte. »Mir ist gerade klar geworden, dass ich alles nach meinen Eltern ausgerichtet habe. Meine Hobbies. Mein Studium«, sprach ich aus, was wieder meine Sicht verschwimmen ließ und in meiner Nase brannte. Schnell schniefte ich die aufkommenden Tränen beiseite und hob unschlüssig eine Schulter. »Keine Ahnung, es ist, als würde ich selbst gar nicht mehr existieren, weißt du?«

»Du existierst.« Er sagte es mit einem Ernst, der meinen Atem zum Stocken brachte, und sein Blick grub sich förmlich in mich, gravierte seine Worte tief in meine Seele. »Du existierst, Buttercup. Du führst eine Bucket List, um an dir selbst zu arbeiten, stellst dich deinen Dämonen und krempelst gerade dein Leben um«, sprach er mit einer Ehrfurcht, als täte ich etwas unvorstellbar Schweres. »Du liebst Kleidung und nähst deine eigenen Sachen. Du kuschelst mit Alpakas, liebst Chips jeder Geschmacksrichtung und regst dich darüber auf, dass man dir als kleines Mädchen beigebracht hat, Angst vor dunklen Straßen zu haben.« Er strich unendlich sanft über meine Wange. »Soll ich weitermachen?«

»Nein.« Meine Stimme zitterte, war dünn und hauchzart, dank all dem, was er mir sagte. Dank der Art, *wie* er es sagte.

»Ernsthaft? Ich habe noch gar nicht von deiner ehrenamtlichen Arbeit angefangen oder deiner aufopfernden Liebe für deine Eltern.«

»Schon gut.« Wenn er weiterreden würde, sähe ich nicht nur wie eine knallrote Tomate aus, sondern müsste wieder weinen und ich hatte keinen Tropfen Wasser dafür mehr übrig. Also lehnte ich lächelnd meine Stirn gegen seine Schulter. »Danke. Du bist auch ziemlich toll.« Letzteres schlüpfte unüberlegt über meine Lippen und ich war froh, ihm nicht mehr in die Augen zu sehen. Denn jetzt glich ich ganz sicher einer überreifen Tomate.

Er schnaubte, fast schon spöttisch. »Eher nicht, aber danke.«

Ich runzelte die Stirn über seine Reaktion und richtete mich auf, doch bevor ich etwas sagen konnte, ergriff er das Wort. »Ich lehne mich mal weit aus dem Fenster. Du hast dich mit deinen Eltern gestritten, oder?«

Mein Nicken musste als Antwort ausreichen. Im Moment wollte ich nicht ins Detail gehen. Dafür freute ich mich zu sehr darüber, endlich trockene Augen zu haben und normal atmen zu können.

Gedankenverloren rieb er sich über das Kinn und ich lauschte dem leisen Rascheln seiner Bartstoppeln. »Möchtest du mit zu mir?« Ich riss kaum die Augen auf, da lächelte er mich bereits an. »Mom hat bestimmt nichts dagegen und Dad …«, er zuckte mit den Schultern, »… der wird einverstanden sein, weil Mom einverstanden ist.«

»Du lädst mich zum Thanksgiving mit dir und deiner Familie ein? Jetzt?« Irritiert blinzelte ich, dann kam mir ein Gedanke. »Du musst dich deswegen nicht verpflichtet fühlen«, sagte ich und deutete auf meine verheulte, zerstörte Gestalt. Ich rang mir sogar ein ehrliches Lächeln ab, während ich nervös mit der Steppdecke spielte. »Ehrlich, Avery.«

»Ich fühle mich nicht verpflichtet«, unterbrach er mich. Immer noch mit dieser unerschütterlichen Ruhe in seiner Stimme. »Ich frage dich, damit du nicht alleine bist. Also entweder sitzen wir hier beide und kuscheln mit Snowflake …« Ein protestierendes Schnauben drang durch Alans Worte und es würde mich nicht wundern, Snowflake mit dem Kopf schütteln zu sehen. Alans Mundwinkel gruben sich in seine Wangen und hinterließen zarte Grübchen. »*Oder* …«, betonte er, amüsiert von Snowflakes Einwand, »… du kommst mit zu mir und vielleicht, mit etwas Glück, haben wir beide ein ansatzweise schönes Thanksgiving.«

Wäre das wirklich in Ordnung?

Ja, okay, wir verstanden uns mittlerweile wieder und hatten die Vergangenheit einigermaßen hinter uns gelassen, aber selbst früher war ich nie bei ihm gewesen und ausgerechnet jetzt, an einem Feiertag …

»Es ist auch ein egoistischer Vorschlag«, sprach Alan weiter, fast, als sähe er mir die vielen Bedenken an. Wobei, ah, okay, ich nagte nervös an meiner Unterlippe. Natürlich wusste er so, was in mir vorging.

»Wieso?«, hakte ich nach, ergatterte mir einen Moment zum Durchatmen, ehe ich ihm antworten musste. Außerdem weckte er meine Neugierde.

Er kratzte sich am Kinn. »Die Stimmung zwischen Dad und mir ist … schwer zu beschreiben«, druckste er zum Ende. Er lächelte mich an. »Mit dir am Tisch wäre es um einiges angenehmer für mich. Außerdem können wir so besser Chips essen.«

Die Erinnerung an unsere Abmachung im Flugzeug kam mir wie vor einer Ewigkeit her, dabei waren es nur wenige Stunden.

Mit hämmerndem Herzen und zugeschnürter Kehle biss ich mir auf die Unterlippe, um mein breites Lächeln wenigstens ein bisschen im Zaum zu halten. »Okay«, erwiderte ich und sah ihm tief in die Augen. »Ich bin dabei. Lass uns Thanksgiving feiern.«

27

Sarah

Alan hatte nicht gelogen, was die Gastfreundlichkeit seiner Eltern anging. Kaum waren wir zur Haustür rein, hatte Mary mich in ihre Arme geschlossen und mir den Weg zum Badezimmer gezeigt, damit ich mein Make-up richten konnte. Die Geste und ihre feste Umarmung hätten beinahe neue Tränenflüsse losgetreten.

Als ich einige Minuten später zu ihnen in die Küche stieß, in der auch ihr Esstisch stand, lag Stille in der Luft. Alan schaute auf das Stück Apple Pie, das vor ihm auf dem seinem Teller wartete, und Mr. Baker hatte den Arm um die Rückenlehne seiner Frau gelegt. Mit gedankenverlorenem Blick spielte er mit einer ihrer losen Haarsträhnen, während Mary von ihren Gartenplänen im nächsten Frühling erzählte.

Darauf bedacht, Mary nicht aus dem Redefluss zu reißen, durchquerte ich auf leisen Sohlen den Raum. Und obwohl Alan mit dem Rücken zu mir saß, bemerkte er mich als erstes. Kaum trafen sich unsere Blicke, entspannte sich seine Mimik.

So ging es das gesamte Essen über.

Mit jeder Stille versteiften sich Alans Schultern.

Bei jedem Satz, den sein Vater sprach, senkte er seinen Blick aufs Essen. Mit jedem Mal, jeder Wiederholung, wurde es ein bisschen mehr. Sein Griff um sein Wasserglas wurde fester und seine Kieferpartie härter, bloß, um sich wieder zu lockern, sobald wir einander ansahen

Und mir bereitete es immer mehr Sorgen.

Das bittere Gefühl krallte sich in meinem Bauch fest, egal, wie sehr ich versuchte, mich auf Marys freudige Erzählungen zu konzentrieren.

Ich nippte an meinem Glas und schielte unauffällig zu Alan. Auch er hörte seiner Mom zu, rang sich sogar ein Lächeln für sie ab, doch sein fester Griff blieb.

Er hatte erzählt, zwischen ihm und seinem Vater hinge der Haussegen schief, doch das hier? Sie konnten sich kaum in die Augen schauen.

»Und, Sarah?«

Ich zuckte überrascht zusammen, als mich niemand anderes als Adam Baker ansprach. Ich saß ihm gegenüber und begegnete seinen grünen Augen, sobald ich mich zu ihm wandte. Er streichelte mit dem Daumen Marys Schulter und ehrliches Interesse lag in seinem Blick. »Du machst auch bald deinen Abschluss, oder?«

Abschluss.

Ja, natürlich. Ich studiere nur noch ein paar Monate. Kein halbes Jahr mehr.

In einem Hauptfach, das ich weder mochte noch gut darin war. Mein Notendurchschnitt lag knapp über dem Durchschnitt und bisher hatte ich mich nie gewundert, warum mich mein Vater deswegen nie unter Druck gesetzt hatte. Jetzt wusste ich, wieso.

Weil er mich nie in der Firma wollte.

In letzter Sekunde widerstand ich dem Drang, auf meine Hände hinabzusehen, sondern schüttelte den Kopf. »Nein, ehrlich gesagt, habe ich gerade eine kleine Identitätskrise.« Ich bemühte mich um einen lockeren Tonfall.

Wie es aussah, ein sehr schlechter Versuch, denn selbst Marys Lächeln verrutschte – und plötzlich herrschte wegen mir unbehagliches Schweigen.

Sofort packte mich das schlechte Gewissen. »Entschuldigt, das ist kein Thema für Thanksgiving und …«

Über den Tisch hinweg umschloss Mary meine Hand mit ihrer. Die Güte und Zärtlichkeit in ihren Augen verschleierte meine Sicht. Tapfer blinzelte ich gegen die aufkommenden Tränen an. »Du brauchst dich nicht zu entschuldigen«, versprach Mary und erntete einstimmiges Nicken von Alan und seinem Vater.

»Ich wollte dir kein schlechtes Gefühl vermitteln«, bestätigte Alans Vater und ich glaubte, ernsthafte Aufrichtigkeit in seinem Blick zu sehen.

Es war mir ein Rätsel, wieso sich Alan und er nicht mehr verstanden. Früher hatte Alan nie von Problemen erzählt und insgesamt schien sein Vater ein netter Mensch zu sein.

Klar, er kaufte immer mehr Menschen aus Conroe ihr Land ab, doch konnte das alles sein? Zumal er es ihnen ja nicht einfach so stahl.

»Es war ein langer Tag«, begann Mary und lächelte in die Runde, ehe sie meine Hand losließ und aufstand. Gleichzeitig erhob sich auch Alans Vater. Noch ehe Mary die erste Schüssel nehmen konnte, stapelte er sie bereits auf seinen Teller und räumte den Tisch ab, was ihr ein Kichern entlockte.

»Wir werden gleich aufbrechen, aber wenn du magst, kannst du über Nacht hier bleiben«, bot er mir an, bevor er mit vollbeladenen Armen Richtung Küche ging.

Irritiert sah ich zu Alan. »Ihr geht? Wohin?«

Er schüttelte den Kopf. »Nur meine Eltern.«

»Wir gehen jedes Jahr ins Kino und schauen uns Dirty Dancing an.« Mary strahlte übers ganze Gesicht. »Es ist unsere Thanksgiving-Tradition, weil …«

»… wir unser erstes Date an Thanksgiving hatten und in diesen Film gegangen sind«, ergänzte Adam, während er zurück ins Esszimmer trat und sein Hemd glatt strich.

Oh, okay.

Also boten sie mir an, hier zu bleiben. Allein mit Alan.

Herrgott, Sarah, wieso macht dich das nervös?

Du bist keine dreizehn mehr.

»Du musst natürlich nicht bleiben.« Mary klang, als hörte sie meine Gedanken. Als wüsste sie genau, dass mein Herz bei der Vorstellung schneller schlug und ein aufgeregtes Kribbeln durch mich fuhr.

»Nein, es …«, ich räusperte mich und lächelte, »… ich bleibe gerne, danke.«

Das Prickeln auf meinen Wangen ließ mich Alans Blick überdeutlich spüren und es benötigte all meine Selbstbeherrschung, nicht auf meiner Unterlippe herumzukauen.

Wir waren erwachsen.

Eine Nacht alleine im selben Haus würden wir hinkriegen. Es wäre total normal und ich sorgte mich viel zu viel um etwas total Unwichtiges, weil …

Ach, keine Ahnung.

Ich sollte einfach aufhören, nachzudenken und mir keine Gedanken oder komische Kopfkino-Szenen antun, die sowieso reines Wunschdenken waren.

Denn es war Wunschdenken.

Ja, Alan schien mich wieder zu mögen und mir verziehen zu haben, aber das bedeutete nicht, dass er meine Gefühle teilte. Egal, wie viele intensive Blicke wir tauschten.

Ich hatte mir zu viele Gedanken gemacht – wie erwartet.

Nachdem Mary und Adam losgefahren waren, hatte mir Alan das Gästezimmer gezeigt und sich danach in sein eigenes verzogen.

Also ja, es war alles ruhig und … normal?

Kopfschüttelnd starrte ich an die Zimmerdecke, während ich auf dem flauschigen Teppich vor dem Gästebett lag.

Ich könnte rein theoretisch auch zu Alan gehen oder ins Wohnzimmer, um fernzusehen, aber das kam mir alles so grenzüberschreitend vor. Immerhin war ich zu Gast und als solcher lief man nicht einfach durch ein fremdes Haus, oder?

Oder vielleicht war der gesamte Tag einfach zu viel für mich und ich war komplett überfordert. Immerhin war heute verflucht viel passiert. Von dem schönen Gespräch mit Alan im Flugzeug, zu dem katastrophalen Essen mit meinen Eltern bis hin zu meinem Heulkrampf bei den Alpakas. Ach ja, und natürlich war da noch die Sache mit Alan, wie er mir zuhörte, mich anlächelte und tröstete und mir sogar eine Decke mitgebracht hatte, um mich darin einzuwickeln.

Es war, als hätte sich unsere Beziehung um hundertachtzig Grad gedreht. Als wäre ich in einem anderen Universum gelandet oder über Nacht ins Traumland ausgewandert.

Ich wusste, das alles zwischen uns hatte mehrere Wochen gedauert mit winzigen Schritten und schüchternem, unsicheren Lächeln, aber jetzt kam es mir so rasend schnell vor.

Seufzend schloss ich die Augen. »Vielleicht denke ich auch einfach zu viel nach«, murmelte ich vor mich hin und setzte mich auf.

Ich sollte mich bettfertig machen.

Mary meinte, im Schrank liegt ein Pyjama für mich.

Das ist hundertmal bequemer als dieses enge Kleid.

Mit dem Gedanken griff ich zu dem Reißverschluss zwischen meinen Schulterblättern und begann, ihn runterzuziehen. Also, ich versuchte es. Soweit es meine Knochen und Muskeln zuließen, die deutlich ungelenkiger waren, als ich dachte.

»Na komm schon«, murrte ich und versuchte, das kleine Stück Metall zwischen meinem Zeige- und Mittelfinger einzufangen.

Nur noch ein bisschen. Au, au, au. Ha.

Triumphierend grinste ich und zog das kleine Mistding herunter …

bis es stoppte. Irgendwo zwischen meinen Schulterblättern und viel zu weit weg und genau in der Grauzone, in die ich mit beiden Händen nicht kam, wie ich gerade feststellte. Genervt pustete ich mir eine Haarsträhne aus der Stirn und ging zu dem Spiegel, der im Kleiderschrank eingelassen war.

Herrgott, wieso sehe ich das nicht richtig?

Wer kam auf die Idee, dass wir Menschen unseren eigenen Rücken nicht richtig sehen können? Das ist doch dämlich.

Nach der zehnten Umdrehung, ohne das Problem richtig betrachten zu können, hielt ich inne und besah mein Spiegelbild aus zusammengekniffenen Augen.

Natürlich musste das passieren.

Und jetzt? Einfach in diesem engen Kleid schlafen?

Oder du fragst Alan um Hilfe.

Ich lachte, während ich mich selbst dabei beobachtete. »Na klar, noch dümmere Ideen parat?« Super, jetzt führte ich schon Selbstgespräche. »Ganz sicher klopfe ich nicht an Alans Tür und frage ihn, ob er meinen eingeklemmten Reißverschluss öffnen kann.« Das klang ja wohl wie eine der klischeehaftesten, dämlichsten Anmachen, die uns Filme offenbart hatten. Also nein. Lieber schlief ich in einem unbequemen Kleid, in das mich meine Mutter gesteckt hatte, um mich wie ihr kleines Püppchen vorzuführen.

Grandios, Sarah, mach dich ruhig selbst weiterhin fertig.

Bohr selbst mit dem Finger in deinen Wunden herum.

Meine innere Stimme mit Hang zum Sarkasmus konnte mich mal.

Ich betrachtete mich selbst im Spiegel. Mein vom Tag mitgenommenes Make-up, die Müdigkeit in meinen Augen, zusammen mit diesem Strickkleid, das überall zu zwicken und pressen begann. Als würde es sich in eine erstickende Umarmung meiner Mutter verwandeln.

Okay, nein. Das geht nicht.

Meine Füße durchquerten den Raum wie von selbst und ich öffnete die Tür, ohne weiter darüber nachzudenken. Mit schnellen Schritten ging ich den Flur entlang und blieb zwei Türen weiter vor Alans Zimmer stehen. Mein Herz hämmerte, als wäre ich auf der Flucht, während ich etwas zu hastig anklopfte. Aber vermutlich war ich das auch. Also auf der Flucht. Ich musste schnell aus diesem verfluchten Stück Stoff raus, ehe es mich zu ersticken drohte. Ich fühlte schon, wie sich der Rollkragen wie eine Schlinge um meinen Hals legte und immer fester zuzog, ohne Gnade.

Meine Faust stieß ins Leere, als Alan die Tür öffnete.

»Ist alles okay?« Alan stand vor mir, so nah, dass ich gezwungen war, den Kopf in den Nacken zu legen, um ihn anzusehen.

Er hatte sein Hemd gegen ein lockeres Shirt eingetauscht und seine Beine steckten in einer Jogginghose. Seine kinnlangen Haare fielen halbwegs aus seinem Dutt, der auch nicht mehr komplett an seiner Stelle saß, und er blinzelte einige Male gegen das Licht im Flur an, das ich eingeschaltet hatte.

Hatte er schon geschlafen?

O nein, ich muss ihn geweckt haben.

»Ich, also …« Stottern. Bei ihm schien ich es immer zu tun und es trieb mich mittlerweile in den Wahnsinn, in Situationen wie diesen keinen vernünftigen Satz über die Lippen bringen zu können.

Fragend zog er die Augenbrauen zusammen und musterte mich. Das Licht spiegelte sich im Grün seiner Augen, ließ es heller und lebendiger wirken und raubte mir den Rest meines Atems.

Gott, was tue ich hier nur?

Aber jetzt war es zu spät, eine andere Richtung einzuschlagen.

»Mein Reißverschluss klemmt«, murmelte ich und senkte den Blick auf seine Brust, die in diesem Moment viel größer wirkte als sonst. Ob es an der Dunkelheit hinter ihm lag? Dem Tag an sich? Oder doch an der Tatsache, dass wir alleine in seinem Elternhaus waren und ich mir wieder mal deutlich bewusst über seine Attraktivität wurde?

Denn verflucht, ich hatte nie einen schöneren Menschen als Alan Avery Baker gesehen. Selbst in Shirt und Jogginghose schlug er jede Person, die jemals in einem Anzug abgelichtet wurde.

»Was?« Ich hörte sein Schmunzeln aus der Frage heraus und der Klang zupfte an meinen Mundwinkeln.

»Der Reißverschluss von meinem Kleid klemmt und ich komme nicht ran«, erklärte ich und deutete auf meinen Rücken. »So etwas würde ich nie entwerfen. Wie sollen alleinstehende, alleinlebende Leute das nur ausziehen und es wäre toll, nicht darin schlafen zu müssen …«

Alans Lachen unterbrach mich. Ein warmes, helles Lachen. In völligem Kontrast zu seiner tiefen Stimme und auf dem besten Wege, mein neues Lieblingsgeräusch zu werden. »Na los, dreh dich um.«

Ein Schauer rann meinen Rücken hinab, während ich ihm diesen zuwandte.

Meine Güte, Sarah, reiß dich zusammen.

Er hilft dir nur.

Das hier ist keine schlechte Anmache oder sonst etwas. Du möchtest einfach nicht in diesem unbequemen Kleid von deiner Mutter schlafen. Ende.

Wow, ausnahmsweise beruhigte mich meine innere Stimme mal. Jedenfalls ansatzweise. So viel, wie es nun mal ging, wenn ich Alans Wärme spürte und seine Finger über meine Haut strichen, um diesen Reißverschluss zu erhaschen.

Ich wusste nicht, woran genau es lag, aber ich war nervöser in seiner Nähe als sonst. Was kaum möglich sein sollte, doch scheinbar ging es, wie ich in diesem Moment lernte.

Irgendetwas hatte sich verändert.

Nein, irgendetwas veränderte sich zwischen uns.

Jeden Tag, jeden Augenblick, den wir miteinander verbrachten und jetzt stand ich hier vor ihm, während er mir aus meinem Kleid half – und wir waren alleine. Allein mit diesem elektrisierenden Surren um uns. Fast, als reichte eine noch so flüchtige Berührung aus, um was auch immer zwischen uns war, in lichterlohe Flammen zu entzünden.

Leise ratschend löste sich der Reißverschluss und ich schloss die Augen, hoffte, so mein aufgeregtes Herz zu beruhigen.

Millimeter um Millimeter lockerte sich der Stoff und angenehm kühle Luft streichelte über meinen Rücken. Überzog mich mit einer Gänsehaut.

»Fertig.« Er klang erstickt. Mit einer Schwere in der Stimme, die ich selbst fühlte, und zugleich glaubte ich, zu schweben. Konnte ein Gefühl so gegensätzlich sein?

»Okay«, antwortete ich – und blieb stehen. Nicht mal einen Finger rührte ich. Ganz zu schweigen von meinen Füßen.

Der Reißverschluss war auf.

Die Mission erfüllt.

Ich hatte keinen Grund mehr, hierzubleiben. Vor allem nicht, wenn der Stoff drohte, mir über die Schultern zu rutschen und an mir hinabzugleiten. Nur in Unterwäsche vor ihm zu stehen.

Allein bei der Vorstellung erschauderte ich.

Ein Teil von mir sehnte sich förmlich danach, dass er mich an sich zog und auszog. Mich küsste und umarmte und alles dazwischen und …

Warm und bestimmt umfasste er meine Hüfte. Ich glaubte, in seinen großen Händen zu verschwinden und doch ängstigte es mich nicht. Im Gegenteil. Mein Herz vollführte Luftsprünge, während ich mich zurücklehnte, die Augen schloss und mich an Alans Brust schmiegte.

Die Zeit schien stillzustehen.

Ich sog jede Sekunde in mich auf, versuchte, diesen Moment tief in mir einzuschließen.

»Heute war ein langer Tag«, murmelte er plötzlich. »Es ist viel passiert.«

»Ja«, stimmte ich zu, ohne zu wissen, worauf er hinauswollte und doch glühte eine erste Idee in mir auf. Eine Vorstellung, die meinen Puls immer schneller und heftiger durch meinen Körper pumpen ließ.

»Und zwischen uns ist immer noch nicht alles geklärt«, sprach er weiter.

»Ja.«

Sein Atem kitzelte meinen Nacken, als er die Stirn gegen meinen Hinterkopf lehnte. »Wir sollten einfach schlafen gehen.« Aber? Ein Aber schwang in seinem Flüstern mit.

Ein großes, bedeutungsschweres Aber.

Eines, dass mir den Mut gab, mich in seiner Berührung zu drehen, ihm in die Augen zu sehen und das glühende Dunkelgrün stoppte meinen Atem.

»Aber?« Diese vier Buchstaben kosteten mich all meinen Mut und verwandelten mich ins reinste Nervenbündel.

Sein Kiefer verspannte unter seinen Bartstoppeln und er festigte den Griff um mich. Gebannt beobachtete ich ihn, wartete auf das, was kommen würde.

»Aber ich will dich nicht loslassen.« Im völligen Kontrast zu seinen Worten, löste er die Finger von meinen Hüften. Gerade, als ich protestieren wollte, umschlossen sie meine Wangen. Seine Daumen streichelten mein Kinn und seine Fingerspitzen sandten einen Schauer nach den anderen meinen Rücken hinab, kaum, dass er sie in meinem Haaransatz vergrub.

Er lehnte seine Stirn an meine und schloss die Augen. Verstärkte seinen Griff, als müsste er sich davon abhalten, mehr zu tun, als mich nur zu berühren, und ich krallte mich in seinen Armen fest, brauchte Halt.

»Gott, wie kann ich gleichzeitig so viel Angst vor etwas haben und es doch mit jeder Faser wollen?« Verzweiflung brachte seine leise Stimme zum Zittern und ich schluckte hart, wusste genau, was er meinte.

»Wenn es uns Angst macht, sollten wir es vielleicht nicht tun.« Keine Ahnung, wie ich mit Alans Atem auf meinen Lippen vernünftig bleiben konnte, aber ich tat es. Weil ich nicht wollte, dass Alan etwas bereute. Es würde mir das Herz brechen, ihm unter diesen Umständen näherzukommen.

Nervös knabberte ich an meiner Unterlippe. »Ich möchte nicht, dass du etwas bereust …«

»Verflucht, Sarah«, unterbrach er mich und sah mir tief in die Augen, »ich könnte nie etwas bereuen, dass mit dir …«

Ich ließ ihn verstummen. Stellte mich auf die Zehenspitzen, schlang die Arme um seinen Hals und legte meine Lippen auf seine. Vorsichtig. Bittend. Mit hämmerndem Herzen und weichen Knien war ich mutig.

28

Sarah

Alan zog mich an sich. Fast verzweifelt knallte ich gegen ihn. Unser Atem wurde zu einem, während unsere Münder miteinander verschmolzen. Es war wie ein Funke, der zu einem lichterhohen Inferno heranwuchs.

Er ging rückwärts und ich stolperte mit in sein Zimmer. Warm und fest drückte er sich gegen mich und ich liebte es. Nur er und ich und all die Sehnsucht zwischen uns.

Erst, als mir die Luft ausging, löste ich unseren Kuss. Atemlos fiel mein Hinterkopf zurück und ich besah ihn aus trägen Augenlidern, schwebte in einem verzückten Nebel, den seine Lippen heraufbeschworen.

Er strich die Träger meines Kleides nach. Sanft, fragend, hakte er einen Finger unter ihn. »Darf ich?«

Ich brachte nur ein Nicken zustande.

Lächelnd senkte er den Kopf, verteilte Schmetterlingsküsse auf jedem Stück Haut, das er freilegte, während er mir das Kleid auszog.

Sein heißer Atem traf mein Ohr. »Bist du dir sicher?«

Noch nie war mir eine Entscheidung so leicht gefallen. Sie schlummerte seit Jahren in mir, kratzte und trat gegen die Wände, hinter denen ich sie weggesperrt hatte.

»Ja.« Ich fuhr seine stoppelige Kinnlinie nach. »Und du?«

Er strich sanft meinen nackten Bauch entlang. Erschaudernd hielt ich den Atem an, krallte mich Halt suchend an seinen Armen fest. »Ja, ich bin mir sicher.«

Sanft schubste er mich am Bauch zurück, brachte mich ins Straucheln. Mit dem Rücken stieß ich gegen etwas Hartes und es dauerte viel zu lange, bis ich realisierte, dass es die Tür war. Er schubste mich gegen seine Zimmertür.

Ich setzte zum Protest an, doch die Worte erstarben in meiner Kehle, als ich Alan ansah.

Er hatte die Lider gesenkt und ließ mich keine Sekunde aus den Augen, während er zu mir trat. Langsam. Beinahe auskostend ruhig. Als würde er den Moment in die Länge ziehen, um ihn in all seinen Einzelheiten tief in sich aufzusaugen. Dabei verschlang mich dieses wunderschöne Dunkelgrün seiner Augen und trug mich in eine andere Welt. Eine, die mein Atmen erschwerte, meine Knie einknicken lassen wollte und mir einen heißen Schauer nach dem anderen bescherte.

Alan fasste mich nicht an und doch stand ich schon so sehr unter Strom, dass ich glaubte, selbst seinen Atem auf meiner fiebrigen Haut zu spüren. Und in diesem Moment wusste ich es: Ich würde mit Alan Avery Baker schlafen. Heute. Nach Jahren voller Sehnsucht, Schmerz und all dem Chaos, das ich …

Ich ballte die Hände zu Fäusten. »Wir müssen noch reden«, wisperte ich so zittrig, dass ich mir auf die Unterlippe biss. Er verfolgte die Bewegung auf eine Art, wegen der ich frustriert aufstöhnen wollte.

»Wir werden reden.« Seine warmen Lippen streichelten über meinen Hals, während er sich mit den Unterarmen neben meinem Kopf abstützte, sanft das Knie zwischen meine Beine schob. »Aber nicht heute.«

O heilige …

Ich schloss die Augen, vollkommen sprachlos durch die Gänsehaut, die seine Worte, sein Mund, die einfach Er über mich sandte. Nicht nur meinen Körper, nein, er brachte alles von mir durcheinander.

Ein Kuss brannte sich in meinen Hals. Noch einer. Meine Arme knickten ein, während er sich Zentimeter für Zentimeter mehr in mir eingravierte. Fest packte er mich an der Hüfte und grub die Finger schmerzlich süß in meine Haut.

Haarsträhnen kitzelten mein Ohr, genau wie sein Atem. »Sag mir sofort, wenn ich sanfter sein soll«, forderte er mit belegter, kratziger Stimme, ehe er an meinem Ohrläppchen knabberte.

Ich stöhnte, drückte den Rücken durch und krallte die Nägel in seine Arme, während ich mich vor Lust wand. Es war, als legten seine Worte einen Schalter um, rissen mich aus meiner Starre.

»Küss mich endlich«, brachte ich atemlos über die Lippen und drehte den Kopf zu ihm. Hart, als hätte er eine Ewigkeit nur auf diese Worte gewartet, prallten seine Lippen auf meine und ich seufzte in den Kuss hinein, zog Alan näher zu mir. Sehnsüchtig, fast verzweifelt, trafen unsere Zungen aufeinander und ich fühlte mich schwach und stark zugleich.

Plötzlich löste er sich von mir und kalte Luft strich über meine pochenden Lippen. Schwerfällig öffnete ich die Augen. »Was soll … das?« Ich schluckte hart.

Er zog sich sein Shirt aus.

Ich sah gerade rechtzeitig hin, um zu beobachten, wie sich seine Muskeln bei der Bewegung dehnten und zusammenzogen und als sich unser Blick traf, während er das Stück Stoff über Kreuz vor sich hielt, zog sich meine Mitte vorfreudig zusammen.

Er musterte mich. Stück für Stück sog er den Anblick von mir in sich auf, wie ich nur in BH und Tanga vor ihm stand. Ein Bein immer noch um ihn geschlungen. Hüfte an Hüfte.

Meine Wangen brannten und ich biss mir auf die Unterlippe, weil ich nicht wusste, was ich sonst tun sollte. Ich könnte ihn auch mustern. Endlich aus nächster Nähe bewundern, was ich mich jahrelang nur aus der Ferne getraut hatte, doch … ich beobachtete lieber ihn. Den Ausdruck seiner Augen und wie er mich musterte. Seine ungefilterten Gesichtsausdrücke. Jedes Zucken seines Kiefers, wie sich eine Augen vor Lust verdunkelten und wie er mit der Zungenspitze diese perfekten Lippen befeuchtete.

Das hauchzarte Rascheln seines Shirts, das zu Boden fiel, klang so laut in unserer fast surrenden Stille, dass ich zusammenzuckte.

Alan umschloss sanft mein Kinn und fuhr mit dem Daumen über meine Lippen, zeichnete ihre Linien nach. »Das hier ist kein One-Night-Stand«, erklärte und fragte er gleichzeitig. Ich erkannte seine Stimme kaum wieder. Dieses kratzige Flüstern, beinahe ein Beben am Rande der Selbstbeherrschung, stellte komische Dinge mit mir an. Vor allem aber überzog es mich mit einer Gänsehaut. Atemlos presste ich meine Hüfte gegen seine, seufzte genüsslich als ich seine pochende Härte spürte, die mich ahnen ließ, wie sehr auch er mich begehrte.

Sein schwerer Atem kitzelte meine Haut erneut und er grub seine Finger in meine Hüfte, schlüpfte mit dem Daumen quälend langsam unter den Saum meines Tangas. »Versprich es mir, Sarah.«

O Gott!

Ich sah ihm fest in die Augen. »Das hier ist alles für mich, aber kein One-Night-Stand, Alan Avery Baker.« Ich war jetzt schon süchtig.

Nach der Wärme seiner Haut.

Nach seiner vor Erregung bebenden Stimme.

Nach der Art, wie er mich berührte und Empfindungen in mir weckte, die ich zum ersten Mal spürte.

Ich war Alan schon vor Jahren hilflos verfallen, doch jetzt gehörte ihm alles von mir. Mein Herz. Meine Seele. Mein verfluchter Verstand, wenn er nicht langsam in mir wäre.

»Ich möchte das hier mit dir«, flüsterte ich und Tränen brannten in meinen Augen, als ich mich diese Worte sagen hörte. Denn ich sprach eine Wahrheit aus, die ich viel zu lange verleugnet hatte und jetzt … jetzt fühlte ich mich unendlich nackt.

»Ich wünsche mir seit Jahren nichts anderes«, gestand ich, weil ich nichts mehr zu verlieren hatte. Weil es sich richtig anfühlte, es ihm zu sagen. Jetzt und hier.

Alan hielt meinem Blick stand.

Er tat nichts weiter, als vor mir zu stehen und mich zu mustern. Mit gesenkten Augenlidern und einem Gesichtsausdruck, den ich nicht deuten konnte.

Ich hörte nur mein Herz schlagen. Panisch, schnell und schmerzhaft wartete es auf eine Reaktion, auf irgendetwas von Alan.

Ich habe übertrieben.

Nein, ich habe ihn verschreckt.

»Weißt du was, vergiss es einfach und … hey!« Er hob mich hoch. Alan packte mich einfach an der Hüfte und hob mich hoch. Ich schlang die Beine um seine Taille und hielt mich an seinen Schultern fest. Warme Schultern, aus weicher Haut und festen Muskeln. Dieselbe Wärme, an die auch meine Brüste gepresst wurden und die meinen Atem beschleunigte.

»Was wird das?«, fragte ich. Sein Schweigen steigerte meine Nervosität umso mehr. »Alan, rede mit mi… ah!«

Die Matratze quietschte unter meinem Gewicht, kaum, dass er mich auf sie warf. Schnell rappelte ich mich auf die Unterarme und sah ihn aus zusammengekniffenen Augen an. »Könntest du mich bitte nicht wie einen blöden Football rumwerfen?«

Der Stoff seiner Hose rieb aufreizend über meine nackten Beine, während er zu mir kletterte. Begleitet von einem leisen Lachen. Es strich förmlich über meine Haut und schmolz meinen Protest. Ergeben schloss ich die Augen und fiel zurück auf seine Satinbettwäsche. Kühlender Stoff unter mir. Alans Hitze über mir. Ich hatte nie gewusst, dass es einen so verführerischen Kontrast gab und wie sehr ich mich nach ihm verzehren könnte.

»Entschuldige.« Er hauchte das Wort zwischen meine Brüste, direkt über meinem Herzschlag. Kaum spürbar küsste er die Stelle. »Ich bin besser mit Handlungen als mit Worten.«

Ich hob eine Augenbraue. »Also schmeißt du mich, ja?«

Sein Mundwinkel zucke an meiner Haut. »Nicht meine beste Idee, ich weiß. Das wars mit dem Rumschmeißen, versprochen.«

Langsam strichen seine Lippen über meine Haut und ich schloss meine Augenlider. Er verteilte Schmetterlingsküsse. Über meinem Herzen, meinen Brustansatz und die Linien meines BHs entlang. Dabei kratzten mich seine Bartstoppel sanft und die Mischung aus seiner Zärtlichkeit und diesem rauen Kratzen raubte mir den Verstand.

Ich glitt mit den Hände in seine Haare und bog mich ihm entgegen, biss mir vor Lust auf die Unterlippe und doch entschlüpfte mir ein sehnsüchtiger Laut.

Er liebkoste mich. Mit sanften Berührungen und gierigen Küssen. Seine Augen leuchteten vor Zärtlichkeit, jedes Mal, wenn er zu mir heraufsah und meinen Blick einfing. So, wie er einfach alles von mir in Besitz nahm, ohne es zu wissen.

Ungeduldig griff ich zwischen unseren Körpern nach dem Bund seiner Hose. »Zieh dich aus.« Eine Bitte? Ein Befehl? Ich wusste es selbst nicht. Alles, worüber ich mir im Klaren war, war, dass ich mehr von ihm spüren wollte, ihm noch näher sein musste.

Sein Finger schlich unter den Saum meines Tangas und ich drückte ihm ungeduldig meine pochende Mitte entgegen, die mich kaum denken ließ.

Sein Herz hämmerte gegen meines und ich hörte ihn schwer schlucken. »Ich möchte das hier auch schon lange mit dir erleben, Buttercup.« Wie ein zarter, kühler Windzug trafen seine Worte auf meine erhitzte Haut. Sein Finger öffnete mich, wanderte an meinen Eingang – und drang in mich ein.

Stöhnend bog ich mich ihm entgehen, lud ihn tiefer in mich ein und genoss den süßen Schauer, den er durch mich wandern ließ. Wie gut es sich anfühlte, von ihm ausgefüllt zu werden und wie ich mich um ihn zusammenzog, ihn nie wieder loslassen wollte.

Seine Lippen prallten auf meine und ich schlang die Arme um seinen Hals. Noch immer in mir, reizte er mit dem Daumen meine empfindlichste Stelle und ich spannte mich an, stöhnte in den Kuss.

Er berührte mich, massierte meine Perle und blieb immer noch tief und regungslos in mir und ich wusste nicht, ob es mich freute oder in den Wahnsinn trieb oder alles dazwischen.

Schwer atmend löste er unseren Kuss, lehnte die Stirn gegen meine und dunkelgrüne Augen nahmen mich ein. Nahmen mich mit in ihren verwunschenen Wald mit all den Geheimnissen, Gefahren und Rätseln. So offen, als würde er sie alle mit mir teilen wollen. Allein deswegen wollte ich vor Lust wimmern.

»Es ist immer noch nicht perfekt zwischen uns.« Seine tiefe Stimme klang ernst und doch voll sanfter Erregung, die einzig für mich bestimmt war.

Ich wusste, worauf er anspielte. Dass ihm klar war, wie viel noch zwischen uns stand, wie viele Fehler uns auseinandergerissen hatten und es ließ brennend heiße Tränen in meine Augen aufsteigen.

»Ich weiß«, hauchte ich, traute mich kaum, laut zu sein, weil unser schöner Traum hier sonst platzen könnte.

Zärtlich küsste er die Träne beiseite, die sich aus meinem Augenwinkel stahl. »Wir werden das hinkriegen, Buttercup. Irgendwie kriegen wir unser Happy End«, flüsterte er und …

Ich stöhnte, warf meinen Kopf in die Laken und schloss die Augen, spürte nur noch, wie sich sein Finger in mir bewegte, wie er mich weitete und ausfüllte.

»Ja …« Noch immer flossen Tränen aus meinen Augen, doch sie fühlten sich leichter an. »… wir kriegen das hin.«

Irgendwie.

Aber auf jeden Fall.

Wir verdienten ein Happy End und verflucht, wir wollten es gemeinsam. Also würden wir das irgendwie schaffen. Egal, wie lange es dauerte.

Doch jetzt mussten wir daran keinen Gedanken verschwenden.

Mit zittrigen Fingern tastete ich zwischen uns nach seinem Hosenbund, zog an ihm. Wieso bewegte sich das blöde Ding nicht? Normalerweise kam ich mit Stoff klar.

Alans Mundwinkel zuckten, während er mir einen Kuss auf den Hals drückte. »Soll ich dir helfen?«, fragte er mit amüsiertem Unterton.

Halbherzig haute ich ihm gegen die Schulter und er quittierte es mit einem leisen Lachen.

Ohne sich von mir zu lösen, richtete er sich weit genug auf, um den störenden Stoff abzustreifen. Sofort umfasste ich seine Härte, fing sein Stöhnen zwischen meinen Lippen ein und schenkte ihm meines, sobald er sich wieder in mir bewegte.

Fiebrig flatterten meine Lider und ich streichelte ihn, wollte ihm all die Lust zurückgeben, die er mir schenkte.

Seine Brust drückte gegen meinen Busenund er vergrub das Gesicht in meiner Halsbeuge. Umkreiste weiter meine Klit, stieß tief und fest in mich und brachte mich immer näher an den süßen Gipfel des Höhepunkts, während ich die Hand um ihn schloss und ihn streichelte, seine Länge nachfuhr und mit dem Daumen um seine feuchte Spitze strich.

»Wenn du nicht aufhörst, komme ich«, presste er heiser hervor und ich stöhnte bei dem Gedanken, wurde allerdings langsamer. »Möchtest du das?« Wahrscheinlich hätte er andernfalls längst protestiert, aber ich wollte sichergehen. Ihm das Gefühl geben, dass auch ich auf seine Bedürfnisse einging, weil sie mir wichtig waren.

Langsam entzog er mir seine Berührung und ich wimmerte, ehe ich es realisierte. Er richtete sich auf, mit den Knien zwischen meinen gespreizten Beinen, und der Anblick raubte mir den Atem.

Schnell hob und senkte sich seine nackte Brust, mit den weiten Schultern und den Armen, die so viel Stärke und Kraft besaßen, LKW-Reifen umzuschmeißen als seien es Kinderspielzeuge. Dazu seine wild abstehenden Haare und seine von unseren Küssen glänzenden Lippen. Und dann waren da seine Augen. Dieses Dunkelgrün, das mich verschlang. Und noch immer hatte ich die Hand um seine pulsierende Härte geschlossen. Ein Teil von ihm, der meinetwegen zuckte und ihm kleine Schweißperlen über die Schläfe rinnen ließ.

Aus gesenkten Lidern sog er meinen Anblick in sich auf, genau, wie ich den seinen. Er atmete tief aus und strich meinen Bauch hinab, immer weiter nach unten. Begleitet von seinem Blick.

»Ich möchte es«, raunte er, ehe seine Augen meine fesselten und etwas in ihnen aufblitzte. »Aber ich komme in dir und nicht in deiner Hand, Sarah.«

Sarah.

Meinen Namen jetzt, in dieser Situation, aus seinem Mund zu hören, mit vor Lust rauer Stimme, allein das machte mich mehr als bereit für ihn. Meine Mitte zog sich förmlich vor Sehnsucht nach ihm zusammen.

Kommentarlos griff er nach der Nachttischschublade rechts von uns und angelte die kleine, knisternde Packung heraus.

»Wie lange liegen die schon hier?«

»Nicht lange. Vielleicht ein halbes Jahr.« Das war okay, oder? Ich glaubte nicht, dass das ein Problem sein sollte. Doch Alan hielt inne, studierte meinen Gesichtsausdruck. Er würde stoppen, sollte ich mir nicht sicher sein. Das strahlten mir seine Augen entgegen und es entlockte mir ein Lächeln.

»Okay.« Ich breitete die Arme nach ihm aus und schlang zusätzlich die Beine um seine Hüfte, sodass er ins Straucheln kam. In letzter Sekunde fing er sich auf den Oberarmen neben mir ab und ich lachte über seine vor Überraschung aufgerissenen Augen.

Er murrte. »Ich hätte dir wehtun können.«

»Hast du nicht«, beteuerte ich und drückte ihm einen Kuss auf die Nasenspitze. Er verdrehte die Augen, doch mir entging nicht der Schalk, der durch das Grün tanzte.

Und plötzlich bedurfte es keiner Worte mehr.

Wir küssten uns.

Lange, langsam und innig.

Fiebrig und tief.

So gierig und leidenschaftlich, dass selbst für die Luft kein Platz zwischen uns übrig blieb.

Ohne den Blick voneinander zu nehmen, streifte er den Schutz über und versank in mir. Millimeter für Millimeter weitete er mich und ich drückte mich ihm entgegen. Seine Hände fanden meine und er verschränkte die Finger mit meinen. Drückte mich fester in die Matratze. Hielt sich an mir fest, so wie ich mich an ihm.

Mit jedem Stoß verschwand ich mehr in unserer Welt, rang um Atem, während ich gleichzeitig jeden einzelnen Atemstoß stöhnend von mir stieß. Seinen Namen stöhnte. Ihn vor Lust murmelte. Mit jedem Stoß schenkte er mir mehr von sich, so wie ich ihm. Wir gravierten einander mit unseren Namen, unserer Seele und allem dazwischen. Bis er diese süße Stelle in mir traf, mich küsste und zwischen unserer verschwitzten Haut meinen empfindlichsten Ort massierte.

Ich kam mit einer Wucht, die mich mit einem Kribbeln durchflutete, das jede meiner Zellen erreichte. Als würde ich überschwimmen vor Glück und Leichtigkeit und … Liebe?

Ein letztes Mal stieß Alan fest und unkontrolliert in mich, erstickte sein Stöhnen an meinen Lippen und erreichte ebenfalls seinen Höhepunkt.

Und mit einem Mal wurde es still um uns.

Die Nacht hüllte uns ein und mir war es nur recht. Mit geschlossenen Augen und nach Luft ringend, wollte ich nirgends lieber sein als in Alans Armen, eingeklemmt zwischen ihm und der Matratze, ausgefüllt von ihm.

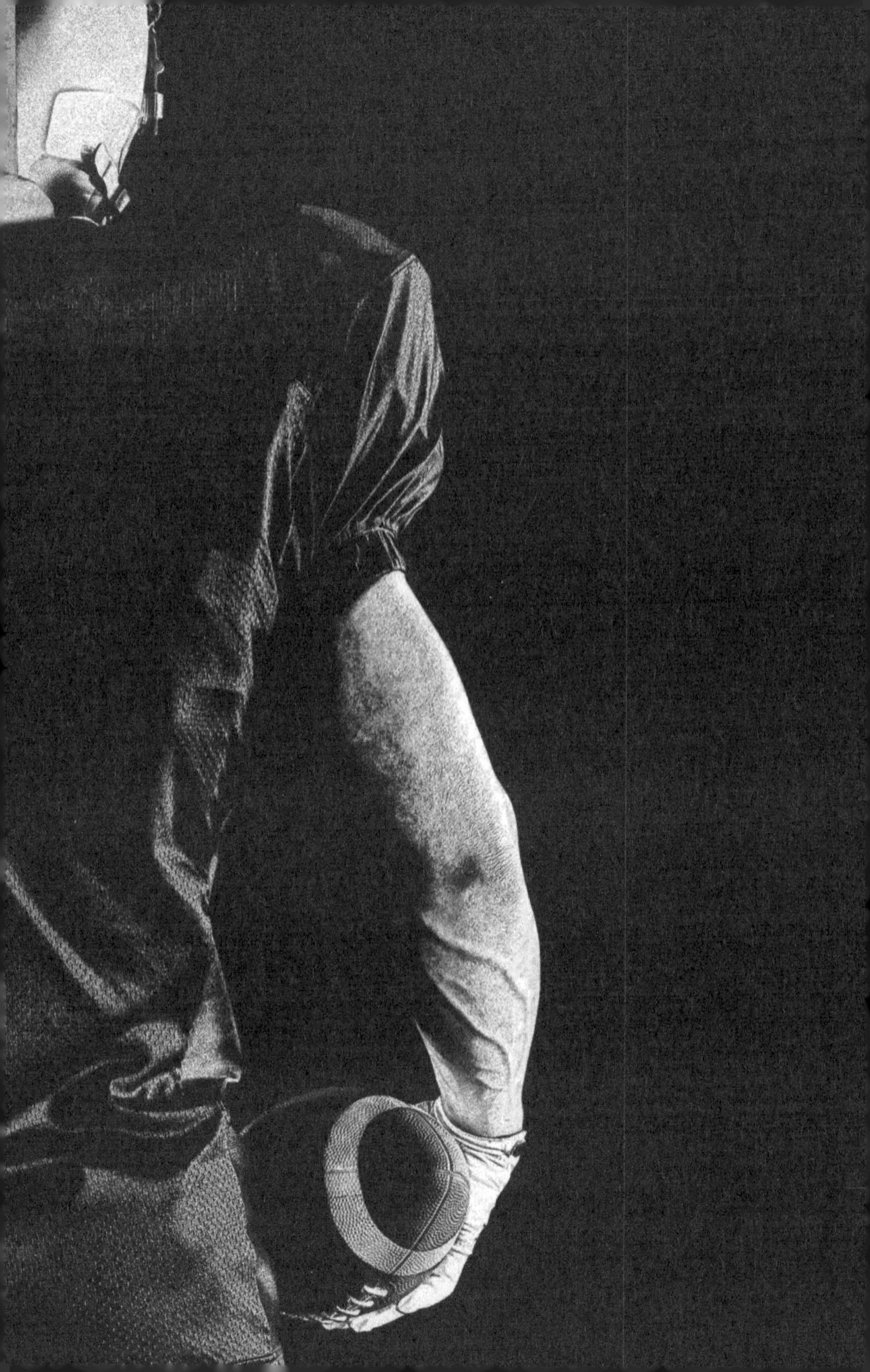

29

Alan

Nächster Morgen.

Ich weiß nicht, was ich tun soll.

Dieser Gedanke kreiste seit knapp drei Uhr morgens durch meinen Kopf und hinderte mich am Schlafen. Wenigstens bekam Sarah es nicht mit. Sie schlief friedlich mit dem Kopf auf meiner Brust, während sie sich an mich klammerte wie ein kleines Äffchen.

Eigentlich müsste ich deswegen ununterbrochen grinsen. Wie all die frisch verknallten, die endlich ihrem Schwarm nähergekommen waren. Ein Grinsen, bei dem sich die Mundwinkel so hartnäckig in die Wangen gruben, dass es wehtat und mich das Gefühl in ihnen verlieren ließ. Aber ich war ich – und zwar ein Vollidiot. Also dachte ich nach, anstatt mich zu freuen.

Meine Augen protestierten mit brennender Müdigkeit, doch ich starrte weiterhin an meine Zimmerdecke, die ich mit einer Fotocollage von früher verziert hatte. Von überall lächelte mir Maeve entgegen. In den letzten Jahren waren auch einige Selfies von mir und Tyrese oder mir und Taylor – oder uns dreien zusammen – dazugekommen.

Vor allem Taylors blaue Augen bohrten sich bis in meine Seele. Weil ich mit seiner Ex-Verlobten geschlafen hatte.

So leise ich konnte, atmete ich schwer aus und fuhr mir durch meine offenen, zerzausten Haare. Langsam und vorsichtig, damit Sarah weiterschlief und ihr warmer Atem sanft über meine Brust streichelte.

Ich bereute die Nacht nicht. Kein bisschen. Um nichts auf dieser Welt würde ich sie wieder loslassen oder gar von mir stoßen. Es war nur … alles so schwierig.

Wegen unserer Vergangenheit.

Wegen meinen Freunden.

Wegen allem, was ich vor der Welt und somit auch vor Sarah verschwieg. Verflucht, ich hätte sie nie an mich lassen sollen, ohne ihr das ganze Chaos meiner Seele zu enthüllen.

Sie hat keine Ahnung, worauf sie sich mit mir einlässt.

Allein der Gedanke, es ihr erzählen zu müssen, ihr von meiner Sucht erzählen zu müssen, dass … mein Herz hämmerte mir jegliche Luft aus den Lungen.

Die Decke raschelte, als sich Sarah bewegte und verschlafen murrte, ihr Gesicht an mir vergrub, um sich vor der hellen Sonne zu verstecken.

Ich lächelte. Trotz all meiner Angst, der Sorge und meiner Unsicherheit schaffte sie es, mir mit dieser simplen Geste ein Lächeln ins Gesicht zu zaubern – und all meine Gedanken wegzupusten.

Zum ersten Mal seit gefühlten Stunden schloss ich die Augen und hauchte einen Kuss auf ihre zerzausten Haare, streichelte mit den Fingerspitzen über ihren nackten Arm. »Guten Morgen, Buttercup.«

Sie war hier. In meinen Armen.

Das war alles, was im Moment zählte.

Alles andere würde sich schon regeln, irgendwie.

Kurz verspannte sie sich an mir, seufzte dann aber wohlig auf und drückte sich weiter an mich. »Es war kein Traum, Gott sei Dank«, murmelte sie und ich hörte ihr Lächeln heraus.

Wieder küsste ich ihren Scheitel. »Ja, kein Traum.« *Auch, wenn es sich nach einem anfühlte.*

»Bereust du es?« Sie hauchte die Frage kaum hörbar und das Zittern in ihrer Stimme schlug wie ein Vorschlaghammer auf mein Herz ein.

Ich schlang die Arme um sie und schmiegte sie enger an mich, bis ich glaubte, selbst das letzte Molekül zwischen uns verdrängt zu haben. »Nein. Keine Sekunde.« Es war etwas, das ich mir viel zu lange gewünscht hatte.

Etwas, das ich vor mir selbst verleugnet hatte.

Versteckt hinter meiner Wut und allem, was an unserem Abschlusstag passiert war. Ich hatte einfach ihr die Schuld daran gegeben. Auch wenn ich es noch nie so konkret gedacht oder jemandem gesagt hatte, aber jetzt wusste ich es. Genauso wie die Tatsache, dass sie das nicht verdiente.

Den Blick zu ihr gesenkt, umfasste ich ihre Wange und hob vorsichtig ihren Kopf an. Ihre Augen glänzten gefährlich in der Morgensonne und ich verfluchte die Realität, weil sie Sarah zum Weinen brachte. Viel zu oft in den letzten vierundzwanzig Stunden.

»Ich bin so glücklich, wie lange nicht mehr«, gestand ich und schluckte gegen den riesigen Kloß in meiner Kehle an. Mist, jetzt brannten auch meine Augen.

Ihre zarten Finger kitzelten durch meine Bartstoppeln, während sie meine Kinnlinie nachfuhr. Mit einem Blick, der so nachdenklich wirkte, dass sich mein Herz überschlug. Sie wirkte fast wie in einer anderen Welt. Weit weg von mir. Nie hätte ich geglaubt, wegen so etwas Banalem einen halben Herzinfarkt zu kriegen.

Fast, als schlüge mein Herz nur für dich, Buttercup.

Ein furchteinflößender Gedanke.

»Es tut mir leid, dass ich dir wehgetan habe.« Ihre Stimme zitterte und doch schwang so viel Kraft in ihr mit, dass ich wusste, sie sprach aus tiefster Seele. Sie meinte jedes Wort, jede Silbe – verflucht, selbst jeden Buchstaben, ernst.

Sie lehnte die Stirn an meine Brust, lauschte meinem viel zu schnellem Herzschlag. »Ich möchte es dir erklären, auch wenn es all das nicht entschuldigt oder wettmacht, aber ich möchte, falls du es zulässt.«

Sie redete von damals.

Vom Abschlusstag.

Von meinem größten Albtraum, den ich in der hintersten Ecke meines Seins verbannt hielt wie ein angekettetes Monster, weil es genau das war. Und doch nickte ich. Weil ich ihre Version hören wollte. Selbst wenn es alles, was wir zwischen uns zusammengeflickt hatten, zerreißen könnte.

Sie umarmte mich. So fest, dass ich kaum Luft bekam. Ich spürte, wie ein Zittern tief in ihrem Körper begann und sich den Weg nach draußen bahnte. Ich schloss die Augen, küsste ihren Scheitel und streichelte beruhigend über ihren nackten Rücken. Alles in der Hoffnung, sie damit zu beruhigen. Keine neuen Tränen aus ihren Augen ausbrechen zu lassen.

»Erinnerst du dich an unser Gespräch am See vor unserem Abschluss? Als ich dich bat, mich zu küssen?«, fragte sie.

Ich runzelte irritiert die Stirn. »Ja, tue ich.« Mein Gedächtnis vergaß kaum etwas. Ein Fluch sowie ein Segen. Jedenfalls in Momenten wie diesen, in dem ich sie in den Armen hielt.

»Du hast *Nein* gesagt.« Keine Anklage in ihren Worten. Lediglich eine Tatsache. An meiner Brust spürte ich, wie sie an ihrer Unterlippe nagte. »Das war dein gutes Recht und ich habe es auch verstanden, so ist es nicht, und aus jetziger Sicht gesehen, hätte ich einfach akzeptieren sollen, dass ich dich mehr mochte als du mich und …«, seufzend unterbrach sie ihren Redeschwall und erschlaffte in meinen Armen. »Es hat mich verletzt.« *Verdammt.*

»Das wollte ich nicht«, beteuerte ich und umarmte sie noch fester, hoffte, so ihren alten Schmerz hinfort zu schicken. »Ich dachte einfach …«

»Du musst dich nicht rechtfertigen, Avery«, unterbrach sie mich und hob den Blick. Sie lächelte mich an, doch der Schimmer in ihren wunderschönen Augen fehlte. »Ehrlich. Es ist okay. Ich möchte dir nur sagen, wieso ich so eine dumme Kuh gewesen bin.« Ich wollte protestieren, doch sie sprach bereits weiter. »Es hat mich verletzt und wütend gemacht und ich wollte es dir irgendwie heimzahlen, was total fies und dämlich war, aber so ist es und, na ja, deswegen habe ich damals Kyle erlaubt, mich zu küssen.«

Ihre Worte sollten meinen Magen vor Wut schäumen lassen.

Den Wunsch in mir aufkommen lassen, sie von mir zu stoßen und zu verfluchen, so, wie ich es jahrelang getan hatte und vor ein paar Monaten hätte ich das vermutlich getan. Jetzt küsste ich ihre Stirn. Weil ich wusste, dass sie es aus tiefstem Herzen bedauerte und die Geschichte ändern würde, bekäme sie die Chance dazu.

»Ein blöder Racheplan«, murmelte ich gegen ihre Haut. Weil es letztendlich nicht nur mich verletzt hatte, sondern auch Maeve und sie und vermutlich selbst Kyle.

»Ich weiß.« Schniefend wischte sie sich über die Augen und zerbrach damit einen Teil des Scherbenhaufens, der von meinem Herzen übrig geblieben war.

Ich kann es ihr nicht erzählen.

Weder das mit dem Unfall noch das mit dem Alkohol.

Sie würde sich die Schuld geben. Etwas, das ich selbst jahrelang getan hatte und das ich ihr um jeden Preis ersparen wollte.

Vorsichtig umschloss ich ihre Wangen und hob ihr Gesicht an, küsste die Nässe von ihrer Haut fort und schmeckte das Salz ihrer Tränen. Ein Geschmack, den ich nie wieder kosten wollte. »Alles wird gut, Buttercup, versprochen.«

30

Sarah

Den gesamten Morgen über war Alan ruhig. Okay, Alan war von Natur aus ein ruhiger und in sich gekehrter Mensch. Keine Ahnung, wieso ich geglaubt hatte, das könnte sich innerhalb einer Nacht um hundertachtzig Grad drehen. Nicht, dass er es sollte. Ich mochte ihn genauso, wie er war – und doch, es verunsicherte mich plötzlich.

Ich fühlte mich verletzlicher.

Herrgott, ich hatte mich heute Morgen an seiner Brust ausgeheult. Nach unserer tollen Nacht. Wie peinlich war das denn bitte?

Aber all diese Ängste versuchte ich, mir nicht anmerken zu lassen. Weil es ein Hirngespinst war. Ich wusste, alles zwischen uns war in Ordnung und doch bekam ich dieses ungute Gefühl nicht weg, das tief durch meinen Körper surrte.

»Es ist so schade, dass du schon wieder los musst.« Mary umarmte Alan mit einer Kraft, die ihn leicht hüsteln ließ und doch hielt er es kommentarlos aus. Was mich wunderte war diese Dunkelheit, die wieder über seinen Augen lag, trotz seines Lächelns.

Seit wir vor zwei Stunden von seiner Mutter zum Frühstück gerufen worden waren, schien er wie ausgewechselt.

Seine Leichtigkeit war verloren gegangen. Irgendwo zwischen unserem Kuscheln in zerwühlten Bettlaken und dem Weg zur Küche.

Schon gestern hatte ich seine Anspannung gespürt, sobald sich seine Eltern im selben Raum aufhielten wie er. Ich wüsste zu gerne, woran das lag. Vielleicht würde er es mir irgendwann erzählen.

Jetzt konnte ich nur danebenstehen und ihn dabei beobachten, wie er sich im Flur von Mary verabschiedete, weil wir auf dem Weg zum Flughafen waren – und einen Zwischenstopp bei meinen Eltern einlegen mussten.

Allein der Gedanke verkrampfte meinen Magen und zerquetschte dabei alle Schmetterlinge der letzten Stunden im Keim.

»Ich bin in einem Monat wieder da«, erinnerte Alan Mary und erwiderte ihre Umarmung. »Und du kannst mich immer anrufen.«

Schnalzend haute sie ihm gegen die Schulter. »Das mache ich schon. Du musst auch rangehen.«

»Er studiert und ist im Kader eines der größten College-Football-Teams des Landes …« Adam trat zu seiner Frau, in einer Hand Alans Sporttasche, die er mitgebracht hatte. Den freien Arm schlang er um die Schultern von Mary und drückte ihr schmatzend einen Kuss auf die Schläfe, ein zärtliches Lächeln auf den Lippen. »Erlaub deinem Sohn ein bisschen Ruhe, meine Schöne.«

Noch etwas, das ich nicht verstand: Wie konnte ein so liebevoller Mensch wie Adam Baker seinem Sohn gegenüber so kalt sein? In den letzten Stunden, die ich hier verbracht hatte, hatten sie sich nicht angesehen. Oder ein Gespräch geführt. Fast, als tolerierten sie einander nur Mary zuliebe.

Ich weiß kaum etwas über Alan.

Der Gedanke rauschte durch mich hindurch und stoppte meinen Herzschlag, meine Atmung – einfach mich.

Es sollte mich nicht wundern, aber irgendwie tat es das und es engte meine Brust ein.

Nach dieser atemberaubenden Nacht hatte ich geglaubt, ihm nähergekommen zu sein und ja, das war ich auch – gleichzeitig existierte ein Graben zwischen uns. Mit all dem, was in den letzten Jahren passiert war. Was wir nicht übereinander wussten und mit all den kleinen, schönen Erinnerungen, die wir nicht miteinander teilten.

»Alles okay bei dir, Süße?« Marys Stimme und ihre Hände, die sich um meine schlossen, rissen mich aus den Gedanken. Eine davon ließ sie in diesem Moment los, um mir eine Haarsträhne aus dem Gesicht zu streichen. Etwas Nachdenkliches schimmerte in ihren Augen. »Ist es wegen deinen Eltern? Wenn du magst, hole ich deine Sachen ab. Das ist überhaupt kein Problem. Oder Adam macht es, nicht wahr, Schatz?« Über die Schulter schaute sie zu Alans Vater und erntete ein Nicken.

Komisch, wie viel Gefühlschaos ein Tag auslösen konnte.

Dass mir wegen ihres Angebots Tränen in die Augen schossen und meine Nase gefährlich zu brennen begann.

Tapfer blinzelte ich gegen meinen Gefühlsausbruch an und lächelte. »Danke, das ist sehr nett von euch, aber ich schaffe das.«

»Natürlich schaffst du das.« Alans Stimme wickelte mich wie in eine warme Decke ein, in der ich mich unantastbar fühlte. Wie von selbst lockerte sich die Schlinge um meinen Hals und ich lächelte.

Sein Vater räusperte sich mit Blick auf seine Armbanduhr. »Wir sollten langsam los.«

Ja, leider.

Denn obwohl ich es wollte, konnte ich die Zeit nicht anhalten. Die Realität holte einen zwangsläufig ein und meist viel zu früh. Doch auch das würde ich schaffen. Denn egal, wie das Zusammentreffen mit meinen Eltern laufen würde, spätestens im Wagen vor der Tür wartete Alan auf mich.

***

Zehn Minuten später fehlte jeglicher Funken meines Selbstbewusstseins. So wie immer, wenn ich vor diesem verfluchten Haus stand, dessen Garten perfekt und selbst die Holzfassade wie neu montiert aussah. Nach außen strahlte alles vor Perfektion.

Der reinste Schwindel.

»Ich kann mit reinkommen.« Alan stand neben mir auf der Veranda. Die Arme vor der Brust verschränkt, saß er auf der halbhohen Steinmauer, die den Bereich umrahmte, und suchte meinen Blick. Sorge schimmerte in seinen Augen.

Unsicher nagte ich an meiner Unterlippe. »Danke, Avery, aber ich glaube, das muss ich alleine machen.«

Er atmete schwer aus und senkte die Arme. Vorsichtig verwob er seine Finger mit meinen und zog mich zu sich. Eine kleine Geste, die mein Herz leichter schlagen ließ.

»Du bist verdammt stark, weißt du das?« Sein Flüstern streifte meine Wange hinab zu meinen Lippen und ich biss auf meine Unterlippe, um den Drang zu unterdrücken, ihn zu küssen. »Du bist viel stärker als ich, Buttercup«, sprach er weiter und lehnte die Stirn an meine. »Also schaffst du auch ein paar Minuten mit deiner Mutter. Und wenn nicht, ruf mich und ich renn mit dir über der Schulter in den Sonnenuntergang.«

Ich lachte. Unbeschwert und laut. Das Kopfkino, das er heraufbeschwor, war einfach zu lustig. Ohne darüber nachzudenken, stellte ich mich auf die Zehenspitzen und strich mit meinem Mund über seinen. Sofort umfasste er meinen Nacken, grub die Finger in meine Haare und erwiderte den Kuss.

»Ich wusste es!« Moms schriller Aufruf peitschte förmlich über uns. Erschrocken löste ich mich von Alan und wandte mich zur Haustür, krallte mich in Alans Fingern fest.

Die Hände in die Hüften gestützt, stand Mom in der offenen Tür und fixierte Alan aus zusammengezogenen Augen.

»Ich wusste, du steckst hinter Sarahs komischem Verhalten.« Sie sprach tatsächlich mit Alan. Nein, sie warf ihm etwas vor. Mit einer solchen Anklage in der Stimme, dass selbst ich zusammenzuckte. Irritiert schaute ich zurück zu Alan. Auch er zog die Augenbrauen zusammen, während er Moms Gezeter über sich ergehen ließ.

Immer noch hielt er meine Hand. Malte mit dem Daumen kleine Kreise auf meiner Haut. »Entschuldigen Sie?« Er behielt sogar einen höflichen Tonfall bei.

Polternd trat sie zu uns. »Du weißt ganz genau, was ich meine. Zuerst Maeve und jetzt Sarah. Wie kannst du das einer Familie nur antun?«

Sie redete sich total in Rage.

Schlimmer noch, sie sprach totalen Wirrwarr.

»Mom, was ist denn los?« Kaum zu glauben, aber trotz allem, was sie mir gestern an den Kopf geworfen hatte, sorgte ich mich um sie. Sie war ungeschminkt vor die Tür gekommen, was noch nie passiert war, und steckte in einer lockeren, abgetragenen Jeanshose und einem simplen T-Shirt. So dämlich es klang, aber das war etwas Angsteinflößendes. Selbst wenn sie mit Fieber im Bett gelegen hatte, war sie perfekt gestylt gewesen. Fast, als befürchtete sie, jeden Moment von einem Paparazzo fotografiert zu werden wie die großen Weltstars. Sie so zu sehen, schnürte meinen Hals zusammen. Weil sie mir, seit ich klein war, eingetrichtert hatte, all das dürfte sich eine gute Frau nicht leisten und jetzt …

»Mom, antworte mir, ich mache mir Sorgen«, bat ich und hielt mich gleichzeitig an Alan fest.

Röte stieg in ihre Wangen. »Du machst dir Sorgen? Was denkst du denn, wie es mir geht?« Schwankend trat sie zu mir und umklammerte beinahe schmerzhaft fest meine Wangen. »Du musst nicht zusehen, wie dir auch deine zweite Tochter weggenommen wird.« Tränen schimmerten in ihren Augen.

Mom war vollkommen am Ende.

Ich verstand die Welt nicht mehr.

Ihre Tochter wegnehmen? Damit konnte sie unmöglich Alan meinen.

Schniefend umarmte sie mich, drückte mich fest an sich und bebte in meinen Armen. »Es tut mir leid, was gestern passiert ist, Sarah, mein Schatz. Ich hätte Kyle nicht einladen sollen. Du hast dich nicht mehr gemeldet. Nicht mal eine Nachricht.«

»Weil …« *… mein Handy hier liegt.*

»Nein, ich möchte keine Ausrede hören«, unterbrach sie mich und ließ mich abrupt los. Jetzt fixierte sie mich aus zusammengezogenen Augen.

Ihre Stimmungsschwankung verursachte bei mir Schwindel.

Es überforderte mich total.

»Hast du getrunken, Mom?« Der Wind drehte und der intensive Weingeruch, der von ihr wehte, sprach Bände. Selbst Alan zuckte zusammen, so stark roch ihre Fahne.

»Lenk nicht vom Thema ab.« Sie tippte mir grob gegen die Brust. »Wie kannst du uns nur an Thanksgiving alleine lassen? Ich wusste, es ist ein Fehler, dir den Kontakt zu Maeve zu erlauben. Sie hat dir das eingeredet, nicht wahr? Ihre sture Art, dass alles nur auf ihre Weise funktionieren kann und du …« Sie zerriss Alan förmlich mit ihrem Blick. »… du bist doch derjenige, der Maeve diesen Unsinn erst eingetrichtert hat! Bevor meine Mädchen dich kannten, waren sie gute Töchter. Sie … sie …«

Gezwungen ruhig umschloss ich ihre Handgelenke und schob sie von mir. »Ich glaube, wir sollten für heute aufhören, zu reden.« Bevor ich ihr an die Kehle sprang. Oder Dinge sagte, die unsere Beziehung endgültig zerstören könnte.

Außerdem ist sie nicht bei sich.

Keine Ahnung, wie viel sie getrunken hatte, aber der penetrante Weingeruch ließ auf einiges schließen. Sie musste ins Bett und sich erholen – und ich mit meinem Gepäck und Alan an meiner Seite zurück nach Columbus.

Räuspernd erhob sich Alan und hauchte mir im Vorbeigehen einen Kuss auf den Scheitel. »Ich geh deine Sachen holen.«

»Einen Teufel setzt du einen Fuß in mein Haus. Ich hätte nie erlauben dürfen, dass du jemals einen Fuß hier reinsetzt.«

»Es reicht.« Noch nie hatte ich das Wort ihr gegenüber erhoben, doch sie ging zu weit. Sie hatte keinerlei Grund, sich Alan gegenüber derart danebenzubenehmen. Ich wandte mich zu ihm und nickte ihm zu. »Mein Koffer steht in meinem alten Zimmer, danke.«

Er ging. Mit angespanntem Kiefer und dieser verfluchten Dunkelheit in seinen Augen, die ich nie wieder sehen wollte. Schon seit ich ihr vor Jahren zum ersten Mal begegnet war, hasste ich diese Finsternis, die ihn förmlich aufzusaugen schien … und jetzt war sie zurück.

»Mom, so kannst du nicht mit ihm reden«, herrschte ich sie an, kaum, dass Alan über die Türschwelle in meinem Elternhaus verschwunden war. Ein Ort, an dem ich mich in der Vergangenheit sicher und behütet gefühlt hatte. Sogar glücklich. Doch all das lag solange zurück, dass es kaum noch für eine verblasste Erinnerung ausreichte.

»Sarah, Schatz, hör mir zu, bitte.« Tränen liefen über Moms Wangen und sie klammerte sich förmlich an meine Hände. Vor Schmerz verzog ich das Gesicht und versuchte, sie wegzuziehen, doch es ging nicht.

»Mom, lass mich los. Bitte. Wir reden ein anderes Mal weiter. Wenn du geschlafen hast und entspannter bist. Wo ist Dad?«, fragte ich zuletzt. Ich konnte sie unmöglich in diesem Zustand alleine lassen.

Sie schnaubte. Auch ein Geräusch, das ich nicht von ihr kannte. Die Frau vor mir schien nichts mehr mit meiner Mutter gleich zu haben. »Der ist arbeiten. Wie immer.«

Ich hörte ihren Frust. Ihren Ärger. Sogar die kleine Resignation, die in ihren Worten mitschwang.

Wie immer?

Ja, Dad arbeitete viel, seit ich denken konnte, aber er hatte am Wochenende und vor allem an Feiertagen immer Zeit für uns freigeschaufelt. Es passte nicht zu ihm, an Thanksgiving unterwegs zu sein.

»Ist zwischen dir und Dad alles in Ordnung, Mom?« Bitte, lass alles in Ordnung sein.

So verrückt es klang, ich wollte, dass sie glücklich waren. Ich wollte, dass sie abends lächelnd ins Bett gingen und sich verstohlene Blicke voller Liebe und geheimer Versprechungen zuwarfen, egal, wie viele Leute im Raum waren. Sie sollten dieselbe Liebe erleben wie Mary und Adam.

»Lenk nicht vom Thema ab«, tadelte mich Mom und bog den

Rücken durch, reckte mir ihr Kinn entgegen. »Ich verbiete dir, dich mit diesem Mann zu treffen.«

»Bei aller Liebe«, begann ich, »ich bin erwachsen und entscheide selbst, mit wem ich Zeit verbringe.« *Wen ich liebe.*

Heftig schüttelte sie den Kopf. »Nein, das akzeptiere ich nicht«, schrie sie mit so schriller Stimme, dass es in meinen Ohren klingelte. Abrupt trat sie von mir zurück. »Ich lasse nicht zu, dass du unseren Namen noch mehr durch den Dreck ziehst, als deine undankbare Schwester es sowieso schon tut. Nicht, nachdem ich in den letzten Jahren alles getan habe, um ihn zu bewahren. Ich lasse nicht zu, dass ihr zerstört, wofür ich mein Leben lang gearbeitet habe. Unser Ruf war makellos bevor dieser Avery-Junge aufgetaucht ist. Ich hätte ihn nie reinlassen dürfen. Nicht den Jungen dieser Verrückten. Dieser Hexe mit ihrem verfluchten Wald und den …«

Das Knarzen der Verandastufe löste endlich meinen Blick von Mom und ich schaute zur Seite. Adam Baker war zu uns getreten. Wie eine riesige, unerschütterliche Mauer stand er auf der letzten Verandastufe. Die Hände in den Taschen seiner Jeanshose, lag sein undurchschaubarer Blick auf meiner Mutter. Sein Gesichtsausdruck so ausdruckslos und monoton, dass ich erschauderte. Er stand im völligen Kontrast zu dem liebevollen Ehemann, den ich noch vor wenigen Minuten miterlebt hatte.

Mom schlug die Hände vor den Mund und es würde mich nicht wundern, sollte sie den Atem anhalten. Ich tat es. Dabei war ich nicht einmal der Grund für seine alles erstickende Wut. Jetzt wusste ich, woher Alan diese hatte.

Adam blinzelte, ehe er den Blick zu mir wandte. »Ich habe deinen Vater angerufen. Er ist in ein paar Minuten hier.« Dad kümmert sich um sie, das ist gut. Dann ist sie nicht allein.

Schwer schluckte ich. »Danke.« Plötzlich hielt ich den Blickkontakt nicht mehr aus. Nicht nach dem, was meine Mutter über Alan, ihn und Mary gesagt hatte.

Ich wollte nur noch im Erdboden versinken.

»Ich warte dann im Auto auf euch«, verkündete Adam und ich hörte die versteckte Drohung heraus, die er meiner Mutter aussprach, ehe er uns den Rücken zuwandte und ging.

Ich ballte die Hände zu Fäusten. »Was ist nur in dich gefahren,

Mom? Wie kannst du nur so über sie reden? Weißt du überhaupt, wie …« *Wie wundervoll die Averys sind? Wie viel mehr Mary eine Mutter für mich ist als du?*

Ich räusperte mich und kämpfte gegen den Kloß in meinem Hals an, der immer größer werden wollte. »Alan ist ein toller Mensch, der …«

Sie schnaubte verächtlich. »*Ein toller Mensch, natürlich*«, zeterte sie mit sarkastischem Unterton. »Wer hat Maeve denn diesen Football-Quatsch eingeredet? Und jetzt du. Er sagt, du sollst mit dem Cheerleading aufhören, oder? Siehst du nicht, was er macht? Er treibt einen Keil zwischen uns …«

»Das tut er nicht«, unterbrach ich sie und presste die Zähne so sehr zusammen, dass mein Kiefer schmerzte, nur, um sie nicht anzuschreien. Ich wollte keine Szene machen.

Weder für mich noch für Alan.

»Ich kenne niemanden, der so sanft und liebevoll ist wie Alan.« Meine Wangen brannten mit jedem Wort mehr. »Ich mag ihn wirklich sehr. Schon lange.«

Ein Lachen brach aus ihr heraus. Es schüttelte sie so durch, dass sie mich gezwungenermaßen losließ und sich die Hand vor den Mund hielt.

Alles, was ich tun konnte, war, sie fassungslos anzustarren.

»Ein liebevoller Mensch«, wiederholte sie erstickt vom Lachen und schüttelte den Kopf. Mit einem Mal verließ jegliche Emotion sie und sie starrte mir leer in die Augen. »Dieser Mensch hat fast seine Eltern getötet. Weil er betrunken und egoistisch war. Das ist dieser Mensch. Nichts weiter als ein Monster, versteckt hinter einem freundlichen Gesicht.«

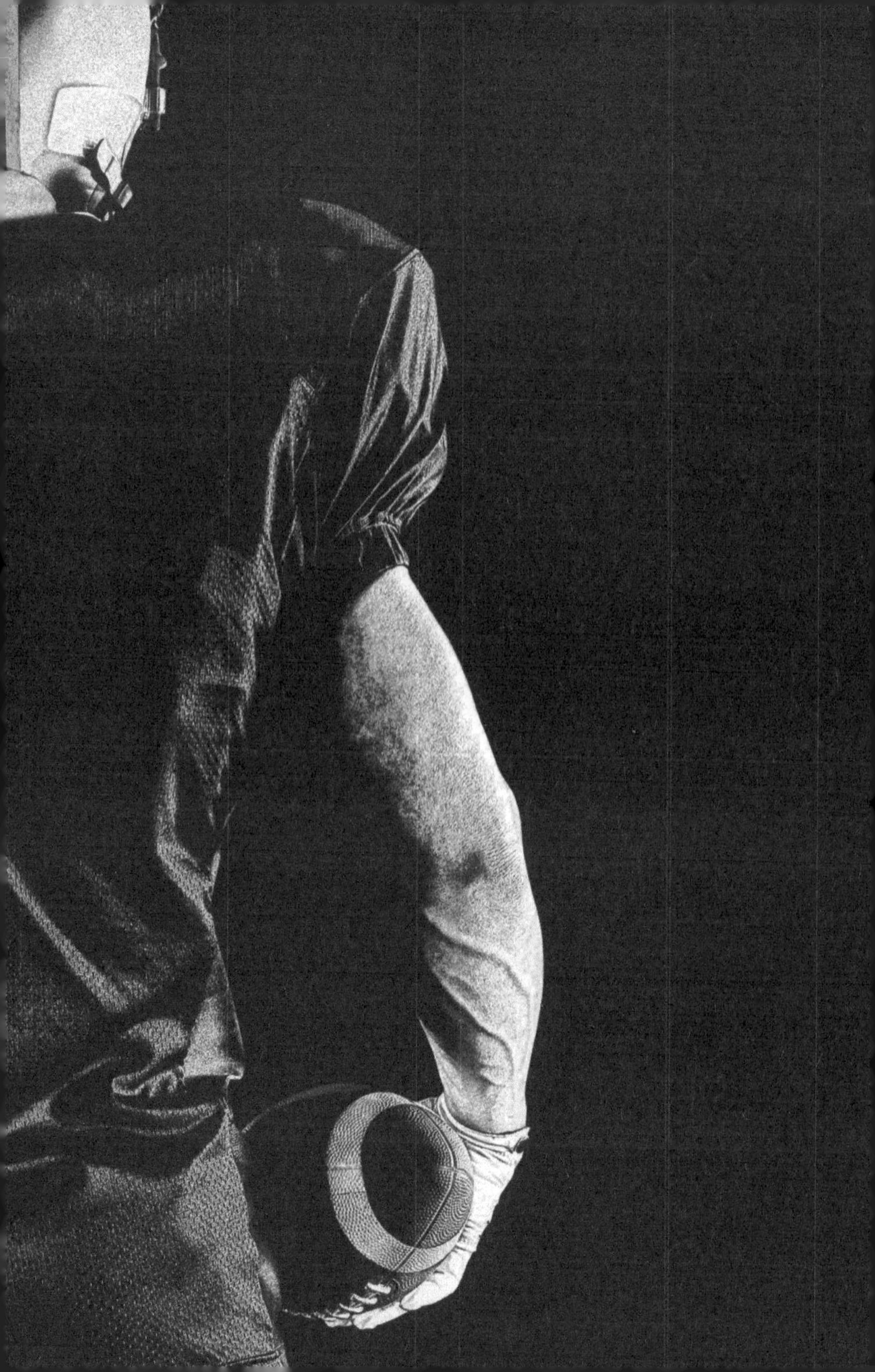

31

Alan

Irgendetwas war passiert.

In den fünf Minuten, in denen ich Sarah mit dieser Frau alleingelassen hatte, die sich ihre Mutter schimpfte, war etwas geschehen. Ich hatte ihren Streit gehört, allerdings nur Wortfetzen, die nicht zusammenpassen wollten, doch ich wusste, etwas hatte sich seitdem für Sarah geändert.

Sarah sagte es nicht, doch ich spürte es in der Art, wie sie auf der Fahrt zum Flughafen aus dem Fenster geschaut und geschwiegen hatte. Ebenso wie auf dem Flug nach Hause. Und die ganze Zeit pulte sie an ihrem Nagel oder zupfte an ihrem Ärmel und strich sich durch die Haare. Wie immer, wenn sie nervös oder angespannt war.

Außerdem war sie blass.

Ziemlich blass. So sehr, dass selbst mein Vater sie am Flughafen gefragt hatte, ob alles in Ordnung sei. Natürlich hatte sie ihn angelogen und es heruntergespielt. Gemeint, sie hätte zu wenig gegessen. Er kaufte es ihr nur ab, weil sie jahrelang darauf trainiert worden war, ihre eigenen Bedürfnisse und Gedanken für andere aufzugeben.

Vielleicht fühlten wir uns deswegen zueinander hingezogen. Weil wir verstanden, wie es war, der Welt etwas vorzuspielen.

Ich wartete darauf, dass sie es mir erzählte. Was auch immer zwischen ihrer Mutter und ihr vorgefallen war. Doch sie schwieg. Als wir vor ihrem Wohnheim ankamen und sie immer noch kein Wort zu mir gesagt hatte, wusste ich, mein kaputtes Herz könnte an ihren Gedanken zerbrechen.

Es war die Art, wie sie meinem Blick auswich.

Die Tatsache, dass sie nicht einmal meine Nähe suchte.

Das alles bereitete mir ein ungutes Gefühl. Ein schrecklich ungutes Gefühl. Ein solches, bei dem sich gleichzeitig der Magen verkrampfte und man zu zittern begann, als stünde man seit Stunden in einem Schneesturm ohne Zufluchtsort.

»Sarah.« Meine Stimme bebte unter all der Ungewissheit, was auf mich zukam. Vorsichtig, beinahe ängstlich, griff ich nach ihrer Hand. Sie zuckte unter meiner Berührung zusammen. Kurz und unauffällig, aber ich spürte es. Sofort löste ich die Berührung, wich sogar einen Schritt zurück.

Die Hand an ihre Brust gedrückt, sah sie mich aus geweiteten Augen an. Fast, als überraschte sie ihre eigene Reaktion. »Tut … tut mir leid«, murmelte sie.

»Schon okay«, erwiderte ich holprig, unwissend, ob meine Worte der Wahrheit entsprachen oder ich uns beide belügen wollte.

Sie trat von einem Fuß auf den anderen, ehe sie die Augen schloss und sich seufzend durch die Haare fuhr. »Nein, ist es nicht. Ich sollte mich nicht so benehmen …« Röte stieg in ihre Wangen »… schon gar nicht nach gestern.«

»Was hat deine Mutter zu dir gesagt?« Das musste es sein, oder? Mir fiel kein anderer Grund ein, wieso sie von einem auf den anderen Moment wie ausgewechselt wirkte. Dazu kam dieses komische Lächeln, mit dem mich ihre Mutter bedacht hatte, als ich zurück zu ihnen auf die Veranda getreten war.

»Totalen Schwachsinn. Ja, das hat sie gesagt. Ich meine …« Ihr Blick glitt über mich. Millimeter für Millimeter musterte sie mich. Plötzlich schüttelte sie den Kopf. »… vergiss es. Sie stand total neben sich.«

»Aber es wühlt dich auf«, sprach ich meine Gedanken aus und verstaute meine Hände in meinen Hosentaschen, weil ich nicht wusste, wohin mit ihnen, wenn ich sie nicht berühren durfte. »Du kannst mit mir reden«, erklärte ich sanft. Verflucht, wieso zitterte meine Stimme? Ich war echt nicht leicht aus der Fassung zu bringen, aber das hier, diese Situation, verlangte mir einiges ab.

Nicht, weil wir frisch aus unserem Höllendorf kamen oder ich gerade ein Wochenende bei meinen Eltern hinter mir hatte. Es ging um Sarah. Um sie und mich. Es war einfach ein wunder Punkt in mir, der mein Nervenkostüm zu einem dünnen Faden schrumpfen ließ.

Sarah trat zu mir. Zögerlich setzte sie einen Fuß vor den anderen, bis sich ihre Oberweite an meine Brust drückte und ihr Atem meinen Hals kitzelte. Ihre Finger gruben sich in meine Seiten, zerknitterten meine Daunenjacke.

Ich schlang die Arme um sie. Mit geschlossenen Augen atmete ich ihren Geruch ein und sog den Moment in mir auf. Weil ein Teil von mir befürchtete, ihr nie wieder so nahe zu kommen.

»Avery …« Ihre Stimme klang merkwürdig blass und zögernd, als würde sie mit sich selbst kämpfen. »… selbst während zwischen uns alles kacke war, hättest du mir erzählt, wenn du einen Unfall gehabt hättest, oder?«

Unfall.

Mehr blieb nicht hängen.

Nur dieses eine, schreckliche Wort, das ich seit Jahren aus meinen Gedanken verbannte und das mich jedes Mal zusammenzucken ließ, als würde man mich schlagen. So wie jetzt.

Ich erschrak so sehr, dass ich sie losließ. Und das war Antwort genug. Ich wusste es und Sarah auch.

Ihre Augen weiteten sich und sie drückte ihre Hände gegen ihre Brust, direkt über ihrem Herzen. Die Stelle, die dank meiner Reaktion wehtat. Ich sah den Schmerz in ihrem Blick. Nur kurz flackerte er in dem Smaragdgrün, doch es reichte, um meine Kehle zuzuschnüren.

»Also stimmt es, du hattest einen Unfall?« Ihre Stimme bebte und ich ballte die Hände zu Fäusten, damit sie zu zittern aufhörten. Biss die Zähne aufeinander, um meinen Frieden mit meinem immer trockener werdenden Mund zu schließen und die Unruhe in mir zu akzeptieren, die mit diesem Thema einherging.

Mit der Erinnerung an damals.

Ich hatte es gestern erst durchgestanden.

Eine Wiederholung in so kurzer Zeit ertrug ich nicht.

»Ich will nicht darüber reden.« Meine Stimme kratzte derart, dass sie an ein Knurren erinnerte. Kein Wunder also, dass Sarah erschrocken die Augen aufriss.

Den Blick gen Boden gesenkt, presste sie die Lippen aufeinander. »Okay, tut mir leid.«

Hör auf, dich zu entschuldigen.

Du machst nichts falsch. Rein gar nichts.

Ich bin derjenige, der …

»Maeve weiß es bestimmt, oder? Ihr wirst du davon erzählt haben.« Ruckartig hob sie den Kopf und suchte meinen Blick. Dabei blinzelte sie verdächtig oft und ich hasste es, der Grund für ihre feuchten Augen zu sein. »Ich verstehe es total, ehrlich. Ich war schrecklich früher, aber ich dachte, nach diesem Wochenende möchtest du dich mir vielleicht anvertrauen«, murmelte sie und es war, als galten diese Worte mehr ihr selbst als mir.

Mein Herz brach entzwei.

Ich biss mir auf die Unterlippe, damit ich nicht nach ihr griff und sie umarmte. Ihr irgendwie zeigte, wie viel sie mir bedeutete, wenn ich schon zu feige war, es ihr zu sagen, und doch … Ich konnte nicht. Etwas in mir hinderte mich daran.

Stimmt es, dass du einen Unfall hattest?

Einen Unfall.

Unfall.

Schreie echoten in meinem Kopf, gemeinsam mit splitterndem Glas und Schmerzen. Ich zog die Schulterblätter zusammen, zwischen denen meine Narben aufbrannten. Als würden ihre Worte sie wieder aufreißen. Zentimeter für Zentimeter.

Gezwungen ruhig massierte ich meine pochende Schläfe und schloss die Augen. »Schon mal daran gedacht, dass du mit so einer beiläufigen Frage ein Trauma triggern kannst?«

Ich klang wütend.

Verflucht, ich war wütend.

Ob zu Recht oder nicht, darüber würde ich später nachdenken, jetzt im Moment wollte ich das hier einfach nur schnell zum Abschluss bringen und verschwinden. Und das nicht, wie gedacht, zu Tyrese in die WG für einen entspannten Sonntag vor unserer letzten Klausurenphase, sondern direkt ins Gym, um meinen Suchtdruck loszuwerden, der sich in diesem Augenblick auftat. Wie ein großes, schwarzes Loch, das mich anzog, um mich zu verschlingen.

»Ich … nein«, gestand sie und ich hörte ihre Reue, doch das änderte jetzt auch nichts mehr. Der Schaden war angerichtet. Verflucht, wie hatte ich je glauben können, dass wir zusammen eine gesunde Beziehung führen könnten? Mit all unserem Ballast? *All meinem* Ballast?

Etwas so Kaputtes konnte man nicht mehr flicken.

Und hatte ich ihr nicht erst gestern im Flugzeug geraten, kaputte Fäden mit Menschen, die einem schadeten, zu kappen?

»Dass du verletzt bist, kann ich nachvollziehen«, begann ich ruhig und schaute ihr tief in die Augen. »Und nein, ich habe es Maeve nicht erzählt. Niemand weiß von diesem … davon. Jedenfalls niemand hier in Columbus. Weil ich es niemandem erzählen will.«

Ich atmete kurz durch.

»Du weißt verflucht wenig über mich, Sarah, und das aus gutem Grund.« Die Wahrheit schlüpfte einfach über meine Lippen. Vielleicht, weil ich frustriert von diesem desaströsen Abschluss unseres Wochenendes war, oder weil ich wütend auf mich selbst oder einfach nur überfordert war. Jedenfalls hatte unsere schöne Zeit mit einem ordentlich schmerzhaften Absturz geendet.

Ich behielt die Wahrheit darüber, wie schrecklich zerstört Alan Avery Baker war, für mich. Weil ich es nicht ertragen würde, dass die Menschen, die mir am Herzen lagen, mich aus anderen Augen betrachteten. Egal, ob mit Mitleid, Ekel oder Schrecken – alles davon würde mich zerstören.

»Ich bereue nicht, was zwischen uns passiert ist und ich meinte alles ernst, was ich zu dir gesagt habe«, schwor ich, ohne ihren Blick loszulassen. Selbst, als Tränen in dem wunderschönen Smaragdgrün schwammen, zwang ich mich, sie weiter anzusehen. »Trotzdem möchte ich jetzt Zeit für mich.«

Um mit meinen Dämonen klarzukommen.

Um sie mir selbst beim Sport auszutreiben, damit ich nicht nachgab, mir keine Dose Bier kaufte – oder drei verfluchte Pralinenschachteln.

Es tat mir unendlich leid, aber ich ließ sie stehen. Ohne auf Sarahs Antwort zu warten, machte ich auf dem Hacken kehrt und ging schnellen Schrittes in Richtung Stadion. Zu unserem Trainingsraum. Suchte Zuflucht in dem kleinen, nach Schweiß riechendem Raum voller Gewichte, um wieder freier atmen zu können.

32

Sarah

Ich hatte es versaut.

Mit meiner Taktlosigkeit und dem Frust darüber, dass meine Mutter etwas über Alan behauptete, das nicht der Wahrheit entsprechen konnte, und als er mich danach gefragt hatte, waren die Worte ohne jeglichen Gedanken über meine Zunge gerollt.

Ich hätte seine Standpauke verdient.

Ein solch traumatisches Erlebnis sollte niemand ansprechen und ich wusste das und doch … war es mir passiert.

Und jetzt hasste er mich.

Schniefend drückte ich mein Kopfkissen voller Chipskrümel an mich und starrte durch meine vor Tränen verschwommene Sicht auf meinen Laptop. Die letzte Staffel von The Circle USA flimmerte auf dem Bildschirm. In der Hoffnung, mich ablenken zu können, hatte ich das Erstbeste aus meiner Watchlist eingeschaltet und fieberte jetzt mit den Kandidaten und Kandidatinnen mit, die entweder als sich selbst oder als Fake um eine ordentliche Summe Geld spielten und einander täuschten.

Es war der reinste Beliebtheitswettbewerb, bei dem alle den Absichten der anderen misstrauten und überlegten, ob sie ehrliches Interesse an einem hatten oder sich nur einschleimen wollten.

Das hatte erschreckend viele Parallelen zu meinem Leben.

Na ganz toll.

Genervt schloss ich den Laptop mit dem Fuß und vergrub das Gesicht im Kissen, schniefte vor mich hin.

Es klopfte an meiner Tür.

Heftig.

Ich warf mein Kissen beiseite und schwang mich gezwungenermaßen aus dem Bett. Schlurfend ging ich zur Tür und rieb mir über die Augen, während ich meinem Besuch öffnete.

»Was ist?«, begrüßte ich wen auch immer, ohne richtig hinzusehen, denn es interessierte mich gerade wenig, wer vor mir stand. Alan war es mit Sicherheit nicht. Er hatte gesagt, er brauchte Abstand von mir und das bestimmt länger als zwei Stunden.

Maeves Augenbrauen wanderten in die Höhe und sie senkte die große Kuchenschachtel, die sie in den Händen trug, ein wenig. »Dir auch ein schönes nachträgliches Thanksgiving, Schwesterherz.« Besorgt glitt ihr Blick über mich. »Was haben sie getan?«

Sie?

Fragend runzelte ich die Stirn. *Wen meint sie?*

Ach, bestimmt unsere Eltern.

Ich ließ die Schultern hängen und bedeutete ihr stumm, einzutreten. Ohne hinzuschauen, drehte ich ihr den Rücken zu und warf mich zurück auf mein Bett. Es gab noch einige trockene Stellen in meinem Kopfkissen, die ich vollheulen musste.

»Oh, sie haben einiges getan«, begann ich, gedehnt zu erzählen, schüttelte dann aber den Kopf. »Egal, ich bin viel schlimmer als sie.«

Maeve warf sich auf ihr ehemaliges Bett, welches immer noch leer stand. Vermutlich wollte die Verwaltung niemanden in dieses Zimmer einteilen, bevor ich meinen Abschluss hatte. Sie warteten mit dem Aufwand lieber, bis sie direkt beide Betten verteilen konnten. Also musste ich mich notgedrungen an den Gedanken gewöhnen, für den Rest meines Collegelebens alleine zu wohnen.

»Ich bezweifle, dass du mit irgendetwas unsere Eltern toppen kannst, aber okay, ich bin ganz Ohr.« Die Hände auf die Matratze gestützt, überschlug sie die Beine und lächelte mich aufmunternd an.

Ich verzog den Mund. »Du wirst mich schrecklich finden.«

»Versuchs und schau, ob du recht hast.« Etwas Neckisches schimmerte in ihren grünen Augen, die meinen so ähnlich waren. Nur viel lebensfroher. Was wohl ein Luxus war, der daraus resultierte, schon früh selbstständig und voller Selbstliebe zu sein.

Nervös schaute ich auf mein Kissen, das ich wieder im Klammergriff hielt, und zupfte am grauen Stoffbezug. »Ich habe mit Alan geschlafen …«

Maeve weitete die Augen. »Was?«

»… und dann habe ich alles versaut«, überging ich ihren Aufschrei und ließ stöhnend den Kopf im Kissen verschwinden. »Isch bin so idiodisch«, verfluchte ich mich nuschelnd.

»Okay, warte, langsam.« Tapsend kam sie zu mir. Die Matratze gab unter ihrem Gewicht nach und sie strich mir ein paar Haarsträhnen zurück. »Ich packe den Kuchen aus, du erzählst mir, was passiert ist und dann versichere ich dir, dass alles nicht so schlimm ist und ihr das wieder hinkriegt, ja?«

Kuchen?

Schniefend schielte ich zu ihr. »Was für Kuchen?«

Ihr Mundwinkel zuckte. »Apple Pie. Was sonst?«

»Du bist ein Schatz.« Das war sie wirklich. Sie brachte mir Apple Pie, um Thanksgiving nachzufeiern und jetzt hielt sie auch noch mein Beziehungsdrama aus.

Ich erzählte Maeve alles.

Angefangen von Kyles Familie an unserem Esstisch, wie ich all die Lügen und das Theater meiner Eltern nicht mehr aushielt, wie mich Alan in der Scheune gefunden, aufgemuntert und zu sich nach Hause eingeladen hatte.

Wie wundervoll mich seine Eltern aufgenommen hatten.

Wie sie zum Kino aufgebrochen waren und ich Alan wegen meines blöden Reißverschlusses aufgesucht hatte. Wie eines zum anderen geführt und wir uns geliebt hatten.

Bis hin zu meinem komischen Bauchgefühl seit heute Morgen und Moms Reaktion auf Alan und mich. Wie sie ihm vorwarf, ein schlechter Mensch zu sein.

»Sie war total angetrunken und hat wirres Zeug geredet und behauptet ...« Ich stoppte und stopfte den Rest meines Kuchenstückes in meinen Mund.

»Niemand weiß vom Unfall. Auch Maeve nicht.«

Alans Worte hallten durch meine Gedanken und ich wollte mir gegen die Stirn schlagen, dass ich ausgerechnet in dem Moment eifersüchtig auf meine Schwester gewesen war. Dass ich immer noch nicht über etwas so Kindisches hinwegkam, auch wenn ich wusste, wie unrealistisch und dämlich es war.

»Was hat sie behauptet?« Maeve stach regelrecht auf ihr Kuchenstück ein. »Ich schwöre, wenn sie schlecht über Alan geredet hat ...«

»So ungefähr. Jedenfalls habe ich ihn auf das angesprochen, und verdienterweise total die Ansage kassiert. Er war richtig sauer auf mich. Was ich auch verstehe. Es ist ...«

»… kacke gelaufen?« Fragend neigte Maeve den Kopf.

Stumm nickte ich. *Ja.*

Ich hatte das Gefühl gehabt, wir wären auf einem guten Weg gewesen. Wir hatten Gedanken und Gefühle miteinander geteilt und uns beigestanden. Andererseits war das alles gestern passiert. An einem einzigen Tag.

Wie unser persönlicher Traum. Tja, vermutlich lag es daran. Ein Traum konnte unmöglich anhalten. Irgendwann wachte man unweigerlich auf. Manchmal hallte er in einem nach, wie eine wunderschöne Erinnerung, aber das war es dann.

Stoisch blinzelte ich die aufkommenden Tränen beiseite. Ich hatte die letzten Tage genug geweint. Dabei war ich niemand, der überhaupt weinte.

Schnell rieb ich mit dem Handrücken über meine Augen und straffte die Schultern. »Okay, das reicht«, beschloss ich lautstark und erntete ein irritiertes Blinzeln von Maeve.

»Was meinst du?«

»Ich habe genug davon, in Selbstmitleid zu versinken oder mich selbst runterzumachen«, sprudelten Worte aus mir heraus, die ich selbst kaum glauben konnte. »Was auch immer das mit Alan ist, es wird sich schon irgendwie regeln.« Das hoffte ich zumindest. »Und bis dahin habe ich einiges zu erledigen.«

»Ach ja?« Sie klang vermutlich erschrockener, als gewollt. Jedenfalls hielt sie sich den Mund zu und murmelte eine Entschuldigung. »Das klang irgendwie gemein, oder?«

Ich winkte ab und stellte meinen leeren Kuchenteller auf meinen Nachttisch. »Alles gut. Lass uns über dein Thanksgiving reden. Wie war's bei Taylors Familie?«

Maeve hatte lange genug meine Seelsorgerin gespielt. Dabei war ich die große Schwester. Die, die sich um sie sorgen und kümmern sollte. Alles Dinge, die ich zukünftig tun würde, bis sie mich anflehte, sie in Ruhe zu lassen.

Maeves Lächeln erhellte ihr ganzes Gesicht. »Es war super. Vor allem, weil wir sie zu uns eingeladen haben. Hope, also seine Nichte, hat bei uns übernachtet, habe ich das schon erzählt? Nein, oder? Moment, ich habe Fotos, wie wir Taylors Gesicht mit Kajal vollkritzeln.« Wie vom Blitz getroffen, sprang sie von meinem Bett und hechtete zu ihrer Handtasche. Triumphierend hielt sie ihr Handy in die Luft und kicherte vor sich hin. »Das ist Gold wert, versprochen.«

O ja, das war es.

Genau wie alles andere, was sie mir in der nächsten Stunde von ihrem Thanksgiving erzählte und anstatt vor Eifersucht zu platzen, weil ihr Wochenende so toll und meines so komisch gewesen war, durchströmte mich Freude. Weil meine kleine Schwester frei und leicht lachte und so glücklich wie noch nie schien.

Alan

Bass dröhnte von den Wänden und brachte den Boden unseres Gewichtsraums zum Beben. Welches Lied genau meine Trommelfelder attackierte, wusste ich nicht. Ich hatte irgendeine Gym-Playlist angemacht und spielte die Lieder über die teure Anlage und ihre noch teureren Boxen ab.

Das Gute an einer Session während der Feiertage war, dass ich allein war. Die anderen Teammitglieder hingen entweder in ihren Elternhäusern irgendwo außerhalb des Campus ab oder lagen zum Ausnüchtern von den Partys, die die letzten Tage überall gefeiert worden waren, in ihren Zimmern.

Den Kiefer aufeinandergepresst, zog ich den Klettverschluss um meinen Boxhandschuh mit den Zähnen fest und stellte mich vor den Sandsack, den es nicht kümmerte, wie fest ich auf ihn einschlug.

Dumpf knallte meine Faust auf das Leder. Erst langsam, zum Aufwärmen der Muskeln, dann endlich schneller, bis ich vor Anstrengung schnaufte und Schweiß meine Schläfe hinabrann. Mein Herz hämmerte immer noch auf Hochtouren, doch endlich aus den richtigen Gründen. Weil ich boxte. Weil ich mich auf Schlagabfolgen und den richtigen Stand konzentrierte und nicht, weil ich in Erinnerungen festhing oder der Suchtdruck mich nach unten zog.

Ich hatte mein Herz endlich wieder unter Kontrolle.

Jedenfalls irgendwie.

Mein Blick zuckte zu meinem ausgeschalteten Handy, das rechts von mir auf dem Boden lag. Zusammen mit der Wasserflasche, die ich aus meinem Spind geholt hatte und die längst leer war.

Ich starrte mein Handy wieder an. Schon seit zwei Stunden tat ich das. Immer wieder. Als wäre es ein komischer Impuls, den ich nicht unterdrücken konnte. Dabei war das Ding ausgeschaltet. Keine Nachrichten oder Anrufe kämen zu mir durch. So, wie ich es wollte. Und trotzdem wartete etwas von mir darauf, Sarahs Namen aufploppen zu sehen.

Mit geschlossenen Augen konzentrierte ich mich auf meine Atmung und wechselte in eine Dreierabfolge. Links, rechts, links. Schläfe, Kiefer, Niere.

Immer wieder.

Selbst dann, als ich Seitenstechen bekam, weil meine Atmung total neben der Spur war.

Früher oder später hätte Sarah von dem Unfall erfahren und Antworten suchen müssen. Weil Menschen von Natur aus neugierig waren. Nein, ich wünschte, es wäre nur das.

Sarah hatte verletzt ausgesehen. Als glaubte sie, alle Welt wüsste davon, nur sie nicht, weil ich ihr nicht vertraute. Weil ich sie nah genug an mich ranließ, um mit ihr zu schlafen, sie aber von meiner Seele fernhielt.

Wie verflucht falsch sie lag.

Na, das klappt ja super mit dem Abschalten und Runterkommen.

Genervt erhöhte ich die Abfolge meiner Schläge, konzentrierte mich auf den Beat des Liedes, das ich nicht kannte, aber all meine Frustration herauszuschreien schien.

Erst als ich keine Luft mehr bekam, stoppte ich.

Um Atem ringend, stützte ich die Hände gegen die Hüfte und starrte an die Decke.

»Autsch.« Eine Stimme durchbrach die plötzliche Stille im Raum und ich zuckte zusammen. Wann war die Musik ausgegangen? »Wie kannst du deinen Ohren nur diese Lautstärke antun? Das tut richtig weh.«

Erschrocken hob ich den Blick. Grüne Augen empfingen meine und meine Brust zog sich sehnsüchtig zusammen – bis mir die silbernen Haarsträhnen auffielen.

Maeve stand vor der Musikanlage. Genau wie ich trug sie Alltagsklamotten, nur war ich der einzig Verrückte, der auf die Idee kam, darin Sport zu betreiben.

Sie warf mir ein kleines Lächeln zu. »Ich dachte mir schon, dass ich dich hier finde.«

Sie dachte sich, ich wäre hier?

Moment, hat sie mich gesucht?

Wieso sollte sie …?

Ich atmete besiegt aus. »Du hast mit Sarah geredet.« Ein anderer Grund, wieso sie plötzlich an meinem Rückzugsort auftauchte, fiel mir nicht ein. Selbst sie trainierte nicht an freien Wochenenden.

Sie nickte und ich sah die leise Entschuldigung, die in ihren Augen mitglomm –trotzdem trat sie langsam auf mich zu.

»Was hat sie dir erzählt?«

»Wie war Texas?«, überging sie meine Frage.

Ich stöhnte auf. »Können wir das nicht überspringen? Du weißt hundertpro schon, wie Texas war.« *Sarah wird dir alles erzählt haben und ich habe keine Lust auf diese scheinheilige Unwissenheit von dir, Eve.*

Ungerührt erwiderte sie meinen Blick. »Ich möchte von meinem besten Freund wissen, wie die letzten Tage für ihn waren, weil es mich ernsthaft interessiert. Mir ist egal, was Sarah erzählt oder nicht erzählt hat. Ich bin hier, weil ich mit *dir* reden will, Alan.«

Super, das nahm mir den Wind aus den Segeln.

Missmutig darüber, wie leicht sie mich beeinflussen konnte, verzog ich den Mund, ehe ich mit den Zähnen den Verschluss meines Boxhandschuhes löste und ihn auszog. Der andere folgte und ich beobachtete jede meiner Bewegungen, um Maeve nicht ansehen zu müssen.

»Texas war super«, begann ich. Trotz all der Scheiße, die Conroe in mir weckte, hatte ich die Zeit genossen. Wegen Sarah. Wegen der vergangenen Nacht. Weil sie neben mir am Tisch gesessen und mit meiner Mom gelacht hatte. Weil sie in meinen Armen geschlafen und *mit mir* gelacht hatte. Und irgendwie fühlte ich mich noch mieser, weil es so verflucht perfekt gewesen war. Leise fuhr ich fort. »Ich habe mit Sarah geschlafen.«

»Bist du deswegen so durch den Wind?«

»Ja, nein, ach, keine Ahnung.« Ich löste meinen Dutt, der sowieso schon locker in meinem Nacken hing.

Wieso erzählte ich ihr das ausgerechnet jetzt?

Ja, sie war meine beste Freundin, aber … ja, was aber? Aber sie war Sarahs Schwester? Aber sie wusste nicht, dass ich seit Jahren auf Sarah stand und es mich förmlich zerrissen hatte, sie mit Taylor zu sehen? Oder lag es daran, dass sie alles mit Taylor teilte und ich Angst vor seiner Reaktion hatte?

Und wieso erzählte ich es ihr dann trotzdem?

Angespannt wischte ich mir den Schweiß von der Stirn. *Weil ich es nicht länger aushalte. Die ganzen Geheimnisse. Den Scheiß mit der Sucht.* Einfach alles, was ich seit Jahren mit mir selbst ausmachte und woran ich immer weiter kaputtging. Langsam, kaum merklich, und doch spürte ich in diesem Moment, dass ich an meiner Grenze angekommen war.

Ich wusste, diese dunkle Stimme in mir spielte mir einen Streich, aber ich hörte sie immer lauter flüstern, dass alles egal wurde und ich einfach aufhören sollte, mich anzustrengen. Einfach nachgeben und für einen kleinen Moment abschalten, mit einem Bier in der Hand.

Ein bisschen Freiheit von meinen Problemen.

Ja, als ob.

»Hmm.« Maeve zog ein nachdenkliches Gesicht. »Bereust du es denn? Also, das mit Sarah?«

»Nein.« Ich dachte nicht einmal darüber nach. Auch wenn ich es tun sollte. Meine Vernunft wurde mit der Zeit immer lauter. Wollte mir immer deutlicher machen, wieso ich es bereuen sollte.

Immerhin hat Sarah keinen blassen Schimmer, wer ich wirklich bin – und sie wird die Wahrheit hassen.

Dumpf fielen meine Handschuhe auf den Boden und verdeutlichten mir, wie wenig Selbstbeherrschung ich noch übrighatte, wenn ich nicht mal meine verdammten Sachen ordentlich ablegen konnte.

»Sarah ist eine verdammt tolle Person. Sie lacht wie ein verfluchter Engel und ärgert sich auf die niedlichste Art und Weise überhaupt, wenn man sie neckt und dank ihr war ich die letzten Stunden so glücklich wie seit Jahren nicht mehr.«

Das Geständnis brachte alles in mir zum Zittern.

Es brannte meine Nase hinauf in meine Augen.

Aufgrund dieser paar Worte zitterten meine Finger und ich wollte am liebsten all meinen Frust herausschreien. Denn Tatsache war, dass der Tag meinetwegen so eine beschissene Wendung genommen hatte.

Ich fuhr durch meine nassen Haare. »Ich bin das Problem. Früher oder später wird sie es bereuen.« Meine Stimme erstickte.

Ich war nicht wie sie.

Weder stark genug, zu meiner Vergangenheit zu stehen, noch ansatzweise bereit, Frieden mit mir selbst zu schließen. Seit Jahren trug ich still und heimlich all meine Laster mit mir herum. All meine Fehler und Dämonen. Alles Pechschwarze in mir, für das ich mich verabscheute.

»Sarah hat wenigstens den Mut, ihre Fehler zu akzeptieren und mit ihnen zu leben«, murmelte ich vor mich hin, als ich mich daran erinnerte, wie sie vorhin ihrer Mutter begegnet war.

Stolz und stark und voller Selbstliebe.

Weil sie einen Schritt näher bei sich stand und sich selbst so liebte, wie sie war. Oder es zumindest versuchte.

Maeve trat zu mir und legte mir eine Hand auf die Schulter. »Alan, wenn es hier um deinen Autounfall geht …«

Erschrocken wich ich vor ihr zurück, genau, wie ich es bei Sarah getan hatte. Es schien die einzige verfluchte Antwort meines Körpers auf dieses Thema zu sein. »Woher weißt du davon?« Scheiße, jetzt klang ich sogar anklagend. Aber wieso sprach mich heute jeder auf dieses Thema an?

»Ich war damals bei dir im Krankenhaus, Alan. Weißt du das nicht mehr? Du hast mir damals auch verboten, es Sarah zu erzählen.«

Daran erinnerte ich mich nicht.

Mein ach so tolles Gedächtnis schien genau das vergessen zu haben. Ich schluckte hart. »Nein, tue ich nicht.« *Super, Maeve weiß seit Jahren von meinem größten Fehler. Wie viel weiß sie genau? Alles? Nur von dem Unfall? Was ich fast verloren habe? Wie viel von mir an diesem Tag gestorben ist?*

»Oh.« Maeve presste schuldbewusst die Lippen aufeinander. »Hätte ich das gewusst, nein, ich hätte das Thema insgesamt sensibler ansprechen sollen.«

»Oder gar nicht darüber reden«, murrte ich, ohne darüber nachzudenken, und fuhr mir übers Gesicht. Für heute hatte ich genug. Morgen würde ich sie fragen, wie viel ich ihr erzählt hatte. Oder übermorgen. Oder den Tag danach. Jedenfalls nicht jetzt. »Ich verstehe nicht, wieso es plötzlich so wichtig ist, über meine Vergangenheit zu reden.«

Bullshit.

Ich wusste es ganz genau. Alles, was ich gerade erzählte, war defensiver Mist, damit ich diesen Teil von mir verstecken konnte und mich nicht damit auseinandersetzen musste, was für ein schrecklicher Mensch ich früher gewesen war.

»Okay, dann lassen wir es.« Beschwichtigend hob Maeve die Hände und schaffte es damit, meinen Puls zu beruhigen. Wenigstens ein bisschen, aber gerade nahm ich alles, was ich kriegen konnte. »Aber ich lass dich heute nicht allein.« Sie hob den Zeigefinger in die Höhe und versuchte sich an einem strengen Blick, der mir ein Schmunzeln entlocken wollte. »Du wirst jetzt duschen gehen, denn du stinkst ordentlich, Alan, und dann machen wir einen Filmabend.«

»Nur, wenn wir einen Horrorfilm gucken«, brummte ich.

Missmutig verzog sie den Mund. »Müssen wir?«

Ich nickte. »Weil du mich stinkig genannt hast.«

»Es ist doch wahr.«

»Egal, das ist unhöflich.«

Sie verschränkte die Arme vor der Brust, doch in ihren Augen tanzte der Schalk. »Du legst dir deine Argumente nur so zurecht, wie sie dir gefallen.«

Erwischt. »Hey, ich bin ein Wrack, hab ein bisschen Mitleid mit mir.« Wow, jetzt konnte ich schon Witze darüber machen. Aber hey, das war besser als alles, was ich in den letzten Stunden getan hatte. Wahrscheinlich war mein erster winziger Schritt zum Glück wirklich ein entspannter Abend auf der Couch mit Maeve.

33

Sarah

Eine Woche später.

Alan ging mir aus dem Weg.

Ich versuchte wirklich, deswegen nicht durchzudrehen und mich auf mich selbst zu konzentrieren.

Am Montag war ich direkt zu Coachin Zyntia gegangen und hatte ihr eröffnet, mit dem Cheerleading aufzuhören. Sofort. Es wäre untertrieben gewesen zu sagen, sie hätte einen Wutanfall bekommen. Letztendlich war ich für sie eine undankbare Egoistin, die das Team im Stich ließ und ja, irgendwo hatte sie recht damit. Für viele im Team musste es so wirken. Für mich war es ein Befreiungsschlag.

Zum ersten Mal seit sechs Jahren quälte ich mich nach den langweiligen Vorlesungen nicht ins Stadion, wurde in die Luft geschmissen und musste dabei auch noch lächeln, anstatt zu schreien – Letzteres wäre für mich viel verständlicher.

Trotzdem würde ich es vermissen. Die Gespräche mit Brittany. Maeve und Alan nebenbei trainieren zu sehen. Heimlich mit Stanley Chips zu essen. Die landesweiten Fahrten zu Auswärtsspielen mit den lustigsten Momenten. All das war jetzt Geschichte.

Meine neuen freien Nachmittage verbrachte ich im Gemeindezentrum in der Nordstadt.

Ich half den asylsuchenden Menschen dabei, die notwendigen Formulare für die Einwanderungsbehörde zu verfassen, dolmetschte Beratungsgespräche und verliebte mich immer mehr in diese Arbeit.

Darin, Menschen ein Lächeln aufs Gesicht zu zaubern.

Etwas zu können, dass Menschen tatsächlich half.

Wenn noch etwas von meiner Freizeit übrig blieb, setzte ich mich an meine Nähmaschine. In den letzten Wochen hatte ich meinen Instagram-Account total vergessen und ordentlich vernachlässigt, aber so war das nun mal, wenn die Realität nach einem rief. Ich versuchte, es mir auch nicht zu Herzen zu nehmen, dass mir immer mehr Leute entfolgten, als ich offenbarte, mit dem Cheerleading aufgehört zu haben.

Ich sank von zweitausend Followern auf grob tausend.

Eine heftige Reduzierung, doch was sollte ich machen?

Mich weiterhin verstellen? Nie wieder.

Ab sofort bekäme auch die Onlinewelt nur noch einhundert Prozent authentische Sarah Yang und alle, denen das missfiel, konnten gehen. Ich nahm es nicht persönlich.

Ich hatte in den letzten Nächten zwei neue Kleidungsstücke genäht. Eine Jeanscorsage, die ich aus einer alten Jeanshose gebastelt hatte, und einen lockeren Jumpsuit aus weichem Baumwollstoff und mit Blumenprint. Unweigerlich erinnerte mich das Muster an Mary – und an Alan – und ich weinte.

Ich weinte oft.

Aber ich ließ alles raus – und kurz darauf war es mir besser gegangen. Irgendwie. Nicht perfekt, doch wenigstens konnte ich leichter atmen.

Ich hatte mir vorgenommen, Alan den Raum zu geben, den er brauchte. Obwohl sich alles in mir nach ihm sehnte, kontaktierte ich ihn nicht. Ich schrieb keine Nachricht oder sprach ihn auf dem Campus an.

Selbst als ich Maeve am Donnerstag auf dem Stadionparkplatz in die Arme schloss und ihr die Daumen für ihr Auswärtsspiel drückte, schaffte ich es, Alan gehen zu lassen, ohne ihn zu nerven.

Ich akzeptierte seine Grenzen. So, wie es alle tun sollten. Wie ich es noch lernen musste, weil es so verdammt wehtat, nicht zu wissen, was aus uns werden würde, aber irgendwie schaffte ich es. Ehrlich gesagt, war es ein Segen, dass mein Leben vollkommen aus der Bahn geraten war. So musste ich mich darauf konzentrieren und verlor die Zeit, Alan nachzutrauern oder mich über meine Fehler aufzuregen.

Letztendlich stand ich am Sonntagmittag mit einem angespannten Lächeln vor Maeves Wohnungstür und klopfte schwerfällig gegen das Holz. Die riesige Box, die ich mit mir herumschleppte, war wirklich unhandlich.

Quietschend öffnete sich die Tür und blaue Augen trafen auf meine. Augen, die meine Brust eindrückten und mich schwer schlucken ließen.

Krampfhaft hielt ich meine Mundwinkel oben. »Hey«, begrüßte ich Taylor zögerlich.

Die Hand an der Tür, glitt sein Blick über mich. »Hallo.«

Ich bemerkte die Skepsis in seinen Augen sofort. Das Bellen seiner Schäferhündin Stella übersetzte ziemlich gut, wie wenig Taylor meine Nähe ertrug.

Ich verstand es.

Umso dankbarer war ich, trotzdem hier stehen zu dürfen. Also straffte ich die Schultern und hielt dem Blick meines Ex-Freundes stand. Ex-Verlobten. Danke, liebe innere Stimme, das wusste ich schon.

Ich räusperte mich und trat von einem Fuß auf den anderen. »Danke, dass du mich das tun lässt«, sprach ich meine Gedanken aus.

Seine Schultern fielen hinab und er trat von der Tür zurück, bat mich stumm herein. Dabei fuhr er durch seine dunklen Locken. »Klar«, brummte er leise und voll Widerwillen, doch ich entschied mich, es dieses Mal zu ignorieren.

Meine Mission bestand aus etwas anderem.

Also trat ich ein und die Box verschwand aus meinen Armen.

Irritiert blinzelte ich und beobachtete Taylor dabei, wie er weiter in die Wohnung ging, die Box in einer Hand. »Lass die Schuhe ruhig an«, begann er zu reden, ehe ich es tun konnte, »Vom Flur geht's in den Wohnbereich. Rechts kommst du zur Küche. Ich stell schon alles bereit.«

Er sprach einfach weiter.

Vermutlich war es das Beste.

Der Situation erst gar nicht die Möglichkeit bieten, sie komisch werden zu lassen.

Ein tiefes Knurren holte mich aus den Gedanken und ich blickte auf Stella hinab. Mit ihrem dunklen Fell und den tiefschwarzen Augen wirkte die Schäferhündin unheimlich bedrohlich. Vor allem wenn sie, wie jetzt, die Zähne fletschte und sich wie eine Bärenmutter vor mir aufbaute.

»Stella, aus«, schallte Taylors strenge Stimme durch die Wohnung, »Lass sie rein.«

Stella blieb beim Knurren.

Hey, ich konnte es ihr nicht verübeln und zum Glück hatte ich keine Angst vor Hunden und wusste, dass Stella eine Hündin war, die bellte, ohne zu beißen.

»Jaja, hör auf zu diskutieren«, kommentierte Taylor ihr Verhalten monoton. »Sie ist wegen Maeve hier und wir lieben Maeve, also akzeptieren wir all ihre Gäste.« Er brummte noch etwas vor sich hin, dass ich vermutlich gar nicht hören wollte.

Wir lieben Maeve.

Seine Worte zu hören sollte mir wehtun, oder?

Immerhin hatte er diese Worte einmal zu mir gesagt und wir teilten eine recht lange, intensive Geschichte. Doch alles, was ich fühlte, war Ruhe und Glück. Weil Taylor jemanden wie Maeve verdiente und andersrum. Er war ein toller Mensch, der meine kleine Schwester ohne Zweifel auf Händen trug.

Was uns auseinandergetrieben hatte, war die Tatsache, dass wir einander nie richtig geliebt hatten.

Nicht so, wie er Maeve liebte.

Oder das, was ich für Alan empfand.

Alan.

Nein.

Schnell schüttelte ich den Kopf und schlängelte mich an Stella vorbei, die verstummt war, mich trotzdem argwöhnisch im Auge behielt.

Heute würde ich keinen Gedanken an Alan verlieren. Das hatte ich mir fest vorgenommen.

Während ich durch die Wohnung schritt, konnte ich nicht anders, als mich umzusehen. Maeves und Taylors eigenes Reich unter die Lupe zu nehmen. Es war einfach komisch, zum ersten Mal in der eigenen Wohnung der Schwester zu stehen, ihrem neuen Zuhause.

Es war wunderschön.

Das Wohnzimmer bestand aus einer großen L-förmigen Couch aus dunkelgrauem Stoff mit hellen Akzenten, einem passenden Couchtisch dazu und vielen Bücherregalen. Daneben ein TV-Board. Abgesehen von den Möbeln, standen überall Pflanzen, vermutlich unechte, denn wie ich Taylor kannte, wollte er nichts im Haus haben, das früher oder später verwelkte.

Das Zimmer sah aus wie eine kleine Oase, die einen vor der Außenwelt abschirmte.

Irgendwie erinnerte es mich an Alans Elternhaus. An die vielen Ranken und Blumen, die Mary in jedem Raum verteilte, bis diese Holzhütte wie ein atmendes Lebewesen wirkte.

Das Gleiche galt für die Küche. Helle Möbel, ein paar Efeuranken, die sich von Hängeschränken abseilten und viele liebevolle Details.

Taylor stand bereits an der Kücheninsel, die das Zentrum des Raumes darstellte, und klappte die Pappbox auf. Anerkennend hob er die Augenbrauen und ich glaubte sogar, er lächelte leicht. Kaum bemerkte er meine Anwesenheit, wirkte alles an ihm wieder angespannt.

Schnell wandte er den Blick zurück auf den Kuchen, den ich mitgebracht hatte, und er angelte ein langes Küchenmesser aus einer der vielen Schubladen. »Den hast du gemacht?«

Ich verschränkte die Hände auf dem Rücken und trat zaghaft näher, wollte ihm auf keinen Fall das Gefühl vermitteln, mich in seinem Territorium breitzumachen. »Ja.«

»Welche Sorte?« Ja, er betrieb eindeutig Small Talk, weil Stille zwischen uns nur noch peinlicher wäre.

»Strawberry Cheesecake ...«

»... Maeves Lieblingskuchen«, vollendete er und lächelte sanft, den Blick auf seinem Tun. »Das wird sie freuen.«

»Ich hoffe es«, sprach ich meine Gedanken aus und stellte mich ihm gegenüber an die Arbeitsfläche. »Du musst das nicht machen. Ich bereite alles vor.« Er hatte sicher viel zu tun. So wie immer. Wie es nun mal war, wenn man Medizin studierte. Irgendwo wartete wieder ein Buch oder ein Aufsatz oder ein Test mit zig komplizierten Wörtern auf ihn.

»Hier.« Ich kramte die kleinen Wunderkerzen aus meiner Handtasche, die ich auf dem Weg hierher gekauft hatte, und hielt sie mit einem stolzen Grinsen in die Luft. Gegen dieses kam ich nicht an. Dafür freute ich mich viel zu sehr darauf, Maeves Gesichtsausdruck zu sehen, sobald sie vom Auswärtsspiel nach Hause kam. »Ich packe die Kerzen auf den Kuchen und warte«, schnell überprüfte ich die Uhrzeit auf meinem Handy. Geschockt riss ich die Augen auf. »Verflucht, sie kommt jeden Moment.«

Ohne darüber nachzudenken, umrundete ich die Kücheninsel und schob Taylor mit der Hüfte beiseite, um die Kerzen auf der hellroten Glasur zu verteilen. »Hast du ein Feuerzeug?«

Wieso auch immer, seufzte er schwer. Schubladen klapperten. Ein altes Klappfeuerzeug aus Metall tauchte vor meinen Augen auf. »Hier.«

Dankend nahm ich es entgegen und drückte es an meine Brust. »Okay, jetzt müssen wir nur noch warten, bis sie reinkommt und dann lenkst du sie ab, damit ich die Kerzen anzünden kann und ...«

»Sarah«, unterbrach er mich mit ruhiger Stimme. »Der Plan ist simpel. Das klappt schon.«

Beruhigt er mich gerade?

Tatsächlich.

Nach allem, was ich ihm angetan hatte.

Ich presste die Lippen aufeinander und umklammerte das Feuerzeug, während ich mich zu ihm wandte. »Taylor ...«

Er schüttelte den Kopf und grub die Hände in die Taschen seiner Jeanshose. »Nicht«, bat er und hob einen Mundwinkel. »Lass uns nicht über die Vergangenheit reden. Bitte. Ich versuche, all das hinter mir zu lassen.«

Mein Hals schnürte sich zu und ich schluckte schwer. Ich wollte mich entschuldigen. Aufrichtig und aus vollstem Herzen, weil ich es ihm schuldig war. Doch wenn er es nicht wollte, musste ich das akzeptieren. Also rang ich mir ein Lächeln ab und nickte. »Okay.«

Stella bellte auf und ihre Pfoten klackerten hektisch über den Boden. Aus dem Augenwinkel traf Taylors Blick meinen. »Das ist dein Zeichen.«

Wie zur Untermalung seiner Worte, hörte ich leise das Klimpern von Schlüsseln, gefolgt von dem Klacken der Haustür. Taylor war längst auf dem Weg, Maeve abzufangen. Er lehnte beim Rausgehen sogar die Küchentür an.

Nervös hämmerte mein Herz in der Brust und ich wandte mich dem Kuchen zu. Verdammt, wieso zitterten meine Finger ausgerechnet jetzt?

»Na looos«, murrte ich die letzte Kerze an, die einfach nicht angehen wollte, wobei alle anderen schon laut zischend und funkelnd herunterbrannten. Los, los, los, du blöde Kerze!

Ha! Na geht doch.

Stolz hob ich den Kuchen in seiner Box hoch und ging ins Wohnzimmer, aus der Maeves und Taylors Stimmen drangen.

»Überraschung!« Grinsend stieß ich die Tür auf und hielt abrupt inne. Maeve lag Taylor in den Armen und küsste ihn mit einer Sehnsucht, als hätte sie ihn ein Jahr nicht gesehen und er erwiderte das ebenso intensiv, doch das war nicht, was mich innehalten ließ.

Alan kniete auf einem Bein im Raum und kraulte Stella mit beiden Händen hinter den Ohren. Neben ihm stand seine große Sporttasche und über sie hatte er seine Collegeteamjacke gelegt. Das Grün in seinen Augen strahlte durch sein Lächeln und ein paar Strähnen lösten sich aus seinem Dutt.

Er sah gut aus. Glücklich sogar.

Ein Anblick, der meine Brust schmerzhaft zusammenzog, obwohl sich alles in mir für ihn freuen sollte. Denn wenn jemand es verdiente, glücklich zu sein, dann er und doch … störte ihn unsere Funkstille gar nicht?

Raubte es ihm abends nicht den Schlaf? *So wie mir?*

»Sarah!« Maeves überraschter Aufruf riss mich zurück in die Realität – und zog die Blicke aller auf mich. Ich spürte Alans sofort, obwohl ich längst Maeve ansah. Das verräterische Brennen meiner Wangen verriet einfach, wenn er mich ansah.

»Überraschung.« *Ich bin wegen Maeve hier. Wegen ihr. Weil sie einfach super ist.* »Nach diesem hammermäßigen Spiel wollte ich dir etwas Gutes tun.«

Die Wunderkerzen waren längst verstummt und trotzdem wurden ihre Augen riesengroß. »Ist das ein Strawberry Cheesecake?« Ihre Stimme überschlug sich vor Freude und sie schien sich direkt darauf stürzen zu wollen.

Lachend schlang Taylor von hinten die Arme um ihre Hüfte und drückte ihr einen Kuss auf die Stirn. »Ganz ruhig, Sunshine. Niemand klaut ihn dir.«

Sie verdrehte die Augen, kämpfte sich aus seiner Berührung und sprang mir förmlich um den Hals, mit einer Wucht, die mich straucheln ließ. Bevor ich etwas sagen konnte, nahm Taylor mir den Kuchen aus der Hand und ich dankte ihm stumm dafür.

»Danke«, flüsterte Maeve und ich erwiderte ihre feste Umarmung mit genauso viel Kraft. Mit geschlossenen Augen ignorierte ich meine zitternde Unterlippe. »Immer gerne doch.« Von jetzt an würde ich all ihre Erfolge mit ihr feiern. Allen voran diesen hier. »Herzlichen Glückwunsch zur ersten weiblichen Footballspielerin, die offiziell für einen Draft infrage kommt.«

Jedenfalls nach dem, was die vielen Fachleute in der Liveübertragung ihres Spieles gesagt hatten. Und einigen Radiosendern. Und Websites mit Insider-NFL-Wissen.

»Ach, die Medien machen wieder viel Wind um nichts.« Sie bemühte sich um einen lockeren Tonfall, doch ich hörte das Zittern ihrer Stimme und sah die Tränen in ihren Augen glitzern.

»Du weißt genau, dass das nicht stimmt.«

Alan und ich sprachen gleichzeitig exakt dieselben Worte.

Obwohl alles zwischen uns seit dem letzten Wochenende durcheinanderlief, harmonierten wir auf gewisse Art und das ... Es machte mich irgendwie traurig.

Stille legte sich über den Raum und ich spürte, dass ich schuld daran war. Nein, Alan und ich. Die Spannung, die zwischen uns herrschte und die Art, wie die Luft schwerer zu werden schien, sobald wir in der Nähe voneinander waren.

Maeve löste sich aus meiner Umarmung und warf mir ein kleines Lächeln zu. Dann wirbelte sie zu Taylor und ihrem Kuchen und grinste in die Runde. »Wer will ein Stück zur Feier des Tages?«

Natürlich stimmten wir alle zu.

Nervös zupfte ich an meinem Daumennagel und folgte Maeve und Taylor in die Küche. Ein paar Stunden zwischen Alan und Taylor würde ich aushalten. Maeve zuliebe.

Wärme umschloss meinen Oberarm und mich erfasste augenblicklich ein Schauer. Kribbelnd wanderte er von der Berührung meinen Arm hinauf in meine Schulter und anschließend meinen Nacken hoch. Ich biss mir auf die Unterlippe. Nur eine Berührung. Mehr brauchte Alan nicht, damit ich schmolz.

»Können wir reden?« Sein Atem streifte mein Ohr, meine Wange und das Kribbeln verwandelte sich in eine Gänsehaut.

Ich spürte seine Brust an meinem Rücken. Die Wärme, die von ihm ausging. Ich glaubte, seinen Herzschlag an meiner Haut zu fühlen. Alles Dinge, die ich mir seit Tagen ersehnte.

Erleichtert atmete ich auf. »Ich warte seit Tagen nur auf diesen Moment.«

Er verspannte. Kurz, doch es reichte, um mich dazu zu bringen, mir meine Stirn zu runzeln und mich zu ihm zu drehen.

Sein Blick glitt über mich, dann zu Maeve und Taylor in der Küche. »Lass uns woanders hingehen.«

»Und woran denkst du?«

Er zog konzentriert die Stirn in Falten. Seine Hand rutschte in meine. »Da.« Nickend deutete er auf die nächste Tür rechts und er zog mich mit sich, ehe ich antworten konnte.

Hinter der Holztür versteckte sich ein Büro.

Der Raum war klein, gerade groß genug für einen Schreibtisch mit Bürostuhl und einem schmalen Bücherregal, das mit Lexika über Medizin und Sportstatistiken überquoll.

»Also ...«, begann ich gedehnt, trat, mit den Händen im Rücken verschränkt in den Raum und drehte mich in der Mitte angekommen zu ihm. »... worüber möchtest du reden?«

Was für ein schlechter Gesprächsbeginn.

Wir wussten beide, worum es ging. Weswegen Funkstille zwischen uns herrschte und wer von uns beiden die Schuld daran trug.

Ertappt von meinen eigenen Gedanken, nagte ich an meiner Unterlippe und meine Schultern sackten ein. »Entschuldige, das war blöd von mir.«

Er beobachtete mich schweigend.

Ohne den Blick von mir zu nehmen, schloss er mit einer Hand die Tür hinter uns. Mit einem so unnahbaren Ausdruck in seinem schönen Gesicht, dass sich mein Magen zusammenzog.

Ich schluckte schwer. »Es tut mir wirklich leid«, beteuerte ich. »Mit einem so ernsten Thema darf man nicht einfach anfangen und ich wollte dir auf gar keinen Fall ein schlechtes Gefühl vermitteln und ...«

»Sarah«, unterbrach er mich und klang dabei so abwesend, dass mein Herzschlag aussetzte. »Bitte, hör auf.«

Wieso ...?

Warum war er so? So distanziert, so anders als sonst? Nicht einmal als er mir aus dem Weg gegangen war, hatte er mich mit einer solchen Kälte behandelt, was ... was war nur los?

Mein Bauch zog sich zusammen und das flaue Gefühl in ihm schnürte meinen Hals zu, bis mir schlecht wurde.

Ich stolperte unwillkürlich zurück, stieß hart gegen etwas. Erschrocken sah ich über die Schulter.

Der Schreibtisch.

Mein Puls raste immer schneller, als wüsste mein Körper bereits, was mein Verstand vehement auszublenden versuchte.

Und während ich durch den Raum stolperte, rührte sich Alan nicht von der Stelle. Den Blick fest auf mich gerichtet. Ohne zu blinzeln betrachtete er mich aus diesen dunkelgrünen Augen, in denen so dichter Nebel aufgezogen war, dass ich ihn nicht sah. Jedenfalls nicht wirklich.

Er schien komplett woanders zu sein.

Überall, bloß nicht hier bei mir.

»Worüber möchtest du mit mir reden?« Die düstere Aura um ihn, sein Blick, der förmlich durch mich durch ging, all das hielt ich nicht länger aus. Ebenso wenig wie die Ungewissheit. Entschlossen straffte ich die Schultern und trat zu ihm, bis ich den Kopf in den Nacken legen musste, um ihm in die Augen zu sehen. »Sag es mir«, forderte ich.

Unter seinen hellen Bartstoppeln zuckte ein Muskel an seinem Kiefer. Ich fühlte die Wärme seiner Hand um meine, doch er berührte mich nicht. Raschelnd grub er sie tief in die Taschen seiner Jeanshose. Eine Geste, die mir vollkommen neu bei ihm schien. Fehl am Platz.

Träge glitt sein Blick über mich. Als wollte er jeden Millimeter meines Gesichts in sich aufsaugen. Und dann die Intensität in seinen Augen dabei. Ich bekam eine Gänsehaut. Obwohl alles von mir wusste, dass wir an der Klippe standen, bescherte mir dieser eine Blick von ihm eine angenehme Gänsehaut und es trieb mir Tränen in die Augen.

»Ich habe nachgedacht, Buttercup.« Seine Stimme klang rau und belegt und er atmete mit geschlossenen Augen tief ein. »Ich habe wirklich viel an dich gedacht. Du bist seit Monaten mein erster Gedanke und ich schlafe mit dir vor Augen ein.«

Wieso klang es so sehr nach einer Liebeserklärung, obwohl er mir das Herz brechen würde?

Ich spürte es einfach.

In der Art, wie er sich verhielt, dass er mich nicht berührte und mir nicht in die Augen sehen konnte, während er diese wundervollen Worte sprach.

Wieso musste er etwas so Herzzerreißendes sagen, wenn er uns in die Tiefe stürzen würde?

»Alan ...«

»Ich denke ständig an dich, Sarah«, überging er mich und klang beinahe gequält. Ich sah, wie sich seine Schultern strafften. Konnte beobachten, wie sich sein Bizeps vergrößerte. Sein gesamter Körper spannte sich an.

»Alan, du machst mir Angst.« Genau das fühlte ich. Lähmende, betäubende Angst, die meine Gedanken stoppte und mich kaum atmen ließ. Halt suchend drückte ich die Hände gegen meine Brust. Hielt sie beschützend vor mein Herz, das zu zerbrechen drohte.

Er öffnete die Augen, doch er sah an mir vorbei. »Ich hätte es nie so weit kommen lassen dürfen, ohne es dir zu erzählen … ich … es tut mir leid«, hauchte er bebend.

»Deine Mutter hat recht.« Mit einem Mal verschwand jegliches Gefühl aus seiner Stimme, seinem Gesicht. Selbst seine Augen wirkten leer und der Anblick stach tief in meiner Seele. »Ich habe einen Autounfall verursacht. Mom hat dabei ihr …« Seine Unterlippe zitterte und er biss so fest auf sie, dass jegliche Farbe aus ihr wich. »Ich habe sie schwer verletzt und trage selbst Narben auf dem Rücken, weil ich durch die Seitenscheibe und auf Trümmerteile geflogen bin.«

Oh, Alan …

Seine Schultern sackten tiefer, als würden sie von unsichtbaren Gewichten hinabgedrückt und auch sein Kopf sank nach unten. Er sah so verletzlich aus. So zerbrechlich. Ich wollte ihn in den Arm nehmen, ihm Trost spenden, doch alles an ihm schrie, dass er nicht angefasst werden wollte.

Er schluckte schwer. »Im Krankenhaus erfuhr ich von meiner …« Fluchend rieb er sich über die Stirn und öffnete endlich die Augen, schaute mich endlich an.

Schmerz.

Das Dunkelgrün ertrank förmlich in all dem Schmerz, mit dem er mich ansah. »Du wirst mich hassen«, hauchte er brüchig.

Heftig schüttelte ich den Kopf und umfasste nun doch seine Wangen. Unmöglich konnte ich ihn nicht berühren, nicht bei ihm sein, wenn er zu zerfallen drohte. »Avery, ich könnte dich nie hassen. Niemals«, versprach ich und die Träne, die meinen Daumen traf, schlug wie ein Hammer auf mein verwundetes Herz.

Fest umfasste er meine Handgelenke und drückte gegen sie, als wollte er mich von sich lösen. Doch er tat es nicht. Stattdessen schüttelte er den Kopf, während seine Augen immer röter und feuchter wurden.

Schwach hob er einen Mundwinkel. Zärtlich fuhr sein Daumen über die empfindliche Stelle meines Handgelenks, an der mein Puls pochte, und ich erschauderte. »Du lässt mich leichter atmen, Sarah.« Seine Worte, so unendlich sanft und überzeugt.

Seine Augen, so verzweifelt und gebrochen.

Ich fühlte seinen inneren Kampf wie meinen eigenen.

Ich wusste nicht, womit er kämpfte, aber ich focht dasselbe Match, stand dem Endgegner ebenso gegenüber und wusste nicht, wie das Gefecht ausgehen würde.

Meine Kehle kratzte vor lauter unvergossener Tränen. »Dank dir atme ich auch leichter«, gestand ich leise und spürte, wie mein Herz extra kräftig für diese Worte schlug.

Ich sog den Moment in mich auf.

Einen Herzschlag lang versank ich in seinen Augen, die mich

berührten und in sich zogen, wie es niemand anderes vermochte.

Zwei Herzschläge lang verstärkte ich meinen Griff an seinen Wangen, konzentrierte mich auf das kitzelnde Kratzen seiner Bartstoppeln und seine warme, weiche Haut.

Dann ließ ihn los. »Ich atme leichter in deiner Nähe, Avery, aber du möchtest mir sagen, wieso das nicht mehr geht, oder?«

Das hier war keine Liebeserklärung.

Es war eine Trennung.

Und die stumme Träne, die sich aus seinem Augenwinkel stahl und schimmernd seine Wange hinabrann, antwortet ohrenbetäubend laut.

34

Sarah

»Ich bin abstinenter Alkoholiker.« Jegliches Gefühl fehlte in Alans Worten und er trat einen Schritt zurück, brachte Distanz zwischen uns.

Ich bin Alkoholiker.

Abstinent. Also trocken, oder?

Alan ist Alkoholiker, suchtkrank.

Alan …

Meine Sicht verschwamm, so viele Tränen benetzten meine Augen und flehten mich an, vergossen zu werden, doch ich wehrte mich mit aller Macht. Ich würde nicht weinen. Nicht hier und nicht jetzt, wenn es um Alan ging. Selbst wenn mich dieser verdammte Kloß in der Kehle erstickte.

Für ihn würde ich die nächsten Minuten ertragen und dann, später, nachdem ich mit Maeve gefeiert hatte, würde ich alle Scherben und Brüche ausweinen. Aber bis dahin musste ich stark bleiben.

»An unserem Abschlusstag habe ich mich alkoholisiert ans Steuer unseres Autos gesetzt und einen Unfall gebaut, der beinahe meine Mutter getötet hätte«, sprach Alan weiter und klang dabei komplett emotionslos. Als hätte er einen Teil seiner Selbst abgeschaltet und Fakten für eine Prüfung herunterrattern würde. »Den Sommer vor dem College verbrachte ich in einer Entzugsklinik und es war die reinste Hölle, aber ich habe es geschafft. Seitdem bin ich trocken. Ich kämpfe jeden Tag damit. Ich will trinken, Sarah, immer. Jeden beschissenen Tag und es macht mich unheimlich reizbar und lässt mich viel zu schnell aus der Haut fahren.«

Was er da erzählte, ergab keinen Sinn.

Nichts davon hatte er mir jemals vermittelt, wenn wir uns gesehen hatten.

Er war krank gewesen, während wir befreundet gewesen waren? Während wir jeden Tag miteinander verbracht haben? Und ich hatte nichts gemerkt. Auch dieser schreckliche Unfall. Er war an dem Tag passiert, an dem ich …

Schockiert riss ich die Augen auf und die Tränen liefen brennend meine Wangen hinab. »Ich war es, oder? Ich bin schuld daran, dass du …« Mir wurde schlecht. »Wegen diesem dämlichen Kuss, oder?«

»Nein, bist du nicht.« Er verengte die Augen und sprach mit einer solch donnernden Stimme, dass ich zusammenzuckte. Sofort wandte er sich um und murmelte eine Entschuldigung.

Ich konnte nur seinen Rücken anstarren.

Diesen breiten, so starken Rücken, der ihn wie einen Helden aussehen ließ, der einfach alles stemmen konnte und … *voller Narben ist.*

Suchend glitt mein Blick über das Shirt, das er trug. Wo waren sie? Wie sehr hatte er leiden müssen? Wie starke Schmerzen hatte er aushalten müssen?

»Ich habe vorher schon getrunken.« Ich hörte, wie viel Überwindung es ihn kostete, mir die Wahrheit zu sagen und mir diesen Teil seiner Seele zu zeigen und endlich verstand ich, wieso mich seine dunkelgrünen Augen an einen verwunschenen Wald erinnerten, der ein Geheimnis hütete. Genau das war es und genau dieses Geheimnis teilte er mit mir.

Ich verstand die Welt nicht mehr.

Er hatte mir gezeigt, er konnte das mit uns nicht und doch öffnete er sich vor mir, mit all seinen Schatten.

»Wieso erzählst du mir all das?«, sprach ich meine Gedanken aus, denn ich verstand ihn nicht. Er könnte mich einfach zurückweisen.

Langsam drehte er sich zu mir. »Weil du es verdienst.« Da war die Zärtlichkeit in seiner Stimme zurück. Plötzlich verzog er das Gesicht, als litte er Höllenqualen. »Ich wünschte, es wäre anders. Ich wünschte, ich wäre noch so wie früher, mehr ganz als kaputt, aber das bin ich nicht und …«

»Du bist perfekt«, schwor ich ihm und hielt seinem Blick stand, sah ihm so tief in die Augen, wie ich konnte. »Für mich bist du einfach perfekt, Avery. Egal, wie kaputt dir deine Seele vorkommt, ich finde all ihre Scherben wunderschön.«

»Verflucht, Sarah.« Er presste die Faust auf seinen Mund und blinzelte heftig. Etwas Warmes schimmerte in seinen Augen und fühlte sich wie eine Umarmung an und ein Teil von mir bildete sich ein, so fühlte sich Liebe an. »Mach es mir nicht so schwer, dich gehen zu lassen«, bat er verzweifelt.

Zaghaft ging ich zu ihm, griff nach seiner freien Hand und verflocht unsere Finger miteinander. »Wieso muss ich denn unbedingt gehen?«

Sein Mundwinkel hob sich zu einem spöttischen Lächeln. »Weil ich ein Trinker bin? Weil ich immer kurz vorm Fallen bin und dich nicht mitreißen will? Weil ich nicht zu dem werden will, das alle in mir sehen würden, wenn sie die Wahrheit wüssten?«

Wieder sprach er in Rätseln.

Ich hielt mich stärker an ihm fest, legte meine andere Hand auf seine Brust und er versteifte unter meiner Bewegung. Sein Herz hämmerte so stark, als wollte es in meine Hand springen.

»Alles, was die Welt in Leuten wie mir sieht, ist ein gewalttätiges Arschloch, das alle in seinem Umfeld verletzt und traumatisiert«, sein Kiefermuskel zuckte. »Habe ich schon. Meine Mom ist dank mir ein Wrack und Dad hasst mich. Ich werde nicht zulassen, dass ich dir irgendwann dasselbe antun könnte und ich ...« Er zitterte so stark, dass ich befürchtete, ihn auffangen zu müssen. Schwer hob und senkte sich seine Brust.

Sanft schmiegte sich seine raue Handfläche an meine Wange und er wischte behutsam eine Träne davon.

»Liebe ist wie eine Sucht.« Sein Daumen drückte gegen meine Unterlippe und ich brauchte all meine Selbstbeherrschung, ihn nicht zu küssen. Seinem intensiven Blick standzuhalten. Wie sich seine Augen in mich brannten und sein Atem meine Lippen wie eine Berührung liebkoste. Haarsträhnen kitzelten meine Wange, als er sich zu mir herabbeugte.

»Für mich ist die Liebe gefährlich, Sarah«, hauchte er mit kratzigem Unterton. »Bei Liebeskummer reagiert unser Gehirn genauso wie bei einem Entzug«, erklärte er und räusperte sich. »Ich habe diesen Scheiß schon einmal durch und kämpfe jeden Tag damit, mich über Wasser zu halten.«

»Alan ...«

»Mich in dich zu verlieben bedeutet für mich dasselbe, wie in einer Kneipe eingeschlossen zu sein«, unterbrach er mich. Sein Griff wurde fester. »Und ich weiß nicht, ob ich dieses Risiko eingehen möchte. Es macht mir Angst. Und noch mehr Angst macht mir die Vorstellung, dich mit mir in den Abgrund reißen zu können.«

Alles, was ich zustande brachte, war, zu ihm aufzusehen und die Tränen in meinen Augen wegzublinzeln. Meine zitternde Unterlippe zu beruhigen.

Dies hier war das Ende, oder?

Alan schloss endgültig die Tür, an deren minimalen Spalt ich mich seit Monaten klammerte. In die ich meinen Fuß gestellt und jeden Schlag dagegen ausgehalten hatte, in der Hoffnung, irgendwann dafür belohnt zu werden.

Hatte ich mich wirklich so verrannt?

»Sieht so der Rest deines Lebens aus?«, fragte ich erstickt von Gefühlen und blinzelte vehement die Tränen aus meinen Augen. »Dich wegen deiner Vergangenheit nie wieder auf jemanden einlassen? Allein zu bleiben?«

Seine Brauen senkten sich und sein Blick wurde schwer. »Du verstehst das nicht. Das wirst du nie.«

»Du beantwortest meine Frage nicht«, blieb ich hartnäckig und umschloss sein Handgelenk. »Erklär mir, wieso du mich zurückweist, obwohl du mich auf diese Art berührst, Avery«, verlangte ich, denn verdammt, Blicke konnte ich mir vielleicht einbilden, aber nicht diese Berührung.

Nicht die Zärtlichkeit, die in ihr mitschwang.

Nicht das Versprechen, das wir uns in seinem Bett gegeben hatten. »Wir wollten für unser Happy End kämpfen«, hauchte ich.

»Manchmal ist es das Beste, loszulassen«, widersprach er.

Mein Mundwinkel zuckte halbherzig. »Das ist ein ziemlicher Standardspruch.«

»Aber die Wahrheit«, unterbrach er mich. »Außerdem eine ordentliche Portion Selbstschutz, denn, verdammt …« Er atmete schwer durch die Nase aus. »Ich sehe kein Szenario, in dem wir ein Happy End hätten. Auch wenn ich es mir mehr wünsche als alles andere auf dieser Welt.«

Er hauchte die Worte nur.

Wie ein leiser Windzug strichen sie über meine Wange.

Doch es reichte, um auf ewig in mir nachzuhallen. Das wusste ich in dem Moment, in dem heiße Tränen meine Wangen hinabrannen. »Keins?«

»Nein.« Er verstärkte seinen Griff und versteifte, als meine Lippen unter seiner Berührung bebten.

Das ist wirklich das Ende.

Er wird mein Leben verlassen.

Alan wird nie mehr als eine schöne Erinnerung, ein atemberaubendes, schmerzhaftes Fast sein.

»Hey, komm schon.« Seine Stimme klang gepresst und er räusperte sich. »Ich bin ein trockener Alkoholiker, der fast seine Mom getötet hat. Wegen mir vergießt man doch keine Tränen.«

Das stimmt nicht.

Seine Worte, die Art wie er über sich selbst sprach, ließen meine Sicht umso mehr verschwimmen. Schluchzend kniff ich die Augen zusammen und krallte mich an seinen Unterarmen fest. »Du bist so viel mehr«, sprach ich erstickt.

Er schluckte schwerfällig und hob den Kopf. Sein Atem streifte meine Schläfe. Sanft küsste er meine Stirn. »Bitte, hör auf zu weinen.« Seine Stimme zitterte. »Bitte. Ich ertrage es nicht, dich so zu sehen.«

Bis jetzt hatte ich nicht gewusst, dass ein Herz gleichermaßen vor Freude explodieren, als auch voller Schmerz in Millionen Teile zerspringen konnte.

Ich wünschte, ich hätte es nie herausgefunden.

Fahrig löste ich die Hände von seiner warmen Haut und wischte meine Tränenspuren weg. »Du musst gehen«, wisperte ich und hasste, wie gebrochen ich klang. »Du musst diesen Schritt machen, denn ich kann es nicht.« Nicht hier und nicht jetzt.

Nicht, wenn er noch immer meine Lippen berührte und die seinen beim Atmen weich über meine Stirn strichen. Wenn ich mich immer noch an seine verzweifelten, sehnsuchtsvollen Küsse in dieser Nacht und seine liebevollen Worte erinnern konnte. Nicht, wenn die Liebe, die er mir geschenkt hatte, noch so deutlich in mir nachhallte und darum flehte, noch ein letztes Mal von ihm angefeuert zu werden.

Wie könnte ich meine erste große Liebe loslassen, wenn mich sein Geruch umhüllte, ich seine Wärme spürte und er mir zärtlich Trost zuflüsterte? Wenn ich endlich all das hatte, was ich mir seit Jahren wünschte? Sei es auch nur ein flüchtiger Moment, mein Herz verbot mir, ihn zu beenden.

»Bitte«, flehte ich, weil er immer noch keinen Muskel rührte. »Es ist deine Entscheidung, also bitte, geh.«

Ich verstand, warum er es tat.

Irgendwo zwischen all dem Schmerz wusste ich, er tat das, was er für richtig hielt, aber diese Erkenntnis war zu tief begraben. Mit all den Wünschen, Träumen und Gedanken, dass wir es irgendwie hinbekommen hätten.

Aber er wollte es nicht versuchen.

Und damit musste ich zu leben lernen.

Irgendwann könnte ich es. Nur noch nicht heute.

Heute wollte ich um unser perfektes Fast trauern und alles, was daraus hätte werden können und deswegen konnte ich ihn nicht loslassen.

Mein Zittern ging auf ihn über. Die Arme um mich geschlungen, drückte er mich so fest an seine Brust, dass ich kaum Luft bekam und meine Tränen in den Stoff seines Shirts sickerten. Es war unsere letzte Umarmung. Unser letzter Moment.

Er atmete tief ein … und ließ mich los. Seine Augen schimmerten blutunterlaufen und spiegelten die Tränen wider, die mein gesamtes Gesicht benetzten.

Und dann geschah es. Ich wusste, es würde kommen und doch zerbrach mein Herz, sobald er den Blick von mir löste. Den Moment für immer beendete. Ich schaute zu Boden und wischte meine Tränen beiseite, konnte nicht dabei zusehen, wie er ging. Umso lauter hörte ich seine Schritte. Wie sie immer leiser wurden. Bis er die Bürotür hinter sich schloss und mich alleine zurückließ.

35

Sarah

Ich wünschte, ich wäre in meinem Zimmer. Weit weg von jeglicher menschlicher Interaktion und Blicken, die mir mein gebrochenes Herz sofort ansähen. Leider war ich es nicht.

Zehn Minuten nachdem Alan mich in Maeves und Taylors Büro allein gelassen hatte, liefen immer noch neue Tränen aus meinen Augen und ich musste sie irgendwie trocknen.

Draußen wartete Maeve auf mich. Mit Kuchen, den ich zur Feier ihres neuen Karriereschrittes gebacken hatte. Früher oder später musste ich mich zusammenreißen.

Mutig straffte ich die Schultern und schniefte, wischte die Tränenspuren weg. Wenigstens hatte ich heute auf Make-up verzichtet. Das machte meinen Heulkrampf unauffälliger.

Ich umgriff die Türklinke und schloss die Augen, erlaubte mir, ein letztes Mal im Schmerz meines gebrochenen Herzens zu zergehen, dann öffnete ich die Tür.

Maeve und Taylor standen an ihrer Kücheninsel und sahen zu mir, sobald ich in den Türrahmen trat.

»Hey, alles in Ordnung?« Maeve presste besorgt die Lippen aufeinander und legte ihre Kuchengabel auf ihren Teller. »Ihr wart eine Weile weg und Alan ist quasi herausgestürmt und ...«

»Alles okay«, unterbrach ich sie mit einem gezwungenen Lächeln. *Alan ist also gegangen. Gut, dann muss ich ihn nicht sehen. Das wäre jetzt zu viel.*

»Sicher?«, hakte Maeve vorsichtig nach und hinter ihr grub sich Taylors Blick in mich. Voller Skepsis und Anspannung musterte er mich und ich wollte am liebsten im Boden versinken.

Ich ahnte, was ihm durch den Kopf ging. Viele Fragen und Vermutungen, die gemeinsam hatten, dass ich Alan verletzt oder verärgert hätte. Weil ich in seinem Leben die Böse war und das akzeptierte ich. Trotzdem. Diese vorwurfsvollen Augen jetzt zu sehen, mit einem Herzen in der Brust, das kaum noch wusste, wie es schlagen sollte und Tränen, die wie Säure brannten. Es tat weh.

»Ja, alles gut.« Ich log. Ein klarer Verstoß gegen meine Bucket List. Ausnahmsweise ließ ich es durchgehen. In der Hoffnung, so verschwände das Zittern aus meinen Fingern, verschränkte ich sie ineinander.

Langsam trat ich zu ihnen.

Ich bin wegen Maeve hier.

Weil sie einfach klasse ist.

Weil ich sie endlich unterstützen will.

Weil ich ihre große Schwester bin.

Ein paar Stunden werde ich mich doch wohl zusammenreißen können.

»Also, Eve …« Ich versuchte mich an meinem besten Grinsen. »Erzähl mal wie es ist, ein aufkommender Weltstar und gleichzeitig ein Sternchen am Himmel für Gleichstellung zu sein.«

Alan

Ich schmiss die Tür zur WG mit einer Wucht zu, dass der Knall in meinen Ohren klingelte und es ein Wunder war, dass ich kein Loch in der Wand hinterließ, aber das war mir egal.

Wichtiger war, die Kontrolle zu behalten, obwohl ich längst fiel.

Mit hämmerndem Herzen stürzte ich mich förmlich auf unsere Küchennische und riss den Wasserhahn auf. Zittrig schöpfte ich das kühle Nass in meine Hände, ehe ich es mir ins Gesicht klatschte.

Einmal, zweimal, immer wieder.

Ich bin so ein Mistkerl!

Klatsch.

Wieder eine Ladung Wasser in meinem Gesicht. Etwas Kaltes, das meine heißen Tränen kühlen und alle Erinnerungen an die letzten Minuten wegspülen sollte.

Ich wollte es einfach vergessen.

Meine Entscheidung, das Richtige zu tun. Das Wrack, das ich eigentlich war. Dass ich Sarah nie wieder im Arm halten oder ihrem Herzschlag lauschen würde. Keine intensiven Blicke mehr, keine Insiderwitze.

Kein leichteres Atmen mehr.

Fluchend krallte ich mich an der Kante der Kochnische fest und starrte auf den Wasserstrahl, der rauschend die Spüle füllte und im Abfluss verschwand.

Seit Jahren verzehrte ich mich nach Sarah. Ihrer Nähe, ihrem Lachen, ihrem entzückenden Kichern, wie ihre Wangen meinetwegen erröteten und sie nervös an ihren Ärmeln zupfte. Die scheue Art, die sie scheinbar für mich reservierte.

All das habe ich aufgegeben.

Obwohl es alles war, was ich mir seit Jahren wünschte.

Weil ich Arschloch mich nicht unter Kontrolle gehabt und in eine Sucht abgerutscht war. Weil ich ein Monster war, das alle Menschen, die es liebte, verletzte, und verflucht, lieber jetzt auf diese Art und Weise, als wenn sie mich irgendwann an meinem Tiefpunkt erlebte.

Denn er würde kommen.

Ich spürte, wie dieser Teil von mir immer größer wurde.

Wie meine Kehle immer trockener und meine Hände immer schwitziger wurden. Mit jedem Nein, das ich zu ihm sagte, wuchs mein Dämon. Wurde stärker, hartnäckiger, perfider.

Außerdem hatten sie es mir prophezeit.

Die Therapeuten damals hatten gesagt, ich würde rückfällig werden. Sie wussten nicht, wann, aber es war ganz sicher. Es gehörte zu der Krankheit und ich musste damit rechnen, irgendwann wieder an der Flasche zu hängen mit nichts anderem im Kopf, als dem bitteren Geschmack auf der Zunge und wie wunderschön befreiend ein benebelter Verstand wäre.

Schmerzhaft krallten sich meine Finger in das Holz, doch ich ignorierte das Stechen gekonnt.

Es war das einzig Vernünftige von mir gewesen, Sarah jetzt gehen zu lassen. Auch wenn es wehtat. Aber ich war nicht ihr Prinz. Mit jemandem wie mir konnte sie keine Zukunft oder gar eine Familie planen. Taylors Mutter hatte gezeigt, wie schrecklich sich Menschen wie wir als Eltern eigneten.

Abrupt stoppte das Wasserrauschen und ich zuckte zusammen, als sich eine Hand auf den Hahn legte. »Was tust du da?«

Ja, Tyrese, das fragte ich mich auch.

Wieso hatte ich es so weit kommen lassen? Wie habe ich jemals erlauben können, dass ein paar jämmerliche Tropfen Alkohol so viel Macht über mich erlangen? Wie traurig war es bitte, keine Antwort darauf zu finden, egal, wie oft ich darüber nachdachte? Meine Sucht hatte sich angeschlichen. Jeden Tag ein bisschen mehr, bis ich nach dem Aufstehen ein Bier trinken musste, um klarzukommen. Ich hatte den Absprung verpasst und jetzt musste ich den Rest meines Lebens dafür büßen.

Mit aufeinandergebissenen Zähnen drehte ich den Kopf zu Tyrese. Er stand neben mir, umfasste noch immer den Wasserhahn. Wachsam glitt sein Blick über mich. Mit einem Mal senkte er die Augenlider und hob die Lippen zu einem verständnisvollen Lächeln. »Was hat sie gemacht?«

»Was?«, fragte ich scharf.

»Sarah.« Mein Ton interessierte ihn nicht. »Nur sie bringt dich so aus dem Konzept, schon vergessen?«

Ich wandte den Blick ab und starrte nach vorne. »Sie hat nichts gemacht.«

»Du musst es mir nicht erzählen, wenn du nicht willst, aber lüge mich bitte nicht an.«

»Ich lüge nicht«, fauchte ich ihn an und bereute es sofort. Stöhnend stieß ich mich von der Kochnische ab und ging ein paar Schritte, ehe ich die Augen schloss und meine Stirn massierte. »Entschuldigung«, murmelte ich und ließ die Schultern sacken. »Aber sie hat nichts getan.«

Nichts, außer mir zu vertrauen.

Sich mir gegenüber zu öffnen.

Mir eine Chance zu geben, die ich gar nicht verdiente.

Nur, damit ich sie von mir stieß und ihr das Herz brach. Mitsamt meinem.

»Ich habe die Sache beendet. Ich bin der Böse.« Die Worte verließen mich ohne jegliches Gefühl, obwohl meine Brust schmerzte und meine Unterlippe zitterte. Verflucht, selbst meine Augen brannten durch die Tränen, die wieder in mir aufstiegen. Trotzdem klang ich emotionslos. Ging so etwas? So sehr an Gefühlen zu ersticken, dass niemand sie hören konnte?

Unruhe erfasste mich.

Wie ein Parasit grub sie sich durch meinen Körper, wanderte mit jedem Atemzug weiter durch mich, bis mich dieses furchtbare Kribbeln überall einnahm und meine Finger gegen meinen Oberschenkel trommelten.

Meine Kehle trocknete aus.

Es fühlte sich an, als verdurstete ich. Direkt vor dem Wasserhahn. Als stünde ich am Rande des Todes und konnte mich nirgends festhalten, weil ich meinen einzigen Schutzort aufgegeben hatte.

»Möchtest du darüber reden?« Das Mitgefühl in Tyrese' Stimme rechnete ich ihm hoch an. Klar, er war mein bester Freund, aber er hasste Sarah. Er mochte sie nicht, hatte es noch nie und würde es auch nicht, egal, wie sehr ich sie auch für ihn mitliebte. Trotzdem verkniff er sich seine Kommentare.

Doch egal, wie sehr es mich rührte, ich schüttelte den Kopf.

Ich hatte heute schon einen Seelenstriptease gemacht.

All meine Dunkelheit auf jemand Unschuldigen losgelassen und damit ihre Seele verfärbt. Nur, damit Sarah verstand, wieso sie ohne mich besser dran war.

Ich konnte nicht noch jemandem von mir erzählen.

Nicht heute. Nicht jetzt.

»Scheiße, Mann, das tut mir leid.« Ich glaubte Tyrese. Fest klopfte er mir auf den Rücken und suchte meinen Blick. »Wie wär's, wir setzen uns ins Joe's und schalten für den Tag ab. Ich glaube, das wird dir guttun.«

Tu es nicht.

Gib nicht nach.

Mach alles, nur das nicht, Alan.

Denk an alles, was du schon geschafft hast.

An all die Hürden im Entzug und die Tränen, die du Mom beschert hast. Du weißt, sie überlebt keine Wiederholung.

Meine Zähne mahlten übereinander. »Okay, lass uns gehen.«

Richtig, weil es das war, was ich war.

Ein Alkoholiker. Immer auf der Suche nach dem nächsten Drink und unfähig, einen Tag nicht daran zu denken, wie befreiend ein Rausch war. Seit Jahren kämpfte ich gegen die unausweichliche Wahrheit an. Meinen unausweichlichen Weg und mein Leben. Ich würde abrutschen. Irgendwann. Das wusste ich. Das wusste mein Vater. Wir zögerten das Unvermeidbare nur immer weiter heraus.

Sarah sollte, verflucht noch mal, nicht um mich weinen.

Bald schon würde sie wissen, dass ich ihr einen Gefallen getan hatte, sie nicht mit mir in den Abgrund zu ziehen.

Dritter Teil

*Manchmal ist das Mutigste, innezuhalten und
einen neuen Weg einzuschlagen, ungewiss,
ob dort womöglich die Sonne wärmer scheint.*

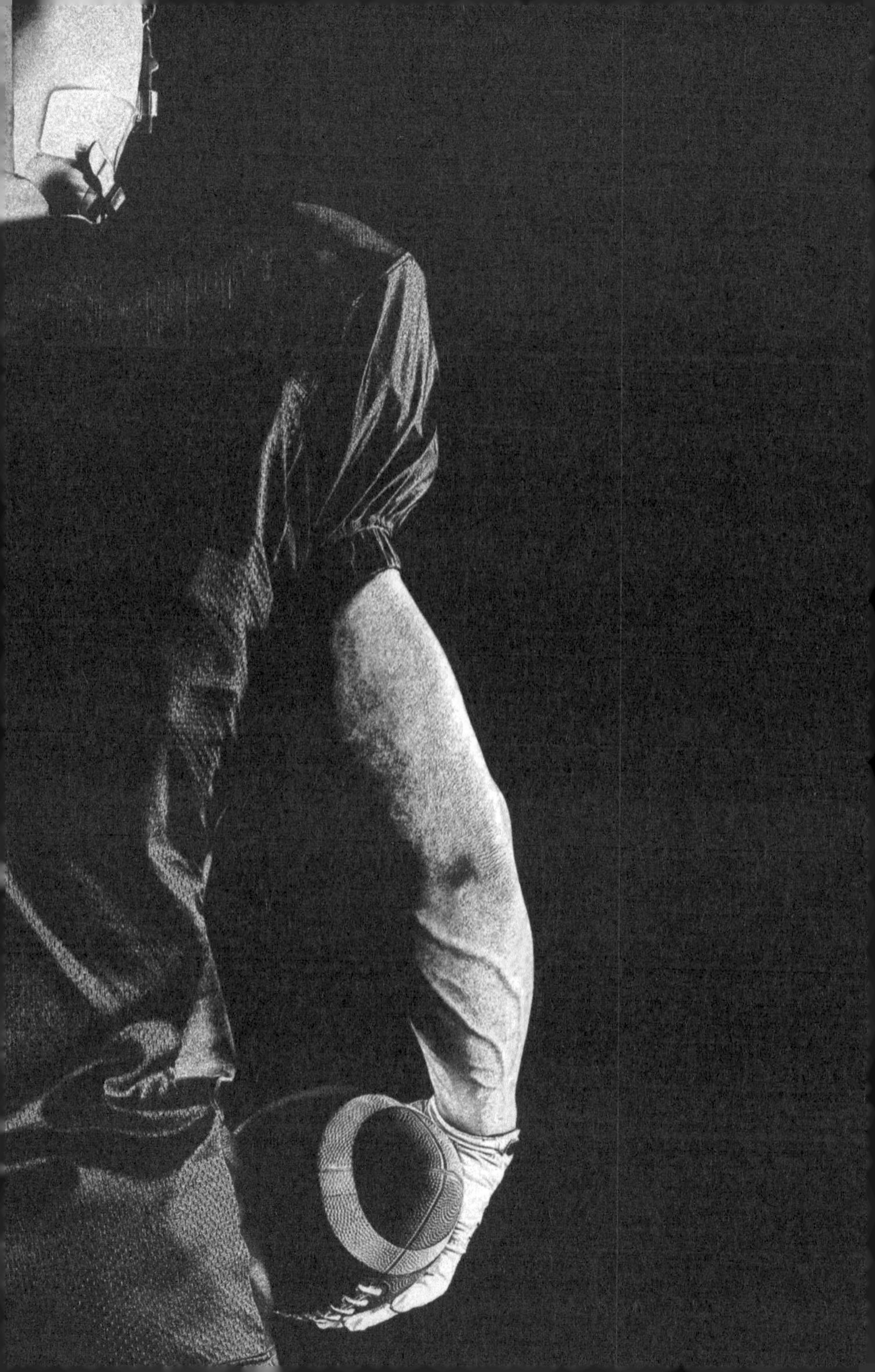

36

Alan

Das leise Bimmeln der Glocke am Eingang des Joe's schellte wie eine Sirene in meinem Kopf.

Ungeachtet dessen folgte ich Tyrese in die Studentenbar, vor der ich wenige Wochen zuvor Maeve und Sarah getroffen hatte. An diesem Abend hatte sich alles zwischen ihr und mir geändert. Sie hatte mir gesagt, dass sie mich vermisse.

Sie hatte sich mir geöffnet und ich hatte zum ersten Mal seit Jahren wieder das Gefühl gehabt, mich mit meiner ersten Liebe zu unterhalten.

Jetzt schritt ich durch den kleinen Schuppen im rustikalen Charme voller Holzmöbel, loser Glühbirnen, die absichtlich so von der Decke hingen, und einem Lärmpegel wie im Stadion.

Einige Studierende erkannten mich, deuteten auf die Fernsehbildschirme und gratulierten mir und Tyrese zu unserem Sieg. Tyrese wurde sogar an der Bartheke bejubelt, weil er zwei der vier Touchdowns gemacht hatte und damit eine entscheidende Rolle im Spielverlauf innehielt.

Vielleicht sollte ich genauso breit und stolz grinsen wie er bei all dem Lob, das uns entgegengeschmissen wurde, aber ich war nicht in Stimmung.

Also vergrub ich die Hände in den Taschen meiner Jeansjacke und lehnte mich rückwärts an die Theke.

Ich bin in einer Bar.

Verflucht, Alan, renn weg, solange du kannst!

Sei nicht so ein Arsch!

Es ist noch nicht zu spät!

Das stimmte nicht. Sowohl meine innere Stimme als auch ich wussten, wir steckten mitten in einem Rückfall. Sobald ich mich dazu entschieden hatte, diesen Laden zu betreten, galt ich als rückfällig. Als jemand Schwaches, der sich selbst nicht im Griff hatte.

Das Arschloch, das zuerst seiner Traumfrau das Herz brach und sich dann die Kante gab. So wie alle in meinem Alter es täten. Ich war endlich wieder ein normaler Student.

Ein normaler Typ Mitte zwanzig.

Mit Liebeskummer.

Und Liebeskummer war die Freikarte zu Alkohol.

Ich schloss die Augen und sog den Geruch nach Brandy, Bier und Rum in mich auf. Meine Lunge inhalierte dieses Gift mit einer Sehnsucht, dass ich fast aufgeschrien hätte. Mir rann ein verfluchter Schweißtropfen von der Stirn, weil ich immer noch tatenlos rumstand, anstatt mir endlich ein verdammtes Bier zu kaufen und es zu exen.

»Alan Baker, richtig?« Die freundliche Stimme hob meine Lider. Helle blaue Augen lächelten mich an, genauso wie die Lippen des Mannes, der vor mir stand. Braune, verstrubbelte Haare, die ihm in die Stirn fielen und ein Grübchen, das ihn noch attraktiver machte. Er war fast so groß wie ich, was selten passierte, und er steckte in einer Collegejacke mit Aufnähern unseres Basketballteams. In seinen Händen hielt er zwei Bierflaschen.

»Richtig«, sagte ich anstatt einer Begrüßung und versuchte mich an einem entspannten Lächeln. »Und du spielst Basketball.«

Er lachte. So losgelöst, wie ich es nie wieder hinbekommen würde. Es erinnerte mich an die Leichtigkeit, die ich bei Sarah verspürte und ich hasste mich dafür, genau deswegen nicht zurückzuweichen, als er sich neben mich stellte und sein Arm meinen streifte. Hauchzart, so als wäre es ein Zufall, wäre da nicht der eindeutige Ausdruck in seinem Blick und die Art, wie er auf seine Unterlippe biss.

Es fesselte meinen Blick.

Weil es mich an Sarah erinnerte.

Vorsichtig umschloss ich ihre Wangen und hob ihr Gesicht an, küsste die Nässe von ihrer Haut fort und schmeckte das Salz ihrer Tränen. Ein Geschmack, den ich nie wieder kosten wollte. »Alles wird gut, Buttercup, versprochen.«

Scheiße!

Ich biss die Zähne aufeinander, bis mein Kiefer schmerzte. Kein Wunder also, dass mein Gegenüber mit großen Augen auf Abstand ging.

Er hob zur Beruhigung sogar die Hände. Mit den verfluchten Bierflaschen. »Sorry, Mann. Ich wollte nicht ...«

»Schon gut«, unterbrach ich ihn murrend, atmete tief durch und verdrängte die Erinnerung an Sarah und mir im Bett und diese herzzerreißenden Worte. »Mein Tag lief ziemlich scheiße. Hat nichts mit dir zu tun.«

Sofort lockerten sich seine Schultern und er grinste schief. »Solltest du dich nicht freuen? Du warst echt gut im Spiel und hast einige gute Blocks gemacht.«

Irgendwie schmeichelte es mir, dass er das wusste, aber das war auch alles. Wobei es so viel leichter wäre, auf seinen Flirt einzugehen und zu vergessen.

»Du bist perfekt. Für mich bist du einfach perfekt, Alan. Egal, wie kaputt dir deine Seele vorkommt, ich finde all ihre Scherben wunderschön.«

Verzweifelt grub ich die Finger in das Innenfutter meiner Jacke und schloss die Augen, um nicht in einer vollen Bar in Tränen auszubrechen.

Diese Worte.

Dieser Blick.

Es würde mich für immer verfolgen. Bis in meine Träume, die definitiv schöner laufen würden als dieser Mist, den ich Realität nannte.

Sie sollte mich nicht romantisieren. Nicht, nachdem ihr ach so toller Traumprinz in eine Bar gegangen war und förmlich um das nächste Bier betteln wollte. Ich war kein verfluchter Prinz, sondern auf dem besten Weg, die Hauptrolle des Arschlochs in ihrer Geschichte zu gewinnen.

»Okay, wow, dein Tag muss echt scheiße gewesen sein.« Mein Gegenüber pfiff anerkennend durch die Zähne und hielt mir mit einem ehrlichen Lächeln ein Bier hin.

Er meinte es als freundliche Geste, das wusste ich.

Nie konnte ihm klar sein, dass er mir genauso gut einen vergifteten Apfel hätte hinhalten können. Dieser Mensch wusste nicht, was er mit seinem Angebot verursachte. Dass es für mich um mehr als einen Rausch und einen verkaterten Morgen gehen würde.

Lass es, Mann.

Ich musste nur die Hand ausstrecken.

Hör auf!

Nur ein paar Zentimeter.

Alan, lass es!

Nur dieses eine Mal.

Ich fuhr erschrocken zusammen, als mein Handy an meinen Fingerspitzen vibrierte, und blinzelte perplex. Die vielen Stimmen um mich, das Gelächter und Grölen, all das schien mich plötzlich anzuschreien.

Ich warf dem Basketballspieler einen entschuldigenden Blick zu, während ich mein Handy hervorzog. »Sorry, nur einen Moment«, murmelte ich viel zu leise.

Das Display leuchtete auf.

Eine Nachricht von Sarah ploppte auf.

> Du machst, was du für richtig hältst und ich verstehe das. Wirklich. Das hier ist keine verzweifelte Komm-zu-mir-zurück-Nachricht oder so. Pass einfach auf dich auf, okay? Egal, wie du dich siehst, du bist viel besser, Avery, versprochen.

Meine Unterlippe zitterte selbst dann noch, nachdem ich draufgebissen hatte.

Verflucht, Buttercup.

Woher wusste sie es? Dass ich zu zerbrechen drohte? Wie sehr ich ihre Worte brauchte, ohne es zu wissen? Wieso musste sie so unfassbar perfekt sein?

Meine Kehle zog sich zu und mir wurde speiübel.

Ich muss hier raus.

Schnell, fast panisch, schaute ich mich nach Tyrese um. Er stand am anderen Ende der Bar bei ein paar Teamkollegen und kippte mit ihnen Kurze.

Obwohl sich alles in mir dagegen sträubte, kämpfte ich mich zu ihm durch.

»Hey.« Seine Augen leuchteten, sobald er mich sah, und er schlang den Arm um meine Schultern. Der Wodka in seinem Atem drehte mir gleichzeitig den Magen um. »Ich wollte dich nicht stören. Harry ist nett, oder?«

Harry?

Oh, er musste von dem Basketballspieler reden. Schön zu wissen, dass er mich verkuppeln wollte, obwohl ich fest im Liebeskummer steckte, aber vermutlich war das seine Art, zu trösten.

Mit hämmerndem Herzen beugte ich mich zu seinem Ohr. »Ich geh nach Hause.«

»Was?« Er rückte weit genug von mir, um mich entgeistert anzusehen. »Wir sind doch gerade erst gekommen und …«

»Bitte«, presste ich am Rande meiner Selbstbeherrschung hervor, die dafür draufging, die Gläser auf dem Tisch, die keinen Griff von mir entfernt standen, zu ignorieren. »Bitte, Ty, mach mir keine Szene. Ich wollte nur Bescheid sagen.«

Stimmen redeten auf mich ein, doch ich blendete sie gekonnt aus. Was unsere Teamkollegen sagten, interessierte mich nicht. Auch ihre Sprüche und die neckischen Schläge gegen meine Schulter gingen mir am Arsch vorbei.

Tyrese stellte sein Glas ab und packte mich am Oberarm. Kommentarlos zog er mich mit sich und ich hätte fast erleichtert aufgestöhnt, als er mich aus dem Joe's zog.

Gierig sog ich die Abendluft ein.

So ist es richtig.

Nicht nachgeben. Einfach durchhalten. Es wird leichter.

»Ich bin trocken.« Die Worte platzten aus mir heraus und ich wusste nicht, ob ich es bereuen oder mich darüber freuen sollte, mein finsterstes Geheimnis einfach so zu verraten.

»Was?«

Ich begegnete Tyrese' verwirrtem Blick. »Ich bin trocken. Seit vier Jahren«, wiederholte ich und klopfte mir insgeheim für meine ruhigen Worte auf die Schulter.

Er blinzelte. Fluchend raufte er sich die Haare. »Scheiße, warum sagst du das nicht gleich? Ich hätte dich doch nie …« Kopfschüttelnd brach er ab, stapfte zu mir und umfasste schon wieder meinen Oberarm. »Wir bringen dich hier weg. Sofort. Und wenn sich das alles wieder beruhigt hat, was bei dir los ist, mache ich dir die Hölle heiß, weil du einen Fuß in diese verfluchte Bar gesetzt hast, kapiert?«

Tyrese motzte mich an und ich lächelte darüber.

Allein das zeigte, wie fertig ich war, aber das war mir gerade egal.

Also ließ ich mich ohne Protest von ihm in unsere WG schleifen und dankte Sarah im Stillen, selbst wenn alles zwischen uns in Scherben lag, mein Rettungsanker gewesen zu sein.

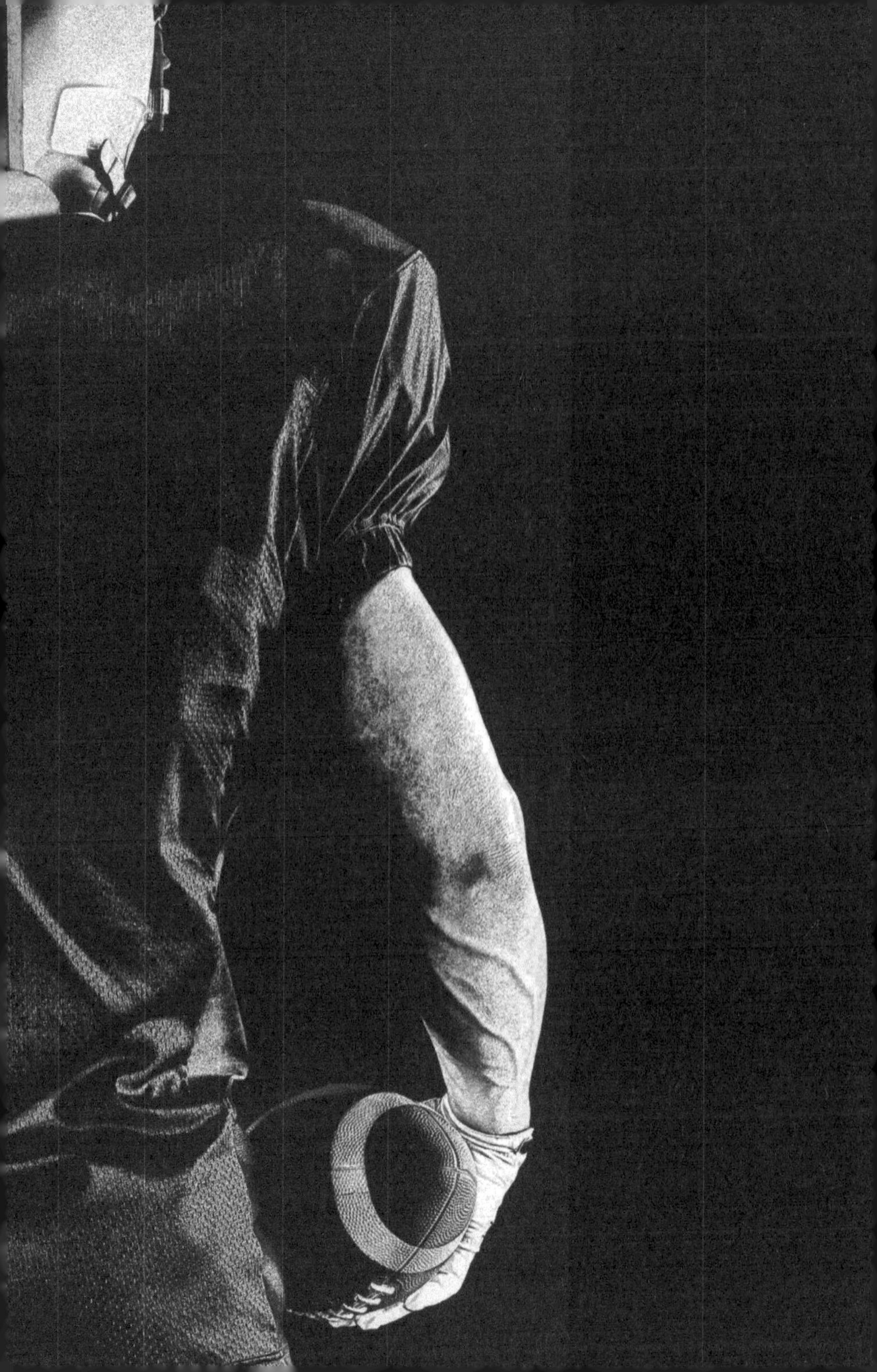

37

Alan

Es war mitten in der Nacht, als ein Klopfkonzert an unserer WG-Tür losgetreten wurde.

Eines, das natürlich nur ich hörte, weil Tyrese wie ein Stein schlief und rein gar nichts mitbekam. Wenigstens hörte der Idiot seinen Wecker.

Jedenfalls stapfte ich genervt zur Wohnungstür und schwor, alle Personen davor einen Kopf kürzer zu machen – ausgenommen Maeve und Taylor, sollte es ein Notfall sein. Aber auch nur vielleicht. Je nach Notfall.

»Was zur Hölle? Es ist drei Uhr. Morgen sind …«, platzte ich heraus, während ich die Tür öffnete und einen Rempler gegen die Schulter erntete.

»Wo ist sie?« Die viel zu bekannte Stimme ließ mich perplex innehalten und in den leeren Wohnheimflur starren. Erst nach einer gefühlten Ewigkeit fing ich mich wieder und drehte mich zu meinem ungebetenen Gast um.

»Alan Baker, wo ist deine Mutter?« Niemand anderes als mein Vater stand in meinem hell erleuchteten Wohnbereich. In einem zerknitterten Anzug, riesigen violetten Augenringen und Haaren, die in alle Richtungen standen. Zu sagen, er sähe zerstreut aus, wäre eine Untertreibung.

Ich runzelte die Stirn und schloss die Tür. »Ich habe keine Ahnung, was du meinst. Mom ist in Conroe.« Da, wo sie immer war. Allein in einem riesigen Haus voller Erinnerung an eine bessere Zeit.

»Verarsch mich nicht.« Er presste die Worte gezwungen ruhig hervor, die Hände zu Fäusten geballt und den Blick durch den Raum irrend. »Ich weiß, wir haben gestritten, aber ich …«

»Ihr habt euch gestritten?« Mein Herz machte einen alarmierten Überschlag. Jegliche Müdigkeit verpuffte aus meinem Körper. Energisch ging ich auf ihn zu, ließ ihn keine Sekunde aus den Augen.

»Was hast du getan?« Wenn er sie zum Weinen gebracht hatte, waren wir geschiedene Leute. Ein für alle Mal. Verflucht, zuerst ließ er sie den Großteil des Jahres alleine und jetzt stritt er mit ihr?

Ein dunkler Schatten zog über sein Gesicht. »Glaubst du wirklich, ich könnte deiner Mutter wehtun? Der Liebe meines Lebens? Wirklich, Junge, hältst du so wenig von mir?«

Es war der Schmerz, der kurz in seinen Augen aufblitzte, der mich innehalten ließ und mir den Hals zuschnürte.

Glaubte ich wirklich, er wäre ein solches Monster?

Trotz all der glücklichen Jahre, die wir früher hatten?

Nachdem ich jedes Mal mit eigenen Augen sah, wie er sie mit seiner Liebe überschüttete und Mom wie eine Königin behandelte?

Dad seufzte schwer und rieb sich über die Augen, wandte mir den Rücken zu und wühlte in der Innentasche seines Sakkos. »Vergiss es. Ich kenne die Antwort«, murmelte er mehr zu sich selbst als zu mir und ich presste unwillkürlich die Lippen aufeinander.

Dad hielt sich sein Handy ans Ohr. Stille legte sich über uns. Je länger es tutete, desto aufgebrachter wippte er mit seinem Bein.

Endlich schien jemand ranzugehen, denn er raufte sich die Haare. »Mary-Ann Baker«, donnerte er in den Hörer und krallte sich so sehr an sein Handy, dass es verdächtig knackte. So aufgebracht hatte ich Dad noch nie erlebt. »Du bist zu weit gegangen.« Kurze Pause. »Womit? Fragst du mich das ernsthaft? Du hast mich angerufen und mir erzählt, du wärst bei Alan und es ginge dir nicht gut.« Schockiert weiteten sich meine Augen. Mom hatte was?

Plötzlich stöhnte Dad genervt und begann, in meinem Wohnzimmer auf und ab zu tigern. »Weich nicht aus. Mit meinem Herzen ist alles gut. Außer, dass es deinetwegen fast geplatzt ist. Herrgott, Mary. Du bist manchmal unmöglich. Mach das nie wieder, bitte.« Er wurde immer leiser, flehte beinahe. Letztendlich hob er langsam einen Mundwinkel. »Ja, ich liebe dich auch. Wenn ich hier fertig bin, fliege ich sofort nach Conroe und du darfst meine Wunden lecken.« Damit legte er auf.

Seine Schultern fielen hinab und er zog sein Jackett aus, legte es zusammengefaltet über die Couchlehne. »Deine Mom ist verrückt.«

»Mom hat dir gesagt, sie wäre hier in Columbus? Bei mir?«, hakte ich sicherheitshalber nach, weil mich dieses Telefonat einfach nur überfordert hatte.

Er nickte knapp, ehe er sich ächzend auf die Couch fallen ließ und den Kopf in den Nacken legte. Mit geschlossenen Augen fiel mein Dad vor mir zusammen und ich spürte förmlich, wie sich der Stress aus seinem Körper löste und mit Müdigkeit tauschte.

»Sie will, dass wir uns aussprechen«, erklärte er in die Stille, die zwischen uns aufgekommen war.

Ich verschluckte mich fast an meinem Speichel. »Was?«

Er zuckte lediglich mit den Schultern. *»Bald ist Weihnachten und ich ertrage nicht noch einen dieser Farce-Feiertage. Klärt, verdammt noch mal, was ihr klären müsst. Vorher mache ich keinem von euch die Tür auf«*, zitierte er, was beängstigend nach meiner Mom klang.

Ich wusste nicht, ob ich lachen oder weinen sollte. Kopfschüttelnd lehnte ich mich schräg gegenüber von ihm gegen die Wand und gähnte herzhaft. »Wie konntest du eine so verrückte Frau heiraten?«

Dad lachte. Zuerst leise und dann immer herzhafter. Als sein Blick meinen traf, funkelten seine Augen zum ersten Mal seit einer Ewigkeit voller Leben. Ein sattes Grün, das meinem so ähnlich war..

Plötzlich dimmte das Licht in seinen Augen. »Das hier haben wir vielleicht verdient, nach allem, was sie mit uns durchmacht.«

Mit uns.

Dad sprach nicht nur von mir. Er schob mir keine Schuld zu oder machte mir Vorwürfe. Wieso schloss er sich in das Chaos, das ich unserer Familie angetan hatte, mit ein?

Wieder schwiegen wir.

Und mit jeder stillen Minute stieg mehr Unbehagen in mir auf. Zu sehen, wie mein Dad die Ellenbogen auf seine Knie stützte und sich die Hände rieb, meine Wohnung musterte, in der er noch nie gewesen war und überall hinsah nur nicht zu mir … ich fühlte mich schrecklich dabei … und gleichzeitig nicht.

Was ich für meinen Vater empfand, wusste ich seit Jahren nicht mehr. Enttäuschung, Scham, Wut, Verachtung, Trauer. Es waren so viele Gefühle, doch sie alle hatten ihren bitteren Beigeschmack gemein.

»Ich war noch nie hier«, durchbrach Dad erneut unsere Stille mit einer Tonlage, die ich nicht einordnen konnte. Sie klang vollkommen monoton und doch erstickt von Gefühlen. Er suchte meinen Blick und lächelte traurig. »Entschuldige, dass mein erster Besuch ausgerechnet unter solchen Umständen ist.«

Damit habe ich nicht gerechnet.

Keine Ahnung, was ich von Dads ersten Worten erwartet hatte, aber das hier war es nicht. Kein bisschen.

Er sah zurück auf seine Hände und spielte mit seinem Ehering. »Ich war die letzten Jahre wirklich kein guter Vater. Ich verstehe sogar, wieso du deiner Mom sagst, sie solle mich verlassen.«

»Das …« … hatte ich tatsächlich getan.

Auf Sarahs Geburtstagsfeier in Conroe. Ich hatte nur nicht gewusst, dass Dad es gehört hatte oder hatte Mom es ihm erzählt? So oder so, meine Brust zog sich unangenehm zusammen. So stark, dass ich über die Stelle rieb. Anschließend fuhr ich fahrig über mein Kinn. »Das war unfair von mir. Ich hätte es nicht tun sollen«, gab ich zu, denn es stimmte. Damals hatte ich lediglich Dampf ablassen wollen, weil ich zurück in Conroe gewesen war und … na ja … in den letzten Jahren war es leicht geworden, Dad zu verteufeln.

»Meine vielen Geschäftsreisen werden bald vorbei sein. Ich unterschreibe nächste Woche den letzten Vertrag und dann wird alles ruhiger«, erklärte Dad.

Verwirrt sah ich auf. »Was soll das alles überhaupt?« Ich fragte mich seit Jahren, wieso er eine Familie nach der anderen aus Conroe vertrieb, mit einem Kaufpreis unter dem, was sie sich bieten lassen müssten. Er war nicht umsonst zu dem gefürchtetsten Mann in diesem kleinen Ort geworden. Etwas, das Mom alles andere als half, sich aus dem Haus zu trauen.

Der Gedanke spannte meinen Kiefer und ich verschränkte die Arme vor der Brust. »Ist dir klar, dass die Leute uns deswegen alle hassen? Auch Mom?«

»Glaub mir, das vergeht.« Gleichgütig lehnte er sich zu seinem Jackett und zog einen Umschlag aus der Innentasche heraus. Mit einem Knall landete er vor meinen Füßen auf dem Boden.

Argwöhnisch runzelte ich die Stirn. »Was ist das?«

»Mach's auf und find's heraus.«

Widerwillig tat ich, was er wollte. Ich wusste nicht, was er damit bezwecken wollte, vor allem jetzt, wenn wir uns aussprechen sollten, aber ich käme eh nicht drumherum. Also lieber früher als später. Mit etwas Glück erledigte sich die Sache hier schnell und ich bekäme noch ein, zwei Stunden Schlaf.

Dank der Deckenleuchte, die Dad bei seinem Hereinplatzen eingeschaltet hatte, konnte ich die Dokumente einwandfrei lesen, die ich aus dem Umschlag zog.

Verträge. Formulare zur Grundstücksübergabe, Verzichtsvereinbarungen und anderen Kram, den ich nicht verstand.

Was zur Hölle will er mir damit sagen?

Ich weiß, dass er diese Grundstücke gekauft hat und …

Oh.

Ein Bauplan. Für was? Ich kniff die Augen zusammen, um besser lesen zu können. »Ein Gemeindezentrum?« Mein Blick ruckte zu Dad. Er beobachtete mich. Mit einem angespannten Zug um den Mund, knetete er seine Hände.

»Wieso willst du ein Gemeindezentrum bauen?«, hakte ich nach.

»Und einen Bolzplatz, eine Fläche, die als Jugendort genutzt werden kann«, zählte er Dinge auf, von denen er zuvor nie ein Wort verloren hatte. »Im Gemeindezentrum ist eine Beratungs- und Anlaufstelle integriert für verschiedene Themen. Ängste, Mobbing, Unsicherheiten bezüglich der Sexualität, mögliche psychische Probleme und Einschränkungen …« Er atmete schwer aus und wich meinem Blick aus. »Und eine Suchtberatung.«

Suchtberatung.

»Die Menschen, denen ich das Land abgekauft habe, waren schrecklich. Sieh es als ihren Teil zur Wiedergutmachung.«

»Ich versteh nicht, was du meinst.«

Beinahe frustriert rieb er über seine sonst so perfekt zurückgegelten Haare. »Der geplante Bolzplatz ist unter anderem auf dem alten Land von dem Kioskbesitzer geplant, der dir damals Bier verkauft hat, obwohl du minderjährig warst. Und das nicht nur dir. Der Polizeichef meinte, er versorgte schon seit Jahren die Teenager der Stadt.«

Er hat Gregs Haus gekauft?

Das war total an mir vorbeigegangen. Vermutlich, weil ich diesen Teil der Stadt wie eine verseuchte Fläche mied. Es gab viele Trigger für mich. Ganz oben stand der Anblick dieses verfluchten Kiosks. Weil ich sofort an die Zeit zurückdachte, in der ich morgens vor Schulbeginn bei ihm angeklopft und mir meine tägliche Dosis abgeholt hatte.

Allein diese Erinnerung zog meine Kehle zusammen und ich befeuchtete meine plötzlich viel zu trockenen Lippen.

»Die anderen Grundstücke gehörten genauso schlechten Menschen. Früheren Mitschülern, die deiner Mom das Leben zur Hölle gemacht haben. Ehemalige Stadtangestellte, die den Wald unserer Familie abholzen und deine Mom auf die Straße setzen wollten …« Seine Stimme klang immer gepresster und er ballte die Hände zu Fäusten. Er sah mir tief und fest in die Augen. »Diese verfluchte Stadt hat ihr und dir genug angetan und weil sich deine Mom weigert, wegzuziehen, was ich verstehe, habe ich mir vorgenommen, Conroe zu verbessern. Damit sie gerne rausgeht und du …« Er räusperte sich und ich glaubte, seine Augen schimmerten gefährlich. »Ich möchte, dass du dich wohlfühlst, wenn du uns besuchst. Dieser verfluchte Ort soll endlich etwas anderes als eine Hölle sein.«

»Ich wusste nicht, dass du Conroe hasst.«

Noch immer hielt er meinem Blick stand. »Ich liebe Conroe wegen dir und deiner Mom. Gäbe es euch beide nicht, wäre ich längst weggezogen.«

Mom zuliebe baute er lieber eine gesamte Kleinstadt um und machte sich zum Feind vieler.

Das ist viel zu kompliziert für diese Uhrzeit.

Wie zur Untermalung meiner Gedanken, gähnte ich herzhaft und müde Tränen brannten in meinen Augen.

»Weißt du …« Erneut fing Dad das Gespräch an. Als könnte er nicht mehr damit aufhören, jetzt, nachdem er endlich den Mund aufbekommen hatte. Oder Moms Drohung, ihn nicht vor unserer Versöhnung ins Haus zu lassen, zeigte ihre Wirkung. Er räusperte sich. »Ich hoffe, du weißt, dass ich dich nicht …« Wieder brach er den Satz ab und wieder atmete er deswegen angestrengt durch. Ihn so unsicher zu sehen, ließ mich lächeln. Nicht, weil ich es ihm aus Boshaftigkeit gönnte oder so, sondern weil es ihn menschlicher wirken ließ. Nahbarer. Einfach wie meinen Dad. Den, bevor ich alles zerstört hatte.

Ich zog ein Knie an die Brust und legte meinen Ellenbogen darauf, das andere Bein streckte ich von mich. Meinen vor Müdigkeit schweren Kopf lehnte ich immer noch an die Wand hinter mir. »Sag's einfach, Dad.«

Er zuckte zusammen, kaum, dass ich ihn so nannte.

Weil es Jahre her war. Viel zu lange. Meinen Dad als solchen zu bezeichnen, sollte nicht so hölzern von meiner Zunge rollen, aber tja, das tat es. Weil das Leben nicht perfekt lief und meines schon gar nicht.

»Ich weiß nicht, wie ich mit dir umgehen soll.« Das von seinem eigenen Vater zu hören, tat weh, verflucht weh. Doch es verletzte mich nicht ansatzweise so sehr, wie ich immer befürchtet hatte. »Nicht, weil ich dich weniger liebe als früher, Alan, denn glaube mir, nichts kommt zwischen meine Liebe als Vater für dich.« Er sah mir in die Augen. So verflucht intensiv, dass er locker die Tränen in meinen aufsteigen sah. Und doch öffnete er wieder den Mund – und ich unterbrach ihn nicht. »Ich habe an diesem Abend fast die einzigen Menschen verloren, die ich liebe. Dich und deine Mom und während ich an deinem Krankenbett saß und nicht wusste, wie ich notfalls ohne deine Mom bei Verstand bleiben soll …«

»Dad.« Endlich unterbrach ich ihn. Mit einem solchen Flehen in der Stimme, dass es meine Hände zu Fäusten ballte. Ich wollte nicht an diese Nacht denken. Schon gar nicht an die Stunden, in denen wir nicht wussten, ob Mom … nein, ich konnte es nicht mal denken.

Er rieb sich über die zugekniffenen Augen. »Ja, klar, entschuldige, aber es bringt auf den Punkt, was ich sagen will«, druckste er herum und behielt die Augen geschlossen. »Ich frage mich seit dieser Nacht, was ich falsch gemacht habe. Nicht mit dir, weiß Gott, nein, niemals in diese Richtung«, beteuerte er, was ich nicht zu glauben vermochte.

Denn es war genau das, was ich glaubte.

Seit Jahren. Seit diesem verfluchten Tag und dem Moment, in dem er mir nicht mehr in die Augen hatte schauen können.

»Ich gebe mir die Schuld«, gestand er und wieder war da dieses verfluchte Zittern in seiner Stimme und ich blinzelte gegen die aufkommenden Tränen an.

Ich wollte dieses Gespräch nicht führen. Ich wollte die Gefühle nicht spüren, die damit einhergingen. Ich wollte einfach vergessen. Verdrängen, was in dieser Nacht passiert war. Auch wenn ich wusste, dass es das Falsche war und genau deswegen hielt ich den Mund und erlaubte Dad, weiterzureden.

Dieses Gespräch weiterzuführen.

Weil es seit Jahren überflüssig war und ich es brauchte. So sehr sich andere deswegen vielleicht darüber lustig machten, ich wollte hören, dass mein Dad mich nicht hasste. Dass er nicht bereute, mich in diese Welt gesetzt zu haben. Ich *musste* es hören.

»Du bist nicht schuld daran, dass ich angefangen habe, zu trinken.« Meine Stimme klang so dünn und jämmerlich, dass es mich schier in den Wahnsinn trieb und doch blieb ich hier und hielt es aus.

Dad ballte die Hände zu Fäusten und drückte sie auf seine Augenlider. Schwach lächelte er. »Glaub mir, mein Sohn, sobald dem eigenen Kind etwas passiert, denkst du automatisch, du trägst die Schuld daran.«

Er atmete einmal tief durch, ehe er sich aufrichtete und mich wieder ansah. »Ich habe dir zu viel Druck mit der Firma gemacht. Zu oft davon erzählt, wie es wäre, wenn du sie übernimmst.«

Damit lag er nicht falsch. Aber er vergaß etwas Entscheidendes, das ich erst während meines Aufenthalts in der Entzugsklinik gelernt hatte. »Du hast mich damit aber nie unter Druck gesetzt. Das war ich ganz alleine.«

Ich war schuld an meiner Sucht.

Nur ich und die fiesen Gedanken, die mich in die Knie zwingen wollten und mir nachts den Schlaf raubten. Auch jetzt noch. Nur mit ordentlicher Unterstützung der Überbleibsel meiner Sucht.

»Es tut mir leid, mein Sohn, ehrlich.« *Schon wieder dieser Spitzname. Mein Sohn. Ein toller Sohn war ich, ihn und Mom …*

Nein, ich wollte diese Gedanken nicht mehr.

Nicht jetzt oder in den nächsten Stunden.

Ich wollte diese Aussprache mit Dad und danach ein bisschen Seelenfrieden und eine Portion Schlaf. Ganz ohne Selbstvorwürfe.

»Ich bin derjenige, der sich entschuldigen muss.« Ich senkte den Blick auf meine Brust, ballte die Hände zu Fäusten, während ich schwer schluckte und damit kämpfte, die nächsten Worte über meine Lippen zu bringen. »Meinetwegen ist unsere Familie kaputt.«

»Du leidest an einer Krankheit«, erinnerte mich Dad und bekam dabei diesen strengen Vaterton, der immer in seinen Belehrungen mitschwang. Automatisch verzogen sich meine Lippen zu einem kleinen Lächeln. Es war lange her, dass ich diesen Tonfall zu hören bekam, anstatt diese distanzierte Monotonie der letzten Jahre. »Diejenigen, die die Schuld daran tragen, schmeiße ich seit Jahren aus Conroe und sorge dafür, dass das nie wieder einem Sechszehnjährigen passieren kann. Jedenfalls nicht dort.«

Stille breitete sich zwischen uns aus, doch zum ersten Mal schnürte sie mir nicht die Luft ab oder ließ sie so schwer wirken, als könnte man sie nicht einatmen.

Es war … angenehm. So angenehm, dass mich meine Müdigkeit einholte und meine Augenlider immer schwerer wurden, bis ich sie letztendlich schloss und erneut gähnte.

»Ich werde mir ein Hotel in der Stadt suchen«, begann Dad erneut und ich bekam es nur am Rande mit. »Wenn du magst, können wir uns morgen zum Essen treffen und über deine Kurse reden?« Ich hörte seine Unsicherheit. Nicht zu wissen, ob sein Sohn sein Angebot annahm nach all den Jahren und düsteren Momenten, die sich zwischen uns gestellt hatten. Dinge, die mich so sehr ermüdeten. Viel zu sehr.

Ich wollte sie endlich hinter mir lassen. »Klar. Ich schreibe dir, wenn mein Training vorbei ist.« Mit aller Kraft öffnete ich die Augen und zuckte mit den Schultern. »Bestimmt dürftest du auch zuschauen, wenn du Bock hast.«

Immerhin liebte Dad American Football.

In dem Punkt unterschied ich mich nicht von Sarah. Ich betrieb eine Sportart, um ein Gesprächsthema mit meinem Vater zu haben, mit dem winzigen Detail, dass es mir ein bisschen Seelenfrieden gab, meinen Frust an Gewichten und Dummys auszulassen.

Sarah.

Verflucht, selbst jetzt dachte ich an sie.

Auch, wenn mir das vorhin den Arsch gerettet hatte.

Ich presste die Lippen aufeinander und hievte mich schwerfällig auf die Beine. »Dad?«

Er war längst auf dem Weg zur Wohnungstür und hielt auf halbem Weg inne. Fragend sah er über die Schulter zu mir zurück.

Mir schlug das Herz viel zu schnell in der Brust, doch ich würde nicht kneifen. Nicht mehr. Dafür war ich zu müde, in vielerlei Hinsicht. »Ich war heute in einer Bar.«

Er versteifte sich. Die Farbe wich komplett aus seinem Gesicht.

»Ich habe keinen Tropfen getrunken.«

»Aber du wolltest«, schlussfolgerte Dad, weil es keinen anderen plausiblen Grund gab, wieso ich einen Schuppen voller Stoff betreten würde.

Ich nickte. Keine Ausreden mehr.

»Wieso hast du nicht?« Er steckte die Hände in die Taschen seiner zerknitterten Anzughose und erwiderte meinen Blick ohne jegliche Vorwürfe. Nein, viel mehr lag er irgendwo zwischen Neugierde und … Stolz? »Oder wollen wir morgen darüber reden?«

Seine Worte entspannten meine Schultern sofort und ich nickte, während ich meine pochende Schläfe massierte. »Wenn es okay ist.«

Dad nickte – und kam auf mich zu. Ehe ich reagieren konnte, schloss er mich in eine feste Umarmung und stützte das Kinn auf meine Schulter. »Ich werde nicht lügen, das macht mir Sorgen, aber ich bin froh, dass du dagegen angekämpft hast. Das ist sicherlich nicht leicht.«

Meine Stirn fiel gegen seine Schulter und ich schloss die Augen. Mit einem Mal fühlte ich mich so schwach wie noch nie. Eine Träne rann meine Wange hinab und versickerte in dem Stoff seines Sakkos. »Es ist scheiße anstrengend.«

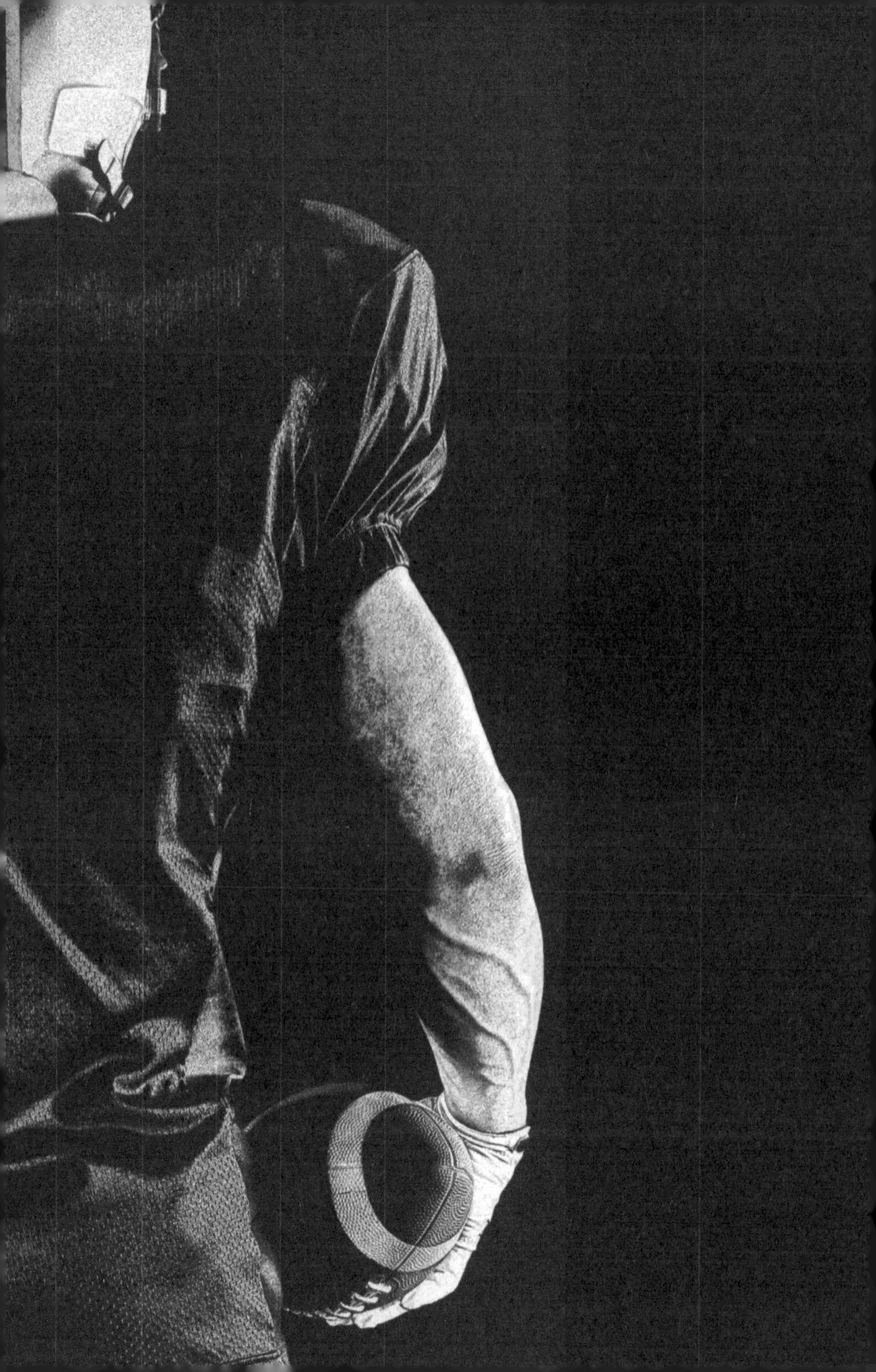

38

Alan

Dad sah am nächsten Tag beim Training zu.

Ich kam kaum auf das Spielfeld, da hatte ich ihn schon in der ersten Reihe auf der Tribüne entdeckt. Im selben Anzug wie gestern, die Ärmel hochgekrempelt, saß er einfach da und sah dabei zu, wie ich Spielzüge durchging und Menschen umwarf. Irgendwo zwischen Tyrese' Sticheleien und Maeves euphorischer Art vergaß ich alles, was die letzten Tage passiert war.

Dass ich Sarah von mir gestoßen hatte.

Meinen Abstecher in die Bar.

Das mitternächtliche Gespräch mit Dad.

Ich schaffte es, ganze drei Stunden Seelenfrieden zu ergattern, während ich meinen Körper an seine Grenzen und ein bisschen darüber hinaus trieb und letztendlich vollkommen ausgelastet auf einer der Bänke an der Seitenlinie fiel.

Wie immer trainierte am anderen Ende des Feldes das Cheerleading-Team. Mit Brittany als Kapitänin hatten sie zugegebenermaßen ein Upgrade bekommen und waren einen ordentlichen Schritt weiter im Erlernen ihrer Choreografie. Jedenfalls wenn ich den Schrittfolgen Glauben schenken konnte, die ich beobachtete. Wenn ich mich recht entsann, waren sie gut eine Minute nach dem Teil, den ich mit Sarah geprobt hatte.

Mit ihr und Stanley. Demjenigen, mit dem ich meinen ersten Kuss mit einem anderen Mann geteilt hatte. In meinem Freshman Year, auf der ersten Party am Campus, auf die mich Tyrese geschleppt hatte. Wir hatten uns wirklich gut verstanden und vielleicht wäre auch mehr aus uns geworden, hätte ich nicht ständig an Sarah gedacht.

Was so ziemlich all meine Trennungsgründe der letzten Jahre zusammenfasste. Maeve gegenüber schob ich es auf meine Sexualität und manchmal stimmte es sogar, dass die damaligen Personen sich davon verunsichert fühlten, in beiden Geschlechtern eine Konkurrenz zu sehen.

Für Sarah war es nie ein Thema gewesen.

Sie hatte mich nicht mal auf meine Sexualität angesprochen, nachdem wir uns nähergekommen waren. Kein »Du stehst also doch auf Frauen?« oder ähnliches.

Seufzend nahm ich einen tiefen Schluck aus meiner Wasserflasche. Sarah war jetzt offiziell ein Teil meiner Vergangenheit. Weil ich sie dorthin verbannt hatte.

Selbst wenn ich die Wogen mit Dad glätten konnte, änderte es nicht, wer ich war und Sarah verdiente bei Gott jemand besseren als einen Suchtkranken, der kurz vor einem Rückfall stand.

Apropos.

»Coach?« Ich fing Coach Thees vor dem Eingang zu unseren Umkleiden ab und fühlte mich viel weniger aufgewühlt, als ich vermutlich sein sollte. »Könnte ich kurz mit Ihnen reden?«

***

»Ich bin stolz auf dich.« Dad lächelte mich hinter seiner Kaffeetasse an und lehnte sich in einem der hellen Holzstühle zurück, welche überall in dem Campus-Café ausgestellt waren.

Ich verzog die Mundwinkel und stocherte in meinem Obstsalat herum. Liebeskummer und Suchtdruck hatten meinen Appetit längst aus meinem Körper geschmissen. »Weil ich meinem Coach gesagt habe, ich bin alkoholkrank oder dass ich kurz vor einem Rückfall bin?«

Bin.

Ich benutzte absichtlich dieses Wort.

Weil ich von den vielen Gesprächen mit den Therapeuten in der Entzugsklinik gelernt hatte, dass man nicht automatisch die Katastrophe abwandte, nur, weil man einmal die Notbremse hatte ziehen können. Traurige Realität war, dass sie mir direkt gesagt hatten, dass ein Rückfall – oder viele, sehr viele – vollkommen normal wären.

Ich hatte noch nie einen gehabt und ich war nicht bereit dazu, das aufs Spiel zu setzen. Schon gar nicht wegen Liebeskummer. Also ja, natürlich hatte ich es Coach Thees erzählt, damit er mir helfen konnte.

Wobei er mir gefühlte tausendmal schwören musste, es auf gar keinen Fall an Taylor weiterzugeben. Nur, weil er sein Ziehvater war, musste er ihm nicht direkt alles sagen.

»Nein«, sagte Dad und holte mich damit zurück ins Hier und Jetzt. »Ich bin stolz auf dich, weil du etwas sehr Mutiges getan hast. Es ist dir sicherlich nicht leichtgefallen, es deinem Coach zu erzählen.«

***

Die nächsten Wochen vergingen schnell.

Weil einiges passierte. Dad blieb eine Woche in Columbus und wir trafen uns fast jeden Tag. Selbst, um nur schweigend Kaffee zu trinken. Nichts zwischen uns war auf magische Weise perfekt, aber die erste Mauer war durchbrochen.

Ich telefonierte sogar öfter mit Mom. Und mit Dad, sobald er zurück nach Conroe flog oder auf einer seiner Geschäftsreisen war.

Außerdem hatte Coach Thees mir einen Platz in einer Selbsthilfegruppe der Anonymen Alkoholiker in der Nordstadt besorgt. Ich kannte die Gruppe. Auch Greg und Olga, welche diese sponserten und für sie verantwortlich waren.

Couch Thees befahl mir, zu allen Treffen zu gehen und jeden Freitag führten wir ein Gespräch nach dem Training, wie es lief.

Maeve und Taylor wussten nichts davon. Ich wollte es ihnen nicht sagen. Aber nicht mehr, weil ich mich schämte, klar, okay, irgendwo schwang das auch immer noch mit, aber vor allem, weil ich zuerst selbst klarkommen wollte.

Ich wollte wieder auf stabilen Beinen stehen.

Das Kinn selbstbewusst gehoben und ohne zittrige Finger, wenn ich auch nur Parfüm roch, weil der Alkoholanteil darin meinen Suchtdruck triggerte.

Die Wochen zogen einfach an mir vorbei zwischen all den Vorlesungen, dem Training, meinen AA-Treffen und allem, was ich tat, um wieder mehr Alan Avery Baker zu sein. Mir blieb nicht einmal die Zeit, an Sarah zu denken oder um uns zu trauern.

Nur nachts, wenn ich komplett erschöpft auf mein Bett fiel, mit der Matratze mitfederte und zu meiner Fotocollage an der Decke schielte, fühlte ich mich leer.

Weil ich kein Foto von uns besaß.

Kein einziges.

Diese Erkenntnis brach mir jeden Abend aufs neue das Herz – und ich konnte nur hoffen, dass es irgendwann aufhörte.

39

Sarah

Drei Wochen später.

Gefühle waren schon ein komisches Phänomen. Wie konnte ein und dieselbe Sache uns in den Himmel heben vor Glück und uns gleichzeitig das Gefühl geben, drei Meter unter der Erde festzustecken – um Atem ringend.

Ich vermisste Alan.

Jeden Morgen, wenn ich mich im Halbschlaf durch mein Bett wühlte, glaubte ich für einen Moment, Alans Herzschlag an meinem Ohr zu hören und seine Arme um mich zu fühlen. Manchmal bildete ich mir sogar ein, seine Stimme zu hören.

»Guten Morgen, Buttercup.«

Denselben Satz, mit dem er mich an Thanksgiving in seinem Bett geweckt hatte.

Das alles lag Wochen zurück und doch fühlte es sich wie eine andere Zeitepoche an. Fast, als wäre es ein Traum gewesen. Oder ich steckte jetzt in einem viel zu langem Albtraum fest. Wie rum auch immer, ich musste damit klarkommen.

Also konzentrierte ich mich auf mich selbst.

Mein eigenes Leben. Das, was davon übriggeblieben war und all das, was daraus werden konnte.

Ich besuchte die Studienberatung und informierte mich darüber, ob ich in meinem Abschlussjahr das Hauptfach wechseln konnte. Die Antwort war vorherzusehen gewesen: Ja, aber für ein kleines Vermögen und ein paar Extrajahre an Vorlesungen. Ich würde also zwangsläufig meine Abschlussarbeit in Finanzmanagement schreiben. Über das Thema, inwieweit sich internationale gesellschaftliche Krisen auf Unternehmen auswirken können.

Ein großes Thema, wegen dem ich einige Nächte und viele Nachmittage in Fachbüchern versinken und mich von der Außenwelt abschotten konnte.

Was mich nicht von meinem Nebenjob abhielt.

Mit meinen Büchern unter den Arm geklemmt, verließ ich soeben das Büro meines Chefs und verkniff mir ein Gähnen.

Die Wanduhr im großen Foyer des Gemeindezentrums tickte wie immer und verriet, dass es bereits nach acht Uhr abends war. Ich hatte mal wieder die Zeit vergessen und nach meiner letzten Beratung viel zu lange im Besprechungszimmer gesessen und gelesen. Was auch der Grund dafür war, dass mir Paul, mein Chef, eben eine kleine Ansage gemacht hatte, weil ich die Räume nicht nach Belieben blockieren durfte.

Also befand ich mich jetzt gezwungenermaßen auf dem Rückweg in mein leeres WG-Zimmer voller Bücher, Lernstoff und Stille, was mich mit der Zeit unweigerlich zurück zu meinem gebrochenen Herzen führen würde.

Allein der Gedanke daran ließ mich schwer seufzen. Liebeskummer war echt ätzend. Wieso konnte es nicht schneller besser werden? Warum brauchten wir dazu so lange? Monate, manchmal sogar Jahre. Das klang beängstigend. Hoffentlich dauerte es nicht allzu lange, Alan zu vergessen.

»Moment, warte.« Ich ging gerade durch die Tür nach draußen und blieb dank des Rufs rechts von mir abrupt stehen. Die Hand um die Türklinke gekrallt, versuchte ich, mein hämmerndes Herz unter Kontrolle zu bringen.

Neben mir tauchte jemand auf dem Bürgersteig auf und rang keuchend nach Luft, während er eine Hand gegen die Glasscheibe stützte, um die Tür aufzuhalten. »Danke, das ist ... oh.« Sobald Alan mich erkannte, erstarrte er.

Ich tat dasselbe.

Wieso rannte ich in ihn rein? Ausgerechnet hier?

Selbst auf dem Campus schafften wir es, einander aus dem Weg zu gehen. Nicht, weil wir uns hassten, jedenfalls glaubte ich das, sondern weil ... es einfach zu sehr schmerzte, in der Nähe des anderen zu sein. So wie jetzt.

Alan stand direkt vor mir, ich müsste den Kopf in den Nacken legen, um ihn anzusehen. Noch starrte ich auf seine Brust. Ich war nicht bereit, in diese fesselnden dunkelgrünen Augen zu sehen.

Sie würden mich anders ansehen. Ohne Funkeln oder ein Strahlen und das ... ich war einfach noch nicht bereit dazu, unsere neue Realität zu akzeptieren.

»Hey.« Er begrüßte mich. Anstatt einfach seinen Weg zu gehen, stand er hier bei mir in der offenen Tür, halb auf dem Bürgersteig, halb im Gebäude, und wollte ein Gespräch anfangen. Ungeachtet der vielen Passanten um uns, denen wir im Weg standen, wartete er meine Antwort ab.

So unauffällig ich konnte, griff ich nach dem Ärmel meines Mantels und zupfte am Stoff. *Nur ein paar Worte, Sarah, das schaffst du.*

All meinen Mut zusammennehmend, hob ich den Blick. Dunkle Augen begegneten mir. Er fing meinen Blick ein, als wartete er seit einer Ewigkeit darauf, dass ich ihn endlich ansah und es schien, als würde er mich nicht mehr loslassen wollen.

Mein Hals schnürte sich zusammen.

Wie kannst du mich so ansehen?

»Hi«, erwiderte ich seine Begrüßung viel zu spät. Dafür schaffte ich es, meine feuchten Augen zu ignorieren und ihn anzulächeln.

Stille.

Keiner von uns verlor ein Wort.

Wir sahen uns einfach an und mit jeder Sekunde, die verging, hämmerte mein Herz schneller und Alans Gesichtsausdruck wurde undurchschaubarer.

Angeschwiegen hatten wir uns in den letzten Jahren des Öfteren. Aus verschiedensten Gründen. Doch das hier? Verflucht, am liebsten wollte ich im Erdboden verschwinden.

Ich wippte von einem Bein auf das andere und räusperte mich. »Ich müsste langsam los«, sagte ich zögerlich und wusste, wie komisch das klingen musste, aber ich wollte nicht mehr lügen und schon gar nicht Alan etwas vormachen.

Er hatte mir einen Korb gegeben.

Zwischen uns war es unangenehm und das durfte es auch sein. Niemand von uns war dazu verpflichtet, einander etwas vorzuspielen.

Er schluckte sichtbar und strich sich über das Kinn, während er beiseite trat. »Klar, natürlich, sorry.«

Irritiert blinzelte ich und kam nicht umhin, ihn zu mustern.

Sein Bart war dichter geworden, durch seine hellen Haare aber immer noch recht licht, und tiefviolette Ringe schimmerten unter seinen Augen.

Wie immer trug er die kinnlangen Haare zu einem Dutt gebunden. Ich runzelte die Stirn. Waren seine Ohren schon immer so rot gewesen?

»Ich, ähm«, Alan lächelte mich unsicher an und rieb sich über den Nacken. Ja, er war eindeutig unruhig und ... schüchtern? Hatte ich ihn je mit diesem Gesichtsausdruck gesehen?

Er atmete tief aus, ließ die Hand fallen, und sah mir fest in die Augen. »Ich möchte mich nur bei dir bedanken.«

»Bedanken?«, wiederholte ich überrascht und drückte meine Bücher fest an meine Brust. »Wofür das denn?«

Angespannt hob er einen Mundwinkel. »Komm schon, Buttercup.« Beim Klang dieses Kosenamens schloss ich die Augen und biss mir auf die Innenseite der Wange, damit ich die Tränen beherrschen konnte, die wieder aufzusteigen drohten.

Blöder Liebeskummer, verschwinde endlich.

Ich bin es leid, ständig zu weinen.

Scheinbar sah er mir den kommenden Gefühlsausbruch an, denn er hörte auf zu reden. Einen Herzschlag lang. Noch zwei mehr. »Du hast mir extrem geholfen, Sarah«, begann er und ich dankte ihm genauso sehr von Herzen, mich beim Namen zu nennen, wie mein Herz um meinen Kosenamen trauerte. Wie gesagt, es war paradox, wie ein einzelnes Gefühl so unterschiedliche Dinge auslösen konnte.

»Was habe ich denn getan?« Ich war neugierig, obwohl ich dieses Gespräch so schnell wie möglich hinter mich bringen wollte.

Wärme flutete seinen Blick und alles in mir zog sich bei dem Wunsch zusammen, mich in seine Arme zu werfen. Mein Gesicht an seiner Brust zu vergraben und einfach seinem Herzschlag zu lauschen.

»Deine SMS an, na ja ...« Er räusperte sich und grub die Hände in die Taschen seiner Übergangsjacke. »Du hast mir damit den Arsch gerettet. Ich ...«, zögernd zuckte sein Blick hinter mich ins Gemeindezentrum, »Ich war hart an der Grenze und du hast mich davon abgehalten, etwas sehr Dummes zu tun.«

Etwas sehr Dummes.

Doch nicht etwa das, was ich dachte?

Ich sog scharf den Atem ein und hoffte, er hörte meinen panischen Herzschlag nicht, obwohl ich wusste, wie dämlich dieser Gedanke war, aber, verflucht, so schnell und laut wie es schlug, könnte er es vielleicht doch hören?

»Du hast doch nicht …« … *getrunken?*

Ich konnte das Wort nicht aussprechen. Wenn ich es ausspräche, wäre es erschreckend real und keine Ahnung, ob ich es aushalten würde zu wissen, dass Alan rückfällig geworden war und ich eine Teilschuld daran trug. Oder dass ich ihm nicht beistehen konnte.

Er schüttelte mit ernstem Blick den Kopf. »Nein, habe ich nicht.« Mit hängenden Schultern schaute er nach unten und schabte mit dem Fuß über den Ziegelboden. »Aber ich wollte. Deine Nachricht hat mich davon abgehalten, also, ja, danke, schätze ich.«

Meine Nachricht hat ihn davon abgehalten, rückfällig zu werden.

Was sollte mir diese Info geben?

Was sollte ich dabei fühlen? Ich wusste es nicht. Freute es mich, ihm eine solche Hilfe gewesen zu sein? Machte ich mir Sorgen um ihn? Wollte ich schreien und wie ein Kleinkind um mich schlagen, weil das Leben so unfair zu ihm, zu uns, war und ich ihm nicht beistehen konnte? In einer seiner schwersten Phasen?

»Ich, ähm, muss jetzt los. Die Selbsthilfegruppe fängt gleich an«, eröffnete er und hielt mich so davon ab, erneut in einem Gedankenkarussell zu verschwinden. Gerade rechtzeitig, damit ich mitbekam, wie er hinter mir nickte.

Ach ja, im Gemeindezentrum gab es viele verschiedene Mieter der Seminarräume mit den verschiedensten Thematiken. Darunter auch Selbsthilfegruppen der städtischen Drogenhilfe.

»Tut mir leid, das hier muss echt komisch für dich sein. Ich geh besser, bevor ich noch mehr Mist rede«, rutschte plötzlich ein Wort nach dem anderen immer schneller aus seinem Mund. Noch ehe ich reagieren konnte, sauste Alan an mir vorbei.

Überrumpelt sah ich ihm nach.

Verflucht, ich verstand nicht, was das zwischen uns war. Was wir waren oder was wir sein sollten.

Sprach man so mit jemandem, dem man den Laufpass gegeben hatte? Denn das hatte Alan. Einwandfrei hatte er mir ausdrücklich gesagt, er könnte sich nichts Ernstes, keine Beziehung, mit mir vorstellen.

Aber nicht wegen mir oder uns.

Wegen seiner Krankheit. Wegen dem, was er tagtäglich mit sich herumschleppte und wogegen er einen ständigen, unsichtbaren Kampf führte. Er hatte Angst, was die Krankheit mit uns anstellen könnte.

Machte das unsere Situation zu etwas Besonderem? Etwas, bei dem es normal war, trotzdem miteinander zu reden und sich anzusehen, als wollte man nur beisammen sein?

»Alan, warte!« Ich lief zu ihm, bevor ich wusste, was ich tun würde, aber das war okay, so war es immer, wenn es um Alan Avery Baker ging und bisher hatte ich damit fast immer etwas Gutes bewirkt.

Also machte ich mir keine Gedanken darum, wie selbstverständlich ich nach seiner Hand griff und wie perfekt sich unsere Finger verwoben. Wie warm und richtig sich diese kleine Berührung anfühlte und wie viel leichter ich wieder atmen konnte.

Überrumpelt hielt er mitten im Foyer inne und schaute zuerst mich an und dann hinab zu unseren Händen. Schmerz flackerte in seinen schönen Augen auf und ich merkte, wie er unter meiner Berührung zusammenzuckte.

Er verstärkte den Griff, streichelte sanft über die Seite meines Zeigefingers. »Sarah, was wird das?«, fragte er, den Blick auf unsere Berührung gesenkt und mit bebender Stimme. »Du weißt, ich …«

»Ich weiß«, beteuerte ich leise und lächelte ihn zaghaft an. »Ich weiß, das ändert nichts und das soll es auch nicht. Ich möchte nur …« Unschlüssig knabberte ich an meiner Unterlippe und hielt mich an ihm, an uns, fest. Mein Herz schien vor Glück überzusprudeln und ich musste die Augen schließen, um mit all den Gefühlen in mir mithalten zu können. »Ich bin immer da«, versprach ich und schaute ihm wieder fest in die Augen. »Wenn du reden möchtest, wenn du gar nichts möchtest und wir schweigend nebeneinander sitzen sollen oder so, ich weiß, dafür hast du Maeve und Tyrese und Taylor und bestimmt auch noch mehr …« Super, ich plapperte wieder. »… ich empfinde viel für dich und ich weiß, du empfindest auch etwas für mich und das muss nichts heißen, aber das hier, dass du krank bist und dagegen ankämpfst und das gerade alleine durchstehen möchtest … das alles bedeutet nicht automatisch, dass wir am Ende angekommen sind, weißt du?« Tapfer blinzelte ich gegen meine aufkommenden Tränen an. »Manchmal vergisst man es, aber jede Nacht vergeht und irgendwann geht die Sonne auf. Immer. Für dich würde ich immer auf den Sonnenaufgang warten.«

Fluchend drehte sich Alan um und zog mich mit sich in einen der vielen Flure des Hauses. Ehe ich mich versah, umschloss er mein Gesicht mit den Händen und legte die Lippen auf meine.

Zuerst unendlich zärtlich und sanft.

Dann immer sehnsüchtiger, schneller, fester.

Als würde der Moment jede Sekunde wieder vorübergehen und uns alleine lassen können.

Dumpf knallten meine Bücher auf den Boden, doch es interessierte mich nicht. Ich schlang die Arme um ihn, zog ihn zu mir herab und sog gierig seinen Geruch ein. Meine Hände fanden alleine ihren Weg in seine weichen Haare und ich stöhnte sehnsüchtig auf, als er einladend, fragend, mit der Zunge gegen meine Lippen stieß.

Meine Brust drückte gegen seine und er umarmte mich, grub die Hände in meine Hüfte und drückte mich so fest an sich, wie es uns möglich war.

Sein Herz schlug an meinem und ich fühlte mich vollkommen.

Trotzdem rann eine Träne heiß meine Wange hinab, vermischte sich mit unserem Kuss und hinterließ einen salzigen Nachgeschmack.

Schwer atmend löste er sich von mir und lehnte die Stirn gegen meine. Ich versank in seinen dunkelgrünen Augen. Sanft fuhr er durch meine Haare, strich sie immer und immer wieder zurück und streichelte dabei meine Wangen und mein Kinn.

Ein Schluchzen brach aus mir heraus. Aus dem Nichts und in diesem wunderschönen Moment, der mich all den Mist um uns herum vergessen ließ, und ich presste genervt von mir selbst die Hand auf meinen Mund.

»Shhh«, murmelte Alan und zog mich in seine Arme. Dabei zitterte seine Stimme voller Gefühl und Schmerz, was nur noch mehr Tränen über meine Wangen strömen ließ.

Fast panisch schlang ich unter seiner Jacke die Arme um ihn und klammerte mich in den Stoff seines Pullovers, während ich die Nase an seiner Brust vergrub.

Badump.

Badump.

Ich höre seinen Herzschlag.

Ich hätte nie gedacht, je wieder dieses Privileg zu haben und verflucht, ich wollte ihn nicht mehr loslassen. Nicht jetzt, nie wieder. Dabei wusste ich, ich musste.

»Du hast Besseres verdient, als auf jemanden wie mich zu warten, Sarah«, flüsterte er in meinen Haaransatz und ich schloss die Augen, dank dem Gefühl seines warmen Atems auf meiner Haut. »Es gibt keine Garantie, dass ich jemand Gutes für dich bin.«

»Die gibt es doch nie und es liegt an mir selbst, zu entscheiden, ob ich mich auf dich einlassen möchte. Wir haben alle unsere Probleme, Avery, niemand ist perfekt, aber wir sind alle liebenswert. Ich wünschte, ich könnte dir beweisen, wie sehr du es verdienst, geliebt zu werden«, murmelte ich gedämpft an seiner Brust und verflucht, ich ließ mich ganz im Moment fallen . Darin, wie perfekt ich mich in seine Arme schmiegte, wie makellos wir aneinanderpassten. Es fühlte sich an, als wäre das hier das Richtige.

Als könnten wir beide nur zusammen enden.

»Ich wollte dich zu nichts überreden oder erreichen, dass du mich, na ja, küsst oder so«, stellte ich leise klar und freute mich insgeheim darüber, dass er mich noch immer umarmte.

Er nickte, strich wieder durch meine Haare. Hauchzart küsste er meine Schläfe. »Ich weiß.« Seine Muskeln verkrampften und ich wusste, was passieren würde.

Schweren Herzens ließ ich ihn los, als er mich sanft von sich schob. Seine großen Daumen wischten die Nässe von meinen Wangen, während er meinen Blick erwiderte. »Ich liebe dich, Sarah«, flüsterte er und lächelte mich aus glitzernden Augen an, »aber ich kann das nicht. Nicht jetzt.«

»Ich weiß«, erwiderte ich und schniefte, wollte ja nicht, dass er das Gefühl bekam, sich schuldig fühlen zu müssen oder etwas dergleichen.

»Aber ich hoffe wirklich, du hast recht und das hier ist nicht unser Ende.« Sein Flüstern setzte mein Herz zusammen.

Alle noch so zertrümmerten Teile fanden an ihren Platz zurück und ich biss auf meine zitternde Unterlippe. »Du glaubst also an einen Sonnenaufgang?«

Mit einem halben Lächeln hob er eine Schulter. »Ich träume von einem Sonnenaufgang.« Er strich ein letztes Mal über meine Wange, fuhr quälend sanft über meine Unterlippe, dann trat er zurück. Einen Schritt. Zwei. Soweit, dass er mit dem Rücken gegen die gegenüberliegende Wand stieß. Fast, als vertraute er sich selbst nicht, mir nur noch einen Zentimeter näher zu sein. Etwas Schweres lag in seinem Lächeln. »Aber ich kann dir kein Happy End versprechen, Buttercup.«

»Das ist okay«, erwiderte ich. »Ich doch auch nicht. Das kann niemand.«

Seine Augen leuchteten auf, während er die Hände in seinen Jackentaschen vergrub. »Okay.«

Und damit wandte er sich zum Gehen.

Alan ging seinen Weg, um gesund zu werden und sich selbst zu lieben und ich schaute ihm hinterher. Mit einem Lächeln, denn plötzlich wirkte es nicht mehr hoffnungslos.

Langsam hob ich die Hand an meine Lippen und strich lächelnd über sie. Noch immer kribbelten sie. Pochten im Einklang zu meinem rasenden Puls.

Es gab keine Garantie auf ein Happy End, aber vielleicht war alles, was man manchmal brauchte, eine Chance. So klein sie auch sein mochte. Und wer weiß, vielleicht ging am Ende ja wirklich die Sonne für uns auf.

40

Sarah

Sonntag.

Es war schwer, an etwas festzuhalten, ohne zu wissen, ob sich das Warten und die vielen vergossenen Tränen im Kopfkissenbezug lohnen würden. Andererseits, was bedeutete das in Bezug auf die Liebe? Auf eine Beziehung mit einem anderen Menschen, bestenfalls für den Rest meines Lebens? Es war das Timing, das zwischen Alan und mir nicht passte. Die vielen Dinge, die wir selbst noch geregelt kriegen mussten, ehe wir Zeit füreinander hatten. Und Kraft. Irgendwann würden wir zusammen sein. Daran glaubte ich fest. Auch wenn es mich für viele zur Närrin machte.

»Sollen wir wieder gehen?« Maeves Kopf tauchte zwischen mir und dem Fenster auf, aus dem ich seit einigen Minuten schaute. Es war November, kein Wunder also, dass die Nacht bereits tief über uns zusammengefallen war, obwohl es nicht einmal null Uhr war.

Ich lächelte Maeve an und hob den roten Plastikbecher. Süße Limonade kitzelte meine Zunge und rann kühl meinen Hals hinab, bis auch der letzte Rest meiner Gedanken verzogen war.

Mit jeder Sekunde landete ich weiter in der Realität.

Hörte die schallende Musik wieder, die durch das Verbindungshaus der Footballmannschaft dröhnte.

Bemerkte immer mehr die vielen Partygäste, die um mich und Maeve schwirrten und vor uns auf der improvisierten Tanzfläche zur Musik mitwippten.

Wieder mal haben die Ohio Buckeyes einen Sieg zurück an den Campus gebracht und natürlich waren wir dadurch einen Schritt näher an den Nationalmeisterschaften. Bereits letztes Jahr waren wir als Champion hervorgegangen und jetzt hofften alle, dass Tyrese als neuer Teamkapitän einen weiteren Pokal nach Hause holte.

»Sarah?« Maeve beäugte mich halb besorgt, halb neugierig und ich zwang mich, mich endlich aus meiner Starre zu lösen. Recht ungelenk hoben sich meine Mundwinkel. »Nein, ich bin gerne hier, ehrlich«, versprach ich.

Ich war gerne bei Maeve und wollte den Tag mit ihr verbringen und auf ihr lag die unausgesprochene Pflicht, ihren Teamsieg gebührend zu feiern. Also würde ich die nächsten paar Stunden bei ihr auf dieser viel zu großen Couch sitzen – zusammen mit fünf anderen – und die ausgelassene Stimmung um uns genießen.

Es war eine gute Abwechslung zu meinen trüben Gedanken.

Maeve rückte näher und beugte sich zu mir, damit ich sie trotz der lauten Musik verstand. »Ist immer noch Funkstille zwischen Alan und dir?«

Sie wusste alles über mein Leben. Vielleicht sollte mich das in Momenten wie diesen, Momenten, in denen ich vergessen wollte, stören, doch das tat es nicht. Nicht mit der Erinnerung an die letzten Jahre, in denen wir kaum ein Wort gewechselt hatten.

Jetzt war sie nicht nur meine kleine Schwester, sondern auch meine beste Freundin. Für nichts in der Welt wollte ich das wieder missen und ich war so froh, dass wir die Kurve bekommen hatten, ehe es zu spät gewesen war.

»Ja«, gestand ich und biss auf den Rand des Plastikbechers, den ich mit beiden Händen umschloss. Mitgefühl schwamm in Maeves Augen, weswegen ich mit den Schultern zuckte und die Knie an die Brust zog, meine Füße, die in schlichten schwarzen Stiefeln steckten, stützte ich auf die Couchkante. »Aber das ist okay.«

Ich wünschte, meine Worte klängen irgendwie überzeugend, anstatt wie ein resigniertes Seufzen, doch das schien ein Wunschgedanke zu bleiben.

Verdammt, ich nervte mich selbst mit meinen trüben Gedanken. *Liebeskummer ist echt scheiße.*

Maeves Hand landete auf meinem Knie und drückte sanft zu. »Ihr schafft das«, flüsterte sie mir zu und natürlich wollten mir direkt Tränen in die Augen steigen. Schnell blinzelte ich gegen sie an und stellte meinen leeren Becher auf den überfüllten Couchtisch, auf dem sich neben zig Getränken auch Chipstüten verschiedenster Sorten türmten.

Maeves verwirrten Blick ignorierend, griff ich nach ihren Händen und zog sie auf die Füße. »Na los, lass uns tanzen. Immerhin habt ihr heute ein hammermäßiges Spiel hingelegt«, schrie ich ihr durch die Musik entgegen und direkt neben mir johlten und grölten ein paar Feiernde begeistert über den Sieg.

Ein Sieg, den wir unter anderem Alan verdankten. Wie immer hatte er die entscheidenden Gegenspieler geblockt, gefährliche Pässe abgefälscht, sodass sie nicht bei den Zielen angekommen waren – und er hatte einen Touchdown heimgebracht. Einen Touchdown. Als Tight End. Das war verflucht selten. So, als würde man im Lotto gewinnen.

Verflucht, wieso dachte ich wieder an ihn?

Weil du das mit ihm feiern möchtest.

Weil es ein schöner Moment in seinem Leben ist, den ich verpasse.

Nein, genug Trübsal geblasen.

Entschlossen folgte ich Maeve auf die Tanzfläche und begann, mich passend zum Beat von Stephens *Play Me Like A Violin* zu bewegen. Ich schloss die Augen, fuhr mit den Händen meine Rundungen nach und warf die Arme in die Luft, um zum Refrain mitzusingen.

Das gesamte Lied lang – und einige mehr.

Ich tanzte so lange, bis meine Füße schmerzten und meine Lunge brannte. Für einen kurzen Moment glaubte ich zu wissen, wie sich schweben anfühlte.

Getragen von der Musik beugte ich mich zu Maeve. »Ich hole mir was zu trinken. Möchtest du auch was?«, fragte ich sie über die laute Musik hinweg. Sie schüttelte den Kopf und wischte sich über ihre schweißnasse Stirn.

»Ich suche Taylor«, erwiderte sie mit leuchtenden Augen und ich musste unweigerlich lächeln. Es war immer wieder schön zu sehen, wie sich ihr gesamtes Gesicht erhellte, wenn sie von ihm sprach. Die beiden waren füreinander bestimmt.

»Schreib mir, wenn du gehen möchtest, ja?«, rief ich.

Sie nickte. »Mach ich.«

Perfekt. Dann konnte ich jetzt etwas gegen die Wüste in meinem Hals unternehmen, die mir das Mitgrölen der Lieder eingebracht hatte.

Atemlos drückte ich mich durch die vielen Feiernden und kämpfte mich durch zur Küche.

Wie bei jeder Party der Footballmannschaft türmten sich die verschiedensten Getränke auf der Kücheninsel, die zentral im Raum stand. Die Wände rechts und links von mir waren vollständig von Arbeitsflächen, Hängeschränken und sämtlichen Küchengeräten bedeckt, die man sich vorstellen konnte. Ebenso standen überall riesige Packungen mit Protein- oder anderem Aufbaupulver herum, von denen sich die meisten hier ernährten. Die Wand mir gegenüber bestand aus einer großen Fensterfront mit Tür zur Terrasse. Zum letzten Mal hatte ich diese vor einem Jahr betreten. Damals, als ich Taylor zur Rede gestellt und unwissentlich alles schlimmer gemacht hatte, als es ohnehin schon gewesen war.

Der Gedanke legte sich schwer in meinen Bauch. Gleichzeitig wollte ich lächeln. So schwierig die Zeit damals auch gewesen war, es war der Beginn von etwas Tollem gewesen.

Von Veränderungen, Überwindungen und vielen Momenten und Erinnerungen, die ich ohne diese Nacht womöglich nie erlebt hätte.

Schon komisch, wie sich über die Zeit etwas Schreckliches in etwas Wundervolles verwandeln konnte.

Zielstrebig ging ich zu der Küchentheke und durchsuchte die vielen Glasflaschen und Dosen nach etwas ohne Alkohol. Nach dem zehnten Wodka gab ich seufzend auf.

Dann würde es ein Glas Wasser werden.

Ich ging zu dem Schrank mit den zusammengewürfelten Gläsern und Bechern und stellte mich auf meine Zehnspitzen, damit ich eines herausangeln konnte.

Nur noch ein Zentimeter.

Eine Hand tauchte neben meiner auf. Groß und gebräunt mit eindeutigen Schwelen auf der Innenfläche. Wärme breitete sich wie ein Flächenbrand auf meinem Rücken aus, dank seiner Körperwärme. Ich hielt den Atem an und spürte, wie mein Herz einen freudigen Salto schlug.

Lächelnd drehte ich mich zu ihm. »Danke …« Meine Worte erstarben, sobald ich ihn sah.

Daniel stand vor mir.

Mit seinem selbstsicheren, beinahe arroganten Lächeln, als glaubte er, ihm läge die Welt zu Füßen. Selbst jetzt, nachdem er aus dem Footballteam geworfen worden war, strahlte er eine Erhabenheit aus, die sich vermutlich nur Prominente trauten, anzulegen.

»Hier.« Er hielt mir das Glas hin und sah auf mich herab.

Noch immer stand er so nah bei mir, dass ich nur einmal zu tief einatmen müsste, damit meine Brüste ihn berührten.

Wie konnte ich nur für eine Sekunde denken, Alan wäre hier?

Immerhin war ich auf einer Party. Einer voller Alkohol und Betrunkener. Eindeutig keine Umgebung, die gut für ihn wäre.

Dummes Herz.

Es sollte aufhören, mir Hoffnungen zu machen, nur, damit ich danach umso enttäuschter war.

Zögerlich nahm ich das Glas von Daniel entgegen und rang mir ein kleines Lächeln ab. So sehr er auch ein Arschloch sein konnte, er meinte es nur gut. »Danke.«

Er blieb stehen.

Viel zu nahe vor mir.

Lässig grub er die Hände in die Taschen seiner Collegejacke. Nein, vielmehr seiner Teamjacke. Die, die man ihm als Starterquarterback im letzten Jahr geschenkt hatte, ehe er aus dem Team geflogen war. Dass er sie immer noch trug …

Schnell schüttelte ich den Kopf über mich selbst. Es war mir vollkommen egal, was er wann trug. Eine simple Jacke sollte mich nicht dermaßen wütend machen, sodass ich mich in mein Glas krallte.

Nein, es war keine simple Jacke, kein beliebiges Kleidungsstück. Es war eine Ehre, seine eigene Jacke zu erhalten. Sie war ein Einzelstück, mit dem eigenen Nachnamen auf dem Rücken und der eigenen Starternummer auf die linke Brust gestickt. Zusammen mit dem Namen der Buckeyes und der Ohio State. Sie symbolisierte etwas.

Kameradschaft, Respekt, Toleranz und Solidarität.

Und nichts davon traf auf Daniel zu, denjenigen, der Maeve aufgrund ihres Geschlechtes aus dem Team mobben wollte und Alan blutig geschlagen hatte.

»Sarah?« Lachend wedelte er mit der Hand vor meinem Gesicht herum und beäugte mich neugierig. »Hörst du mir überhaupt zu?«

Blinzelnd riss ich mich aus den Gedanken und bemerkte erst jetzt, dass er mein Glas an sich genommen hatte und gerade dabei war, es mit irgendeiner bräunlichen Flüssigkeit zu füllen, die aus einer unbeschrifteten Flasche floss.

»Nein, ich war in Gedanken«, gab ich ehrlich zu und atmete insgeheim auf, weil er einige Schritte von mir entfernt stand.

Ich sollte zurück zu Maeve.

»Sorry, ich muss zurück zu meinen Freundinnen. Sie warten bestimmt schon auf mich«, sagte ich und fuhr mir durch die Haare, um meine zittrigen Finger zu beschäftigen. Er machte mich nervös. Wieso auch immer. Daniel war kein gefährlicher Mensch. Er hatte mir noch nie etwas getan, aber irgendetwas an ihm stellte meine Nackenhärchen auf.

Mein Glas ignorierend, ging ich an ihm vorbei und aus der Tür hinaus. Jedenfalls plante ich das, wäre da nicht sein bestimmter Griff um mein Handgelenk. »Sarah, wieso gehst du mir aus dem Weg?«

Überrascht weiteten sich meine Augen.

»Ähm …« Ich wollte nicht mehr lügen. Aber ich wollte ihn auch nicht verletzen. »Das tue ich nicht. Wir haben nie viel miteinander zu tun gehabt«, erinnerte ich ihn und zog an meinem Arm, den er festhielt.

Er verstärkte seinen Griff.

Nicht grob oder brutal, aber doch mit der unmissverständlichen Botschaft, dass er mich nirgendwohin gehen ließe, ehe er es wollte.

Meine Kehle schnürte sich zusammen und ich schaute mich verstohlen um. Wir standen in der Türschwelle zwischen Küche und Flur. Hier waren immer viele Menschen. Auch wenn jetzt eine ruhige Minute war, bald würde jemand kommen und dann müsste er mich gezwungenermaßen loslassen, wenn er keine Szene machen wollte.

»Ich war immer nett zu dir, oder?« Daniels Blick bohrte sich regelrecht in mich, während er sie zu Schlitzen verzog. »Wieso behandelst du mich wie einen Straftäter?«

Fragte er das wirklich?

Panisch pochte mein Puls gegen meinen Hals, doch ich öffnete trotzdem den Mund. »Du hast Maeve verletzt. Meine kleine Schwester«, erklärte ich. Und Alan. Verflucht, ich wusste noch genau, wie ich am Spielfeldrand gestanden hatte und zusehen musste, was er und seine damaligen Freunde mit ihm gemacht hatten. Meine Brust stach noch genauso sehr wie damals. Es war, als hätte er auf mich eingeprügelt. »Ich möchte nichts mit Menschen wie dir zu tun haben.«

»Das war ein verdammter Streich, der ausgeartet ist, und ich bereue es. Wieso hält mir das jeder vor? Als hättest du noch nie Fehler gemacht. Außerdem hat der Penner mich zuerst geschlagen. Ich habe mich bloß gewehrt«, sprach er und wurde immer lauter, bis ich letztendlich erschrocken zusammenzuckte.

»Daniel, lass mich los.« Ich hielt seinem Blick stand, obwohl alles in mir schreien und weglaufen wollte. »Du machst mir Angst.«

»Angst?« Er schnaubte und packte mich fester. »Übertreib nicht. Ich rede doch nur mit dir.«

»Lass. Mich. Los.« Ich ballte die Hände zu Fäusten. »Wenn nicht, schreie ich und zeige dich an. Bitte, Daniel, mach es nicht schlimmer, als es sowieso schon ist.«

»Ich würde machen, was sie sagt.« Ruhige Worte, zusammen mit einer tiefen Stimme, die mich automatisch entspannen ließ.

Alan.

Was macht er hier?

Nein, das war egal. Jedenfalls jetzt.

Ich spürte seine Wärme hinter mir, roch seinen herben Geruch. Dieses Mal war es wirklich Alan, der hinter mir auftauchte, als wüsste er, dass ich ihn brauchte.

In letzter Sekunde schaffte ich es, den Drang zu unterdrücken, mich gegen ihn zu lehnen und in seinen Armen zu verschwinden.

Daniels Blick glitt an mir vorbei und er legte den Kopf in den Nacken durch Alans Größe. Spöttisch grinste er. »Na sieh mal einer an, Alan Baker. Der Ritter vom Dienst«, sprach er. »Möchtest du eine Revanche? Ich habe nichts dagegen.«

Ich spürte, wie sich Alans Muskeln verspannten. Glaubte zu fühlen, wie er unter Daniels Worten erbebte, als müsste er sich zügeln. »Lass sie einfach los und verschwinde.«

Daniel gab meinen Arm frei. Sofort zog ich diesen zu mir an die Brust und rieb über die pochende Stelle, die dank seines Griffs rot schimmerte.

Ich biss die Zähne aufeinander.

Was sollte das? Selbst nach meiner Drohung hatte er mich ignoriert, aber Alan musste nur einmal etwas sagen. Ich hasste es, dass Daniel auf Alan hörte, weil er größer und stärker war als er. Ich hasste die Tatsache, als Frau nicht ernst genommen zu werden und noch viel mehr hasste ich es, dass es mich so sehr beruhigte, von Alan aus der Situation gerettet zu werden. Ich wollte nicht gerettet werden, ich wollte, verflucht noch mal, erst gar nicht immer wieder mit Situationen konfrontiert werden, aus denen ich mich irgendwie retten musste.

»Du bist echt erbärmlich, Mann«, spottete Daniel und schüttelte betont traurig den Kopf. »Immer der brave Schoßhund, auf der Suche nach einem Leckerli.« Sein Blick traf mich und ich glaubte, hinter all dem Zorn einen Funken Trauer zu erkennen. »Ich hoffe, du belohnst ihn angemessen.«

»Verschwinde einfach«, presste ich angespannt hervor.

Ich wollte ihn schlagen. Noch nie in meinem Leben hatte ich den Drang verspürt, einem anderen Menschen zu schaden, aber Daniel legte es wirklich darauf an, so wie er über diejenigen sprach, die ich liebte.

Beschwichtigend hob er die Hände und atmete so schwer aus, als raubten wir ihm jede Energie. »Bitte, dann gehe ich.« Er schnappte sich achtlos einen der vielen Becher von der Kücheninsel und drängte sich an mir vorbei.

Alan stellte sich ihm in den Weg. Die Arme vor der Brust verschränkt, baute er sich vor ihm auf. Keinerlei Emotion war in seinem Gesicht. Ebenso wenig wie in seiner Stimme. »Sehe ich dich noch mal bei Maeve oder Sarah …«

»Jaja, ich hab's verstanden.« Er grinste Alan süffisant an. Dann kippte er den Inhalt des Bechers über ihm aus. »Ups, entschuldige.«

41

Sarah

Fassungslos konnte ich die Szene, die sich mir bot, nur beobachten. Daniel entleerte tatsächlich seinen Plastikbecher voll Bier über Alans Kopf. Das braune, stinkende Gesöff durchtränkte Alans Haare. In feinen Rinnsalen bahnte es sich einen Weg über sein Gesicht, tropfte von seinen Wimpern auf die Wangen und vom Kinn auf sein Shirt.

Ich stieß Daniel gegen die Brust. »Hast du sie noch alle?«

Er lachte. »Was denn? Ist doch nur ein bisschen Bier.«

Dieser Mistkerl!

Am liebsten würde ich ihm meinen Absatz durch den Fuß bohren. Wäre sein Vater nicht der verdammte Leiter der Ohio State University, würde ich es sogar tun. Doch dieses winzige, aber für meinen Abschluss wichtige Detail, ließ mich meinen Hass runterschlucken.

Ich wandte ihm den Rücken zu und sah zu Alan.

Er hatte keinen Finger gerührt. Wie angewurzelt stand er im Raum und starrte durch uns hindurch. Jegliche Farbe war aus seinem Gesicht gewichen.

O nein.

»Alan …« Ohne darüber nachzudenken, legte ich meine Hand an seinen Oberarm. Bei der Berührung fuhr er zusammen.

Er blinzelte einige Male, ehe er die Nasenflügel blähte und vor mir zurückwich. Ohne ein Wort zu sagen, rempelte er sich durch die Schaulustigen und stapfte die Treppe hinauf in den ersten Stock zu den Badezimmern.

Anerkennend pfiff Daniel. »Wow, was für eine Dramaqueen.«

»Sei einfach still«, fauchte ich. Er wusste nicht ansatzweise, was für eine Scheiße er gebaut hatte. Am liebsten würde ich es ihm ins Gesicht schreien, auf ihn einschlagen und ihn verfluchen, doch all das durfte ich nicht. Weil es Alans Geheimnis war. Seine eigene Angelegenheit.

Was aber nicht bedeutete, dass er allein damit zurechtkommen musste.

Ich spürte jeden verdatterten Blick der Anwesenden auf mir, als ich Alan hoch in den ersten Stock folgte. Kaum trat ich in den langen Flur, in dem ein altmodischer Teppich ausgelegt war, spielte unten der nächste Song. Die Party ging weiter. Alan und ich waren vergessen. Höchstens ein paar weitere Minuten Gesprächsthema. Die Welt der Oberflächlichen drehte sich um Klatsch und Tratsch, aber noch mehr um Alkohol und Vergessen. Es sollte mich freuen, wäre es nicht so verflucht traurig.

Angespannt stampfte ich in das nächstbeste Zimmer und betrat es ohne den Funken eines schlechten Gewissens. Daniels Trikot verhöhnte mich von seinem Schreibtischstuhl aus. Ich zögerte, wollte am liebsten rückwärts rausrennen. Doch er ähnelte Alans Körpertyp am meisten, also musste ich es zähneknirschend ignorieren. Kurzerhand durchkämmte ich seinen Schrank nach einem Shirt und schnappte mir zusätzlich eine der vielen Jogginghosen, die hier herumlagen. Beides roch sauber. Wenigstens etwas.

Schadensersatz, Mistkerl.

Mit diesem Gedanken und den Klamotten bewaffnet, eilte ich aus dem Raum und den langen Flur hinunter zum Badezimmer. Dank der vielen Partys hier wusste ich, wo es war.

Hinter der hellen Holztür rauschte die Dusche. Alan duschte. Ich erstarrte. Meine Wangen brannten wegen meines schnellen Herzschlags. Ich schloss die Augen und atmete tief durch. Jetzt war nicht der Moment, an seinen unverschämt gut aussehenden Körper zu denken. Nackt. Oh, Sarah, hör auf. Im Moment geht es um etwas ganz anderes.

Probehalber drückte ich die Türklinke herunter. Sie gab nach.

Er hatte nicht abgeschlossen. Trotz seiner Narben, die er vor allen versteckte. Wenn er selbst das vergaß …

Mein Mund trocknete aus, als ich die Tür einen Spalt öffnete. »Alan?«

Wasserrauschen antwortete mir.

Mein hämmerndes Herz und das Zittern meiner Finger ignorierend, schlüpfte ich ins Bad.

Alan stand mit nacktem Rücken zu mir, gerade dabei, sich auszuziehen. Die verblassten Narben, die seine Schultern hinabfuhren, rissen mir das Herz aus der Brust. Verschnörkelt und wulstig verewigten sie eine Geschichte auf ihm, vor der er seit Jahren weglaufen wollte.

Ich konnte mir nicht annähernd vorstellen, wie belastend es für ihn sein musste, einen Teil seines Tiefpunktes tagtäglich mit sich herumtragen zu müssen.

Bisher hatte ich sie nie gesehen.

An Thanksgiving war es zu dunkel gewesen.

Vermutlich sollte ich sie auch nicht sehen. Schnell senkte ich den Blick auf die Bodenfliesen und schloss hinter mir ab.

»Hier«, durchbrach ich die Stille und hielt ihm blind das Shirt entgegen.

Sein Jeansstoff raschelte, als er sich zu mir drehte. »Was willst du hier?« Feindseligkeit. Es war lange her, dass ich diese Tonlage von ihm hörte. Kein Wunder also, dass sich mein Herz zusammenzog, als wollte es sich vor ihm verstecken. »Verflucht, sorry, so war das nicht gemeint«, zischte er beinahe, als würde er Schmerzen haben. Vielleicht fühlte sich eine Bierdusche für ihn wie ätzende Säure an.

»Ich will dir nur neue Sachen bringen.« Zur Untermalung streckte ich den Arm mit dem Stoffknäuel noch weiter zu ihm. »Ein Shirt und eine Jogginghose, ich hoffe, das ist okay.«

Ich wollte mich ihm nicht aufdrängen, aber ihn in dieser Situation alleinlassen? Das brachte ich nicht über mein Herz.

Er schwieg.

Alles, was ich hörte, war das Rauschen des Wassers und gedämpfte Musik von unten. Der Raum stank nach Bier, obwohl die kühle Brise, die meine Arme kitzelte, verriet, dass er das Fenster geöffnet hatte.

»Wo hast du das her?« Seine Stimme klang rau. Als belegte etwas seinen Hals – und es brach mir das Herz, jetzt zu wissen, was ihn belegte.

»Ist egal. Nimm es bitte«, murmelte ich zum Ende und wagte einen kurzen Blick zu ihm.

Die Blässe seiner Wangen krampfte meine Brust zusammen, doch was mir in der Seele wehtat, war die gehetzte Unruhe in seinen Augen.

Er hatte die Hände zu Fäusten geballt, trotzdem sah ich ihr Zittern und Schweiß perlte von seiner Stirn. Verriet den Kampf, den er mit sich selbst führte. Einen Kampf, der ihm meinetwegen aufgedrängt worden war.

»Es tut mir so leid.«

»Du kannst nichts dafür.«

»Doch«. Immerhin hatte er mir helfen wollen. Wieder bewegte sich mein Körper von selbst. Mit einem Schritt stand ich vor ihm, nahm sein durchsifftes Shirt vom Klo neben ihm und warf es aus dem Fenster.

»Hey, das gehört mir.« Sein Mundwinkel war gehoben, doch seine

Augen matt. »Schmeiß nicht einfach meine Sachen weg.«

»Es ist voller Bier.« Ich befeuchtete nervös meine Lippen. Immer noch im Ungewissen, ob ich hier das Richtige oder genau das Falsche tat. »Du ziehst es doch sowieso nie wieder an.«

Bevor er weiter nachdenken konnte, schob ich ihn vorsichtig an der Brust zurück in Richtung Dusche. »Na los, wasch das Zeug endlich ab.«

Er blinzelte einige Male. Über die Schulter zuckte sein Blick zu der Duschkabine. Kein Muskel rührte sich.

Irritiert zog ich die Augenbrauen zusammen. »Was ist los?«

Sein Blick bohrte sich in die Duschwand aus Milchglas, auf die Wassertropfen einströmten und zu Boden rannen. Er presste seine vollen Lippen aufeinander, bis jegliche Farbe aus ihnen wich.

»Alan?« Langsam machte mir sein Schweigen Angst. Genau wie seine zum Zerreißen gespannten Muskeln und die Venen, die aus seinem Arm und Handrücken herausstanden.

Ohne darüber nachzudenken, überwand ich die Distanz zwischen uns und suchte seinen Blick. »Wie kann ich dir helfen?«

Wieso zur Hölle sprang er nicht panisch unter die Dusche?

Warum schrubbte er sich nicht die Haut wund, um das Bier abzuwaschen?

Er wird doch nicht …

Ich umgriff sein kratziges Kinn mit zwei Fingern und zwang ihn, mich anzusehen. Das Dunkelgrün seiner Augen zog mich in ihr Innerstes und hielt mich fest. Doch es war die Panik in ihnen, die mich aus seinem Bann riss und meine Befürchtung im Kopf echoen ließ. »Du hast nichts getrunken, oder?«

Schweiß rann seine Schläfe hinab. Ich glaubte, seinen Puls an der feinen Haut pochen zu sehen.

Er schüttelte den Kopf. »Nein«, hauchte er und fuhr sich übers Gesicht. »Aber scheiße, ich will. Ich müsste mir nur über meine Lippen …«

»Nein«, unterbrach ich ihn und hoffte, unter all meiner Strenge sanft zu klingen. Ich sah zu ihm hoch und senkte die Augenlider. »Du bist stärker als das«, versprach ich und öffnete die Duschtür. Vorsichtig schob ich ihn unter den Wasserstrahl. Dass er mich gewähren ließ, zeigte, wie sehr ihn seine Sucht in diesem Moment zu übermannen drohte. Sonst hätte er mich längst rausgeschmissen.

Weil er nicht wollte, dass ich ihn so sah.

Weil er sich für diese Seite von sich schämte.

Weil er sie selbst nicht erleben wollte.

Wasser rieselte über seine klebrigen Haare seinen Körper hinab. Mein hämmerndes Herz ignorierend, konzentrierte ich mich auf sein Gesicht. Weiter gen Süden zu sehen, brächte mich um den Verstand. Vor allem jetzt, wenn ich nur die Hand ausstrecken musste, um ihn zu berühren – und verflucht, diese leicht gebräunte, glatte Haut schrie danach, von mir erkundet zu werden. Genau, wie seine Muskeln, die im Licht leichte Schatten warfen. Doch das wäre das Letzte, das ich in dieser Situation täte.

Es wäre genau dasselbe, wie sich einer betrunkenen Person aufzudrängen. Einfach widerlich.

Ich streifte meine Stiefel ab und stieg zu ihm in die Dusche. Seinen warnenden Blick ignorierend, nahm ich eine Shampooflasche von der Duschhalterung rechts von mir und verteilte das Gel auf meiner Handfläche. »Kopf runter.«

Gequält verzog er das Gesicht. »Sarah …«

»Bitte«, unterbrach ich ihn flüsternd. »Stoß mich nicht weg. Nicht jetzt. Lass mich dir helfen und bei dir sein.«

Der Schmerz, der seine Augen verdunkelte, schnürte mir die Kehle zu.

Er lehnte sich mir gegenüber an die Wand und senkte den Kopf unter den Wasserstrahl. Dabei rutschte das Zopfgummi heraus und ließ seine blonde Mähne wie flüssiges Gold hinabfallen.

Ich biss mir auf die Unterlippe, um mein Lächeln zu unterdrücken, und begann, seine Haare zu waschen.

»Geh einen Schritt zur Seite«, bat er plötzlich gepresst.

Verwirrt runzelte ich die Stirn, kam seiner Bitte aber nach. »Wieso …?« Ich brach ab, als er auf den Fliesenboden spuckte. Genau zum Abfluss.

Er räusperte sich. »Ich trau mich nicht, zu schlucken«, gestand er mit heiserer Stimme. »Falls doch etwas in meinen Mund …«

»Okay«, unterbrach ich ihn leise und wusch den Schaum aus seinen Haaren. Langsam, aber sicher, verblasste der Biergestank im Raum. »Mach, was auch immer dir guttut.«

Er lachte freudlos. »Gerade wäre das Bier.« Seine Schultern bebten und er schüttelte den Kopf. »Und Wodka und …«

»Hör auf«, bat ich und lehnte meine Stirn an seinen Kopf.

Wasser rauschte über uns und meine nassen Haarsträhnen verschmolzen mit seinen. »Du weißt, das stimmt nicht.«

»Was machst du überhaupt hier?«, übermannte mich meine Neugierde und ich hob den Kopf, in der Hoffnung, der Themenwechsel täte ihm gut. »Du hasst Partys.« Vollkommen verständlich, wenn alle mit jeglichen Sorten von Alkohol rumrannten und sich betranken, obwohl er es nicht durfte. Oder jeder einen fragte, was man trinken wollte. Keine Ahnung, was Suchtdruck mit einem machte, aber ich stellte es mir wie die Hölle auf Erden vor.

Er fuhr durch seine Haare und richtete sich auf. Wasser perlte von seinen Wimpern auf die Wange und floss von dort zum Kinn, um zu Boden zu tropfen. Oder es rann in feinen Rinnsalen seinen Hals hinab über seine nackte Brust.

O heilige …

Ich sollte hier weg. Schleunigst.

Bevor das Kribbeln meiner Lippen zunahm und mich das Ziehen in meinem Unterbauch auf dumme Ideen brächte. Denn, verflucht, ich durfte das hier nicht zerstören. Nicht in diesem kostbaren, so zerbrechlichen Moment.

»Weißt du was? Ich sollte mich dir nicht länger aufdrängen«, druckste ich herum und wandte den Blick von ihm ab. »Du scheinst den Rest allein hinzubekommen.« Fahrig trat ich aus der Duschkabine und bückte mich zu meinen Stiefeln. Ich setzte mich auf den Toilettendeckel und schlüpfte in sie.

»Sarah«, ertönte seine ruhige, leicht kratzige Stimme.

Mein Blick schnellte zu ihm.

Er lehnte neben dem Duschstrahl an der Fliesenwand. Die Arme vor der Brust verschränkt, musterte er mich. Ruhe war in seine Augen zurückgekehrt und auch Farbe in seine Wangen. Sein schweres Schlucken ließ seinen Adamsapfel hüpfen. »Schau mal in den Schubladen der Kommode nach einem Föhn. Wenn du so rausgehst, erkältest du dich noch.«

Mein Herz sprang vor Freude beinahe aus der Brust. »Okay.«

Auch wenn es sich wie ein Drahtseilakt auf Zahnseide anfühlte, würde ich jetzt nicht gehen. Nicht, wenn er mir endlich erlaubte, in seiner Nähe zu sein. Mir erlaubte, auch diesen, wenn auch schweren, kleinen Moment zwischen uns in mich aufzusaugen.

Unsere Blicke trafen sich. Das dunkle Grün sog mich wie immer in seinen Bann und kribbelte meine Arme hinab. Plötzlich wandte er mir den Rücken zu. Er zog seine Mauern hoch.

»Es tut mir leid …« Die Härte fand ihren Weg zurück in seine Stimme. »… dass du das miterlebt hast. Mich so gesehen hast. Das ist schwer zu ertragen, ich weiß. Genau deswegen habe ich gesagt, was ich bei Maeve und Taylor gesagt habe.«

Er lachte halbherzig. »Du verstehst es jetzt, oder? Es gibt nichts Hässlicheres als einen Menschen, der beim Gedanken an einen Drink in Schweiß ausbricht und sich …«

»Du bist nicht hässlich.« Meine Brust zog sich zusammen und ich krallte mich in das glatte Keramik.

»Die Rückfallquote bei Alkoholkranken liegt zwischen siebzig und neunzig Prozent. Das bedeutet, dass ich zu siebzig bis neunzig Prozent Gefahr laufe, ein Arschloch zu werden, neben dem Daniel wie ein Mönch wirkt. Ich verbringe den Rest meines Lebens damit, gerade so stabil genug zu sein, um mich nicht in einen dieser Menschen zu verwandeln, der in so vielen Büchern und Filmen ein wahr gewordenes Monster ist.«

Erschrocken hielt ich den Atem an.

»Avery …«, begann ich sanft, »… du wirst niemals ein Mensch werden, der anderen wehtut.«

»Du weißt, das stimmt nicht«, erwiderte er leise und voller Schmerz. »Ich habe schon viele verletzt. Schlimmer als Daniel.«

Er umklammerte mit beiden Händen die oberen Ränder der Duschkabine und sah mich durch das Milchglas an. Bohrte seinen Blick in mich. Grub sich so tief in mich hinein, dass es mir auf die Brust drückte und mich schwerer atmen ließ. »Ich will nicht, dass du irgendwann dazugehörst, Buttercup.«

Wie sollte ich ihm nur verständlich machen, dass er gut war? Dass es niemand besseren für mich gäbe als ihn?

Am liebsten würde ich ihn schütteln, bis all diese blöden, selbstzerstörerischen Gedanken aus seinen Ohren kullerten. Leider glaubte ich langsam, dass egal, was ich zu ihm sagte, es ihn nicht überzeugen würde.

Er musste es selbst fühlen.

In seinem Herzen, tief in seiner Seele.

Das wusste ich aus eigener Hand.

Niemand konnte jemanden zwingen, mit sich selbst ins Reine zu kommen. Es reichte nicht, einmal die Woche zu einer Selbsthilfegruppe zu gehen. Eine so gravierende Veränderung brauchte Zeit – und Glauben.

Ich konnte nur hoffen, dass er diesen nicht verlor.

»Wenn du nicht bald anfängst, dich selbst zu lieben, oder zu akzeptieren, wie du bist, dann …« Ich nagte unsicher an meiner Unterlippe, wollte ihn schonen und doch zu ihm vordringen … dann wird es dich zerbrechen, Avery. Kopfschüttelnd wandte ich den Blick von ihm ab. »Tut mir leid, du brauchst gerade keine Belehrung.«

»Mir tut es leid«, murmelte er mit einer Müdigkeit, die nicht zu einem so jungen Menschen wie ihm passte, und etwas in mir sagte mir, dass er viel mehr als nur diesen Moment meinte. »Danke für die Sachen, aber bitte geh jetzt. Ich möchte allein sein.«

Ich wollte nicht gehen, aber das war vollkommen egal, denn hier ging es um Alan. Wenn er für sich allein sein wollte, dann ging ich. Auch wenn ich am liebsten zurück zu ihm unter die Dusche rennen und ihn in den Arm nehmen wollte.

Den Stich in meiner Brust ignorierend, schloss ich die Augen und föhnte meine Haare.

»Hey.« Sein Atem schlug gegen mein Ohr und schoss eine Gänsehaut meine Wirbelsäule hinab, bis sie sich warm in meinem Magen sammelte. Etwas Versöhnliches schwang in seiner tiefen Stimme mit. Erst jetzt spürte ich die Wärme seines Körpers hinter mir. Das Kitzeln seiner nassen Haarspitzen an meiner Schläfe. Der herbe Geruch von einem fremden Shampoo schlich sich in meine Nase und ich inhalierte ihn, obwohl er um Längen schlechter war als Alans eigener.

Das alles rauschte auf mich ein wie ein Wasserfall, der mir mit seiner unbändigen Wucht alle Luft aus der Lunge presste.

Ich traute mich nicht, einen Muskel zu rühren.

»Ich versuche es, ehrlich«, hauchte er mit gesenkter, tiefer Stimme. Das sachte Kratzen, das ihn ihr mitschwang, stellte gefährliche Sachen mit meinem Herzen an. Halt suchend klammerte ich mich an dem glatten Plastik des Föhns fest. Er nahm mir diesen aus der Hand und legte ihn beiseite. Im Spiegel sah ich, wie sein Blick auf mir ruhte. »Ich möchte es. Selbstliebe …« Er senkte die Lider. »… deine Liebe.«

Gott, Herz, bitte spring mir nicht aus der Brust.

Zögerlich begegnete ich seinem Blick, erlaubte mir, in dem tiefen Grün zu versinken. Was sollte ich dazu sagen? Ich wusste es nicht. Ehrlich nicht. Also lächelte ich und hoffte, er las darin alles, was ich nicht in Worte fassen konnte.

Er hakte den Zeigefinger unter mein Kinn und hob meinen Blick. Die plötzliche Berührung weitete meine Augen und ich glaubte, seine Fingerspitzen brannten sich in meine Haut ein.

»Ich weiß, Liebe kann man nicht besitzen, aber …« Sein Blick wanderte über mein Gesicht, ehe er beinahe schüchtern lächelte. »… ich möchte würdig für deine sein.« Seine Berührung verschwand. Doch seine Wärme blieb. »Gib mir noch ein bisschen Zeit, Sarah«, bat er so nah an meinem Ohr, dass ich glaubte, seine Lippen an meiner Haut zu spüren. Allein der Gedanke erweichte meine Knie. »Ich mache das nicht, um uns zu quälen, um dich zu quälen. Ich möchte nur genug sein.«

»Du bist mehr als genug«, hauchte ich und hielt seinen Blick im Spiegel fest. »Ich liebe dich so, wie du bist.«

Schmerz verzehrte sein Gesicht, als er einen Schritt zurückwich. »Sarah, nicht. Sag mir das nicht jetzt.«

Schweren Herzens kämmte ich mir mit den Fingern meine Haare, damit er das Zittern in ihnen nicht bemerkte. Dann klammerte ich mich an die Türklinke. »Lass mich nicht zu lange warten, okay? Oder sei so ehrlich, mir zu sagen, wenn du die Hoffnung in uns verlierst.«

Ich glaubte an uns. Mein Herz platze vor Liebe für ihn und die Zukunft, die so nah vor uns zu sein schien. Aber es gab Grenzen, die ich aushalten konnte, und hier zu stehen und keine Antwort auf mein erstes »Ich liebe dich« an ihn zu bekommen, stieß mich ziemlich nah an die Klippe, die zu tief war, als dass ich einen Fall riskieren konnte.

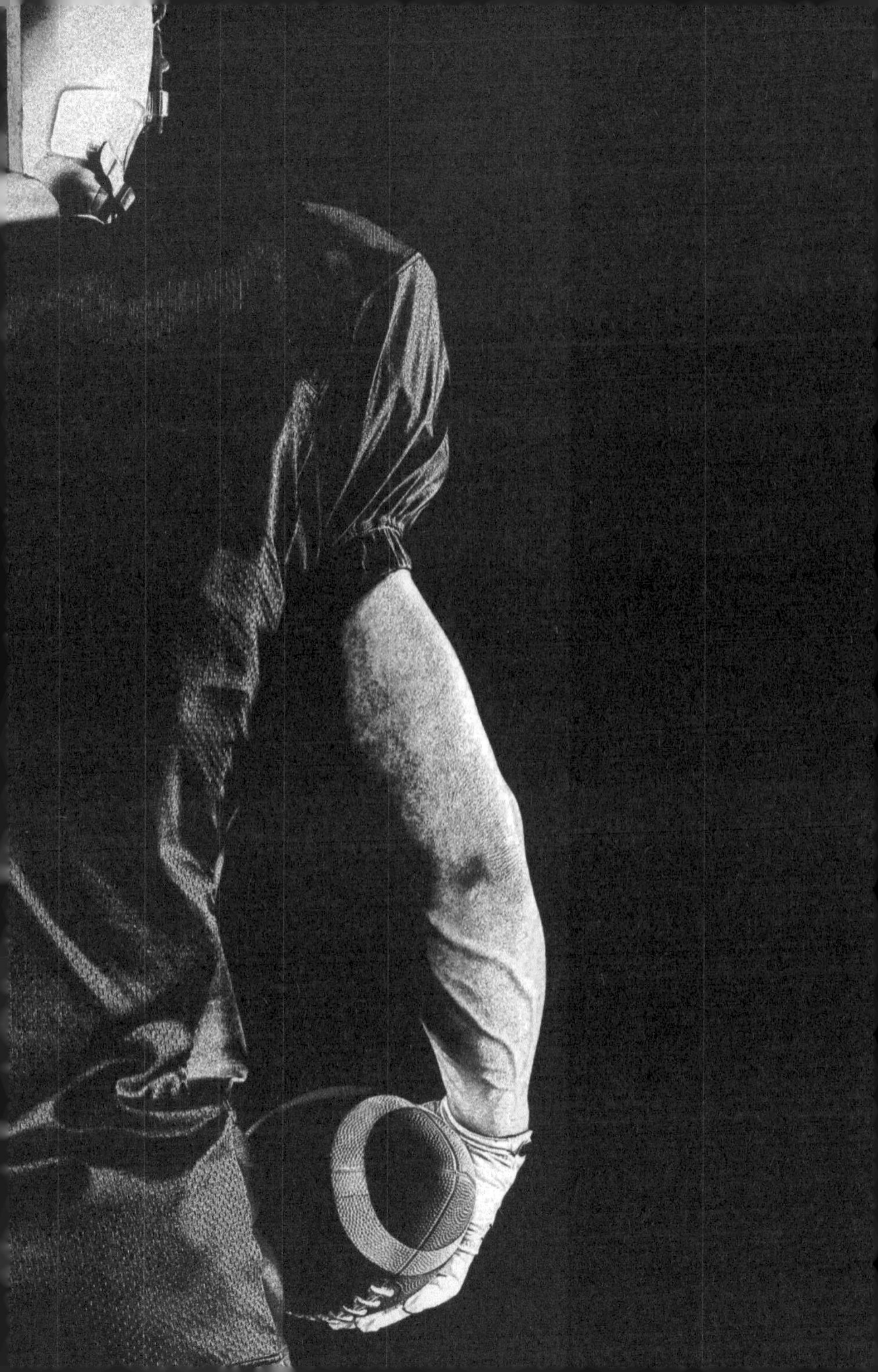

42

Alan

Mittwoch.

»Du bist in letzter Zeit echt ruhig.« Taylor schloss gegenüber von mir sein Medizinbuch und lehnte sich im Stuhl zurück. »Irgendetwas belastet dich.«

Mit der Wange auf meine Faust gestützt, schrieb ich meinen Lernzettel zu Ende. Im Augenwinkel bemerkte ich, wie er einen Schluck aus seiner Wasserflasche nahm.

»Die Midterms stehen an«, erinnerte ich ihn an den Grund, wieso wir in dieser Bibliothek verrotten würden. Ohne Mist, ich glaubte, meine Jeans verwuchs bereits mit dem Stuhl, auf dem ich seit heute Morgen hockte. Jetzt war es nach Mittag. Dank der Vorlesungspause vor den Prüfungen konnte ich wenigstens genügend Zeit dafür aufbringen, bevor es in drei Stunden zum Training ging.

»Du hast super Noten und ein fotografisches Gedächtnis.« Er schmunzelte müde. »Deine Anwesenheit hier ist eher für meinen seelischen Beistand als für dich notwendig.«

Touché.

Die Notizzettel, die ich seit Stunden in mein MacBook schrieb und designte, dienten allein meiner Ablenkung. Den Stoff für die Prüfungen konnte ich im Schlaf runterbeten.

»Also, was ist los?« Er neigte fragend den Kopf.

Ich befeuchtete meine Lippen. *Nur den Mund aufmachen.* Mehr müsste ich nicht tun. Einfach mit der verdammten Sprache rausrücken. Dann fände diese Unruhe in mir einen Ausweg. Wie Wasser, das kontrolliert aus einem überlaufenden Staudamm abgeleitet wurde.

Doch wie sollte ich einem meiner besten Freunde sagen,

dass mir seine Ex durch den Kopf schwirrte? Dass sie sich dort schon eingenistet hatte, bevor er sie überhaupt kennengelernt und ihr einen Antrag gemacht hatte? Dass ich, verdammte Scheiße noch mal, selbst noch an sie dachte, nach all dem Schmerz, den sie ihm zugefügt hatte? Oder Maeve? Dass ich mit ihr geschlafen und unsere beiden Herzen gebrochen hatte, weil ich zu den schlimmsten Menschen dieser Welt gehörte wegen des ständigen Drangs nach Alkohol?

Wie sollte ich das ausgerechnet ihm sagen, nach allem, was er wegen des Alkohols mit seiner Mutter hat erleben müssen?

Er würde mich nicht mehr ansehen können.

Ich atmete schwer aus und rieb über mein stoppeliges Kinn. »Nur der Bewerbungsstress. Mehr nicht.«

»Ich vergesse ständig, dass ihr bald weg seid. Du und Ty.« Taylor verzog leidend den Mund. »Es ist so komisch, dass bald vier Jahre College hinter uns liegen. Durch das Medizinstudium merke ich das kaum, weil mein Abschluss ja länger dauert.«

»O ja.« Ich zwang mich, die Mundwinkel anzuheben. »Kommt mir erst wie gestern vor, dass wir drei zusammen die Umkleide unserer Mannschaft gesucht und uns im Stadion verlaufen haben.«

Er lachte leise. »Der Beginn unserer Freundschaft.«

Freundschaft.

Mein Lächeln knickte beim Klang dieser Worte ein. War ich denn noch ein guter Freund? Schliefen gute Freunde mit der Ex ihres besten Freundes? Durfte ich mich überhaupt in irgendetwas gut nennen, wenn ich womöglich nicht nur Sarah verletzte, sondern auch Taylor? Jemanden, der in den letzten vier Jahren immer für mich da gewesen war.

»Ich liebe dich.«

Sarah hatte mir ihre Liebe gestanden und ich Idiot hatte mir verboten, es zu erwidern, obwohl alles in mir danach geschrien hatte, sie in meine Arme zu ziehen und zu küssen. Wieder zu spüren, wie ihr Atem über meine Lippen kitzelte, wenn sie atemlos nach Luft rang.

Ich liebte sie.

Das Ziehen in meiner Brust ignorierend, wandte ich den Blick zurück auf mein MacBook und ließ den Stift durch meine Finger gleiten.

Es war das Richtige, mich von Sarah fernzuhalten, solange ich meinen Scheiß nicht unter Kontrolle hatte. Sie durfte nicht damit belastet werden. So wie auf der Party am Sonntag. Sie verdiente mehr, als die Pflegerin für ihren Freund zu spielen, nur, weil der Bier abbekommen hatte. Ich wollte kein Sozialfall sein, dem man alles hinterherschleppen musste, weil er 24/7 an der Flasche hing.

Ich habe das Richtige getan.

Das einzig Vernünftige.

Es war das einzig Richtige, die Notbremse zu ziehen, bevor wir einander so verletzten, dass wir uns nie wieder davon erholen könnten. Allein das letzte Mal war hart an der Grenze gewesen und da war es nicht annähernd so ernst gewesen wie jetzt. Jetzt musste es nur noch mein Herz kapieren, das sich vor Schmerz zusammengezogen hatte und bisher keine Sekunde nachließ. Wir mussten es nur noch schaffen, an das Beste für Sarah zu denken und ihr endgültig jegliche Hoffnung nehmen. Egal, wie sehr auch ich in ihrer Nähe immer wieder in diesem wunderschönen Traum von uns beiden versinken wollte und ich einfach nicht über die Lippen brachte, sie aufzugeben.

»Wo bewirbst du dich überall?« Taylor zog mich aus den Gedanken und ich verfluchte mich dafür, ständig wegzudriften.

Ich sog meine Unterlippe ein und biss drauf. »Es gibt eine Hilfsorganisation, die sich weltweit für queere Themen, aber auch für Geschlechtergleichheit einsetzt und Aufklärungsarbeit an Universitäten und Schulen betreibt«, verriet ich und lächelte. »Das ist meine Nummer Eins.«

Das hatte ich bisher noch niemandem erzählt.

Weder meinen Eltern noch Maeve oder den Studienberatern, die mit uns Senior-Studierenden zusammenarbeiteten. Wieso ich meine Zukunftsplanung für mich behielt, wusste ich nicht. Wahrscheinlich hatte es sich einfach so eingespielt, nachdem ich kaum etwas Persönliches mit der Außenwelt teilte. Auch das war etwas, das ich Sarah sagen musste. Ich plante, in ein paar Monaten um die Welt zu fliegen.

Du meinst wohl eher, wegzulaufen.

Ja, vielleicht lief ich auch weg.

»Also jettest du nächstes Jahr durch die Welt und schreibst Geschichte.« Die Freude in Taylors Stimme nahm einen Teil der Gewichte von meiner Brust. Ich gab es ungerne zu, aber die Unterstützung von ihm, Maeve und Tyrese bedeutete mir viel. Gut zu wissen, dass bereits einer von ihnen meinen Rücken stärkte. Und noch besser, dass er meine Gedanken verdrängt hatte.

Ich schielte zu ihm. »Hey, du fängst bald im Krankenhaus an und wirst Leben retten. Willst du immer noch auf die Kinderstation?«

Er setzte sein Basecap ab und fuhr durch seine dunklen Locken. Nachdenklich zuckte er mit den Schultern. »Eigentlich ja«, antwortete er zögerlich. »Mein Therapeut ist sich nicht sicher, ob es das Gesündeste für mich wäre und ich bin geneigt, ihm zuzustimmen. Ich überlege, erst in der Allgemeinmedizin anzufangen und zu schauen, wie es sich entwickelt.«

Stimmt, nach dem Tod seines Neffen sind kranke Kinder vielleicht nicht das Beste.

»Du bist am Sonntag ziemlich schnell verschwunden«, wechselte Taylor das Thema und ich lehnte mich in meinem Stuhl zurück, legte meinen Stift beiseite.

Normalerweise ließ er mich in Ruhe, wenn ich dicht machte.

Im Gegensatz zu Tyrese bohrte er nicht nach. Da waren Taylor und ich uns sehr ähnlich. Dass er jetzt so hartnäckig blieb, bedeutete, dass er sich Sorgen machte. Oder Maeve. Was zwangsläufig auf ihn abfärbte.

Prüfend musterte er mich. »Hatte es etwas mit Sarah zu tun? Sie schien auch neben der Spur zu sein.«

Meine Brust zog sich zusammen. Ich presste meine Backenzähne bei der Erinnerung an unser Gespräch aufeinander. An ihre Tränen und wie verzweifelt sie gewesen war.

Taylor neigte fragend den Kopf und zog die Augenbrauen zusammen. »Sag mal, läuft etwas zwischen euch?«

Erst nach einigen Herzschlägen füllte sich meine Lunge mit Sauerstoff. Darauf bedacht, mir nichts anmerken zu lassen, erwiderte ich seinen Blick. »Wie kommst du darauf?«

»Es ist nur ein Gefühl.« Beschwichtigend hob er die Hände. »Hey, mir ist es egal, ganz ehrlich. Maeve meinte, ihr wart früher gute Freunde. Wieso hast du mir das nie erzählt?«

Da war er wieder, der Stich in meiner Brust, mit dem ich ab sofort wohl leben musste. »Es schien unwichtig zu sein.«

»Und wie ist es jetzt?« Er lockte mich mit seiner Frage, das wusste ich. Spätestens, seitdem ich damals aus seiner und Maeves Wohnung geflüchtet war, nachdem ich Sarah von mir gestoßen hatte, ahnte er bestimmt, dass es mehr zwischen mir und ihr gab.

»Hey …«, begann er mit gesenkter Stimme und klappte seinen umfassenden Medizinwälzer zu. »… es macht mir wirklich nichts aus, okay?« Er suchte meinen Blick. »Was zwischen dir und Sarah läuft, es ist okay für mich. Nicht, dass es irgendwie wichtig wäre, weil es ja um euch geht, aber falls ich ein Grund dafür bin, dass ihr … Maeve hat durchscheinen lassen, dass mehr zwischen Sarah und dir ist.«

»Sie sollte nicht über die Angelegenheiten anderer reden«, erwiderte ich mit solch harter Tonlage, dass es meine eigenen Schultern verspannte. Ich musterte Taylor aufmerksam. »Und wenn es so wäre?«, hakte ich vorsichtig nach und wusste, mich damit eigentlich schon verraten zu haben. »Wenn ich etwas für Sarah empfinde?« Meine Zunge klebte mir derart am Gaumen, dass ich kaum schlucken konnte und ich versuchte, mein immer panischer schlagendes Herz auszublenden.

Viel wichtiger war Taylors Reaktion.

Er rutschte tiefer in seinen Stuhl, um seine Hände in den Hosentaschen zu verstauen. »Das sagte ich eben bereits mehrfach. Es wäre dann so. Es ist dein Liebesleben, Mann, nicht meines. Du darfst lieben, wen du willst. Genau wie sie.«

Meine Augen weiteten sich, ich konnte es nicht verhindern.

»Meinst du das ernst?«, hakte ich vorsichtig nach.

Er runzelte die Stirn. »Ja, natürlich. Mann, du bist für mich Familie. Es juckt mich nicht, wen du liebst, solange du glücklich bist. Also hör auf, dir meinetwegen Gedanken zu machen. Liebst du Sarah? Dann sei mit ihr zusammen. Ende. Es ist nicht so schwer.«

Angespannt atmete ich aus und schloss die Augen. Super, jetzt bringt ausgerechnet er mich zum Weinen, oder was? Tief durchatmend verdrängte ich die brennenden Tränen dorthin zurück, wo sie herkamen. In den letzten Wochen war ich viel zu oft zu nahe am Wasser gebaut gewesen. »Danke, T.«

Er wusste nicht, wie viel mir seine Worte bedeuteten.

Und irgendwann würde ich auch den Mut finden, mich ihm noch mehr zu öffnen und die dunkelsten Bruchstücke meiner Seele mit ihm zu teilen. Denn auch für mich war er Familie.

Auch wenn ich nicht wusste, ob ich seinem Rat je guten Gewissens nachkommen könnte.

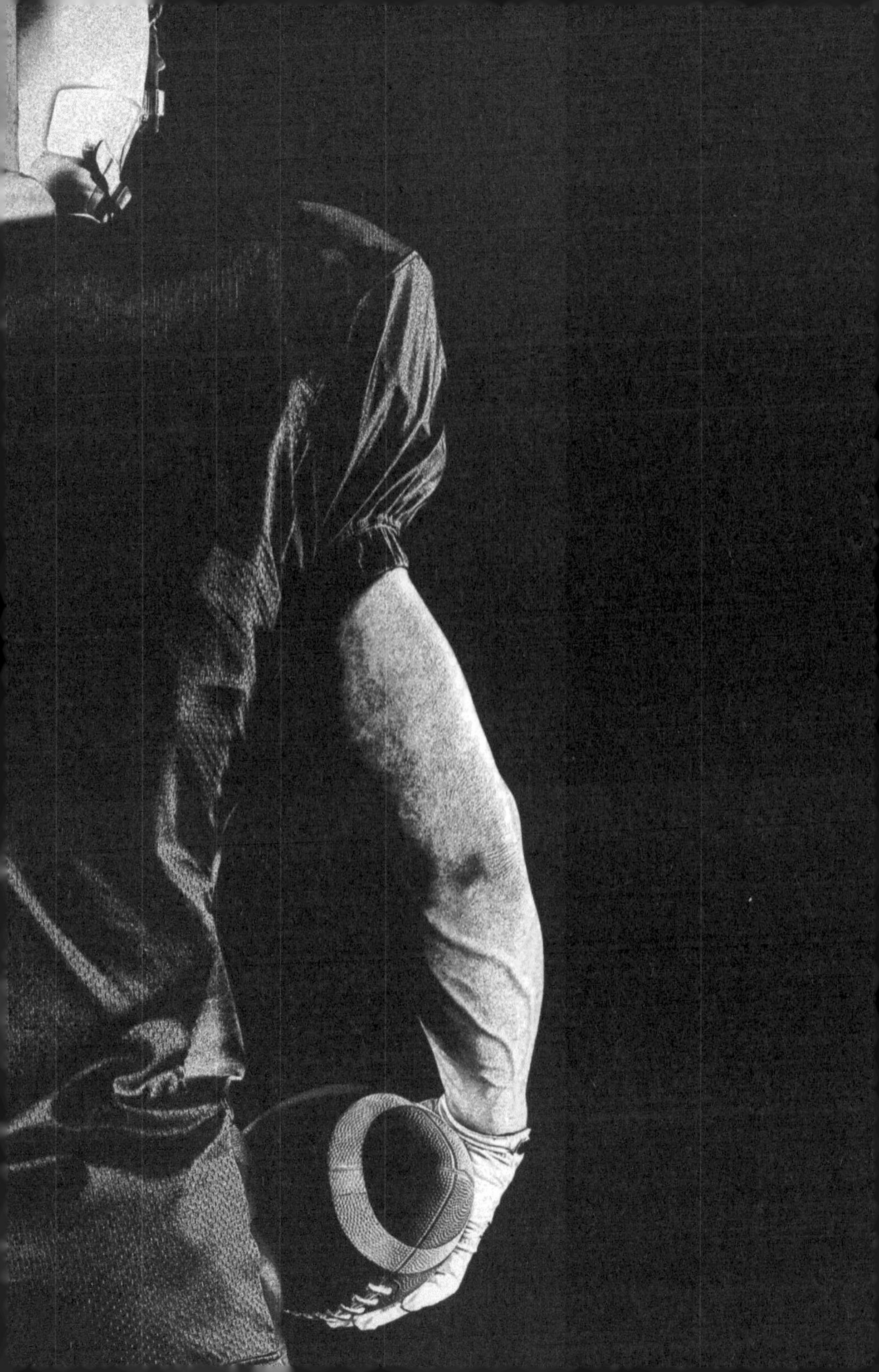

43

Alan

Ein Tag vor Weihnachten. 24. Dezember.

Der letzte Monat war hart gewesen.

Hätte mir jemand zu Beginn des Jahres gesagt, ich würde mich während meiner Abschlussphase des Studiums mehr um mich als um meine Abschlussarbeit kümmern, hätte ich ihm ins Gesicht gelacht. Scheinbar schlug das Leben manchmal komische Kurven.

Ich ging zwei Mal die Woche zu einer Selbsthilfegruppe der Anonymen Alkoholiker, kurz AA, saß jeden Freitag nach dem Training brav bei Coach Thees im Büro und berichtete über meinen Fortschritt und besuchte zusätzlich eine Dozentin, die für die Suchthilfe tätig war, um mit ihr zu klären, inwieweit ich als Suchtkranker ein kompetenter Sozialpädagoge sein konnte.

Neben all dem stundenlangen Training, unseren Spielen und den Vorlesungen, sollte ich keine Zeit zum Nachdenken haben. Hatte ich an sich auch nicht. Nur diesen einen, kurzen Moment, in dem mein Kopf auf meinem Bettkissen aufschlug und ich im Halbschlaf an die Decke schaute, vermisste ich Sarah.

Jeden Tag.

Ohne Ausnahme.

Noch viel mehr seit unserem letzten Treffen im Gemeindehaus, ihren Worten und der Bedeutung dahinter.

Irgendwann geht immer die Sonne auf.

Egal, wie oft dieser Satz durch meine Gedanken schwirrte, ich erschauderte jedes Mal. Bevor ich mich versah, wurde er zu meinem Leitspruch. Meinem kleinen, dünnen Faden voll Hoffnung, dass letztendlich doch alles gut werden würde.

Überraschenderweise half mir dieses Mantra selbst jetzt, während ich meine Reisetasche in meinem alten Kinderzimmer in unserem Elternhaus abstellte. Wie versprochen feierte ich Weihnachten zu Hause.

Ich rieb meine schwitzigen Hände an meiner Jeanshose ab, während ich mich im Raum umsah. Zuletzt war ich mit Sarah hier gewesen.

Mein Blick glitt zum Bett. Mom hatte die Bettwäsche ordentlich zusammengelegt, doch der Bezug war derselbe wie zu Thanksgiving. Meine Finger kitzelten unter dem Drang, mir eins der Kissen zu schnappen und daran zu riechen, in der Hoffnung, ein bisschen von Sarahs Duft einzuatmen.

Besiegt schüttelte ich den Kopf und fuhr durch meine offenen Haare. *Ich vermisse sie.*

»Woran denkst du?« Moms Stimme erklang hinter mir und eigentlich hätte ich wegen ihres plötzlichen Auftauchens zusammenzucken sollen, doch ich tat es nicht.

Stattdessen drehte ich mich so ruhig, wie lange nicht mehr in diesen vier Wänden, zu ihr und lächelte sie an. »Nichts Wichtiges.« Was für eine dämliche Lüge. Aber was sollte ich ihr auch sagen? Die Wahrheit war viel zu verworren und kompliziert.

Herausfordernd verschränkte sie die Arme vor der Brust und hob eine Augenbraue. »Sicher?« Allein ihre Tonlage verriet, dass sie mir kein Wort glaubte.

Ich verdrehte die Augen. »Ist das jetzt eines dieser Gespräche, bei denen du erst locker lässt, wenn ich dir die Wahrheit sage?« Davon hatte ich schon viele mit ihr geführt. Wenn Mom eine geheime Superkraft besaß, dann, die Gedanken der Menschen zu lesen und genau zu spüren, wann sie gebraucht wurde, egal, ob man es zugeben wollte oder nicht.

»Können wir nicht einfach ein paar entspannte Feiertage haben? Es ist Weihnachten«, erinnerte ich sie an ihren Wunsch, wegen dem sie Dad vor ein paar Wochen in meine WG gelockt hatte. »Dad und ich haben unseren Teil erfüllt.«

»Ich wundere mich nur, wo Sarah ist. Das ist alles«, sprach Mom und Sorge spiegelte sich in ihren Augen.

Sarah.

Allein ihr Name reichte, damit sich meine Brust sehnsüchtig verkrampfte.

»Feiert sie mit ihren Eltern? Oder mit Maeve?« Wann hatte Mom Sarah so fest in ihr Herz geschlossen? Klar, ich wusste, sie verstanden sich gut, aber scheinbar ging ihre Beziehung tiefer als reine Nachbarschaftsnettigkeiten. Und, bei Gott, es machte das Ganze nur noch schlimmer, denn jetzt wusste ich, dass meine Lieblingsperson meine Traumfrau mochte.

Ich bemühte mich um einen entspannten Gesichtsausdruck, spürte aber überdeutlich, wie meine Kehle austrocknete. »Nein, sie ist auf dem Campus geblieben.«

Moms Augen weiteten sich. »Ganz allein?«, fragte sie überrascht und ich glaubte für einen Moment, sie hoffte, dass sich meine Worte als Lüge enttarnten. Leider sprach ich die reine Wahrheit.

Ich nickte. »Ihre Eltern haben ihr wohl zu verstehen gegeben, dass sie nicht willkommen ist.« Und ich befürchtete, eine Mitschuld daran zu haben. Immerhin hatte sie sich meinetwegen mit ihrer Mutter gestritten.

Nein, niemand von uns hatte Schuld.

Weder Sarah noch ich.

Ihre Eltern waren diejenigen, die diese Situation provoziert hatten und im Unrecht waren.

Fahrig strich Mom durch ihre langen Haare, auf denen ein Haarschmuck krönte. Wie immer war er voller Blumen. Dem Anlass geschuldet rahmten kleine Weihnachtssterne ihr Gesicht, verfeinert mit etwas Schleierkraut.

»Du hättest sie mitbringen können.«

»Ich weiß.« Würden die Dinge anders liegen, stünde sie jetzt neben mir oder würde mit Mom das Haus unsicher machen.

»Habt ihr euch wieder gestritten?«

Ich schüttelte den Kopf und wandte den Blick auf meine Reisetasche. »Nein.«

»Aber?« Sie trat zu mir und berührte meinen Arm. »Deine Augen schreien, dass es ein aber gibt«, erklärte sie ihr Nachbohren.

Seufzend rieb ich über mein Kinn, wurde vom leichten Kratzen meiner Bartstoppeln beruhigt. »Es ist schwer, jemanden wie mich zu lieben.«

»Jemanden wie dich?« Ihre Stimme überschlug sich und sie schloss mein Gesicht in ihre Hände, zwang mich, den Blick zu senken und in ihre Augen zu sehen. »Wie meinst du das, mein Sohn?«

Mein Sohn.

Sie betonte es gleichzeitig voller Strenge und Liebe.

So, als ahnte sie bereits, was meine Brust eindrückte und versuchte, mich am Atmen zu hindern.

Es brauchte all meine Selbstbeherrschung, ihren durchdringenden, warmen Augen standzuhalten, ohne in Tränen auszubrechen. Dafür war ich dann doch zu stolz. Egal, wie penetrant die Tränen in meiner Nase brannten und meine Sicht verschleierten.

Ich schluckte hart. »Ja, jemanden wie mich. Ich bin suchtkrank, Mom«, erinnerte ich sie an das eine kleine Detail an mir, weswegen ich es vollkommen verstünde, wenn auch sie mich weniger lieben würde. »Sarah verdient jemand Besseren als mich. Ich möchte ihr diesen Mist nicht antun.«

Super, jetzt bebte meine Stimme.

Bevor ich wirklich in Tränen ausbrechen konnte, schloss ich die Augen, atmete tief ein und umschloss Moms Hände mit meinen.

»Können wir das Thema lassen? Ich möchte ein schönes Weihnachten mit euch feiern«, bat ich, ehe sie die Chance hatte, auf mein Geständnis zu reagieren.

»Nein.« Strenge erfüllte ihre Stimme, während sie unseren Griff verstärkte. »Schau mich an, Alan Avery Baker.«

Ergeben tat ich, wie geheißen. Wenn sie schon so weit ging, mich beim vollen Namen anzusprechen, würde ich sowieso nicht um dieses Gespräch herumkommen.

»Du bist perfekt«, sagte sie und leider sah sie dabei so verflucht liebevoll aus, dass ich es nicht über mich brachte, zu widersprechen. »Du bist unser ganzer Stolz. Dein Dad und ich könnten und würden uns kein anderes Kind wünschen.« Verkrampft blinzelte ich gegen meine feuchten Augen an, die immer stärker brannten.

Das konnte sie mir nicht sagen.

Nicht sie.

Nicht, während die Narbe unter ihrem blonden Haar hervorblitzte, die sie nur meinetwegen hatte.

Sie schien meine Gedanken lesen zu können, denn ihr Blick wurde weicher. Behutsam tastete sie nach ihrem verletzten Auge. »Das hier ist nicht deine Schuld gewesen. Du warst krank. Hättest du einen Schlaganfall gehabt, würdest du dir doch auch nicht die Schuld geben, oder?« Sie schüttelte den Kopf und schmunzelte. »Nein, warte, du würdest es trotzdem.«

Ich verzog die Lippen. *Ja, vermutlich.*

Mom fuhr fort. »Was ich sagen möchte, ist, dass du dich nicht selbst für etwas bestrafen sollst, das nicht in deiner Macht lag.« Womit verdiente ich eine Mutter wie sie? »Glaub mir, Alan, ich ahne, wie du dich fühlst. Dad und ich machen uns Vorwürfe, es nicht bemerkt zu haben. Ich meine, wir waren jeden Tag zusammen und ...« Blinzelnd kämpfte sie gegen ihre Tränen an und lächelte. »Das bringt uns nichts. Dir am wenigstens, Schatz. So, wie du Sarah ansiehst. Du liebst sie und sie schaut dich genauso an. Bitte lass dir die Chance auf etwas so Tolles nicht entgehen, nur, weil das Leben nicht perfekt verläuft.«

»Und wenn ich sie verletze? Wenn ich zu dem Monster werde, das die Gesellschaft in Menschen wie mir sieht?«, platzten meine Gedanken aus mir heraus und ich biss auf meine zitternde Unterlippe.

»Das wirst du nicht.« Sie sprach mit einer solchen Sicherheit, dass es einem Verbrechen gleichkäme, ihr nicht zu glauben. »Ich möchte dir nichts aufdrängen oder dich beeinflussen, aber bitte sieh mehr in dir als deine vergangenen Fehler. Sarah hast du schon vergeben. Wieso also nicht auch endlich dir selbst?« Und damit verschwand sie aus meinem Zimmer, ließ mich allein mit ihren Worten, die auch noch Stunden später in mir nachhallten und mich nicht schlafen ließen.

Zum ersten Mal seit Jahren lag ich in meinem Jugendbett wach, weil ich über die Zukunft grübelte. Dem, was ich war und was aus mir werden würde. Nicht, wer ich mal gewesen war. Ich lag ohne panischen Herzschlag oder einer vertrocknenden Kehle im Bett und starrte an die Decke.

Das Essen mit meinen Eltern war voller Gespräche und Schmunzeln gewesen, ohne Suchtdruck oder dem Gefühl, nicht hierher zu gehören.

Zum ersten Mal seit langer Zeit fühlte ich mich in Conroe wohl. Beinahe gut. Doch dafür fehlte die kühle, glatte Haut von Sarah, die sich an mich schmiegte, während ihre Haarspitzen meine Brust und mein Kinn kitzelten, ehe sie in meinen Armen einschlief. Und ich fragte mich, ob ich tatsächlich von einem Sonnenaufgang träumen durfte.

44

Sarah

Weihnachtstag. 25. Dezember.

»Bist du dir sicher, dass es in Ordnung ist?« Ich stöhnte bei Maeves Frage genervt auf. Sie kannte die Antwort, weil ich sie schon fünf Mal gesagt hatte.

»Ja, Maeve.« Absichtlich rutschte ihr Name mir streng von der Zunge. Ich stellte den Lautsprecher meines Handys ab und nahm es von meiner Nähmaschine, um es mir ans Ohr zu halten. Den Blick immer noch auf mein neuestes Schnittmuster gerichtet. Allein der Anblick zauberte mir ein Lächeln ins Gesicht. »Ich bin mir sicher, diesen Tag alleine verbringen zu wollen und nicht mit zu Taylors Familie zu kommen.« Mal ganz davon abgesehen, dass mich einige Teile von ihnen mit Schraubschlüsseln oder einem Psychologiewälzer erschlagen wollen würden. Dinge, die ich vielleicht verdient hatte, auf die ich aber gut verzichten konnte.

»Ja, aber …«

»Es ist alles okay«, versicherte ich nachdrücklich und klemmte das Handy zwischen Ohr und Schulter, um weiterzunähen. Das rhythmische, schnelle Klackern der Maschine beruhigte mein Herz. »Ich werde den ganzen Tag nähen, Serien auf Netflix schauen und mir eine große Familienpizza mit ganz viel Extrakäse gönnen.«

»Aber du bist allein«, murmelte sie mit einer solchen Traurigkeit in der Stimme, dass es mir auf die Brust schlug. Weil es mich daran erinnerte, dass sie aus Erfahrung sprach. Zwei Jahre lang. Sie hatte zwei Weihnachtsfeste alleine feiern müssen, weil ich mich nicht gegen unsere Eltern hatte behaupten können. Vielleicht bestand ich deswegen darauf, dieses Mal diejenige zu sein, die an diesem bedeutenden Familienfest in ihrem Studentenzimmer hockte.

Nein, das ist keine Buße.

Ich hatte nicht vor, mich selbst zu bestrafen oder Ähnliches.

Es ergab sich einfach so.

»Bitte, Eve«, begann ich in meinem sanftesten Tonfall. »Steig jetzt mit Taylor in den Flieger nach Chicago und genieß die Zeit bei seiner Familie. Ich wünsche euch wunderschöne Weihnachten.«

Sie schniefte. Gott, wieso schniefte sie denn?

Ich setzte mich aufrechter hin und blinzelte selbst gegen Tränen an. »O nein!« Drohend hob ich den Zeigefinger, obwohl sie mich nicht sehen konnte. »Keine Tränen. Keine Traurigkeit.«

»Es ist alles okay, schon verstanden.« Im Hintergrund drang eine tiefe Stimme in den Hörer und mein Herzschlag beruhigte sich durch das Wissen, dass Taylor sie vermutlich gerade in den Arm nahm, sie beruhigte und tröstete.

Den Stich in meiner Brust ignorierte ich gekonnt.

Seit fast einem Monat lief ich damit herum und langsam gewöhnte ich mich an diesen Funken Sehnsucht, der mich erfüllte, sobald Alan meine Gedanken kreuzte – oder ich glückliche Paare sah.

Taylor flüsterte ihr etwas zu, das Maeve schwer ausatmen ließ. »Ich muss auflegen, das Boarding beginnt.«

»Okay, habt eine schöne Zeit in Chicago.«

»Machen wir, fühl dich umarmt und gedrückt und ruf an, wenn du quatschen willst und …«

»Maeve.« Taylor lachte hinter ihr und ich dankte ihm im Stillen, sie unterbrochen zu haben. »Lass sie endlich in Ruhe. Sie ist schon groß und kann auf sich selbst aufpassen.«

»Aber.«

»Nein, nichts *aber.*« Es raschelte und Maeves Protest wurde immer leiser. Allein an dem Atem, der gegen das Mikrofon des Handys schlug, wusste ich, Taylor hatte es ihr abgenommen. »Ich kürz das jetzt mal ab«, versprach er in ruhiger Tonlage.

Schmunzelnd nickte ich. »Danke. Pass auf sie auf«, bat ich zum Ende leiser und spielte mit dem weichen Satinstoff vor mir.

»Immer.« Die Überzeugung in seiner Stimme brachte mein Schwesternherz zum Lächeln und ich beendete den Anruf.

Stille.

Sie brach so plötzlich über mich herein, dass ich die Augen schließen musste.

Es war komisch, keine Frage. Aber ich würde es überstehen.

Mit Pizza, nähen und Netflix. Etwas, das es zu Hause nie geben würde. Vor meinem inneren Auge konnte ich sehen, wie Mom vor Schock knallrot anlief und zu ihrer Schimpftirade ansetzte, während Dad enttäuscht den Kopf schütteln würde.

Die Erinnerung schwächte mein Lächeln, doch bevor sie noch mehr Macht über meine Emotionen erhalten konnte, schüttelte ich den Kopf und konzentrierte mich auf den Stoff vor mir, die vielen Stoffstifte und Schnittvorlagen.

Es sah aus wie ein zerschnittenes Chaos. Etwas, das man höchstens in der Mülltonne der Fakultät für Modedesign fände. Mich überraschte immer wieder, wie aus einem solchen Rohzustand etwas Tolles erschaffen werden konnte – so wie es mir hoffentlich mit diesem Projekt gelingen würde.

Mit dem Gedanken schaltete ich eine Playlist über mein Handy an und vergrub mich in der Arbeit.

***

Ich hörte erst auf, als meine Finger krampften und schmerzten, sich die Sonne verabschiedete und dunkle Schatten durch das Fenster in mein Zimmer warf.

Gähnend stand ich auf und streckte die Arme über dem Kopf aus. Mein Bein begann zu kribbeln und ich verzog den Mund, weil es eingeschlafen war. Kleine kalte Nadeln stachen auf meine Haut ein. »Au, au, au.«

Ich sollte aufhören, so lange rumzusitzen und mich ein bisschen mehr bewegen. Andererseits ... Nein, ich liebte meine Nähzeiten. Das nahm mir auch kein blödes eingeschlafenes Körperteil.

Knurrend meldete sich mein Magen und ich schwang mich mit einem Lächeln auf mein Bett. Schnell googelte ich nach der Pizzeria, die am Rande des Ohio State Campus verortet war, rief an und bestellte mir eine Vier-Käse-Pizza mit extra Käse im Rand.

Kichernd schloss ich die Augen und ließ mein Handy auf meine Brust fallen. *Mom würde mich töten, wenn sie wüsste, dass ich mich mit Kalorien vollstopfe.*

Vibrierend riss mich mein Handy aus den Gedanken und ich nahm den Anruf entgegen, während ich an meine Zimmerdecke starrte.

»Maeve, ich sagte doch, es geht mir gut«, begrüßte ich meine kleine Schwester, die es sich scheinbar zur Aufgabe machte, mich wie ihre Tochter zu behandeln.

Ein Lachen drang aus dem Hörer. Hell und warm und voller Lebensfreude. »Das freut mich zu hören, meine Liebe.« Der Klang ihrer Stimme ließ mich sofort aufschrecken.

»Mary!« Meine Überraschung musste sie sofort heraushören, aber wie auch nicht? Warum rief mich ausgerechnet Mary Baker an? Ein Gedanke keimte in mir auf und ich presste instinktiv die freie Hand auf mein viel zu schnell schlagendes Herz. »Ist irgendwas passiert? Geht es euch gut?« Geht es Alan gut?

Ist er umgefallen? Hat er einen Rückfall?

Nein, das konnte nicht sein. Nicht nach dem, was er mir vor ein paar Tagen gesagt hatte und wie er gewirkt hatte. Voller Ruhe, Entschlossenheit und Willensstärke. Das würde Alan niemals aufs Spiel setzen. Aber was, wenn etwas passiert war, das seiner Krankheit zu viel Raum gegeben hatte?

Allein die Vorstellung engte meine Brust auf eine vollkommen neue Art ein und ich fühlte mich plötzlich hilflos. So hilflos wie noch nie. Fast, als stünde ich vor einem brennenden Haus und wusste, ich konnte nur noch dabei zusehen, wie alles zu Asche zerfiel.

»Es ist alles gut. Uns geht's gut und Alan auch«, fügte Mary sanft hinzu und ich atmete erleichtert auf, konnte es einfach nicht verhindern.

»Ich wollte mich nur bei dir melden«, erklärte sie in mein Schweigen und ließ mich meine Stirn kräuseln. Doch bevor ich etwas sagen konnte, redete sie weiter. »Alan hat mir deine Handynummer gegeben, ich hoffe, das ist okay?«

Ich nickte. Erst zögerlich, dann immer energischer. Marys Stimme zu hören, tat gut. Vor allem heute. Sie klang nach Leichtigkeit und Lebensfreude und dem Teil von Conroe, den ich mochte und vermisste.

Gott, ja, ich vermisste es, die vielen weihnachtlichen Verzierungen der Nachbarschaft zu sehen und mich insgeheim darüber zu amüsieren, wie sehr alle versuchten, einander mit ihren Blinklichtern, aufblasbaren Weihnachtsmännern und Rentieren auszustechen. Als wäre es eine olympische Disziplin, wessen Haus und Grundstück am hellsten strahlen konnte. Schwere drückte auf meine Schultern bei dem Wissen, all das zu verpassen.

»Das …« Ich räusperte mich, in der Hoffnung, so den Frosch aus meiner Stimme zu verbannen. »… danke, das bedeutet mir viel.«

Ich wusste nicht, woran es lag, aber mit Mary wirkte alles einfacher. Mit Mom könnte ich nie auf diese Weise sprechen. Gespräche über Gefühle waren nicht ihre Spezialität. Mary hingegen? Sie schien aus puren Gefühlen zu bestehen. Es fiel mir so leicht, mich ihr zu öffnen.

»Wie geht es dir?« Ehrliches Interesse lag in ihrer Stimme.

»Ganz okay«, antwortete ich, den Blick auf meine Bettdecke gesenkt. Nervös zupfte ich an dem Bezug. »Ehrlich gesagt, weiß ich nicht, wie es mir geht oder gehen soll.«

»Das musst du auch nicht wissen. Außerdem gibt es kein richtig oder falsch für die Situation, die du erlebst. Von dem, was mir Alan erzählt hat, musst du dir auch keine Vorwürfe machen oder denken, etwas Falsches getan zu haben. Du bist ein wundervoller Mensch, in dem so viel Liebe und Rücksichtnahme steckt und der so begabt ist.« Schwärmte sie gerade von mir? »Lass dir bitte nie etwas anderes einreden. Auch nicht von deinen Eltern, okay, Liebes? Und vergiss bitte auch nicht, dass du geliebt wirst. Immer. Von irgendjemandem auf diesem großen, weiten Planeten wirst du geliebt …«

»Gott, Mary.« Lachend schniefte ich und wischte eine Tränenspur beiseite. »Bitte hör auf, sonst weine ich gleich noch auf meine Pizza.«

Sie kicherte. »Okay, ich höre schon auf.«

»Wie geht es Alan?«, fragte ich zögerlich, worüber ich ständig nachdachte. »Er ist bei euch, oder?«

»Ja, er ist gestern angekommen«, verriet sie und ich nagte an meiner Unterlippe. »Ihm scheint es gut zu gehen. So gut, wie seit Langem nicht mehr.«

Das freute mich so sehr. Es war alles, was ich wollte. Wenn er glücklich war, war ich es auch und vielleicht bestand daraus unsere Art der Liebe. Aus Entfernung und dem Wissen, dass es einander gut ging.

»Aber er vermisst dich.« Marys verheißungsvolles Flüstern brachte meine Wangen zum Erröten.

»W-Wie bitte?«

»Er vermisst dich, Sarah«, wiederholte sie und klopfte damit an die Wand, die ich um mein geschundenes Herz errichtet hatte.

Er vermisst mich?

Was sollte ich mit dieser Information anfangen? Ich vermisste ihn auch, so sehr, doch was machte das für einen Unterschied? Alan hatte seine Entscheidung getroffen und sie klang endgültig, egal, wie sehr wir uns beide in die Fantasie eines Happy Ends stürzten.

Er liebte mich, aber er wollte keine Beziehung mit mir.

Wegen seiner Alkoholerkrankung und all den hypothetischen Dingen, die daraus resultieren konnten. Dicht gefolgt von den gesellschaftlichen Stigmata, die er so sehr fürchtete, irgendwann zu erfüllen.

Ich wollte an dem Traum einer gemeinsamen Zukunft festhalten. Aber was, wenn ich mich verrannte? Wenn ich mich wieder an ein Trugbild klammerte, anstatt die bittere Wahrheit zu akzeptieren, so, wie ich es jahrelang bei meiner Familie und meinem eigenen Leben getan hatte?

»Ich weiß nicht, was ich dazu sagen soll«, gestand ich Mary leise und befeuchtete meine Lippen. »Es ist alles so kompliziert.«

»Die Liebe ist immer kompliziert und doch so einfach wie das Atmen.« Ihre Stimme klang merkwürdig ernst und entfernt, als schwelgte sie in Erinnerungen. »Diese Sturheit in Sachen Liebe hat Alan von seinem Vater. Der hat sich auch über Jahre gesträubt, der Welt ausnahmsweise mal zu vertrauen, etwas Gutes für ihn zu haben. Etwas von Dauer.«

Trotz der Schwere, die der Gedanke an Alan mit sich brachte, lächelte ich. »Und wie haben Sie ihn überzeugt?« Denn das hatte Mary bestimmt. So war sie einfach.

»Das habe ich nicht.« Ihre Worte ließen mich meine Augen weiten und ich öffnete überrascht den Mund, doch sie sprach direkt weiter. »Ich musste warten. Viele Jahre. Und ich hätte fast aufgegeben, weißt du?« Mary und aufgeben? Nein, das konnte ich mir nicht vorstellen. »Es ist viel verlangt und vielleicht ignorierst du die Bitte einer sorgenden Mutter einfach, aber gib ihn nicht auf, okay, Sarah?«

Ich schlang die Arme um meine Beine und lehnte die Stirn an meine Knie. »Wieso sind Sie sich so sicher, dass alles gut wird?« Mein Flüstern war kaum lauter als ein Atemzug und ich konnte nur hoffen, dass sie mich gehört hatte. Ein weiteres Mal würde ich die Worte nicht aussprechen können.

»Ich weiß, wie er dich ansieht.«

Ein Klopfen an der Tür übertönte ihre Worte und ließ mich zusammenschrecken. Sofort rappelte ich mich von meinem Bett auf, räusperte mich und schaute stur zur Zimmertür. »Meine Pizza ist da. Ich wünsche euch fröhliche Weihnachten, Mary«, verabschiedete ich mich von ihr und hoffte, sie hörte, wie dankbar ich ihr war. Für so vieles in den letzten Monaten, dass ich es kaum in Worte fassen konnte.

»Frohe Weihnachten, Sarah.« Ich glaubte, sie lächeln zu hören. »Ruf mich jederzeit an, wenn du reden möchtest, ja? Oder komm vorbei. Unser Haus steht dir immer offen.«

Erstickt von unvergossenen Tränen, klammerte ich mich an das Telefon, während ich mein Portemonnaie vom Schreibtisch angelte und zur Tür ging. »Danke, Mary. Das bedeutet mir viel«, flüsterte ich und legte auf.

Die Pizza war eindeutig mein Lebensretter heute. Ohne sie würde ich die nächsten Stunden kaum aushalten. Nur eine ordentliche Portion überbackener Käse konnte mich davon abhalten, eine schnulzige und viel zu peinliche Nachricht an Alan zu schreiben. Alles in mir schwankte zwischen aufgeben und kämpfen.

Er vermisst dich.

Wenn ich könnte, würde ich sofort in seine Arme springen und meine Nase an seiner Brust vergraben, bis sie wehtat und ich seinen Herzschlag spüren konnte.

Ich verscheuchte den Gedanken und öffnete meine Geldbörse, zog einen Zehn-Dollar-Schein hervor. »Das müsste reichen. Frohe Weihnachten und danke für die Pizza.«

Gedankenverloren hatte ich bisher nur auf seine Klamotten geschaut. Einzelne Schneeflocken klebten auf seiner schwarzen Lederjacke, die mehr schlecht als recht vor der Kälte schützte, und einige der einzigartigen Winterflocken lösten sich bereits auf. Auch an seinen Stiefeln klebte weiß-brauner Matsch, der verriet, dass es in den letzten Stunden so einigen Schnee gegeben haben musste.

Irritiert runzelte ich die Stirn.

Seine Hände ruhten in den Jackentaschen.

»Mit Pizza kann ich leider nicht dienen.« Seine Stimme erfüllte den schmalen Gang des Wohnhauses. Mit dem sanften Kratzen und einer Tiefe, die mir immer und immer wieder direkt unter die Haut fuhr und meine Nackenhärchen aufstellte.

Ich riss den Kopf in den Nacken. »Avery.«

Tatsächlich. Niemand anderes als Alan Avery Baker stand vor meiner Wohnheimtür. Die Haare offen und nass von dem Schnee und mit so roten Wangen, als hätte er einen Marathon hinter sich. »Was machst du hier? Wieso bist du nicht in Texas? Mary sagte …« Schnell schüttelte ich den Kopf und umschloss mit beiden Händen seinen Arm, zog ihn sachte zu mir ins Zimmer. Die Fragen konnten warten. »Verflucht, du siehst aus, als würdest du erfrieren.«

Schnell bugsierte ich ihn auf das leer stehende Bett und eilte ins Badezimmer. Mit hämmerndem Herzen und viel zu fahrigen Bewegungen holte ich ein Handtuch aus einem der weißen Schränke und suchte im nächsten Moment die Wärmflasche, die mir regelmäßig durch meine Unterleibskrämpfe half. Bewaffnet mit ihnen trat ich zögerlich zurück in mein Zimmer.

Fast, als fürchtete ich, mir die letzten Sekunden eingebildet zu haben. Aber Alan saß auf dem freien Bett. Hier bei mir.

In der Zwischenzeit hatte er seine Lederjacke ausgezogen. Ordentlich zusammengelegt hing sie über dem Bettgestell am Fußende. Er selbst hatte die Augen geschlossen und fuhr mit den Händen durch seine Haare. Mit einem ernsten Zug um den Mund und rot leuchtenden Wangen.

Es war Weihnachten und Alan saß in meinem Zimmer.

In Ohio. Anstatt bei seiner Familie in Conroe zu sein.

»Was tust du hier?«, hauchte ich, unsicher, ob ich die Antwort darauf hören wollte. Ob ich mit dem, was er mit sich brachte, umgehen könnte. Wir waren wie ein Sturm, der unaufhörlich über das Land zog. Alles, was mit uns zu tun hatte, brachte die Dinge durcheinander, wirbelte durch meine Gefühle und beherbergte eine Zerstörungskraft, die ich nie verstehen würde und die doch niemanden außer uns erreichte. Und gleichzeitig fühlte es sich an, wie der erste Windzug an einem heißen Hochsommertag. Es ließ mich einfacher atmen.

Verdammt, meine Gedanken hörten nicht auf, sich zu drehen und Alan schwieg immer noch.

Ich räusperte mich und trat bestimmter, sicherer, zu ihm. »Mary sagte, du bist bei ihnen und genau da solltest du Weihnachten auch sein.«

Seine Augen fanden meine. Die Intensität in ihnen färbte das Grün noch dunkler. Wieder sog er mich in seinen verwunschenen Wald mit all den Ranken und Ästen, die sich um mich schlangen und für immer bei sich behalten wollten.

Kälte durchzuckte meine Hand, kaum, dass Alan sie berührte. Er war eiskalt. Meine Güte, wie lange war er draußen gewesen?

»Wie kann ich dich an Weihnachten allein lassen?« Er zog die Augenbrauen zusammen, als schmerzte ihn allein der Gedanke, und unter seinen Bartstoppeln zuckte sein Kiefermuskel. »Also, falls du mich hier haben willst. Ich, ähm, bin heute Morgen einfach los und ins nächste Flugzeug gestiegen und habe nicht weiter nachgedacht.«

Er lässt Mary an Weihnachten allein. Meinetwegen.

Er ist ins nächste Flugzeug gestiegen.

Er ist zu mir geflogen, ohne darüber nachzudenken.

Ich schluckte hart und krallte mich an dem Handtuch fest, damit ich nicht direkt in seine Arme sprang. Noch nicht. »Was bedeutet das, Avery?« Was wollte er mir damit sagen? Ohne eine Antwort könnte ich den Moment nicht genießen. Nicht nach all dem Hin und Her zwischen uns.

Dem Wunsch, beieinander zu sein.

Seiner Aussage, dass er das nicht könnte.

Mein Wunsch, nicht die Hoffnung zu verlieren.

Wir beide schienen nie das richtige Timing zu haben, immer aneinander vorbei zu schlittern, egal, wie sehr wir aneinander festhielten.

Ich wollte keinen neuen flüchtigen Moment. Ich konnte das nicht mehr. Nicht, wenn ich weiterhin mit mir selbst im Reinen sein und mein Leben auf die Reihe kriegen wollte.

Alan schloss die Augen und massierte seine Schläfe. Er legte sich seine Worte zurecht, dachte genau darüber nach, was er mir sagen wollte, und ich konnte nichts anderes tun, als abzuwarten, welche Richtung unsere Geschichte einschlagen würde.

Alan

Was tat ich hier?

Die Antwort war so simpel, dass es schon wieder kompliziert schien.

Ich hatte die Nacht wach gelegen. In meinem Jugendbett. Alleine und in einer solchen Kälte, die in Texas unmöglich wirkte, und doch hatte ich sie gefühlt. Weil ich allein gewesen war. Nein, weil Sarah gefehlt hatte. Es schien sinnlos, in diesem Bett zu liegen, ohne sie in den Armen zu halten.

Ich vermisste sie, verflucht noch mal.

Mit einer solchen Intensität, dass es mich von innen zu verschlingen drohte. Wie ein Schwarzes Loch, das sich in meiner Brust ausbreitete und mich einsaugen wollte. In eine ewige Leere und Dunkelheit.

Also hatte ich mir Dads Autoschlüssel geschnappt, war zum Flughafen gefahren und hatte mich in einen überfüllten Flieger gesetzt. In Columbus angekommen, war ich sogar vom Flughafen zum Wohnheim gelaufen. Durch Schnee und Eis, an Weihnachtschören und glücklichen Familien vorbei, bis ich endlich an ihrer Tür geklopft hatte.

Ihr Anblick raubte mir den Atem.

Selbst jetzt noch, während sie vor mir stand und meinen Blick erwiderte. Wir waren auf Augenhöhe. Uns trennte keine Armlänge. Ich spürte die Wärme ihrer Beine durch meine klamme Jeanshose. Sie breitete sich wie die ersten Frühlingsstrahlen auf meiner Haut aus. Voller Wärme und Hoffnung. So verflucht viel Hoffnung, dass es mich zu ersticken drohte.

Was, wenn ich zu spät war?

Wenn sie längst nicht mehr auf mich wartete?

Wenn meine Sturheit und Angst all ihre Hoffnung besiegt hatte?

»Alan?« Ihre weiche Stimme klang ungewohnt hart. Ich ließ den Blick über sie wandern. Sie steckte in einer rot-weiß-karierten Schlafhose und einem Top, das ihre Oberweite betonte. Ihre samtigen Haare versteckten sich in einem unordentlichen Dutt und sie war ungeschminkt. Dunkle, blaue Ringe lagen unter ihren Augen, gaben einen Einblick in all ihre Sorgen und schlechten Nächte. Aber sie war dennoch wunderschön. So wie immer.

»Was bedeutet das?«, wiederholte sie ihre Frage zum zweiten Mal und drückte das Handtuch, das sie in den Händen hielt, wie ein Schutzschild an ihre Brust. »Ich möchte eine Antwort.«

»Weihnachten ist das Fest der Liebe«, begann ich mit kratziger Stimme und zwang mich dazu, weiterzureden und meine Gedanken außen vor zu lassen. Selbst auf dem Weg hierher hatten sie mich nicht umstimmen können, also sollten sie im entscheidenden Moment nicht wieder alles mit ihrer Angst und den Selbstzweifeln versauen. »Ich wüsste keinen Ort, an dem ich heute lieber wäre. Keinen Menschen, bei dem ich mehr sein möchte«, gestand ich und konnte nichts dagegen tun, zum Ende immer atemloser zu klingen. Mein Herz schlug so schwer und heftig gegen meine Brust, dass es wohl alle Luft aus meiner Lunge hämmerte. »Ich liebe dich, Sarah, das tue ich schon seit Jahren. Egal, was passiert ist, ich werde dieses Gefühl einfach nicht los. Es ist fast, als gehört es einfach zu mir. Als müsste ich dich lieben. Und es tut mir so leid, dass ich dich habe warten lassen. Dass ich dich von mir gestoßen habe, weil ich Angst vor mir selbst habe. Ich weiß, dass das alles nicht wundersamerweise aufhören wird, wenn wir zusammen sind, aber ich möchte nicht länger warten. Verflucht, ich möchte endlich mein Happy End mit dir.«

Schluchzend hielt sie ihre Hand vor den Mund. Es brach mir das Herz, zu sehen, wie immer mehr Tränen über ihre Wangen liefen. »Wirklich?«

Unsicher hob ich einen Mundwinkel. »Wirklich.« Schlimm genug, dass ich sie dazu gebracht hatte, mir nicht sofort zu glauben. Zu denken, dass ich mich jemals wieder gegen sie, gegen *uns*, entscheiden könnte.

Noch nie hatte ich eine dämlichere Entscheidung getroffen als die, sie von mir zu stoßen.

Sie schlang die Arme um meinen Hals, als sie auf meinen Schoß sprang und das Gesicht an mir vergrub. Sofort erwiderte ich ihre Umarmung, drückte ihre zarte Gestalt fest an mich und sog ihren frischen Geruch in mich auf. Nie wieder würde ich sie loslassen.

»Ich liebe dich«, flüsterte sie und plötzlich schlug mein Herz so leicht wie noch nie. »Ich liebe dich so sehr, Alan Avery Baker.«

»Ich liebe dich auch.« Und ab sofort würde ich jeden Tag sicherstellen, es ihr zu sagen für all die Zeit, die wir verloren hatten und damit sie nie wieder an mir oder an uns zweifeln musste. »Frohe Weihnachten, Buttercup.«

Tränenerstickt lachte sie und umfasste unendlich zärtlich meine Wangen, lächelte mich an. »Frohe Weihnachten, Avery.«

Und dann küsste sie mich.

Und ich glaubte zum ersten Mal seit Langem, alles richtig gemacht zu haben.

45

Sarah

Ein paar Monate später.

Heute war es so weit.

Mein Blick glitt von der Tribüne des Ohio State Footballstadions über den Platz. Alles, was ich sah, war schwarz. Von den Abschlusskappen über die edlen, dunklen Roben, die im Sonnenlicht schimmerten – es wirkte, als hätte eine Welle das Spielfeld überschwemmt.

Tausende Menschen standen beisammen, um einen der wichtigsten Schritte des Lebens zu erleben. Den Collegeabschluss. Die letzte Instanz vor dem, was die Gesellschaft uns als Erwachsenenleben verkaufte.

Viele der Menschen hier würden in eine andere Stadt, einen anderen Staat oder gar ein anderes Land ziehen. Vielleicht sogar auf einen anderen Kontinent. Sie würden Berufspraktika absolvieren, ihre erste Stelle anfangen und ihr erstes, eigenes Geld verdienen. Eine eigene Wohnung mit eigenem Einkommen, Wertgegenständen und sozialen Verpflichtungen, wie eine Steuererklärung zu machen.

Es war absurd, dass ein einzelner Tag, ein paar Stunden von so vielen, die es gab, eine solche Bedeutung innehielt.

Nachdenklich stützte ich die Wange auf meine Handfläche und beobachtete das Geschehen unter mir. In sicherer Entfernung von all dem, stand ich auf einer der vielen Tribünen und überblickte von dem kleinen Metallzaun, der als Absperrung diente, das Geschehen.

Zwischen all dem Trubel bemerkte ich Brittany. Sie umarmte ein paar Leute aus dem Cheerleadingteam. Seit ich bei dem Team ausgetreten war, hatten wir kaum Kontakt und der Stich in meiner Brust erinnerte mich daran, dass sich das wohl nicht mehr ändern würde. Aber das war okay.

Wir hatten eine wirklich tolle Zeit gehabt und manche Freundschaften mussten kein Leben lang halten. Ich würde mich immer gerne an unsere gemeinsame Zeit zurückerinnern.

Sie hob den Kopf und unsere Blicke kreuzten sich. Lächelnd hob ich die Hand und winkte ihr zu. Selbst über die Entfernung zwischen uns glaubte ich, ihr Zögern zu bemerken, doch sie winkte mir ebenfalls lächelnd zu.

»Kaum zu fassen, oder?«, formte sie mit den Lippen und deutete auf das zusammengerollte Papier in ihrer Hand, das mit einem roten Faden zugebunden war.

Ihre Bachelorurkunde.

Sie hatte ihr Studium als Beste ihres Studienganges abgeschlossen. Sie würde den Aktienmarkt ordentlich durcheinanderbringen mit ihrer sturen, eigenwilligen Art und ich war mir sicher, dass sie eine fantastische Brokerin werden würde.

»Herzlichen Glückwunsch.« Wie sie sprach ich die Worte stumm aus und meine Brust weitete sich, als sie die Arme hob und die Luft umarmte, während sie mich angrinste. Ich tat dasselbe, schloss sie über die vielen Meter in die Arme.

Meine Nackenhaare stellten sich auf und ein angenehmer Schauer rann meinen Rücken hinab. Kein Wunder also, dass sich von hinten zwei Arme um mich legten und Alans Geruch meine Nase kitzelte.

»Hey, Sozialarbeiter mit Auszeichnung«, begrüßte ich ihn und ließ mich gegen seine Brust fallen, während ich den Kopf in den Nacken legte, um ihn anzusehen.

Lächelnd hauchte er mir einen Kuss auf die Schläfe. »Hey, zukünftige Selfmade-Millionärin.«

Ich verzog den Mund. »Ich denke nicht, dass das in den Sternen steht, aber danke für deinen Glauben an mich.«

Im Gegensatz zu den anderen, hatte ich meine Urkunde längst in meinem Koffer verstaut, der in der Garderobe des Stadions stand, wo alle Absolvierenden der Wohnheime ihr Hab und Gut unterstellten, ehe sie aufbrachen, um die Welt zu erobern.

Meine Eroberung müsste noch ein bisschen auf mich warten.

»Du weißt selbst, dass ich nur mit zwei zugedrückten Augen die Abschlussarbeit bestanden habe«, erinnerte ich ihn an die nervenaufreibenden Tage der letzten Wochen. Während er sein letztes Footballspiel mit Taylor und Tyrese im National Championship Game gefeiert und sogar den Sieg davongetragen hatte, war ich über meinen Büchern verzweifelt.

Betriebswirtschaft war einfach nicht meins.

Jetzt besaß ich einen Abschluss in einem Fach, in dem ich nie arbeiten wollte und wusste genauso viel darüber, wer und was ich werden wollte, wie vor vier Jahren.

Aber auch das war okay.

Das hatte ich in den letzten Monaten gelernt.

All unsere verschiedenen Leben liefen nie parallel zueinander. Wir alle hatten unser eigenes Tempo und es war keine Schwäche, wenn man die Dinge selbst anders anging, als alle anderen. Es bedeutete weder Versagen, noch sagte es etwas über uns aus. Es machte die Reise einfach ein bisschen spannender, wo ich am Ende landete.

»Ich bin stolz auf dich.« Ich drehte mich zu Alan und schlang die Arme um seinen Hals. Strahlend hell empfingen mich seine wunderschönen waldgrünen Augen. Seine Haare waren zu einem strengen Dutt gebunden und er hatte sich – bedauerlicherweise, wie ich fand – anlässlich des Tages rasiert. Aber auch sein fehlender Dreitagebart senkte seine Attraktivität nicht.

»Danke.« Zärtlich strich er durch meine Haare, den Blick mit meinem verwoben. »Ich bin auch stolz auf dich, Buttercup. Du hast unfassbar viel erreicht im letzten Jahr. Zu viel, um auf eine Urkunde zu passen«, sprach er Worte aus, von denen ich bis eben nicht gewusst hatte, dass ich sie brauchte.

Ich knabberte an meiner Unterlippe, wohl wissend, dass Alan die Bewegung mit Argusaugen beobachtete und sich sein Blick vor Lust verdunkelte. »Du aber auch.«

»Das ist kein Wettstreit«, flüsterte er und beugte sich zu mir herab, fuhr hauchzart mit den Lippen über meine. Ich erschauderte, schloss die Augen und schlang die Arme um seinen Hals, erwiderte seinen Kuss.

»An den Anblick werde ich mich wohl nie gewöhnen.« Tyrese' amüsierte Stimme ließ mich zusammenzucken. Ertappt löste ich mich von Alan und spürte, wie meine Wangen verdächtig brannten.

Tyrese, zukünftiger Running Back für die New England Patriots, schlenderte in seiner schwarzen Robe und seiner Bachelorurkunde in der Hand zu uns, gefolgt von Taylor und Maeve. Beide trugen als Einzige normale Kleidung. Immerhin brauchten beide noch eine Weile, bis sie mit ihrem Studium fertig waren.

Bei uns angekommen, schloss Tyrese Alan in eine feste Umarmung. Genau wie Taylor. Maeve sprang ihm vor Freude sogar um den Hals. Wortwörtlich. Und ich belächelte sie dabei, anstatt vor Eifersucht zu zergehen.

»Ich bin so stolz auf dich.« Maeve blinzelte gegen ihre Tränen an und strich über Alans Robe. »Kaum zu glauben, dass ich euch nicht mehr jeden Tag sehen werde.« Ihr Blick fand meinen.

Toll, jetzt muss ich auch weinen.

Entschlossen schluckte ich gegen den Kloß in meinem Hals an. »Wir melden uns jeden Tag, ja?«

»Genau.« Alan strich ihr eine lose Haarsträhne hinters Ohr und mein Herz ging bei dem Anblick auf, wie sehr der Mensch, den ich liebte, meine kleine Schwester wie seine eigene behandelte.

»Wann fahrt ihr los?« Taylor trat hinter Maeve und schlang die Arme um sie, gab ihr den Halt, den sie brauchte. Fast bildete ich mir ein, er lächelte mich an. »Habt ihr noch Zeit, mit uns einen Burger essen zu gehen, ehe ihr die Welt erkundet?«

Die Welt erkunden.

Genau das war der Plan. Nur Alan, ich und der alte Van seiner Eltern, den wir uns über den Sommer ausleihen durften. Für einen Roadtrip auf unbestimmte Zeit. Denn so offen meine Zukunft war, so frei war Alans.

In den letzten Monaten hatten wir oft im Bett gelegen und über unsere Zukunft nachgedacht. Was ich mit meinem Abschluss anstellen konnte, obwohl ich den Berufszweig nicht mochte. Wo Alan sich bewerben wollte oder sollte und wie wir es hinbekämen, zusammen an einem Ort zu bleiben, schließlich wollten wir nie wieder getrennt voneinander sein.

Weil keiner von uns eine Antwort wusste, hatten wir uns eine Auszeit auferlegt. Ein paar Monate ohne Erwartungsdruck, Bewerbungsstress oder Zukunftsängste. Die nächsten Wochen würde es nur darum gehen, die Welt zu erkunden und Zeit miteinander zu verbringen, während wir die vergangenen Monate verarbeiteten und dann vielleicht langsam anfingen, einen Blick in die Zukunft zu wagen.

»Ja, lass und etwas essen gehen«, stimmte ich zu. Eine letzte Mahlzeit mit Maeve, ehe wir in den Flieger nach Texas stiegen, um den Van bei Adam und Mary abzuholen.

»Bist du dir echt sicher, dass du das möchtest, Mann?« Tyrese wandte sich an Alan, rieb nachdenklich seine glatt rasierte Wange und deutete mit dem Kinn auf mich. »Monatelang in einem Van mit dieser Zicke zu sitzen?«

Obwohl sich Tyrese anfangs merklich gegen mich als Alans feste Freundin gesträubt hatte, begannen wir langsam, miteinander warm zu werden und ehrlich gesagt, würde mir alles zwischen uns falsch vorkommen, wenn er nicht den einen oder anderen Seitenhieb gegen mich vollführen würde.

Schnaubend boxte ich gegen seine Schulter. »Du kannst mich auch mal.«

Lachend rieb er über die Stelle. »Was denn? Du stopfst den Wagen doch sicherlich mit all deinen Stoffen voll und unser armer Alan schläft am Ende noch halb auf deiner Nähmaschine.«

Ertappt blies ich die Wangen auf und verschränkte die Arme vor der Brust. Ich hatte tatsächlich vor, eine Nähmaschine mitzunehmen. Eine tragbare, kleine. Und die Stoffe waren auch nicht so groß.

Alan schlang den Arm um meine Taille und hauchte einen Kuss auf meine Schläfe. »Zur Not schlafen wir am Strand oder auf einer Wiese.«

»Genau.«

Denn es interessierte mich nicht, wohin es uns verschlug, solange ich bei ihm war.

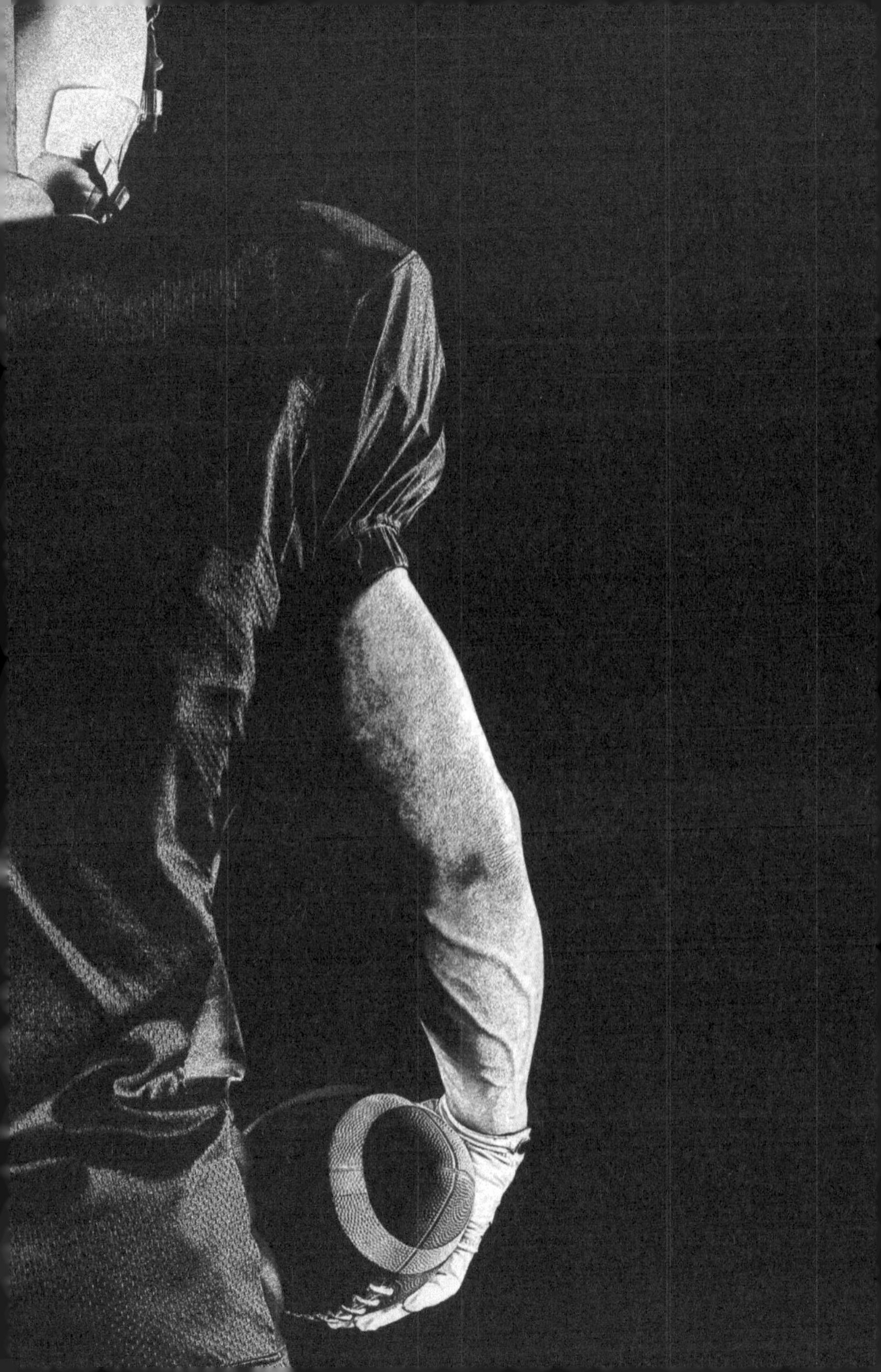

Epilog

Alan

Liebes Vergangenheits-Ich,

ich weiß, ich war nicht immer ehrlich zu dir.
Oder fair. Oder habe dich dafür wertgeschätzt, immer einen Schritt nach dem nächsten gegangen zu sein.
Dabei wäre ich nicht hier, wenn es dich nicht gäbe.
Wenn du dich nicht durch diese schwere Zeit gekämpft hättest. Mit dir selbst, mit mir als Feind. Wir waren wirklich nicht fair zueinander, stimmt's?
Ich verspreche dir, das wird sich ändern. Okay, ich werde nicht jeden Tag eine Liebeshymne für dich singen, weil, seien wir ehrlich, du bist nicht die beste Version von uns und hast einige Macken. Aber ich danke dir. Das werde ich ab sofort jeden Tag. Ich danke dir dafür, dass du weitergegangen bist. Dass du nicht aufgegeben hast, auch wenn alles um uns düster und aussichtslos schien. Ich danke dir dafür, mutig gewesen zu sein und die Fehler in dir gesehen zu haben, ohne dich dafür zu hassen. Ich danke dir für all die gemeinsamen Schritte in ein besseres Leben. Eines, in dem ich frei bin. Und ich danke dir dafür, dass du …

Arme schlangen sich um meine Schultern und Sarahs Kokosnuss-Shampoo kitzelte meine Nase. Sie drückte mir einen Kuss auf die Wange und linste von hinten über meine Schulter. »Was machst du da?«

Mist.

Mein erster Impuls war, das kleine Notizheft in meinen Händen ins Meer zu werfen, doch ich verkniff es mir. Dem Meer zuliebe. Mir zuliebe und auch Sarah zuliebe.

Also reichte ich es ihr stumm, ehe ich die Arme um sie schlang und sie so navigierte, dass sie auf meinen Schoß plumpste. Kichernd lehnte sie sich an meine Brust, verschmolz förmlich mit mir, und blätterte in dem Heftchen mit abgenutzten und angerissenen Seiten.

Dieses Heft erlebte seit einigen Monaten auch einiges mit.

Natürlich überstand es diesen Roadtrip nicht ohne Spuren. Was, wenn ich so darüber nachdachte, gut war. Jeder Riss im dünnen Papier, jeder Wasserfleck würde mich später an das erinnern, was wir erlebten.

»Ein Brief an dich selbst?« Sie lächelte sanft, ehe sie es mit dem Kugelschreiber als Lesezeichen schloss. Sie strich durch meinen immer dichter werdenden Bart und sah mich mit einer solchen Wärme an, dass ich glaubte, kaum Luft zu bekommen.

Noch immer wollte ein Teil von mir nicht glauben, dass es für mich ein Happy End gab. Dass ich es lebte. Jeden Tag mindestens einmal lachte und sogar vergaß, was ich alles in meinem Leben vermasselt hatte.

»Ich dachte, es wäre eine gute Idee«, gestand ich und zuckte mit den Schultern. »Vergebung ist noch weit weg für mich, aber ich möchte irgendwann dorthin kommen. Also mache ich kleine Schritte.«

Nachdenklich nickte sie. Vorsichtig legte sie das Heft auf das Strandtuch, auf welchem wir ein paar Schritte entfernt vom Wasser saßen. Mit einem Mal schlang sie die Beine um mich und das mit einer Wucht, dass unsere Stirnen gegeneinander knallten.

»Au, au, au.« Ihr Wimmern ließ mich leise lachen. Ich rückte sie so zurecht, dass sie bequem auf meinem Schoß saß und küsste ihre Hände, die sie schützend über ihre schmerzende Nasenspitze hielt.

»Vorsicht, Wirbelwind«, triezte ich sie.

Sie funkelte mich böse an. »Ich wollte dich aufmuntern. Das habe ich jetzt davon.« Ihr halbherziger Protest erstarb gänzlich dank dem amüsierten Funkeln in ihren Augen.

Gott, sie ist wunderschön.

Langsam strich ich über ihre Seiten, liebkoste die feuchtkühle Haut, die verriet, dass sie gerade erst aus dem Meer gekommen war. Mit nichts als meinem alten Ohio-State-Trikot bekleidet. Wenigstens hatte dieser Sport etwas Gutes mit sich gebracht – und wenn es nur der Anblick meiner Angebeteten in einem Shirt war, auf dem mein Name stand. Sie hatte es sich sofort unter die Nase gerissen, als wir vor drei Monaten unseren Abschluss gemacht hatten.

Und sie trug es fast jeden Tag, seitdem wir durchs Land tourten. Ich hätte nie geglaubt, ausgerechnet mit Sarah einen Roadtrip zu machen und nur mit ein paar Sachen und einem Van bewaffnet von einer Stadt in die nächste zu fahren. Es war unheimlich erholsam. Und wenn alles gut ging, reichte unser Erspartes für ein paar Monate mehr.

Monate voller Leichtigkeit.

Monate voller Zweisamkeit.

Viele entspannte und schöne Wochen, in denen wir uns darüber klar werden konnten, was wir überhaupt von diesem Leben wollten und ich war so glücklich, sie bei dieser Reise an meiner Seite zu wissen.

Mit diesem Gedanken ließ ich meine Finger weiter unter den Stoff wandern und fuhr hauchzart den Ansatz ihres Busens nach. Sie erschauderte unter meiner Berührung und biss sich auf die Unterlippe. Höchst verlockend sogar.

Ich reckte das Kinn und knabberte an ihrer Unterlippe. Genoss, wie sie aufseufzte und mich küsste. Die Arme um meinen Hals geschlungen, drückte sie sich näher an mich – bis ich alles von ihr an mir spürte und die Hände in ihren Hüften vergrub.

Ein leises Stöhnen entfloh ihr und ich fing es mit meiner Zungenspitze auf, küsste sie länger und inniger und sehnsüchtiger und glücklicher und alles dazwischen. Weil es das war, was sie mit mir machte.

Sie hob mich in eine andere Welt. Ohne mich süchtig zu machen. Ohne mir ein Gefühl der Abhängigkeit zu vermitteln. Mit ihr fühlte sich alles leichter an. Selbst meine Dämonen schienen in ihren Händen zu schmelzen und handzahm zu werden.

Es fühlte sich an, als könnte ich alles schaffen.

Als wären wir füreinander geschaffen. Trotz unseres holprigen Startes, all den Tränen dazwischen und den vielen Scherben, über die wir hatten gehen müssen. Und auch wenn es keine Garantie für die Liebe des Lebens gab, glaubte ich, nah mit ihr dran zu sein.

Grinsend packte ich sie an der Hüfte und stand auf, ohne unseren Kuss zu unterbrechen. Sie drückte sich noch fester an mich, als hätte sie Angst, ich würde sie fallen lassen.

Schmunzelnd ließ ich meine Lippen zu ihrem Kinn wandern, verteilte kleine Küsse bis zu ihrem Ohr, während ich immer weiter durch den warmen Sand schritt.

»Glaubst du immer noch, ich lasse dich fallen, Buttercup?« Im Augenwinkel sah ich, wie sie mein Flüstern mit Gänsehaut überzog und mein Herz platzte fast vor Freude.

»Natürlich nicht«, erwiderte sie und grub die Hände in meine Haare, bis sich das Zopfgummi löste. »Was hast du vor, Avery?«, wisperte sie und mein Blick haftete an ihren glänzenden, geschwollenen Lippen.

Ich wollte sie zurück in unsere Ferienwohnung schleppen und nie wieder herauskommen. Mich mit ihr vor dem Rest der Welt verstecken und unsere eigene kreieren. Aber noch viel lieber wollte ich diesen warmen kalifornischen Abend am Meer genießen. Mit der untergehenden Sonne in ihrem Rücken, dessen satte Orange- und Rottöne den Himmel färbten und sich auf magische Weise im Wasser spiegelten.

Ich wollte diesen Moment mit ihr.

In meinen Armen. Nah bei mir.

»Du weißt hoffentlich, dass um uns herum gut hundert Menschen sind, die gucken, oder?« Sie klang fast schüchtern. Die zarte Röte um ihre Wangen übertünchten den Sonnenuntergang. Ohne Frage. Selbst Mutter Natur hatte keine Chance gegen sie.

Wellen schlugen gegen meine Füße, meine Knöchel und meine Schienbeine. Immer höher, je weiter ich reinging.

Als sie realisierte, was ich vorhatte, weiteten sich ihre Augen und sie schlug mir gegen die Schulter. »Nein. Wag es ja nicht, Alan Avery Baker, du wirst mich nicht … aaahhh!« Sie hatte es provoziert. Mit der Art, wie sie meinen vollen Namen aussprach. Damit, wie sie mich dabei schmunzelnd und mit neckisch funkelnden Augen angesehen hatte. Ich drehte mich mit dem Rücken zu den Wellen und ließ mich fallen.

Lachend und völlig losgelöst.

Mit einer strampelnden und genauso sehr lachenden Sarah an meiner Brust. Beobachtete sie dabei, wie sie halbherzige Schimpftiraden auf mich losließ, sich aber keinen Millimeter von mir wegbewegte.

Die Wellen schlugen gegen uns, überschwemmten uns und sie blieb auf mir liegen. Nase an Nase sahen wir einander in die Augen. Lächelnd und mit leichtem Herzen.

Ich strich ihr die nassen Haarsträhnen aus dem Gesicht. »Ich liebe dich, Buttercup.«

Und ich würde nie wieder damit aufhören.

Nachwort

Alan und Sarah forderten mich von der ersten Seite an heraus und es brauchte einiges, ihre Geschichte authentisch zu erzählen.

Eine Geschichte rund um Vergebung, eigene Fehler und Hoffnungen macht es unmöglich, sich nicht selbst zu hinterfragen. Sarah und Alantaten viel mehr als das mit mir, sie zeigten mir sogar eine neue Welt.

Dank ihnen, dank Alan, sehe ich die Welt ein bisschen anders. Vor allem, wie alltäglich und entspannt uns der Umgang mit Alkohol fällt oder wie einfach einigen lockere Sprüche über das Trinken von den Lippen gehen. Alan hat mir die Augen geöffnet und mir einen kleinen Einblick aus sicherer Entfernung in einen Kampf erlaubt, den so viele in unserer Gesellschaft im Verborgenen und manchmal bloß mit sich selbst ausfechten, aus Angst vor Stigmatisierungen oder Ähnlichem, obwohl sie bereits mit genug Dämonen kämpfen.

Wenn ich etwas aus Alans und Sarahs Geschichte gelernt habe, dann, dass wir alle nie zu hundert Prozent wissen können, was in unserem Gegenüber vorgeht. Welche Probleme und Herausforderungen sie im Geheimen zu meistern versuchen und wie wichtig es ist, einander zuzuhören. Achtsam zu sein.

Sarah, o meine liebe Sarah, ich bin unendlich dankbar dafür, durch dich verinnerlicht zu haben, dass das Leben keine gerade Strecke ist und wir immer eine neue Abbiegung nehmen können, wenn uns der Weg, auf dem wir uns wiederfinden, nicht gefällt.

Neu anzufangen bedeutet nicht, eine Niederlage einzugehen.

Es bedeutet, uns über unsere Wünsche im Klaren zu sein und unser Leben nach ihnen auszurichten.

Denn genau darum geht es in unserem Leben: wir selbst sein. Das tun, das uns erfüllt und uns ein Lächeln entlockt, wenn wir in den Spiegel schauen.

Denn wir alle sind wundervoll.

Wir alle sind liebenswert.

Wir alle geben unser Bestes, jeden Tag auf's Neue – und darauf dürfen wir stolz sein!

Wo soll ich bloß anfangen?

Danksagung

Bei der wundervollen Daphne oder Vanessa, die sich zuallererst in Sarah und Alan verliebt haben und mich ermutigten, diese Geschichte unbedingt zu erzählen? Bei Franzi, Sarahs größte Kritikerin, die sie am Ende zu lieben lernte und uns den genialen Shippingname „Savery“ für Alan und Sarah schenkte?

Bei all meinen unendlich tollen Bloggerinnen, den Rebels und den TikTok-Mädels, die so viel Liebe und Zeit in „The Truth About Us“ steckten und ihr Herz an diese beiden so schmerzhaft-schön zerbrochene Protas verloren?

Beim @heartcraft-verlag und Melli vom @falkenfederdesign für die Chance, Sarahs und Alans Gesichte zu teilen und ihnen das atemberaubende Buch zu schenken, das sie verdienen? Den @buchmaedchen.de für diesen absolut unfassbar unschlagbaren Mega-Farbschnitt und euer aller Vertrauen in mich als Autorin?

Oder bei euch? Meiner Community, die entweder seit Tag Eins, Maylor oder jetzt ganz frisch an meiner Seite ist und mich darin unterstützt, das was ich liebe zu tun? All die Leute und auch dich, die oder der diese Worte liest, die damit meinen Autorentraum unterstützen?

Am liebsten möchte ich euch alle umarmen und so lange knuddeln bis ihr mich anfleht aufzuhören! Ohne euch wäre „Bella Ann Marion“ und jedes einzelne Büchlein nicht das, was es ist. Nicht ansatzweise so lebendig und schön. Ihr schenkt mir jeden Tag unfassbar viel; ohne euch dessen bewusst zu sein.

Wer auf keinen Fall fehlen darf, sind meine Freunde und Familie, wobei beides ineinander übergeht . Ihr alle, die mehr oder weniger viel von meinem Schreibgedöns und den vielem Gebrabbel über Plots und Büchern aushaltet und mich umso doller unterstützen und fröhlich und stolz mit meinen Büchern prahlen, weil „sie jetzt eine Autorin kennen“. Ich liebe euch. Auch, wenn ich es nicht immer ausspreche.

Apropos Liebe: Dominic, ohne dich gäbe es die jetzige Version von mir nicht. Seit Jahren hilfst du mir jeden Tag ein Stück mehr, die Person zu sein, die ich immer sein wollte. Du bringst mich dazu, in den Spiegel zu schauen und mich selbst zu lieben und ich hoffe so unendlich dolle, dass ich dir all das mit meiner Liebe zurückgeben kann. Du bist mein Lieblingsmensch. Für immer.

Über die Autorin

Bella Ann Marion, 1998 geboren, ist dem New-Adult-Genre haltlos verfallen und verwandelt sich mit Sonnenuntergang in eine Schreibeule. Bewaffnet mit Schokolade und Kopfhörern versinkt sie in die herzzerreißenden Abenteuer ihrer fiktiven Lieblingsmenschen. Sollten diese sie mit Schweigen strafen, tauscht sich Bella auf Instagram (@bella_zwischen_den_zeilen) mit Gleichgesinnten über ihre Bücher- und Schreibliebe aus oder kuschelt mit ihren Chinchilladamen.

Triggerwarnung

»The Truth About Us" enthält potenziell triggernde Inhalte.

Diese sind:

Suchterkrankung, Alkoholismus, explizite Beschreibung von Suchtdruck, traumatischer Autounfall mit Verletzungen, Body Shaming, Übergriffigkeit, Gaslighting.

Bitte lest dieses Buch nur dann, wenn ihr euch emotional in der Lage dazu fühlt und geht stets umsichtig mit euch selbst um. Ein Buch, unser aller Save Place, sollte genau das bleiben: sicher.

Solltest du dich (oder sollte jemand deiner Liebsten sich) in einer dieser Situationen wiederfinden oder es dir (auch aus anderen Gründen) nicht gut gehen, melde dich bitte bei der kostenlosen und anonymen Telefonseelsorge, die dich rund um die Uhr unterstützt.

0800-1110111 // 0800-1110222
http://www.telefonseelsorge.de//

Sucht- und Drogen-Hotline: 01806-313031
https://www.bundesdrogenbeauftragter.de/service/beratungsangebote/

Hilfe zu suchen ist nie eine Schwäche, sondern das Mutigste der Welt, vergesst das nie.

HEARTCRAFT